万葉集編纂構想論

市瀬雅之・城﨑陽子・村瀬憲夫 著

笠間書院

万葉集編纂構想論◆目次

第四部　構想論・構造論・歌人論◆村瀬憲夫

凡例

一、『万葉集』の引用は、原則として新編日本古典文学全集『萬葉集』（小学館）に拠った。ただし著者の判断により適宜改めた箇所がある。

一、歌番号は、算用数字で巻を、漢数字で『国歌大観』の旧番号を示した。

一、『日本書紀』の引用は、原則として新編日本古典文学全集『日本書紀』（小学館）に拠った。ただし著者の判断により適宜改めた箇所がある。

一、『続日本紀』の引用は、原則として新日本古典文学大系『続日本紀』（岩波書店）に拠った。ただし著者の判断により適宜改めた箇所がある。

一、『玉台新詠』の引用は、新釈漢文大系『玉台新詠』（明治書院）に拠った。

第一部

万葉集編纂研究の現在と展望

村瀬憲夫

第一章
伊藤博著『萬葉集の構造と成立』の顕彰と検証

はじめに

『万葉集』は、いつ誰がどのように編纂し、そして成ったのか。平安朝以来論じられてきた問題である。この問いに明解に答えたのが契沖である。

是ニ心著テ普ク集中ヲ考ヘ見ルニ、勅撰ニモアラス、撰者ハ諸兄公ニモアラスシテ、家持卿私ノ家ニ若年ヨリ見聞ニ随テ記シオカレタルヲ、十六巻マテハ天平十六年十七年ノ比マテニ廿七八歳ノ内ニテ撰ヒ定メ、十七巻ノ天平十六年四月五日ノ歌マテハ遺タルヲ拾ヒ、十八年正月ノ歌ヨリ第二十ノ終マテハ日記ノ如ク、部ヲ立ス、次第ニ集メテ宝字三年ニ一部ト成サレタルナリ。(1)

『万葉集』は巻一から巻十六まで（第一部）と、巻十七から巻二十まで（第二部）の、大きくは二部に分かれること、そしてその撰をなしたのは、勅撰でもなければ、橘諸兄でもなく、大伴家持の私撰であること、巻十六までは、家持が天平十六、十七年頃までに撰んだこと、巻十七から巻二十までは、冒頭部に拾遺歌を置き、以下天平十八年正月から日記風に並べ纏めて、天平宝字三年にひとまとまりが成ったことを説いた。『万葉集』の編纂成立研究の基盤は、契沖のこの発言にあると言ってよい。

これを受けつつ独自の編纂成立論を唱えて成ったのが、伊藤博著『萬葉集の構造と成立』(2)、そしてその後の研究を踏まえて集大成されたのが、「万葉集の成り立ち」(3)である。伊藤の編纂成立論は、『万葉集』の全体像を俯瞰し、その全体の骨格（枠組み）をしっかりと捉えたうえで、『万葉集』の編纂と成立を、そしてその編者を考えたものである。『万葉集』二十巻全体を隅々まで見渡している点、『万葉集』の構造を一貫した視点で捉えている点、そしてその具体相を明快な論述によって説いている点において、現代の万葉集編纂成立研究における金字塔を打ち立てたものとして顕彰することが出来る。

ただしその後、この伊藤論の大枠に依りつつさらに精細緻密な研究がなされている一方で、種々修正を迫る研究も発表され、さらには伊藤論とは根本的に見解と方法を異にする研究もなされつつある。

本章はこれまでの万葉集編纂研究における到達点ともいうべき、伊藤博著『萬葉集の構造と成立』（本章では「万葉集の成り立ち」までの成果をも含めて、伊藤博の編纂成立論をこの書名に代表させる。以下『構造と成立』と略称する）を顕彰し、そのうえでその後の研究動向を踏まえて検証しようとするものである。

一　『万葉集』の全貌を綿密に俯瞰し、その統一ある全体像をしっかりと見通した〈『構造と成立』の顕彰Ⅰ〉

『構造と成立』が「『万葉集』の全貌を綿密に俯瞰し、その統一ある全体像をしっかりと見通した」ものであることを、ここでは契沖と武田祐吉の二先人の研究と比較することで顕彰する。『構造と成立』以前に、その成果を世に問うた編纂論は数々あるが、その中でもとりわけ屹立するのがこの二先人の編纂論であるからである。

一―一　契沖の編纂成立論

契沖は例えば次のような具体（巻六、一〇〇九番歌）に即して、『万葉集』勅撰説および橘諸兄撰者説を否定する。

天平八年冬十一月、左大弁葛城王等賜姓橘氏之時御製歌一首。歌後注中云。或云、此歌一首太上天皇御歌。但天皇皇后御歌、各有一首者。其歌遺落未得探求焉。此注両帝ノ勅撰ニアラス、諸兄公奉《ウケタマ》ハリテ撰ヒ給ハヌ堅キ証ナリ。(4)

勅撰であるならば、当該歌が天皇の作であるか、太上天皇の作であるか紛れようもなく、あるいは曖昧さを残すような注をつけるべくもないし、また諸兄が撰者であるならば、自らの賜姓記事に不明を残すべくもないと、契沖は指摘する。もっともな指摘である。契沖はこのような事象を積み上げていって、前記の編纂成立論に至ったのである。

この契沖説を、武田祐吉は次のように指摘して、批判する。

その説の根本的な弱点は、萬葉集を完全な成書とする点にある。実際萬葉集は、資料をそのままに使用している部分が少なくないので、部分的な事実をもつて、全体の性質を定めるわけにはゆかないのである。(5)

『万葉集』がいちどきに統一的に編纂されたものではなく、幾段階かの過程を経て形成されていることを思えば、個別の事象から全体を推し量ることには慎重でなければならず、その意味で武田の批判は正鵠を射ているといえよう。

一―二　武田祐吉の編纂成立論

武田祐吉は大伴家持万葉集編纂説に疑問を呈して次のように述べる。

大伴家持を萬葉集の撰者に擬する説は、橘諸兄説よりも尤らしい。この説は袋冊子に見えるのが初見のやうである。さて、藤原定家、仙覚を経て、契沖に至つて大成した。たゞ家持の手を一旦経て来たといふ事に対しては、一部分は確にと答へる事が出来るが、家持の手によつて現存二十巻の形に撰せられたといふ事に対しては、自分は否認したいと思ふ。(6)

その理由を例えば次のように具体に即して述べる。

巻二十の四四四七番の橘諸兄歌「賄しつつ君が生ほせるなでしこが花のみ問はむ伎美（君）ならなくに」において、歌の内容からして、結句の「伎美（君）」は本来「われ（吾）」となければならないところを、「伎美（君）」に誤っている。これは家持のおかした誤りとは考え難く、転写の際の別人の誤りであろう。(7)納得のいく説明であり首肯できる。だが武田の編纂成立論を全体を通覧するとき、やはり次のような思いも懐かざるをえない。

武田論文は、家持編纂説の否定的素材として、巻十七から二十の末四巻（第二部）を主なる対象としていて、巻一から巻十六の第一部については、言及が少ない。武田論文にしてみれば、家持がもっとも深くかつ直接的にその編纂に関わったとされる、末四巻においてさえ、家持が編纂に携わったとするには疑問があることを指摘すれば十分であって、ましてや第一部の編纂に家持が関わったとするには慎重を期さなければならない、ということであろう。

とは言え、第一部にも巻四、巻六等、家持がその編纂に深く関わったと考えられる巻が含まれているし、その他の巻々も濃淡の差こそあれ、家持の編纂の影を否定しさることは難しい。その意味で、武田論文は第一部の考察が薄きにすぎると言えよう。

また武田論文は、万葉集が複雑多岐にわたる形成過程を経て成っていることを十分に理解したうえで、家持編纂説に疑問を呈するという、柔軟な考察を展開しているのであるが、そのような複雑な形成過程を経た万葉集であるにしても、最終的には現行の万葉集となった、その全体像を俯瞰した考察がまだ十分でない、部分的な事象の指摘に留まっているという憾みは残る。(8)複雑な形成過程を経ているからこそ、部分的には家持の関与を否定するような事象が見いだせるとも言えよう。

一―三　伊藤博の編纂成立論

個々の具体に即した堅実精密な実証的考証ながらも、個別の事象をもって全体を推し量ることに不安を残した契沖の研究、『万葉集』全体に目を配り、多様な角度から具体的実証的に論述を展開しながらも、まだ部分に偏ったという憾みの残る武田の研究と、二先人の編纂成立論に比した時、伊藤編纂成立論が、『万葉集』の全貌を俯瞰し、『万葉集』の統一ある全体像を見通している（これは次の顕彰Ⅱとも関わる）ことは明らかである。それは「万葉集の成り立ち」（『萬葉集釋注』（十一別巻））に明瞭に示されているところである。そしてこの「万葉集の成り立ち」が、数々の論文と個々の歌の読解に基盤を置いていることは言を俟たない。『萬葉集の構造と成立』に始まり『萬葉集の歌群と配列』にいたる「古代和歌史研究」全8冊（塙書房、一九七四年〜一九九二年）、および『萬葉歌林』（塙書房、二〇〇三年）に収められた、『万葉集』巻一から巻二十までの諸問題を広汎にして多角的に論じた幾多の論文によって裏付けられ、さらに『萬葉集釋注』（一九九五年〜二〇〇〇年）による『万葉集』全歌の丹念な読解に支えられているのである。

二　『万葉集』は一貫した理念と構成原理を持つ構造体であると明解に主張した（顕彰Ⅱ）

「『万葉集』は一貫した理念と構成原理を持つ構造体である」という主張は、伊藤博編纂成立論の屋台骨をなすものである。伊藤自身が次のように述べている。

十五巻本万葉集のこうした完結は、持統万葉が標榜した、歌を通しての「古事記」に対する「現代記」という意識の充塡に繫がる。そして、持統万葉を継ぐ巻三・四以下の巻々が常に志向した、歴史と社会の上において持つヤマトウタの意義を確立し定位させようとする意識の、必要にして充分な達成を意味する。（中略）

総体として、一方では舒明朝以降百余年の歌についての「類聚倭歌集《るいじゅうやまとうたしゅう》」、他方ではその「古今倭歌集《こきんやまとうたしゅう》」であることを訴えるこの綿密な構造と体系とは、右に述べた意識の充塡と達成とを身をもって物語るといってよいであろう。(9)

この「類聚倭歌集」と「古今倭歌集」という構成原理は、巻十七から巻二十までの末四巻をも含んで、『万葉集』全体にわたって、個々の歌群から、各巻内の構成、そして各巻間の構成にいたるまで貫かれていると主張した。

このことは身﨑壽「万葉集の構造と成立――巻八・一〇をめぐって」が次のように記し、伊藤博万葉集構造論の意義を顕彰している。

巻序をめぐる論議も、賀茂真淵以来の本格的検討にかぎってもながい歴史をもつが、この問題に構造論的な観点からとりくんだ研究はいまのところやはり伊藤博のもの以外にないといってよいだろう。未精撰説が優勢だった時期は当然として、成立論議がさかんになってきた段階でも巻序はもっぱら編纂過程の問題とむすびつけられ、二〇巻の構成を統括する原理の追究が正面からとりあげられることは伊藤以前にはなかったのではなかろうか。(10)

現存の『万葉集』に顕在しあるいは潜在する、『万葉集』の構造を読みとり、そこから『万葉集』の編纂意図をも推し量っていくという方法は、『万葉集』が序文を持たず自らを語らないだけに、それは有効な方法であった。その意味でこの構造論は、編纂成立研究の長い研究史の中にあって、特筆し顕彰されるべきものであった。

三　巨大な増築家屋のごとき歌集に分け入り、その建築増築過程を明解に説いた〔顕彰Ⅲ〕

伊藤編纂成立論は、『万葉集』がその構造と体系上、一枚岩になっていない部分（すなわち断層をなしている部分、前後との統一がとれていない部分）に、考察の斧を入れる。そしてその断層は、基本的には編纂過程における「増補」「追補」等によって生じたものであるとみた。したがって、『万葉集』は増補、追補を繰り返しながら、つまり幾度もの編纂を繰り返しながら、増殖して成ったものであると考え、「『万葉集』は一朝にして成った歌集ではなく、長い時間のもと、多数の編者たちの手を経て形成された、巨大な増築家屋のごとき歌集である」（『万葉集の成り立ち』一一頁）と説いた。

そしてその幾度もの編纂段階ごとの編者を具体的に推定した。その大筋を列挙すれば次のようである。

○持統万葉（藤原宮本）→柿本人麻呂
○元明万葉→太安万侶ら
○巻三・四の第一次本→風流侍従（編輯責任）、笠金村・山部赤人（実務担当）
○巻三・四の第二次本→笠金村・山部赤人、大伴坂上郎女
○巻三・四の第三次本→大伴家持たち（主任は市原王）
○巻五・巻六→大伴家持
○巻一～巻六（「小万葉」）→大伴家持たち
○巻七～巻十→大伴家持
○巻十一の主体部分（原本）→風流侍従、笠金村・山部赤人たち

○巻十二の主体部分（原本）↓大伴坂上郎女、笠金村・山部赤人たち
○巻十一・十二第二次本（現巻十一・十二）↓大伴家持たち
○巻十三原本（古本）↓風流侍従、奈良朝宮廷歌人
○巻十三・巻十四↓大伴家持
○巻十五↓大伴家持
○巻十六↓大伴家持たち
○巻十七〜巻二十↓大伴家持

※（各巻々の編纂成立過程における種々相についての具体的な推定は「万葉集の成り立ち」に直接依られたい）

『万葉集』が、例えば『古今和歌集』のような後の勅撰集に比して、その編纂物としての統一性を欠くことは明らかであり、継ぎ接ぎといった感の否めないところも多い。伊藤編纂成立論は、ここに幾段階かの編纂過程における痕跡を見、あたかも考古学者が遺跡を覆う幾層もの地層を一層一層はがしていくように、『万葉集』の内部を克明に分析し、『万葉集』の成立過程に迫ろうとした。ここには研究者をとりこにして離さない、汲めども尽きない魅力と研究の醍醐味があるといえよう。

四　編者を取り巻く外的環境、編者を駆り立てた内的動機、編纂資料の入手経路の推定にまで踏み込んで考察を展開した（顕彰Ⅳ）

四−一　外的環境と内的動機

伊藤編纂成立論は、編者の置かれた政治的歴史的環境（状況）あるいは内的動機（衝動）を、『万葉集』各巻の

編纂行為と結びつけて考えることによって、編者の編纂行為と意図を確認追認した。例えば「季節分類大伴宿禰家持歌集」（現巻八の中に溶け込んでいる）は、大きな期待を寄せていた安積皇子に献じたものであると推定する点、あるいは天平十年代の聖武天皇の宮廷社会には「ヤマトウタの一大集成」の気運がみなぎっていたことが、家持を編纂へと駆り立てた一原動力となったと説く点などにそれが現れている。

四―二　資料の入手経路の想定

資料（歌群）の入手経路を想定することによって、編者を特定した。その典型的な例が、巻十五前半部の遣新羅使人歌群である。この使人一行の中に副使として大伴三中がいる。したがって三中から関連資料を受け取ることが可能であった人物、すなわち家持が巻十五の編纂に預かったのであろうと想定した。また巻五は、家持の父親の大伴旅人と、その旅人と親交のあった山上憶良の作品から成っているところから、旅人から家持に資料がわたり、最終的には家持がまとめたと考えた。

いまいくつかあげたこういった姿勢は、『万葉集』の歌・題詞・左注、さらには歌の配列に記しとどめられた、心情や事象を、当時の現実の世界に還元していくことである。こうした『万葉集』の読みによって、当時そうであったであろう現実の世界が生々しく活き活きと蘇みがえり、『万葉集』をその中に置いて享受するということになる。

五　あかあかと一本の道通りたり――伊藤博編纂成立論の根底にある信条と心情――
〈顕彰Ⅴ〉

五－一　文学史的考察に導入される成立論

『萬葉集の構造と成立』出版の五年ほど前に書かれた論文に、次のような記述がある。ここには『構造と成立』所収の論文執筆の際の信条が述べられていると見てよい。

今後の成立論において望ましいことは、折口博士がいみじくもいわれた〈万葉人の歌を作り、又伝へた心持ち〉を、もっと強靱に追究することである。強靱に追究するとは、冷厳な文献的考証と一首一首の歌のていねいな訓みとを伴うことを要請するのであり、いたずらに評論し作文を物することを意味するのではない。ただ、成立論が文献操作の、成立論のための成立論に終始し、文学史的考察に導入されることを拒否しつづけるならば、本稿に示したような争点は、いつの世にも、争点のままで分解してしまうだろう。文学史論がすなわち成立論に昇華し、成立論がただちに文学史論になりおおすことによって、そこに、巻々の次第や歌の配列方法などを含めた二〇巻構造論や、上代社会において〈歌〉なるものがいったい何であったかということ、つまり万葉歌学ないし万葉歌論への関心が生ずるのであり、このことに対する追究なくしては、万葉成立論は、〈学〉として成立しえないであろう。(11)

文学史的考察に導入される成立論とは、成立研究に「万葉人の歌を作り、又伝へた心持ち」を取り入れ、それを踏まえて考察をすることの必要性を主張したものと理解される。

いる。

五－二　萬葉びとの心の像に迫ろう

関連して次のような発言も見られる。『萬葉集釋注』完結後のもので、さきの文章から約三十年の歳月を経ている。

『萬葉集釋注』全十一冊は、歌の表現をいとおしみつつ、不遇な歌々にも光をあてるようにして書かれた。筆者は、『萬葉集』に限らず、ある対象の本質を捉えるためには、対象を隣人と見て「仲間入りする」態度（いわゆる解釈学的方法）を身に付けることによって、対象の「底を読む」ことが最も肝要であるという持論を抱くに至っている。世には、対象を巨人として「仰ぎ見る」態度（いわゆる実証的方法）とか、対象を矮人《わいじん》として「切り取る」態度（いわゆる評論的方法）とかも存するけれども、さような姿勢をも考慮しつつ対象に「仲間入りする」のが、やはり最も自然な姿勢だと信ぜられる。対象はそれぞれ固有な生を持って呼吸しているからである。

（中略）

あかあかと一本の道通りたりたまきはる我が命なりけり

（中略）

本書（注―『萬葉集釋注』）が、明確な成立論を背景に、歌々の配列の様相をも掘り下げて萬葉びとの心の像に迫ろうとした注釈であることだけはまちがいないと思う。(12)

この文章は編纂成立論を直接対象として述べたものではないが、伊藤の万葉集研究の根底に「萬葉びとの心の像に迫ろう」とする信条が一本の道となって通っていることがよくわかる。

なお、斎藤茂吉「あかあかと」の歌は、伊藤が旧制伊那中学一年生の時、臼井吉見がこの歌を黒板に書いて講じたのに感銘を受けて、『萬葉秀歌』を読み、惚れ込み、そしてこの書の中にしばしばその名の見えた「澤瀉久孝」門をたたくことになるという、伊藤の万葉集研究への道程を述べた箇所に引用されているものである。『萬葉集釋注』完結後の二〇〇〇年、「斎藤茂吉短歌文学賞」を受賞した時に「小生、茂吉から萬葉学に入り、訓詁の学を根柢にする研究に文学が認められたることを尊重致しました」（村瀬究私信）と述べている。

伊藤の万葉集研究には、万葉びとの心を重んじ、それをその時代の生の歴史の中に落としていこうという信条と心情が横たわっている。それは例えば、橘奈良麻呂の変が進行する中で、大伴家持の詠んだ「移りゆく時見るごとに心痛く昔の人し思ほゆるかも」（四四八三）以下の三首について、伊藤が――いささか思い入れ強く――語るところ（『萬葉集釋注』〔十二〕「万葉集の成り立ち」二二二～二二九頁）によくあらわれている。

六　構造分析（静態）と資料編成分析（動態）〈検証A〉

前節までにⅠからⅤにわたって顕彰してきた伊藤博編纂成立論は、「万葉集の成り立ち」（一九九九年三月）をもって一応の完結をみ、伊藤の逝去（二〇〇三年一〇月六日）によってその長く逞しい歩みをとめた。そして世に屹立するこの論は、乗り越え新しい段階へと登るべく、次世代にその検証が託されたのであった。

まず『構造と成立』をはじめとして諸家の編纂成立論は、編纂に用いられた資料の原形態を想定し重視することに向かった。それは個々の編纂資料が、原資料の姿を色濃く留めているという前提に立ってのことである。例えば『古今和歌集』をはじめとする平安朝以降の歌集に比して、『万葉集』が原資料の姿を尊重したと考えることは、今も尊重されるべき見解である。ところが、身﨑壽「万葉集巻七論序説」は、その編纂資料を、融通無碍に編纂成立の問題へ適用することに疑義を呈した。

構造分析と資料編成分析とを直接させることに、わたくしたちはもっと慎重であるべきではないだろうか。

なぜかといえば、構造分析＝共時態（静態）分析と資料編成分析＝通時態（動態）分析とを融通無碍に混用することは、しばしば論理の正当性をそこねてしまう危険性をともなうからだ。（中略）この論文（注―橋本達雄「万葉集巻七について―雑歌部の資料と編纂―」『上代文学』第六三号、一九八九年一一月、『万葉集の編纂と形成』所収）は、類歌をてがかりに当巻（注―巻七）と大伴家持とのふかいかかわりをみいだし、家持の編纂への関与を推定することを骨子とするものだが、行論の過程で、巻七雑歌部「詠物」歌群について

かなり早くから一つのまとまりをもっていた資料で、巻七の編者はそれにあまり手を加えずに原形を生かして巻七の冒頭に据えたのではないか

との推定をおこなっている。典型的な資料編成分析の言辞だ。（中略）「独自の形」をしめすから「まとまった資料」だった、というのは、推論としてかならずしも十分なものではない。「独自の形」は資料の性格のもたらしたものかもしれないし、そうではなく、あくまでも編纂レベルでの、すなわち巻七自体の編纂意図のもたらしたものかもしれないからだ(13)。

身﨑壽論文はこう指摘したうえで、「資料編成分析」から離した「構造分析」に執して、巻七の編纂論を展開した。確かに、『万葉集』に示された現形態が、果たして原資料の形態と一致すると言えるのか、それは断言できない、不確かさを含みもつ問題である。文学研究が厳密化し厳格な実証を求めれば求めるほど、今まで等閑に付されていた、不確かな要素が目立ってくるのは当然である。ならば、想像の要素が入りにくい、現況の構造分析に執するのもまた当然の方向と言えよう。

ただ言わずもがなのことではあるが、身﨑論文は万葉集編纂構造論を否定しているわけではない。世に構造論に悲観的な言辞があるので確認しておきたい。この論文は静態としての構造分析の結果、『万葉集』は巻七から新しい段階に入ることを説いている。今後さらに『万葉集』全体にわたって体系化された身﨑構造論の完成を待

ちたい。

七　増補、追補というとらえ方〈検証B〉

三〈顕彰Ⅲ〉において、『万葉集』は何度もの段階を経て、いくつもの層をなして成り立っていること、そして伊藤編纂成立論はその説明として「増補、追補」という考え方を有効に展開していることを紹介した。この「増補、追補」という処理の仕方に、さきの〈検証A〉と同じく、科学的実証性という姿勢から疑義が呈せられることになる。たとえば小川靖彦「持統王家の集としての『萬葉集』巻一」の明晰な論がある。

「増補」という概念は、研究者自身のあるべき歌集像を作り上げる、便利な道具として使用されてしまう危険性を常に孕んでいる。その危険性を出来得る限り排除するためには、誰もがそれと明白に認め得る形式上の断層を、増補を考える第一の根拠とし、さらにその上で内容的な裏付けをするという手続きが踏まれなければならない。〈中略〉また今日の私たちの目から見ての年次配列の矛盾についても、〝配列の乱れ〟と断定する前に、『萬葉集』の編者たちが、私たちの常識とは別の編集方法を持っていた可能性を考える必要がある。『萬葉集』の場合、あくまでも現配列を尊重して、その編集方法を考え、どうしても整合性ある説明が不可能な場合に、初めて「増補」という見方を導入すべきであろう。(14)

徹底的に厳格厳密な考察のすえに、増補、追補の可能性を探るべきだという主張は、まことに傾聴すべき正当な警鐘である。ただここでも言わずもがなのことながら、小川論文は増補、追補という考え方を全面的に否定しているのではない。世に増補、追補という考え方に拒否反応を示す言辞もあるので確認しておきたい。

八　『万葉集』の読み方、追究の仕方、その基本姿勢〔検証C〕

現在の万葉集研究において、ひとつの大きな潮流となっている「『万葉集』の読み方、追究の仕方、その基本姿勢」は、『万葉集』の問題は『万葉集』のテキスト内の問題として考えるべきだということである。その意味で、さきに〔顕彰Ⅲ、Ⅳ、Ⅴ〕で見たような、『万葉集』の外部にも目配りをし、生身の人間の心にまで迫っていこうとする、その姿勢は、検証を受けることになる。

八―一　神野志隆光論

この潮流を領導する神野志隆光の諸論文を見てみよう。

あくまで『万葉集』のレベルで考えるということにつきます。『万葉集』をこえて問うことはできないし、するべきでない、だから、しない――、これが、わたしの言いたいことです。つまり、人麻呂歌集という歌集があったであろうということは否定されないとして、その歌集そのものを考えることはできないし、しないということです。(15)

成立論は、『万葉集』から取り出した「人麻呂歌集」歌によって人麻呂歌集を想定するのであって、結局、予定調和的にトートロジーにおわる。人麻呂歌集そのものの組織などについてはそのようにしか論じえない。(16)

こうした『万葉集』のレベルで考えるという姿勢が、『万葉集』の構成とその見方の問題に向かう時、次のような見解となる。

『万葉集』は、みかけのうえでは十分整理されていないところがあります。（中略）ただ、いかに不均質であっても、そうしたかたちで成り立っているのが『万葉集』なのです。その二十巻でつくる『万葉集』として

見ることがまず必要ではないでしょうか。(17)

これを万葉集編纂成立論に引き当てて言えば、伊藤博編纂成立論に代表される、『万葉集』の構造や編纂資料を分析し、動態としての形成過程を問い解明することに疑問を呈し、静態としての構成を問うことをよしとするのである。『万葉集』を「解体」するのではなく、『万葉集』が二十巻としてつくるものを見ようというのである。

こうした姿勢に立って神野志隆光論文が描いた『万葉集』の全体像（見取り図）は次のようになる。(18)

○巻一～巻六　　↓　歌を構成して、私的領域を組み込み、感情を組織して世界を構築するという、独自な「歴史」

○巻七～巻十六　↓　歌の世界の広がり

○巻十七～巻二十↓　個において広がっていく歌の世界（歌日記）

このように捉え、巻一から巻二十までが、脈絡をもって歌の世界を展開していくと説く。

八-二　市瀬雅之論、城﨑陽子論

こうした『万葉集』の追究の仕方は、編纂論についていえば、すでに市瀬雅之著『万葉集編纂論』がそこに焦点を合わせて展開している。

本論が目指す編纂論は、これまでの議論が『万葉集』を細分化する傾向にあったのに対し、二十巻全体をできる限り、ひとつの編纂物と捉えようとしている。（中略）『万葉集』は、二十巻に及ぶ編纂物である。題詞と左注の在り方に編集の仕組みを求め、作歌と享受との関わりを論じ、『古事記』或いは『日本書紀』との影響関係を意識しながら、長い時間をかけて編まれたテクストとして読むべき対象として捉えてきた。(19)

この基本姿勢に立って、『万葉集』の構想論として、各巻がまとめられるために必要な「構想力」の所在を明らかにすべく次々と論文を発表している。[20] 市瀬雅之万葉集構想論の体系化が待たれる。
城﨑陽子「部類歌巻の編纂──「譬喩」という部類の位相──」も市瀬構想論と通底する姿勢に立っている。「編纂論」がこれまで拓いてきたことは、『万葉集』という作品がどのように構成され、形成されてきたかということを段階的に考えていくことであった。（中略）それ（注─『万葉集』がなぜこうあるかという根本的な命題に立ち返って考えること）は、現象的に捉えられてきた形成の問題を、享受の問題として捉え返し、「その時編者は何を考えたか」ということを跡づけていくことに他ならない。歌が類聚されて、配列され、編まれるという現象に、「編者」と「素材（歌）」の問題だけではなく、「志向性（イデオロギー）」を読みとることで拓く新たな編纂論は、万葉集を受け止めていく歴史の一歩でもあるのだ。[21]
この論文は既に公刊された城﨑陽子著『万葉集の編纂と享受の研究』[22]を引き継ぎ展開したもので、ここにいう「志向性（イデオロギー）」は、市瀬構想論と通底するものである。

八─三　影山尚之論

前項で紹介した神野志隆光論、市瀬雅之論、城﨑陽子論の基底には、いわゆるテクスト論の思考があると見てよい。同じくテクスト論の視点から、『万葉集』巻二編集における構想を説いて、まことに優れた論文がある。影山尚之「萬葉集巻二相聞部の構想」[23]である。影山論文は「テキストの性質を洞察したうえであるがままに読むべきである」という基本姿勢に立つ。巻一・二は、天皇代ごとに編集することを通して「歌による紀伝体の歴史を自から指向」しており、当該巻二相聞部について言えば「古事記下巻の歌謡物語に連接する」ことを構想し、その構想によって造型されている。たとえば、「明日香清御原宮御宇天皇代」は、天皇とその妻の往来の二首のみで構成されているが、そこに巻二相聞部の構想（積極的な主張）を読みとって、次のように述べる。

前代のような天皇と臣下との間の妻争いは起こらず、皇子女たちによるスキャンダルの発覚もなくて、妻と快活な会話に興じているc1・c2（注―2・一〇三と2・一〇四番歌）、その現象から立ち上がってくる天皇像は鮮明である。壬申の乱を勝利した猛々しい天武のイメージとは対極的な平和君主像が造型されているところが了解されよう。

そして影山論文には、その論述過程の随所に次のような発言が見られる。

・右の言説には詠歌の背後に存する事実関係究明への欲求、ならびにその究明が可能であるという過信が垣間見られるが、かかる事実の記録を巻二相聞が企図していないことは……　（二二頁）

・テキストの外側（あるいはテキスト以前）でその関係がどうであったかということは問う必要がないということだ。　（二四頁）

・造型されたテキストの読みを無意識のうちに事実に横滑りさせていることになる。　（二四頁）

影山論文は、巻二相聞部を対象として、その基本姿勢に立って構想論を展開した結果、見事に成功し豊かな結実を見た論である。

八-四　鉄野昌弘論、山﨑健司論

ところで、『万葉集』のテキスト内で、そしてその限りにおいての構想として、『万葉集』の編纂を考えようとする時、編者としての大伴家持はひとまず等閑に付すことになる。とりわけ、巻一～巻十六のいわゆる第一部は、家持の編纂への関わりについて、不確定要素も多いため、しばらく措くことになる。ところが、巻十七～巻二十のいわゆる第二部末四巻の編纂に、その関わりの度合いの判断は論者によって異なるものの、家持が関わったであろうことはまず間違いない。とすれば、『万葉集』のテキスト内で編纂を考えるにしても、家持を編者として参加させて論を展開することは有効である。二つの注目すべき書が公刊された。

鉄野昌弘著『大伴家持「歌日誌」論考』[24]は、末四巻の形成過程を考察するといった性格の編纂論の書ではないが、「現に見る末四巻を統御する、意思のあり方を考えたいと思う。その意思が、他ならぬ家持のものであったことを、筆者は疑わない」、「（家持の「歌日誌」が）総体として、大伴家持という一人の官人の軌跡を描こうとしている」、「「作歌者家持」の読解が、「編纂者家持」によって求められているように感ぜられる」という記述からも、編纂という視点が底流していることがわかる。この書が編纂論の側からも誠に魅力的なのは、末四巻を統御する意思のあり方を見つつ、同時に作歌者家持の内面に分け入り、またテキスト外の事柄をも読み込もうとする、その柔軟できめ細やかな発想と方法である。

もうひとつは山﨑健司著『大伴家持の歌群と編纂』[25]である。この書は「おもに萬葉集の末尾四巻について、大伴家持の歌群に対する認識を分析しながら、それぞれの作品（歌ないし歌群）がどのように編纂されて歌巻が成立しているかを明らかにし、最終的には日記的な体裁をとる四巻をどのように読みとるべきかを考察」したもので、「従来、「歌日記（日誌）」という、作歌者側から論じられてきた観がつよい家持論を根本から見なおすことにもつながる」ものである。また家持が、巻二十相当部分を編纂した最終段階で、末四巻は「歌日記」という性格づけを捨て、巻一、巻六に続く時代の歴史を展開させたとする指摘も注目される。

八―五　廣岡義隆論

さてさきに現在の万葉集研究の潮流をなすと称した、『万葉集』のテキスト内で『万葉集』を読むという姿勢を持しつつも、層なす作品構造の内部に犀利なメスを入れることによって、より深い作品の理解が可能になることを説いた、魅力的な論文がある。次に引用する廣岡義隆「『萬葉集』を切り刻む」である。ただしこの論文は作品研究に関わるものであって、編纂論ではない。しかしながら編纂論にも適用可能であるので引用し紹介させていただく。

> 　作品享受のあり方として、現在我々が見る作品の姿においてその作品を理解するのが原則的な基本であると言ってよい。しかし、研究という面においては如何であろうか。（中略）作品研究として、現在残る表層的な形に留まっていては、何一つ前に進むことは出来ないものであるとも言えよう。作品の研究とは、作品の構造化した形を明らかにすることによって、成立過程を分析し、それを立脚点として考究することによって、新たに見えて来る地平があると言うことができよう。
>
> 　作品形成には、その過程がある。作品を分析することによって、「層」状態で形成されている原姿を発掘し、作品形成過程を明らかにすることが出来るのである。掘り下げることによって、それ以前には見えていない作品形成プロセスが明らかとなって来るのである。（中略）
>
> 　「『萬葉集』を切り刻む」と題しはしたが、単なる解剖ではない。切り刻むことによって、総体としての『萬葉集』の作品構造を明らかにしようとするための行為であり、その形成を明らかにすることによって、作品の理解がより深まることを企図するものである。表層的表面的な理解から、層なす作品構造の内部に立ち入ることによって、作品の理解を深めようとするものであり、他の事項を援用しての作品理解ではなく、作品が有している内部構造（内部徴証）から作品の形成的理解を得ようというものである。[26]

さきの〔顕彰Ⅲ〕で述べた、増築家屋に分け入り、その建築増築過程を解明していくという編纂研究のひとつの方法は、〔検証B〕で指摘されたように、今後より厳格厳密な手続きを必要とするが、廣岡論文が作品研究において主張したように、なお今後も深められるべき有効性をもった方法である。また〔顕彰Ⅱ〕の構造論も、〔検証A〕の主張する静態としての構造分析を、動態としての構造分析として展開することの可能性を有した、依然魅力を失っていない研究方法であると言えよう。

九　巻十七冒頭部三二首歌群のとらえ方〈検証D〉

最後に、巻十七冒頭部三二首（17・三八九〇～三九二一）の歌群のとらえ方について見てみよう。この歌群を取り上げるのは、これまで見てきた「顕彰と検証」の要素が典型的に交差する箇所のひとつであるからである。この歌群は、天平二年から天平十六年までの大伴家持に関わる歌が断続的に収められているにすぎないこと、一方この歌群以降の天平十八年からはおおむね連綿と歌が続くこと、また天平十六年までの歌は、当該歌群の歌を除けば、巻一～巻十六のいわゆる第一部に収められていること等の理由から、従来、拾遺的補遺的性格の歌群と認められてきた。伊藤博「万葉集の成り立ち」は次のように指摘する。

問題の三二首には、十五巻本万葉集からはじき出されなければならないような歌はない。三二首は、十五巻本万葉集編纂時に洩れた歌をのちに第一部へのつなぎとしてここに収めたものにちがいない。家持自身の三九〇〇・三九一六～二一の歌も、何らかの事情によって紛れていたのであろう。実は、この三二首がおそらくはもともと家持の弟書持の手許にあり、家持の越中滞在中の天平十八年の九月初め頃に他界した書持の遺品の中からのちのちに発見された資料であろうこと、『釋注』巻十七において述べた。かくして、末四巻における、〝家持歌日誌〟の姿を投影する部分は、厳密には、天平十八年以降の歌々と見るべきである。[27]

このように巻十七の冒頭部の当該三二首歌群が、編纂資料としては拾遺であったことを指摘したうえで、当該歌群と、巻二十の末尾三一首（20・四四八六～四五一六）歌群とが構造的に対応することに注目して、十五巻本万葉集と「大伴宿禰家持歌集」四巻とをつなぐべく、この歌群がその位置を占めることになったのだと推している。

つまり当該歌群は『万葉集』第一部と第二部の「つなぎ」としての役割を果たしているとする。なおこの論述中には、家持の心の内面に分け入って、早くして世を去った弟書持、あるいは父旅人、そして若き日の自身への、家持の深い愛着の心が（この三二首に）纏われていることへの言及もある。

中西進「家持の追憶――『歌日記』の形成」は独自の編纂資料論、構成論、形成論から次のように解している。

A群（注―三八九〇～三九四二番歌までの五三首を指す。通説の三二首とは異なる。）の形成過程は次のようである。まず三九二二～三九四二番歌までが、その作歌時よりずっと後につなぎとして一括補入され（その作業をしたのは家持ではない）、B群（注―巻十七、三九四三～巻十九、四二五六番までの三一四首）の成立後に、それに先立つ歌々（注―三八九〇～三九二一番歌の三二首。先行する諸巻、巻六や巻八の中から日付のあるものを拾った、いわば家持歌拾遺）を拾遺した。(28)〔採意〕

両論の説くところは大きく異なるが、編纂資料の問題として分析しているところ、『万葉集』全体における位置づけとしては「つなぎ」と考え、追補、増補というとらえ方をしているところが共通している。

また村瀬憲夫「万葉集巻十七冒頭部歌群攷」は、当該歌群所収の歌々に見て取ることのできる諸特徴として、①題詞に「独」の語が記されている。②「鬱結之緒」をはらうものとしての詠歌という歌論（詩論）が開示されている。③霍公鳥詠が多い。④追和歌がある。⑤大伴書持の歌および書持の関わる歌が多い。⑥大伴旅人の居た大宰府関係の歌がある。⑦三香原新都（久邇京）讃歌がある。⑧山部明人の詠がある、等の特徴をあげたうえで、それらの特徴が、後年天平勝宝二年の家持の作歌活動（情動）とその結果生まれた歌々に共通、しかもいくつかは極めてよく共通していることを指摘して、当該歌群を纏めることに駆り立てたのは、その時期にとりわけ高まっていた家持の作歌意欲と興味と関心とであったこと、したがって当該歌群は天平勝宝二年にまとめられたであろうことを推した。(29)

一方、市瀬雅之「巻十七冒頭三十二首の場合」は、構想論の視点からこの歌群を次のように位置づける。もし巻に編まれた歌を読んで、意図的に先行歌の影響を見つけることができるようであるならば、巻を編む上で、そこには先行歌を意識させるような構想が機能していると認められる。冒頭三十二首は、その象徴的な存在として巻頭に位置づけられているといってよい(30)。

ここに視点場を据えて、三二首のひとつひとつにわたって、その歌が、巻一～巻十六の中に、その先行的意味合いを有した歌を見いだせるかどうかを検討していく。その作業を通して、巻十七が巻十六以前を引き受けて、「巻六や巻八、或いは巻五を念頭に置きながら、巻十七を読ませたいという思いを構想として」もっていたと説く。別の言い方をすれば、享受者はそのように導かれながら、巻を読みすすむことになるのである。たとえば三二首歌群の最後に位置する「独居平城故宅」での詠（三九一六～三九二一番歌）について言えば、「奈良宅へのこだわりを強く表すことで、平城京への遷都を期待し、これを迎える準備が進められてゆく。その慶びが、天平十八年の作へと継続するように編まれていた」というのである。

また神野志隆光論文は、前述の基本姿勢に立って、大伴家持についても次のようにとらえる。

家持は『万葉集』の編纂者に擬せられている。しかし、まず、『万葉集』のなかに編集されているものとして見るべきではないか。そして、家持をそのように編集して成り立っている『万葉集』をどうとらえるかが問われるべきではないか。末四巻は「歌日記」とよばれたりするが、そうしたかたちで編集される家持をふくむ、『万葉集』の全体像について考えたい(31)。

この観点からすれば、「『万葉集』を編集した家持」ではなく、「『万葉集』の中に編集された家持」なのである。こうして家持も『万葉集』の中に編集されて、巻十七～巻二十は、「個において広がっていく歌の世界（歌日記）（前述）を展開していく。そして当該歌群はその展開のための「のりしろ」ととらえる。

こういった万葉集二十巻の体系の中での巻十七冒頭部三二首は、巻一～巻十六をさきにのばすための「のりしろ」、すなわち、聖武王朝の終焉（三香原新都讃歌（三九〇七～八）、久邇京からの返歌（三九一一～一三）、平城故宅での詠（三九一六～二一））を確かめたうえで、歌の世界はそこでは終わらない、次へと続いていくことを示すための「のりしろ」である。(32)

また鉄野昌弘論文は、次のように述べる。

伊藤・中西氏（注―注（27）・（28）の論文）がともに補遺部分と認める巻十七冒頭部も、その歌々は、「歌日誌」部分に繋がるように選択されていると見られる。家持の歌は、「（天平）十年七月七日の夜に、独り天漢《あまのがは》を仰ぎて、聊《いささ》かに懐を述ぶる歌」（17・三九〇〇）や「十六年四月五日に独り平城の故宅に居りて作る歌」（17・三九一六～二一）など、「独り」を強調する作と、一三年四月三日、久邇《くに》京から弟書持《ふみもち》に報《こた》えた歌（17・三九一一～三）である。平城京に残った書持の「大宰の時の梅花に追和する新しき歌」（一二年一二月九日、17・三九〇一～六）もある。これらが日付を伴っていることが、この巻に置かれた条件なのでもあろうが、主題的に、越中時代の孤独と交友、そして書持の死（「長逝せる弟を哀傷する歌」17・三九五七～九）と、明らかに連続的であると思う。(33)

当該歌群の後に位置する歌々と当該歌群とが連続的につながっていることを指摘し、そこに「編纂者家持」の営為を見ている。

さて伊藤論文、中西論文は、編纂資料の問題としてとらえ、「つなぎ」として追補されたことを主張して無理がない。村瀬論文は、個々の編纂資料の内実に分け入った考察でそれなりの意義がある。ただし当該歌群の編纂時期の問題は推測の域を出ない。市瀬論文、神野志論文は、『万葉集』全体の構想、構成の中に置いて、当該歌群をみるものであり、大いに意味のある捉え方である。ただ市瀬論文は当該歌群の歌ひとつひとつについて、巻一～巻十六中に先行的意味合いを有した歌があることを指摘し、それが巻十七ひいては巻二十までを開いていく役割を担っていると読むが、歌数の少なさ、体系性の乏しさ等からいって、当該歌群にあまり大きな役割を担わせることはできない。構想論構成論としては、神野志論文のようにごく大枠でとらえた「のりしろ」に留めておくのが無理のないところであろう。鉄野論文は同じく構成の側から説いているが、当該歌群の後に控える家持の歌々とのつながりを指摘して、編纂者家持を視野に入れている。

こうして諸論文が、当該歌群を動態としてあるいは静態として、また当該歌群の前からあるいは後ろからと、さまざまな視点と角度から考察を展開していることがわかる。そしてこうしたさまざまな考察が、総体として当該歌群の読みの〝豊かさ〟を現出させていることを知る。対象歌（歌群）への迫り方はさまざまであってよいと思う。

おわりに

これまでの長い万葉集編纂成立研究史の中にあって、壮大な体系化をなし終えた伊藤博著『萬葉集の構造と成立』論を顕彰し、その継承発展のために今後意をとどめるべき点を検証した。高い達成をみた『構造と成立』論は、「穿沓を脱き棄る」（山上憶良）ごとく否定されるべきものでないことをあらためて確認し強調しておきたい。そして伊藤論に再考をうながす「検証」は、明確な方向に潮流をなして動きはじめていることは見てきたとおりであるが、伊藤論のような体系化はまだなし終えていない(34)。それをなし終えたとき、はじめて検証が完結するといえよう。

最後に、伊藤編纂成立論およびその「検証」の論をみてきて思うことは、この複雑な『万葉集』を一筋の縄、一つの方法、一つの視点で括りきってしまうことの難しさ、そして危うさである。

【注】

（1）契沖著『萬葉代匠記』〔精撰本〕（一六八九、一六九〇年）の「惣釋雜説」
（2）伊藤博著『萬葉集の構造と成立』〔上・下〕（塙書房、一九七四年）
（3）伊藤博「万葉集の成り立ち」（『萬葉集釋注』〔十一別巻〕集英社、一九九九年）
（4）注（1）に同じ。
（5）武田祐吉著『増訂萬葉集全註釋』〔一 總説〕（角川書店、一九五七年）の「第五 萬葉集の成立、一 成立研究の歴史」
（6）武田祐吉著『上代國文學の研究』（博文館、一九二一年）の「第四編 萬葉集の撰定に関する研究、八 橘諸兄と大伴家持」
（7）武田祐吉著『上代國文學の研究』の「第四編 萬葉集の撰定に関する研究、二 現行本萬葉集は大伴家持の撰にあらず」（採意）
（8）村瀬憲夫「万葉集の編纂と大伴家持―三先人の見解とその検討―」（『名古屋大学国語国文学』第一〇〇号、二〇〇七年一〇月）
（9）注（3）に同じ。
（10）身﨑壽「万葉集の構造と成立―巻八・一〇をめぐって―」（『万葉集Ⅰ』〔和歌文学講座2〕勉誠社、一九九二年九月）
（11）伊藤博「万葉集の成立と評価をめぐって」（『講座日本文学の争点』〔上代編〕明治書院、一九六九年一月）
（12）伊藤博「愚者の賦―『萬葉集釋注』の公刊を終えて―」（『愚者の賦―萬葉閑談―』集英社、二〇〇〇年、初出は一九九九年四月）
（13）身﨑壽「万葉集巻七論序説」（『萬葉集研究』〔伊藤博先生追悼記念〕第二七集、塙書房、二〇〇五年六月）
（14）小川靖彦「持統王家の集としての『萬葉集』巻一―巻一の増補をめぐって〈書物としての『萬葉集』〉―」（『日本女子大学紀要』〔文学部〕第五〇号、二〇〇一年三月）

(15) 神野志隆光「人麻呂歌集の女歌―人麻呂歌集と『万葉集』―」(『万葉の女性歌人』〈高岡市萬葉歴史館叢書21〉二〇〇九年三月)
(16) 神野志隆光「「歴史」としての『万葉集』―『万葉集』のテキスト理解のために」(『國語と國文學』第八七巻第一一号、二〇一〇年一一月)
(17) 神野志隆光編『万葉集鑑賞事典』(講談社、二〇一〇年)
(18) 神野志隆光「『万葉集』の中に編集された家持―「歌日記」の意味」(『大伴家持研究の最前線』〈高岡市萬葉歴史館叢書23〉二〇一一年三月)、神野志隆光「「歴史」としての『万葉集』」(前掲、注16)等。
(19) 市瀬雅之著『万葉集編纂論』(おうふう、二〇〇七年)の「本論の視点」
(20) 市瀬雅之「巻一の場合」(本書第二部第一章第一節。初出「『万葉集』巻一の構想―構造論から構想論へ―」は二〇一一年一月)等。
(21) 城﨑陽子「「譬喩」という表現技法と編纂」(本書第三部第五章。初出「部類歌巻の編纂―「譬喩」という部類の位相―」は二〇〇九年七月)
(22) 城﨑陽子著『万葉集の編纂と享受の研究』(おうふう、二〇〇四年)
(23) 影山尚之「萬葉集巻二相聞部の構想」(『國語と國文學』第八八巻一二号、二〇一一年一二月)
(24) 鉄野昌弘著『大伴家持「歌日誌」論考』(塙書房、二〇〇七年)
(25) 山﨑健司著『大伴家持の歌群と編纂』(塙書房、二〇一〇年)
(26) 廣岡義隆「『萬葉集』を切り刻む」(『三重大学　日本語学文学』第二一号、二〇一〇年六月)
(27) 伊藤博「万葉集の成り立ち」(『萬葉集釋注』〈十一別巻〉集英社、一九九九年)
(28) 中西進「家持の追憶―『歌日記』の形成―」(『中西進万葉論集』〈第六巻〉講談社、一九九五年、初出は一九六六年六・七月)
(29) 村瀬憲夫「万葉集巻十七冒頭部歌群攷」(『上代文学』第四六号、一九八一年四月)
(30) 市瀬雅之「巻十七冒頭三十二首の場合」(本書第二部第四章第一節。初出「巻十七の構想―冒頭三十二首の役割について―」は二〇一〇年三月)

（31）　神野志隆光「『万葉集』の中に編集された家持―「歌日記」の意味」（『大伴家持研究の最前線』〔高岡市萬葉歴史館叢書23〕二〇一一年三月）
（32）　神野志隆光「『万葉集』の中に編集された家持―「歌日記」の意味」（前掲、注31）
（33）　鉄野昌弘「大伴家持論（前期）―「歌日誌」の編纂を中心に―」（『大伴家持「歌日誌」論考』塙書房、二〇〇七年、初出は二〇〇二年五月）
（34）　本書の校正中に、神野志隆光著『万葉集をどう読むか―歌の「発見」と漢字世界』（東京大学出版会、二〇一三年）が出版された。この書によって、神野志論の主張は、ひと通りの体系化が成された。なお「はじめに」で、「構想・意図をいうのは、成立的発想から出るものにほかなりません」として、「二十巻としてあるものを見るといったのは、構想されたものとして見るというのではありません。あくまで、結果としてあるものの意味を見るということです」と、この書の基本姿勢をはっきりと提示している。

第二章

万葉集編纂構想論

――本書の志向するところとその概要――

はじめに

前章（第一部第一章「伊藤博著『萬葉集の構造と成立』の顕彰と検証」）では、これまでの長く深い万葉集編纂研究史における到達点ともいうべき、伊藤博著『萬葉集の構造と成立』を顕彰し、そのうえで、その後の研究動向を見てきた。その動向のなかでもひときわ強く光彩を放ち、ひとつの潮流を成しつつあるのが、編纂構想論である。前章の「八　『万葉集』の読み方、追究の仕方、その基本姿勢（検証C）」で述べたところである。

その意味で、万葉集編纂研究の現在は、伊藤博の『萬葉集の構造と成立』に代表される構造論的視点に立つ形成成立論を離れて、『万葉集』の現態からその編集の構想を見ようとする方向、つまり現態が出来上がるまでに、あったであろう、その形成のプロセスに意を注ぐことは少なく、現態そのままをあるがままに見ようとする方向に、軸足を移しているといえよう。これは、従来の歌人論がテクスト論へとその軸足を移している、万葉集研究の現在の潮流とおおすじ軌を一にするものと言える。

本書は、この構想論の充実を志向し、構想論を基本的姿勢として、万葉集編纂研究を推し進めようとするものである。

前章の「八-三　影山尚之論」で、影山論文は、巻二相聞部を対象として、その基本姿勢（「テキストの性質を洞察したうえであるがままに読むべきである」）に立って構想論を展開した結果、見事に成功し豊かな結実を見た論であると高く評価した。しかし『万葉集』は巻毎にその性格を異にしていて、巻の編集の構想が比較的見えやすい巻もあれば、そうでない巻も多い。ましてやいくつかの巻を束ねたかたちでその編集の構想を問おうとすると、越えなければならないハードルは一層高くなる。本書ではその困難さを承知のうえで、『万葉集』全体にわたる万葉集編纂構想論の展開に挑んでみようと思う。くり返せば、『万葉集』二十巻全体を視野に入れた論述であるところに、本書の特色と心意気がある。

なお、本書の第一部は村瀬憲夫、第二部は市瀬雅之、第三部は城﨑陽子、第四部と「結びにかえて」は村瀬憲夫が分担執筆した。ただし内容も形式も、一書としての統一と綜合を図るべく、相互に意見を交わし調整をした。しかしながら、構想論には今後に残された課題も多く、一筋の縄では括りきれない、未開のパラダイムでもあるゆえ、全き統一は図りきれていない。その点は、今後の柔軟で豊かな発展のための模索過程のひとつとして、ご寛恕を乞いたい。

さて本書では、二十巻を編み、形作るための志向、その志向を支える理念や理想または主題を「構想」と呼ぶ。また理想や主題を「標題をはじめ、題詞や左注、歌の取捨選択や配列等を利用して巻という形に整えようとする力」を「構想力」と呼ぶ。

いま「理念や理想または主題」と述べたが、両者（「編集理念（方針）」と「編集内容の主題」）は、もとより相関連するものである。しかしながら具体論を展開する時、多少の差異を生じる場合があるので、本書では論旨に混乱を来さないよう、必要に応じて、「構想」の意味するところを断って論述することとする。

また構想論においては、あくまでも『万葉集』に表された「家持」を第一義と考える。神野志隆光「『万葉集』の中に編集された家持――「歌日記」の意味」（『大伴家持研究の最前線』〈高岡市萬葉歴史館叢書23〉二〇一一年三月）は、いみじくも「『万葉集』の中に編集された家持」と捉え、本書では「主題化された「家持」」と規定した。したがって、当時の現実の政治的社会的生活史の中に存在した家持と区別して、「家持」と表記する。

本書でしばしば用いる「現態」という言葉も、基本的な姿勢は同じで、あくまでも『万葉集』に顕在する姿を意味し、その姿が成るまでにあったであろうプロセスは問題としない。また『万葉集』を取り巻く、当時の環境にも意を注ぐことは少なく、さらに当時の歴史的政治的実態として還元することのないように意図した。

一　第二部の概要

以下、第二部から順次その内容を概観し、その主張の骨子を概括しておく。第二部と第三部は、本書における主張の中核をなす部分である。

まず**第二部**「構造論から構想論へ」は、『万葉集』の巻一から巻二十までを、現態のままに読むことを前提とする。従来の構造論的視点に立てば、『万葉集』は大きくは巻一から巻十六までと、巻十七から巻二十までとに二分される。しかしながら、『万葉集』が成るまでにこの二分された過程があったにせよ、現在我々の目の前に残されて在る『万葉集』は、巻一から巻二十までが、一括されて在る。ならばその現態のままに読んでみよう、そのようにした時、『万葉集』が何を語りかけてくるのか、何を主張しようとしているのかに耳を傾けてみようというのである。

万葉集編纂研究において、こうした基本姿勢がひとつの潮流をなしているその背景には、これまでの構造論に立脚した研究に対するある種の徒労感があるからであろう。構造論は、『万葉集』の現態に犀利なメスを入れて、分析に分析を重ね、当時の歴史社会の中で『万葉集』が形成されていく過程を解明しようとした。それが一定の豊かな成果を生んだことは言うまでもないが、究極は解き明らめることが出来ない側面も多いことも、また一方で実感させられたからである。

さて、この第二部では、巻一から巻二十までの巻々が、各々の巻内での編纂方針を持して編纂されつつ、各巻がいかに繋がるよう構想されて編まれているのかを解明しようとした。その基本姿勢はあくまでも『万葉集』の現態に目を注ぐことにあった。

もって、巻一から巻二十まで、『万葉集』全体を貫くのは、「天皇を中心とする古代律令社会のもっとも理想的な姿を、宮廷社会で詠まれた歌を用いて巻に表わそうとする構想」であることを主張した。なお言えば、歌を支える史実や社会、作者等を考えたくなる欲求を極力抑えることで、歌として表す内容を辿ることを優先して、二十巻がひとまとまりの歌集として表す主題を捉えようとしたのである。

第一章「藤原宮から寧楽宮の和歌へ」は、巻一〜巻六を対象とする。

第一節「巻一の場合」は、巻一は、構造的には三つの異質な資料から構成されているようにみえるが、実は「藤原宮」を現在とする視点に立って、藤原という宮都を中心とする巻の連続として構成されている、つまり三つの異質資料の単なるつなぎ合わせではなく、巻全体がひとつの構想を表現していることを明らかにした。そして、この藤原宮を中心に構成された世界は、次代の「寧楽宮」を庶幾しており、巻の編成という視点から言えば、巻六へと続くことが構想されていると見た。構造論と構想論の相異をはっきりと説いた節である。

第二節「巻一から巻六への若干の見通し」は、巻一〜巻五が、巻六へと繋がっていく様相を俯瞰的に説いた。まず巻二の位置づけをする。巻一が「藤原宮」を現在として構想されていることを受けて、巻二は、「藤原宮」の持統天皇によって見出された柿本人麻呂を憧憬する姿勢が、巻の構想として立ち上げられていると主張した。つづいて巻三と巻四は、巻一と巻二が、「寧楽宮」の志貴皇子で閉じられているのを受けて、志貴皇子歌以降の歌を多く掲載することを通して、「寧楽宮」時代への移行を、ゆるやかにそして着実に表そうとしていると、両巻のその構想を読む。またここで「編纂者（編集者）家持」という視点も提示している。

そして「寧楽宮」時代のみを対象とした巻五には「天皇を中心とする古代律令社会が、歌によって都から地方（ここでは筑紫）までも表しはじめた様子が認められる」とし、それをうけて巻六は、聖武天皇時代の歌世界を豊かに展開していくと見通した。

第二章「寧楽宮前期の構想」は、巻六を対象とする。なお「寧楽宮前期」および「寧楽宮後期」とは、万葉集編纂構想論を展開する本書に固有の用語で、「巻六が示す天平十六年までの歌世界を「寧楽宮の歌世界前期」」と位置づけ、これを受け止め巻十七に表される天平十八年以後の歌世界を「寧楽宮後期」〔「寧楽宮の歌世界後期」〕」（第二部第四章第三節）と仮称する。

まず**第一節**「巻六の場合」は、前章（第二部第一章「藤原宮から寧楽宮へ」）を受け、巻一が庶幾した（予感した）「寧楽宮」を具体的に展開するのが巻六であると位置づける。そこで巻六、一〇四二・三番歌の読みを基点として考察を展開し、この巻は「天皇を中心とする古代律令社会のもっとも理想的な姿を、宮廷社会で詠まれた歌を用いて巻に編もうとする構想」を極めて顕著に具現化して見せた巻であると主張した。構造論に立脚した研究が、安積皇子挽歌（四七五〜四八〇）に、構造上の区切れを見出し、安積皇子を取り巻く歴史的状況と絡めて、この挽歌と安積皇子とを特別視していくことを批判して、巻六の総体を見通した読み、すなわち「聖武という天皇を中心とした古代律令社会を支える理念に基づいて、現実をより理想的な姿に近づけようと、残された歌を編む志向性が構想として認められ」ると説いた。

そして**第二節**「関東行幸歌群の場合」は、その具体例のひとつとして、当該歌群を取り上げる。この歌群は、聖武天皇が敢行した、天平十二年の関東行幸という史実と、『万葉集』に付せられた題詞とのズレをめぐって、議論の多いところである。本節は、そういった点に目を配りつつ、「歌が詠まれた時点とは別に、歌群として編まれ、巻六に位置づけられるための構想」を追究し、「総題が同時期に起きた広嗣の乱を、「依」と行幸に結びつけることで、危機的な状況にありながらも、冷静さを失うことなく、天皇としての威容を備えて出立する聖武の頼もしい姿を、「幸」に思い描くことが意図されていた」と結論づけている。

第三章「つなぐという視点」は、巻一〜巻六とは異なり、作者名を記さない巻（従来、これを「作者未詳歌巻」と呼んできたが、本書（第三部参照）では「部類歌巻」と呼ぶ）を取り上げる。

第一節「巻七の場合」は、『万葉集』の構造上、巻一から巻六までとは、大きな開きがあると見られている巻七を取り上げて、実はそのような開きとして見るべきではなく、巻七は巻七なりに、それ以前の巻を引き受け、そしてそれ以降の巻へ引き継いでいくさまを、巻七の現態を観察することによって、読み取ることができると主張した。

まず巻七の雑歌部には、「羈旅の部」と称することも可能なほどに多くの羈旅歌が類従部類されているが、これは巻六が時間軸に沿って羈旅歌を配列しているのに対し、時間軸に依るのではなく、部類によって歌を表すことを志向した結果だと見た。また巻六雑歌部にまとまってある、月の歌（6・九八〇～九八七）の一群を取り上げ、巻六の所収歌が基本的に時間軸に沿って配列されている中にあって、この一群が歌の内容によって分類されていること、そしてこの一群のありようは、まさに巻七雑歌部が、詠物毎に所収歌を部類分けしているあり方と共通することに注目して、巻七が「（時間軸では）表しきれない部分を、内容から歌を分類することで表しはじめた」と見た。

ついで巻八との関わりにも目を向けて、巻七の羈旅歌群、あるいは「譬喩歌」部にある季節表現を含む歌と、巻八所収の季節歌とを比較検討することを通して、巻七と巻八がそれぞれ独自の部類姿勢を有していることを確かめて「ふたつの巻が並べ表されるところに、内容別に歌を整理する方法に、多様な切り口の存在が表されている」とする。

第二節「巻十一・十二の場合」は、部類歌巻のうちの巻十一・十二を対象として、両巻の「部立」のありようとその内実の検討を通して、両巻が、それ以前の巻々を受け取り、それ以後の巻へ「つなぐ」という視点を有していること、すなわちそこに両巻編集の構想の一端を見てとることができると説いた。

具体的には巻十一の「譬喩」部、巻十二の「羈旅発思」部を対象として取り上げ、これらが、既存の『人麻呂歌集』や『古歌集』の部立を重視しながらも、独自の部立のありようを見せると主張して、たとえば「譬喩」部を置いて、その所収歌に「寄○喩思」という左注を付して、心情がより優先される方法を目指す、「羈旅発思」という部立を『人麻呂歌集』から享けながら、さらにはそれに加えて、「悲別歌」、「問答歌」という、心情表現をより細やかに整理する部立を立てる等といった点を挙げた。

第三節「巻七から巻十六への若干の見通し」は、第三章「つなぐという視点」の総括として、巻七～巻十六の個々の巻々がどのようにつながり、そして総体として巻一～巻六とどのようにつながっているかを見通す。まず発想の基本として、巻七、十、十一、十二、十三、十四の六巻を「作者未詳歌巻」（作者不明歌巻）と捉える、従来の姿勢を排して取らない。そのことはとりもなおさず、従来の構造論が、巻一～巻六と、巻七～巻十六の間に認めた、構造上の断層を認めないという立場を取ることとなる。

では巻七～巻十六とをつなぐ視点とはなにか。そのひとつとして、「羈旅」あるいは地名に依る配列（それは「道」の発想とみることもできよう）という観点を提出した。しかしながら、もちろんこの観点だけで、巻七～巻十六を説明しきることはできない。この一〇巻は、緩やかなつながりをもってまとめられているからである。抽象的な表現になるが、「歌が「内容」や「歌体」、「形式」別に分けられた巻をまとめ表すところに」この一群の歌巻のつながり（関連性）をみることができると説く。その具体的で、詳細な考究は、第三部で展開する。

そして巻七～巻十六には、巻一～巻六と同様、「時間軸」という視点もあることを指摘したうえで、「巻一から巻六が表した時間軸の中に、巻七から巻十六に分類した歌を重ね読ませることで、歌の特徴までを表そうとする構想が存在する」と結論づけた。

第四章は「寧楽宮後期の構想」である。

第一節「巻十七冒頭三十二首の場合」は、巻十七、三八九〇から三九二一番歌までの三二首を俎上にのぼせる。

この歌群については、長い研究史を持ち、さまざまな見解がある。その概略は本書第一部第一章で紹介した。巻一〜巻十六と、巻十七〜巻二十との間には、内容と形態の両面において大きく隔たりがあるように見える。構造論はこの断面の前後を、『万葉集』第一部と第二部に分けて、『万葉集』の成り立ちを考える。本書の構想論は、そこを断面、あるいは隔たりとは見ない。連続して、ひとつの構想として繋がっていると見る。本節では、当該三二首のひとつひとつを具体的に検討することによって、これらの三二首が、それ以前の、巻一から巻十六までの歌々を具体的に想起させ、そして当該歌群以降の歌々へと導いていること、すなわち巻十六以前の巻を顧みながら、巻を編むことが構想として示されていると主張した。「特に巻十七の場合は、巻十六以前との隔絶が強く意識されるような構造を抱えていればこそ、冒頭三十二首が、その隔絶をつなぎ止め結びつけるためには必要であった」のである。

なお本書第四部第二章では、末四巻に見て取ることの出来る構想という視点から、当該三二首歌群を見、位置づけていて、本節の視点と異なるため、一見異なる見解を示しているように見える。しかし両見解は相矛盾するものではない。一方（本節）は、巻一から巻十六までを引き受けて、連続的に末四巻が展開する、そのつなぎとしての役割を、当該歌群に見たものであり、一方（第四部第二章）は、末四巻の構想内に当該歌群を見たものである。

第二節「白雪応詔歌群の場合」は、巻十七、三九二二番歌から三九二六番歌までの五首と、その前後に付された題詞と左注を対象とする。巻十七以降の、いわゆる「家持の『歌日記（歌日誌）』」は、この歌群から始まると目されている歌群である。この歌群には、歴史的事象も透けてみえるが、本節は、その記述を歴史的実態に還元することはしない。あくまでも現態を読むことを旨とする。そのような姿勢で、五首の表現をていねいに分析した結果、この歌群は、「白雪」をモチーフに、勅に応じた臣下たちの側から、大君とあるべき理想的な姿を表しており、「家持」もその官人の中のひとりとして扱われていると読んだ。そのうえで、いわゆる「家持の『歌日記（歌日誌）』」というとらえ方に疑問を呈して、末四巻は、「天皇を中心とする古代律令社会のもっとも理想的な姿を、宮廷社会で詠まれた歌を用いて巻に編もうとする構想」のもとに展開しており、巻十七の冒頭三二首も、当該歌群も、そのような構想のもと、巻一～巻十六から連続して読むことを、他ならぬ末四巻が、そして『万葉集』の総体が、要請していると主張した。

なお本節では、当該歌群から読み取れる構想を「天皇を中心とする古代律令社会のもっとも理想的な姿を、宮廷社会で詠まれた歌を用いて巻に編もうとする構想」と説き、第四部第二章では、当該歌群を、「都びと「家持」が夷に身を置いて歌った都視線の世界」と同一線上にあると説いているが、両者は相矛盾するものではなく、「都びと「家持」が夷に身を置いて歌った都視線の世界」という構想を包み込んで、「天皇を中心とする古代律令社会のもっとも理想的な姿を、宮廷社会で詠まれた歌を用いて巻に編もうとする構想」があると言えるからである。

第三節「巻十七から巻二十への若干の見通し」は、第一、二節の主張を踏まえつつ、第四章全体を統括する意味合いを持つ。この四巻は家持の「歌日記（歌日誌）」と称されて、この「歌日記」から、現実の社会の中に生きる、生身の家持の軌跡を読み取ろうとする立場があるが、本節はこの姿勢をとらない。そのうえで、この四巻に見える家持は、あくまでも詠まれた歌表現に見出される「家持」（主題化された、あるいは作品化された「家持」）であるとの立場を主張する。

こうして「主題化された「家持」」という視点に立って、巻十七～巻二十を見る時、ともすれば、家持の「歌日記」としての性格が薄らいでいると見られがちな巻二十も、四巻を貫く構想のもとに束ねられた一巻として、まったく遜色はない、換言すれば、巻十七～巻二十は、「家持の歌日記」という理解の呪縛から解き放った時、その構想がはっきりと見えてくると説いた。

こうした観点から、巻二十所収の防人歌群および防人を詠んだ「家持」の歌を取りあげ検討して、「歌によって、天皇を中心とする古代律令社会の中に表された世界」として構想され位置づけられていると見る。さらに中臣清麻呂宅宴歌十五首（四四九六〜四五〇五）についても検討を加え、「天皇を中心とする社会のもとに、もっとも理想的な歌世界」を表現しようとしていると見る。

かくして、巻十七〜巻二十、ひいては巻一〜巻二十は、歌によって「古代律令社会がめざす、理念としての理想」を表現することを志向しており、この志向こそが、『万葉集』二十巻の主題として表されているのであり、その象徴的存在が、『万葉集』巻末歌であり、また古来結論の定まらない「万葉集の名義」も、如上の主題から自ずと帰納できる、すなわち万代に伝われかしという願いをこめて命名された、と主張した。

二　第三部の概要

第三部「部類歌巻の編纂と構想」は、巻七、十、十一、十二、十三、十四の六巻を対象とする。

第一章「「部類歌巻」という志向」で、第三部全体を貫く基本の趣旨を簡潔に述べている。従来、この六巻は所収歌が作者名を持たないことをもって「作者未詳歌巻」あるいは「作者不明歌巻」と称されてきた巻々である。しかし本書では「部類歌巻」と呼ぶ。そのように呼ぶのは、これらの巻々が「歌をどのように分類するのか」という編者の意図（構想）によって編まれていると考えるからである。

これまでの編纂論は「どのように編んだか」、どのような過程を経て形成されたか、ということを明らかにするものであった。一方、本書で展開する構想論は、「なぜ部類歌巻を編んだのか」という根本的な問題に立ち返って考える。それは「歌を詠う（作る）」ためという目的とも不可分であったはずである。

結局、部類歌巻編纂の基盤にあるのは「歌を詠う（作る）」という行為であり、「作歌に資する」ためであり、部類歌巻を「編む」ということは、歌を諸々の「部立」によって分類することである。そして、分類するということは、様々な歌の環境に寄り添って詠われた歌を、「部立」というある種のテーマに沿って「整理整頓」するための方法でもある。その「整理整頓」の方針と方法を「編者の志向」として追究した。その意味で、第一部、第二部、第四部で用いている「構想」と、第三部で述べる「志向」とは通底する語である。

第二章「「羇旅」という部類と編纂」は「羇旅」という部類を対象として扱う。

第一節「「羇旅」という表現と場と」は、主として巻七を対象とする。巻七は、「作歌に資するために歌を部類する」という編纂動機が生み出した最初の巻であるが、その巻七雑歌部における「羇旅」の存在は大きい。「地名」や「羇旅」といった項目によって類聚し、部類されている点に、それは現われている。そして「羇旅」の部は「旅の歌を詠む」ことに資するという目的のもとに「歌材」を提供し、「何を詠うのか」という意図に加え、「どこで詠うのか」という意図も汲み取った部類のあり方を示していると説く。

さらに巻十二の「羇旅発思」の部と比較して、「羇旅」に対する部類意識が、巻七の開拓し抱え込んだ表現（「何を、どう詠うのか」）と場（「どこで詠うのか」）の問題を、（巻十二は）より深化させる方向に進むと見通す。

第二節「「羇旅発思」の表現と環境と」は、前節を受けて、巻七において作歌の場として再認識された「羇旅」が、巻十二においては、部類意識がより明確化され、細分化されて「羇旅発思」と部類され、さらにこれが「悲別」と「問答」に細分されているが、これはなぜかと問う。言い換えれば、「羇旅発思」に「悲別」という部立を創設した、編者のその志向を問うのである。そして「羇旅発思」の歌表現と、「悲別」のそれとを、たとえば「別れる」「後れる」「手向」等の語を共通して持つ歌を対象として、比較検討する。その結果、「悲別」に部類された歌は、「別れ」に特化してより劇的な表現を含む歌であるとの結論を得る。そこに、「旅の歌」という部類基準以上の部類として、「悲別」部を創設した、編者のその志向を読み取った。

第三章「「問答」という表現形式と編纂」は部類歌巻における「問答」という部立を問う。**第一節**「巻十一・十二の場合」は、まず両巻の全体像を把握する。すなわち、歌を「どう使うか」という視点に立って、まず表現形式の部類としての「正述心緒」と「寄物陳思」を生み、さらに明示的意味に暗示的意味を重層させる表現技法である「譬喩」を生み出した。そしてさらに「どう使うか」と「どう詠うか」という視点の交錯する、歌の形式としての「旋頭歌」や「問答」の部類（部立）を生み出したと捉える。

そのうえで、最も新しい認識による部類である「譬喩」（この部類については第三部第五章で詳述する）に対して、逆に最も日常的な歌の環境である「どう詠うか」という「問答」の部類を再認識し、部立として確立したと説いた。

つづく**第二節**「巻十三の場合」は、巻十三の「問答」という部類を問う。巻十三は長歌を中心にして展開し、それに反歌（短歌）が付されて成り立っている。この長歌と反歌は、まったき整合性を有しない場合も多い。構造論ではここにメスを入れて、一組の長反歌の成り立ちのプロセスを解明しようとした。対して、本節では、あくまでも現在顕在する巻十三の現態に目を注ぐ。巻十三の「問答」部には、四組の歌が収められている。この四組の内実は、「歌の掛け合いによる恋物語の形成」の事例であり、しかもこれら四組はそれぞれに異なる形式と形態を有していて、同一のものは一つもない。ここに巻十三の編者は「長歌体を中心とする問答形式と形態を重複することなく示す」ことを志向していたと見通すことが出来る。そのうえで、なぜこうした様々な形式・形態を提示する必要があったのかを問うて、巻十三は「恋物語の形成」という、他の「問答」部類にはない形態を示すこと、すなわち問答における物語性を提示・追求することにその目的（志向）があったと結論づけた。

第四章は「「季節」という表現形式と編纂」である。季節による部類分けを志向した巻は、『万葉集』においても特異であり、それだけに大きな存在意義を有し、光彩を放つ。ただし等しく季節歌巻と言っても、巻八と巻十とは同一ではない。巻八は季節分類に際して、主として作歌時期をその基準とした、すなわち記録形式的に分類したのに対して、巻十は歌材によって辞書的に分類したという相異を持つ。つまり、巻十は歌材のあり方に密接して寄り添うがゆえに、季節表現に対する感覚を鋭敏にして編纂する必要があった。それは季節歌巻の編纂意識の深化と言ってもよい。その意味で、巻八、巻十の編纂には季節認識の成立のさまを見てとれると同時に、巻十には季節表現にたいするより先鋭的な眼差しの深化を見ることが出来る。

なお「巻十をはじめとする部類歌巻の歌々は、平城京という大都市を中心として活動する八世紀の貴族層と、その貴族層をめぐる中・下級の官人層がその担い手であり、宴や野遊びといった集団行事のなかで社交的な人間関係を保つための手段であった。そうした需要のために歌は大量に作られたと考えられ」、その意味で「作歌に資する」ための部類歌巻の成立が促されたと説いて、本第三部の主張をあらためて確認している。

第五章「「譬喩」という表現技法と編纂」は、巻十一の「譬喩」という部立を取り上げ、考察することによって、巻十一・十二を編纂した編者の「志向」を読む。これは、巻十一・十二の出発点は、「歌を作るための歌集」の編纂にあったのであり、この最新の「譬喩」の部立にこそ、巻十一成立時の編者の志向が集約されていると見通してのことである。

巻十一の寄物陳思歌と譬喩歌と、両者を、同じ歌材を詠んだ歌を取り上げ比較検討して、「寄物陳思」は物象の様態に自身を重ねつつ「思」を「陳」べる点に重点があったが、「譬喩」は物象にイメージを重層させ、その重層させた「喩」のすきまから「思」をのぞかせるような詠い方をしていたことを確認し、譬喩歌においては、寄物陳思歌に勝る、「迫真の表現」、「イメージの先鋭化」、「物象の斬新さ」が追求されていると見た。そうした譬喩歌を集めて「部類」したところに、巻十一・十二を編纂した編者のなみなみならぬ志向の一つをみる。

第六章「「東歌」という世界観と編纂」では、巻十四「東歌」については、所収歌の内実、つまり民謡性の問題、歌の担い手の問題、所収歌の収集の目的と方法の問題等々、古来多くの議論が積み重ねられて現在に至っているという現況にあって、本章は、第三部の一貫した基本姿勢に立って、編纂物として成立した巻十四の「志向」を、「歌を部類する」という視点から考えた。とくに、「非国別歌」に立項されている「防人歌」に注目して、この「東国」を象徴的に表す部類項目を特立したところに、巻十四編者の志向性をみ、巻十四の「非国別歌」における「防人歌」の部類が「『東歌』という総体」――総体としての《東国》――を示すために必要な要素であったことを述べた。また同じく「非国別歌」に、一首のみながら立項されている「挽歌」にも注目し、この「挽歌」が、いわゆる三大部立の一翼を担う部立であることを念頭において、「防人歌」立項への志向とあわせて、巻十四には、《東国》――それも都人からみた東国世界――を一巻として示すという部類意識があったと結論づけた。

三　第四部の概要

さて第二部と第三部は、構想論によって『万葉集』の編纂を解くという基本姿勢を貫いている。対して**第四部**は、「構造論から構想論へ」という、編纂研究におけるパラダイムの転換に大いに惹かれつつも、一方で従来の研究成果を確かに継承したい、継承すべきだという思いを強く持している。もう少し言えば、テクスト論を基盤に置く編纂構想論は、ある意味では禁欲的な研究姿勢を有しているがゆえに、『万葉集』が内包する豊穣の世界を十全に汲み上げるためには、さらなる柔軟で多角的な視野が必要である考えている。そこで、構想論・構造論・歌人論が相互に相容れ相渡って展開する編纂論の可能性を探ろうとしているのである。第四部が構想論を基本として論述しつつ、論の後半で、構造論・歌人論による成果も踏まえて展開しているのはそのためである。

さてその**第一章**「巻六巻末部編纂の構想——巻六の現態の読解を通して巻六編者の想定に及ぶ——」は、巻六を対象とする。巻六の編纂者には大伴家持が比定されているが、この章では、まずその予見を取り払って、巻六の現態を注意深く読んだ時、巻六は何を語るのか、そこに耳を傾けた論である。巻六の現態には、構造論の視点から観察すると、断層の露出と称したいような、不思議な部分が現出する。それは巻頭から作歌年次に強く意を用い、時間軸に沿って所収歌を配列してきた巻六が、一〇四四番歌以降、巻末まで（本章では「巻六巻末部」と呼ぶ）の所収歌には、作歌年次がまったく記されないという現象が出来する。構造論ではこの現象を、編纂過程での「追補」と考える。対して構想論は、一見断層と見えるものを、巻六形成過程の問題とはせず、この断層と見えるものをも含みこんで、巻六総体として何が見えるか、巻六は何を構想しようとしていたのかを考える。

本章ではこの巻末部の歌々に「うつろひと無常の自覚」と「をちかへりと永遠への願い」が色濃いことを読み取って、巻六巻末部の構想は、そしてひいては巻六全体の構想は、「うつろひと無常の自覚」と「をちかへりと永遠への願い」にあったと述べた。そして、この構想は、大伴家持の作品に顕著に顕れる特徴でもあることに注目して、巻六の編纂者は家持であろうと断じた。

続く**第二章**と**第三章**は「末四巻編纂の構想」と題して、末四巻（巻十七から巻二十までの四巻）の主張する構想（「編集内容の主題」）を読み取った。まず第二章では、巻十七から巻十九まで（ただし巻十七の冒頭歌（17・三八九〇）から、巻十九の帰京途上の歌（19・四二五四、五）まで）を対象とする。この部分に見えるいくつかの歌群、歌々、具体的には、①ほととぎす詠、②たとえば「二上山の賦」のような夷の風物を詠んだ歌、③たとえば葦付のような夷の景物を詠んだ歌、④「雪月梅花」を詠んだ歌、⑤「越中秀歌群」等を取り上げて、そこから「都びと「家持」が夷に身を置いて歌った都視線の世界」という構想を抽出した。そのうえで、「白雪応詔歌群」

（17・三九二二〜三九二六）を一例として、従来の構造論あるいは歌人論の研究成果をも合わせ見る時、この如上の構想は一層確かなものになること、そしてさらには、この構想は、末四巻以前の巻々（巻一〜巻十六）の世界、すなわち「都びとによる都視線の世界」をまっすぐに引き受け引き継いでいることを述べた。

第三章では、前章で対象とした巻十七から巻十九まで（ただし巻十九は帰京途上の歌（19・四二五四、五）まで）を引き受けて、さらに末四巻全体を束ねている構想を読み取った。末四巻において重要な位置を占める①いわゆる「春愁三首」とそれに至る歌々（19・四二八二〜四二九二）、②いわゆる「越中秀歌群」（19・四一三九〜四一五〇）、③天平勝宝九歳の歌群（20・四四八三〜五）を梃子とし、その内容の分析を通して、末四巻を貫く構想（「編集内容の主題」）は、「移りゆく時（うつろひ）の自覚と永遠への願い」であると断じた。そしてさらに『万葉集』二十巻が「永遠への願い」を詠じた歌（20・四五一六）で詠いおさめられていることに注目して、この末四巻を貫く構想は、実は『万葉集』二十巻を束ねる構想でもあったと結論づけた。そのうえで、従来の構造論あるいは歌人論の研究成果を参観する時、如上の構想は一層確かなものになること、そしてさらには、この構想は、末四巻以前の巻々の世界（たとえば「移りゆく時」を基底として展開する季節歌巻の世界）をまっすぐに引き受け引き継いでいることを述べた。

この第四部の考察とその結論は、前述の通り、第二部が追い求めてきた、万葉集編纂の構想と相矛盾するものではなく、「天皇を中心とする古代律令社会のもっとも理想的な姿を、宮廷内外で詠まれた歌を用いて巻に編もうとする構想」の枠内において、角度を変えて読み取った場合の構想として位置づけることができる。

かにかくにして、本書が追い求めてきた万葉集編纂の構想は、万代に伝われかしとの願いをこめて、「万葉集」と命名されたとの見解に収斂することとなる。

おわりに

以上、本書の志向するところを、各部各章各節の概略をまとめる中で述べた。万葉集編纂構想論は、確たる方法論と称しうるほど成熟した域に達しているとはまだ言いがたく、また各部を担当した筆者それぞれに、構想論へのアプローチの姿勢も異なるため、本書全体がまったき一枚岩となっているわけではない。本章ではそれぞれの主張が相関連し相支え合っていることを確認できるよう叙述したつもりであるが、詳しくは、以下に展開する具体的な論によって判断していただきたい。

第二部

構造論から構想論へ

市瀬雅之

第一章

藤原宮から寧楽宮の和歌へ

第一節　巻一の場合

はじめに

従来の編纂論が、巻の中から核になる資料を見出し、歌集になるまでの形成と成立を論じてきた（第一部第一章）のに対し、本章では、二十巻がある程度ひとまとまりに編まれた時点の編纂に立って、表された内容を「構想」として読み解くことを目指す。[1]

ここに構造ではなく、敢えて構想という表現を用いるのは、従来の構造論が個々の歌の成立事情から複雑な巻の形成までを積極的に捉えようとしてきたのに対し、『万葉集』の現態を、編まれたひとつの歌集とみなし、それが表現する理念や理想または主題を、ゆるやかに読み解くことを課題とするからである。

ゆるやかにというのは、曖昧な表現のようだが、二十巻は、はじめからひとまとめに編まれてはいない。どちらかといえば、多くの巻が個々に編まれている。関連性の強い巻もあれば弱い巻もある。それらが一から二十までの巻数を得たところに、歌集としての体裁が認められる。二十巻を読み通したところに表れる理念や理想または主題を構想として読む。

編まれた巻には、取捨選択された歌や配列、題詞や左注の記述に志向性が認められる。本章では、「志向性に表された理念や理想または主題」を「構想」（第三部では「志向」と表現している）と呼ぶ。また「標題をはじめ、題詞や左注、取捨選択された歌や配置等が巻という形を支えている力」を「構想力」と呼んでおく。

巻一は、二十巻の中でも古撰の巻として、構造的には主に、

A 天皇代を記す標題のもとに歌が整理されている部分（一～五三）

B 作歌年次を記す題詞のもとに歌が整理されている部分（五四～八三）

C「寧楽宮」の標題のもとに歌が整理されている部分（八四）

の三部（以下、A部・B部・C部と呼ぶ）で構成されていることが知られている。(2) 大枠はその通りなのだろうが、詳細を見ると「或本」等からの歌の組み入れや左注などの書き入れがあり、その形成はA＋B＋Cのように単純ではない。

ここでは、構造的に巻の節目を捉えて、複雑な形成過程を追究するのではなく、それらを乗り越え編まれた一巻が、総体として何を表現しようとしているのかを、構想の問題として考える。

一　藤原宮を現在とする視点

A部は一宮都一代の天皇のもとに、雄略天皇以後の宮廷和歌が時間軸に従って配列されている。収められた五十三首は、「―時」の形式をもつ題詞を中心に歌を読むことができる。その中で次の題詞のみが例外になる。

藤原宮之役民作歌　（1・五〇題詞）

藤原宮御井歌　（1・五二～五三題詞）

市瀬雅之「『万葉集』巻一の題詞と左注——編纂論の一環として——」は、その理由を、前掲の標題は持統天皇代で閉じられており、A部の編纂がそれからまもなくなされたと見做すと、それは藤原宮で行われたのであろう。編纂者が「—時」を重視したのは、時間の経過の著しい場合と捉えた場合、藤原宮遷都はA部の編纂にとって、まさに現在であったことを読み取るべきではないか。そこに改まった説明を要しなかったものと考えてみたい。

と説いた。(3) その後も、基本的な考えに変更はない。(4) 藤原宮を現在としながら、それ以前の宮廷和歌が、前代の歌世界として表されている。

では、遷都が現在のできごととして捉えられた「藤原宮」は、巻一全体の中でどのように機能しているのであろう。B部のはじめに位置する次の題詞に目を向けてみる。

大宝元年辛丑秋九月、太上天皇幸二紀伊国一時歌　（1・五四～五六題詞）

A部が、宮都によって各天皇代を表してきたのに対し、右の題詞は作歌年次を用いている。その変化は、B部が増補されたためと理解されてきた。(5)

歴史的には、『続日本紀』の大宝元年（七〇一）三月条に、

甲午（二十一日）、対馬嶋、金を貢る。元を建てて大宝元年としたまふ。始めて新令に依りて官名・位号を改制す。（以下略）　（『続日本紀』大宝元年（七〇一）三月条）

とあるように、天皇名を冠しない年号使用の開始が、時間軸の表し方を見直すきっかけになっている。ここに、新たな時代の開始を見て取ることができる。(6)

その前年の文武四年（七〇〇）六月十七日条には、次のような記事も存在している。

甲午（十七日）、浄大参刑部親王、直広壱藤原朝臣不比等、直大弐粟田朝臣真人、直広参下毛野朝臣古麻呂、

直広肆伊岐連博得・直広肆伊余部連馬養、勤大壱薩弘恪、勤広参土部宿禰甥、勤大肆坂合部宿禰唐、務大壱白猪史骨、追大壱黄文連備・田辺史百枝・道君首名・狭井宿禰尺麻呂・追大壱鍛造大角、進大壱額田部連林、進大弐田辺史首名・山口伊美伎大麻呂、直広肆調伊美伎老人等に勅して、律令を撰ひ定めしめたまふ。禄賜ふこと各差有り。
（『続日本紀』文武四年（七〇〇）六月条）

右の律令が完成するのは、

癸卯（三日）、三品刑部親王、正三位藤原朝臣不比等、従四位下下毛野朝臣古麻呂、従五位下伊吉連博徳・伊余部連馬養らをして律令を撰ひ定めしむること、是に始めて成る。
（『続日本紀』大宝元年（七〇一）八月条）

と、大宝に年号が改められた元年（七〇一）八月三日のことであった。その運用が、

戊申（八日）、明法博士を六道西海道を除く。に遣して、新令を講かしむ。
（同条）

と、八日から開始されることで、それらが軌道に乗る翌九月に、

丁亥（十八日）、天皇、紀伊国に幸したまふ。冬十月丁未（八日）、車駕、武漏の温泉に至りたまふ。戊申（九日）、従へる官并せて国・郡の司等に階を進め、并せて衣・衾を賜ふ。また、国内の高年に稲給ふこと各差有り。当年の租・調、并せて正税の利を収ること勿からしむ。唯、武漏郡のみ本利並に免し、罪人を曲赦す。戊午（十九日）、車駕紀伊より至りたまふ。

のような紀伊国への行幸が華やかに行われた可能性を認めることができる(7)。それは、収められた歌にも、

大宝元年辛丑秋九月、太上天皇幸二于紀伊国一時歌

巨勢山の　つらつら椿　つらつらに　見つつ偲はな　巨勢の春野を　（1・五四）

右一首、坂門人足。

あさもよし　紀人ともしも　真土山　行き来と見らむ　紀人ともしも　（1・五五）

右一首、調首淡海。

或本歌

河上の　つらつら椿　つらつらに　見れども飽かず　巨勢の春野は　（1・五六）

右一首、春日蔵首老。

のように、どこか明るい余裕さえうかがわれる。増補を念頭に置くと、B部が右の歌にはじまる理由となろう。

ただ、このように受け止めてみても、なお気になるのは、巻一がB部からはじまるのではなく、A部に続いて編まれているという点である。構造的な差異に編集の痕跡を認めながらも、それを乗り越えている現状に鑑みると、A部からB部への連続性が、何を主張するのかを考えておく必要がある。本第一章では、それを構想として捉えることを目指している。

A部の標題から見直してみよう。

泊瀬朝倉宮御宇天皇代　大泊瀬稚武天皇

天皇御製歌　（1・一題詞）

高市岡本宮御宇天皇代　息長足日広額天皇

天皇登二香具山一望国之時御製歌　（1・二題詞）

天皇遊二猟内野一之時、中皇命使二間人連老献一歌　（1・三～四題詞）

明日香川原宮御宇天皇代　天豊財重日足姫天皇

後岡本宮御宇天皇代　天豊財重日足姫天皇、譲位後即二後岡本宮一

近江大津宮御宇天皇代　天命開別天皇、謚曰二天智天皇一

天皇詔二内大臣藤原朝臣一、競二憐春山万花之艶秋山千葉之彩一時、額田王以レ歌判之歌　（1・一六題詞）

天皇遊二獦蒲生野一時、額田王作歌　（1・二〇題詞）
明日香清御原宮天皇代　天渟中原瀛真人天皇、謚曰二天武天皇一
天皇御製歌　（1・二五題詞）
天皇幸二于吉野宮一時、御製歌　（1・二七題詞）
藤原宮御宇天皇代　高天原広野姫天皇、元年丁亥、十一年譲二位軽太子一。尊号曰二太上天皇一
天皇御製歌　（1・二八題詞）

右の標題は一宮都をもって一代の天皇を表している。ところが藤原宮の造営を詠む次の歌は、

藤原宮之役民作歌

やすみしし　我が大君　高照らす　日の皇子　荒たへの　藤原が上に　食す国を　見したまはむと　みあらかは　高知らさむと　神ながら　思ほすなへに　天地も　依りてあれこそ　石走る　近江の国の　衣手の　田上山の　真木さく　檜のつまでを　もののふの　八十宇治川に　玉藻なす　浮かべ流せれ　そを取ると　騒く御民も　家忘れ　身もたな知らず　鴨じもの　水に浮き居て　我が造る　日の御門に　知らぬ国　よし巨勢道より　我が国は　常世にならむ　図負へる　奇しき亀も　新た代と　泉の川に　持ち越せる　真木のつまでを　百足らず　筏に作り　のぼすらむ　いそはく見れば　神からならし　（1・五〇）

右、日本紀曰、朱鳥七年癸巳秋八月、幸二藤原宮地一。八年甲午春正月、幸二藤原宮一。冬十二月、庚戌朔乙卯、遷二居藤原宮一。

と傍線で示したように、造営される藤原宮を中心に、国として「常世」の繁栄が願われている。それは、続く「藤原宮御井歌」にも、

藤原宮御井歌

やすみしし　わご大君　高照らす　日の皇子　荒たへの　藤井が原に　大御門　始めたまひて　埴安の　堤の上に　あり立たし　見したまへば　大和の　青香具山は　日の経の　大き御門に　春山と　しみさび立てり　畝傍の　この瑞山は　日の緯の　大き御門に　瑞山と　山さびいます　耳梨の　青菅山は　背面の　大き御門に　宜しなへ　神さび立てり　名ぐはしき　吉野の山は　影面の　大き御門ゆ　雲居にそ　遠くありける　高知るや　天の御蔭　天知るや　日の御陰の　水こそば　常にあらめ　御井の清水　（1・五二）

短歌

藤原の　大宮仕へ　生れつくや　娘子がともは　ともしきろかも　（1・五三）

右歌、作者未詳。

と、都の生活を支える井戸の水が「常に」あり続けることが願われ、そうした井戸のある「藤原の大宮」に仕えることのできる「娘子」への羨望が詠まれている。

こうして、遷都された「藤原宮」は、持統天皇が十一年（六九七）に、

八月の乙丑の朔に、天皇、策を禁中に定めて、皇太子に禅天皇位りたまふ。（『日本書紀』）

と譲位し、文武天皇が元年（六九七）に、

八月甲子の朔、禅を受けて位に即きたまふ。（『続日本紀』）

と即位しても、新たな宮を造営する必要がなくなってゆく。

こうした中で、『続日本紀』が前掲の紀伊行幸を「天皇紀伊国に幸したまふ。」と記すのに対し、B部冒頭の題詞が行幸の主体者に「太上天皇」と明記していることを重視したい。同様の傾向は、続く五七〜六一番歌に影響する題詞にも、

二年壬寅、太上天皇幸二于参河国一時歌　（1・五七〜六一題詞）

と認められる。

B部は、以後も、

太上天皇、幸二于難波宮一時歌　（1・六六〜六九題詞）

太上天皇、幸二于吉野宮一時、高市連黒人作歌　（1・七〇題詞）

のように、七〇番歌までが持統「太上天皇」を強調して整理されている。これはB部の編集上、かなり意図的な行為といえよう。[8]

改めてA部の末尾に記された「藤原宮御宇天皇代」を表す標題に目を向けてみると、下注には「元年丁亥、十一年譲二位軽太子一。尊号曰二太上天皇一」と記されている。その内容は、五四番歌以後の「太上天皇」を許容するかのような記し方になっている。

断っておくが、ここにA部の「藤原宮御宇天皇代」の標題が、五四番歌以降までを範囲とするなどと主張しようというのではない。遷都によって、持統「太上天皇」と文武天皇が「藤原宮」の中にゆるやかに捉えられていること、即ち、A部からB部への連続性が表現されていることを指摘しておきたいのである。

B部が「藤原宮」を中心に表されていることは、続くC部が作歌年次ではなく「寧楽宮」との標題を用いたところにも顕在化している。

二　藤原宮三代

持統天皇が遷都した「藤原宮」を現在と位置づけてたA部に、B部は譲位した後の持統を「太上天皇」として強調することで、構造的な隔たりを越えて、連続していることを述べた。

ここではその先をもう少し辿ってみようと思う。続く七一番歌には、持統「太上天皇」に続いて、

大行天皇幸二于難波宮一時歌　（1・七一～七三題詞）

大行天皇幸二于吉野宮一時歌　（1・七四～七五題詞）

のように、文武天皇の存在を見出すことができる。諡で記されているので、B部の編集が文武天皇代以降に行われたことをも表している。続く歌には、

和銅元年戊申

天皇御製　（1・七六～七七題詞）

と記されている。和銅元年の「天皇」からは、元明の姿を見出すことができる。

元明天皇といえば、『続日本紀』の慶雲四年（七〇七）二月条に、

戊子（十九日）、諸王臣の五位已上に詔して、遷都の事を議らしめたまふ。

と記されるように、文武天皇が検討をはじめた遷都を、和銅元年（七〇八）二月に、

戊寅（十五日）、詔して曰はく、「朕祗みて上玄を奉けたまはりて、宇内に君として臨めり。菲薄き徳を以て、紫宮の尊きに処り。常に以為へらく、「これを作すは労し、これに居るは逸し」とおもへり。遷都の事、必ずとすること遑あらず。而るに王公大臣咸言さく、「往古より已降、近き代に至るまでに、日を揆り星を瞻て、宮室の基を起し、世を卜ひ土を相て、帝皇の邑を建つ。定鼎の基永く固く、無窮の業斯に在り」とまうす。衆議忍び難く、詞情深く切なり。然して京師は、百官の府にして、四海の帰く所なり。唯朕一人、独逸しび豫び、苟も物に利あらば、其れ遠かるべけむや。昔、殷王五たび遷して、中興の号を受けき。周后三たび定めて、太平の称を致しき。安みしてその久安の宅を遷せり。方に今、平城の地、四禽図に叶ひ、三山鎮を作し、亀筮並に従ふ。都邑を建つべし。その営み構る資、事に随ひて条を奏すべし。亦、秋収を待ちて後、

路橋を造るべし。子来の義に労擾を致すこと勿れ。制度の宜、後に加へざるべし」とのたまふ。
（『続日本紀』和銅元年（七〇八）二月条）

と、実行している。その準備は、

戊寅（二十日）、平城に巡幸して、その地形を観たまふ。
（『続日本紀』和銅元年（七〇八）九月条）

戊子（三十日）、正四位上阿倍朝臣宿奈麻呂、従四位下多治比真人池守を造平城京司長官とす。従五位下中臣朝臣人足・小野朝臣広人・小野朝臣馬養等を次官。従五位下坂上忌寸忍熊を大匠。判官七人、主典四人。
（『続日本紀』和銅元年（七〇八）九月条）

冬十月庚寅（二日）、宮内卿正四位下犬上王を遣して、幣帛を伊勢太神宮に奉らしむ。以て平城宮を営む状を告ぐ。
（『続日本紀』和銅元年（七〇八）十月条）

十二月癸巳（五日）、平城宮の地を鎮め祭る。
（『続日本紀』和銅元年（七〇八）十二月条）

癸巳（十一日）、勅したまはく、「造平城京司、若し彼の墳隴、発き掘られれば、随即埋み斂めて、露し棄てしむこと勿れ。普く祭酹を加へて、幽魂を慰めよ」とのたまふ。
（『続日本紀』和銅二年（七〇九）十月条）

十二月丁亥（五日）、車駕、平城宮に幸したまふ。
（『続日本紀』和銅二年（七〇九）十二月条）

の如く記され、和銅三年（七一〇）三月条に、

辛酉（十日）、始めて都を平城に遷す。左大臣正二位石上朝臣麻呂を留守とす。

と遷都が明記されている。

B部にはその直前に作られた歌が次のように残されている。

和銅三年庚戌春二月、従二藤原宮一遷二于寧楽宮一時、御輿停二長屋原一、廻二望古郷一作歌　一書云、太上天皇御製

飛ぶ鳥の　明日香の里を　置きて去なば　君があたりは　見えずかもあらむ　一に云ふ、「君があたりを見ずてかもあらむ」　（1・七八）

題詞には、和銅三年（七一〇）二月のできごととして、「藤原宮」から「寧楽宮」への遷都が記されている。遷都に先だって、藤原宮を故郷として惜しむ歌が配置されたと考えられる。本来であれば、ここに「藤原宮」との別れがあり、以後が「寧楽宮」となる。

ところが、巻一が「寧楽宮」を標題に記すのは、C部の八四番歌を待たねばならない。ここにも巻の構想が問われる。

七八番歌には、校合された或本から、類似する題詞を持つ次の歌が引用されていることに留意したい。

或本、従二藤原京一遷二于寧楽宮一時歌

大君の　命恐み　にきびにし　家を置き　こもりくの　泊瀬の川に　船浮けて　我が行く川の　川隈の　八十隈落ちず　万度　かへり見しつつ　玉桙の　道行き暮らし　あをによし　奈良の京の　佐保川に　い行き至りて　我が寝たる　衣の上ゆ　朝月夜　さやかに見れば　たへのほに　夜の霜降り　石床と　川の氷凝り　寒き夜を　息むことなく　通ひつつ　造れる家に　千代までに　いませ大君よ　我も通はむ　（1・七九）

反歌

あをによし　奈良の家には　万代に　我も通はむ　忘ると思ふな　（1・八〇）

右歌、作主未詳。

長歌では、大君の命によって住み慣れた藤原京の家を残して出立した作者が、「泊瀬の川」に舟を浮かべて、「川隈」ごとに故郷を振り返りつつ「寧楽」へ向かっている。やがて「奈良の都」に到着するのであるが、「佐保川」周辺での宿泊は、「朝月夜　さやかに見れば」と住む家には屋根がなく、「寒き夜を　息むことなく　通ひつ

つ　作れる家」である様子が詠まれている。その上で、さらなる完成が目指されている。反歌においても、奈良の家は、まだ住む対象にはなっていない。長歌が「通ひつつ」「我も通はむ」（1・七九）と繰り返しているのを受けて、反歌においても「我も通はむ」（1・八〇）と詠まれている。

構想論からははずれてしまうが、平城京が現実に遷都後も造営を続けていた様子は、『続日本紀』にも和銅四年（七一一）九月条に、

丙子（四日）、勅したまはく、「頃聞かく、「諸国の役民、造都に労きて、奔亡すること猶多し。禁むと雖も止まず」ときく。今、宮の垣成らず、防守備はらず。権に軍営を立て兵庫を禁守すべし」とのたまふ。因て従四位下石上朝臣豊庭、従五位下紀朝臣男人・粟田朝臣必登等を将軍とす。

（『続日本紀』和銅四年（七一一）九月条）

とあり、翌年一月条にも、

五年春正月乙酉（十六日）、詔して曰はく、「諸国の役民、郷に還らむ日、食粮絶え乏しくして、多く道路に饉ゑて、溝壑に転び填ること、その類少なからず。国司ら勤めて撫養を加へ、量りて賑恤すべし。如し死ぬる者有らば、且く埋葬を加へ、その姓名を録して本属に報げよ」とのたまふ。

（『続日本紀』和銅五年（七一二）一月条）

との記事が認められる。B部が、

和銅五年壬子夏四月、遣二長田王于伊勢斎宮一時、山辺御井作歌

（1・八一～八三題詞）

までを「寧楽宮」に収め得ない様子は、和銅五年（七一二）に至っても平城京が完成していない内容と一致する。ただ、B部がここに『続日本紀』の記す和銅三年（七一〇）の遷都を認めようとしないのには、史実の反映を読み取るだけでは弱い。

改めて巻の内部にそれを求めてみると、七八番歌の題詞が「従二藤原宮一遷二于寧楽宮一時」を記していることが留意される。この記事に合わせて、或本歌が組み入れられている。巻を編む時の関心がここにあったと知ることができる。特に或本歌の長歌には「通ひつつ　作れる家に」と詠まれている。通うのは藤原京から平城京であろう。同様の内容は「千代までに　いませ大君よ　我も通はむ」と繰り返され、奈良に建てられる家には、反歌でも「万代に我も通はむ」と三度繰り返されている。

ここに認められる平城京とは、藤原京を起点に造営されてゆく都として詠まれている。藤原京から通いながら完成が目指されているのは、生活の基盤が、まだ、藤原京の方に残されていることを表している。

三　寧楽宮への期待

A部が現在とする「藤原宮」への遷都を受けて、B部がそこに生活の基盤を置いたままで、平城京への遷都までを表していたことを述べた。

B部が『続日本紀』の記す和銅三年（七一〇）をもって平城遷都を捉えなかったのは、去りゆく藤原京へのこだわりを優先したためであり、続くC部が「寧楽宮」という標題をもって新宮を表現している。C部では、C部に置かれた歌によって表された「寧楽宮」とはどのような存在であったのだろう。C部は、「寧楽宮」の標題を掲げて、次の一首だけを収めている。

寧楽宮

長皇子与二志貴皇子一於二佐紀宮一倶宴歌

秋さらば　今も見るごと　妻恋ひに　鹿鳴かむ山そ　高野原の上　（1・八四）

右一首、長皇子。

標題が掲げる「寧楽宮」は、A部とB部の「藤原宮」を受けている。A部の「藤原宮」は、持統「太上天皇」を介してB部へと連続しながら、文武「大行天皇」、そして元明天皇という三代をひとつの宮に表している。さらにC部は、A部から個別の天皇を記す部分を除いて、「寧楽宮」という宮の名のみを記すことで、ひとつの宮に皇統が継がれゆくことを表している。

題詞と左注の書き方からは、ここに複数の歌が記されていた可能性をうかがうこともできるが、確かめるすべはない。ここでは議論の対象にしない。残された長皇子の没年を探ると、『続日本紀』霊亀元年（七一五）条に、「六月甲寅（四日）、一品長親王薨しぬ。（以下略）」とあるので、八四番歌はそれ以前に作歌されたことになる。ここに見出される「寧楽宮」には、元明天皇代が想起される。

とはいえ、C部に元明天皇は表立てられていない。現行の一首のみを記す姿は、本格的な「寧楽宮」時代を表すのに消極的である。

長皇子の薨じた霊亀元年には、九月条に「庚辰（二日）、天皇、位を氷高内親王に禅りたまふ。（以下略）」と、元明天皇が元正天皇に譲位している。巻一の編集には、続く元正天皇による可能性を考えることができる。(9) ただ、その政治姿勢を次の詔に求めてみても、

冬十月乙卯（七日）、詔して曰はく、「国家の隆泰は、要ず、民を富ましむるに在り。民を富ましむる本は、務、貨食に従ふ。故に、男は耕耘に勤め、女は紝織を脩め、家に衣食の饒有りて、人に廉耻の心生せば、刑錯の化、爰に興り、太平の風致るべし。凡そ厥の吏民、豈勗めざらめや。今、諸国の百姓、産術を尽さず、唯、水沢の種に趣きて、陸田の利を知らず。或は澇旱に遭はば、更に餘穀無く、秋稼若し罷まば、多く饑饉を致さむ。此れ乃ち唯に百姓の懈懶せるのみに非ず、固に国司の教道を存せぬことに由る。佰姓をして、麦

禾を兼ね種うること、男夫一人ごとに二段ならしむべし。凡そ粟の物とあるは、支ふること久しくして敗れず、諸の穀の中に於て、最も是れ精好なり。この状を以て遍く天下に告げて、力を尽して耕し種ゑ、時候を失ふこと莫からしむべし。自餘の雑穀は、力に任せて課せよ。若し百姓の、粟を輸して稲に転する者有らば聴せ」とのたまふ。
（『続日本紀』霊亀元年（七一五）年十月条）

のように、「寧楽宮」の更なる充実が目指されている。経済的な充実とともに、文化的な充実も果たされる中で、編まれた可能性を考えることができそうである。

ただ、C部が元明天皇を表立てないことは、元正天皇においても同じことがいえる。その編集は、まるで「寧楽宮」の主にふさわしい人物の到来を待つかのような印象さえ与える。

巻一以降に「寧楽宮」の使用を探してみると、次の一首の下注が目にとまる。

天皇賜二海上女王一御歌一首　寧楽宮即位天皇也
（4・五三〇題詞）

即位を記す「天皇」は聖武を指している。歴史的には「寧楽宮」の三代目にあたるが、聖武天皇の政治姿勢に目を向けてみると、

十一月甲子（八日）、太政官奏して言さく、「上古淳朴にして、冬は穴、夏は巣にすむ。後の世の聖人、代ふるに宮室を以てす。亦京師有りて、帝王居と為す。万国の朝する所、是れ壮麗なるに非ずは、何を以てか徳を表さむ。その板屋草舎は、中古の遺制にして、営み難く破れ易くして、空しく民の財を殫す。請はくは、有司に仰せて、五位已上と庶人の営に堪ふる者とをして、瓦舎を構へ立て、塗りて赤白と為さしめむことを」とまうす。奏するに可としたまふ。
（『続日本紀』神亀元年（七二四）十一月条）

のように華やかさを増してゆく。

二十巻をひとまとまりとする『万葉集』(10) においては、巻一がそのはじめを開く役割を担うことにもなる。以下

に続く巻の中でも巻六に象徴されるような、聖武朝[11]という華やかな時代の到来までを明らかにしていないが、次代としての「寧楽宮」が期待される。[12]

おわりに

構造的には少なくとも三部に別れ、その形成も数次の段階を経て編まれているとされてきた巻一が、一巻として存在するところに表された構想を検討してきた。

巻一のA部には、雄略天皇以後の宮廷歌が時間軸に沿って配置され、「藤原宮」を現在とする中に歌の伝統とでも呼ぶべき存在として表されていた。構造の異なるB部を繋ぐため、持統「太上天皇」の存在が強調され、「藤原宮」の継続する中に詠出される歌世界が表現されていた。

特にB部が表す平城遷都は、『続日本紀』が記す和銅三年（七一〇）を超えて、都の造営が一段落する和銅五年（七一二）までの歌をひとまとまりに扱っている。宮が遷ることで、ひとつの時代が閉じられようとすることへの哀惜の念が示され、次代を語るにふさわしい内実を備えるまでを「藤原宮」を起点に表現していた。巻一が「寧楽宮」と向き合う前に、前代として藤原宮を中心に、それ以前の歌世界を伝統としてまとめ、表そうとしている。

これに続くC部は、「寧楽宮」に元明天皇代を感じさせはしても、元明天皇を表立てることはない。元明天皇代で巻が閉じられていることに鑑みると、元正天皇を中心とする編集も考えられるが、巻一には、元正天皇の姿を見出すこともできない。配置された歌数の少なさからも、本格的な「寧楽宮」時代が待たれる。

二十巻をひとまとまりとする『万葉集』の第一の巻としては、「寧楽宮」時代の歌世界を、以降の巻に委ねている。

【注】

(1) 市瀬雅之著『万葉集編纂論』(おうふう、二〇〇七年)

(2) A部の一番歌と二番歌以降の間には、時間的な隔たりの大きいことが知られている。構造的にはさらに区別すべきかもしれないが、同じ編集方法を用いているので、まとめて扱っている。一番歌の編集については、「氏族伝統」という限られた視野の中ではあるが、市瀬「『万葉集』編纂への期待―巻頭・雄略天皇御製歌の意義―」(『大伴家持論―文学と氏族伝統―』おうふう、一九九七年)に見通しが述べられている。その後の展望は、市瀬雅之「編纂論の研究史」(『万葉集の今を考える』新典社、二〇〇九年)に、「進めてきた議論の中から、『天皇を中心とする古代律令社会を支える理念に基づいて編まれた歌集』との視座を持つ」との発言があり、「巻六の場合」(本書第二部第二章第一節、初出「巻六の構想―活道の岡に集う歌を一例としながら―」は、二〇〇九年一二月)に、

氏族伝統を支える社会から捉え返すと、「天皇を中心とする古代律令社会のもっとも理想的な姿を、宮廷社会で詠まれた歌を用いて巻に編もうとする」構想が見通される。

と補足されている。巻一の基本的な在り方については、市瀬「巻一の場合」(『万葉集編纂論』おうふう、二〇〇七年、初出は一九九八年三月)に別途整理してあるので、本章では議論を繰り返すことを省いた。

(3) 市瀬雅之「題詞と左注の位相―巻一の場合―」(前掲注1書、初出は一九九八年三月)

(4) 前掲注1書に同じ。

(5) 巻一の構造論は、小川靖彦「持統王家の集としての『萬葉集』巻一―巻一の増補をめぐって〈書物としての『萬葉集』〉」(『日本女子大学紀要』第五〇号、二〇〇一年三月)が詳しく整理している。

(6) 佐藤美知子「『萬葉集』巻一・二の論―目録に関連して―」(『大谷国文』第九号、一九七九年三月)。渡部修「歌の年次―人麻呂吉野讃歌の題詞と左注の違いから―」(『國學院雑誌』第一〇一巻第四号、二〇〇〇年四月)

(7) 小川論文前掲注5は、

「大宝」建元と大宝令施行とを新しい時代の出発点として強く意識して、元号を新しい政治体制に見合う編集原理として採択し、それ故、三月二十一日の建元以前の文武朝の行幸歌については、文武朝の最末尾に一括収録するという処置をしたのであろう。

と述べている。

（8）小川論文前掲注5は、B部以降が持統を重視する姿勢を持つことから、A部が持統王家の集であった可能性を論じている。本章はA部の資料性にこだわるのではなく、異なる構造をもつA部とB部がひとつの巻として編まれるための構想として、B部がA部を受けて題詞に持統「太上天皇」を表立てていることを述べた。

（9）城﨑陽子「元正と万葉集の編纂と」（『万葉集の編纂と享受の研究』おうふう、二〇〇四年、初出は二〇〇三年九月）

（10）『万葉集』を二十巻のまとまりのある歌集と見なすべき意見は、前掲注1書にある。本書第二部はその具体的な在り方を論じている。

（11）巻六の編纂については繰り返し述べてきた。市瀬「編纂者への視点―巻六の場合―」（前掲注2書『大伴家持論―文学と氏族伝統―』）、市瀬「家持の編纂意識」（前掲注1書、初出は二〇〇五年三月）、市瀬「巻六の場合」（第二部第二章第一節、初出は二〇〇九年一二月）を併せてご参照いただければ幸いである。

（12）池田三枝子「志貴皇子文学圏考―その背後勢力と万葉集巻一後半部の編纂について―」（『芸文研究』第五六号、一九九〇年一月）

第二節　巻一から巻六への若干の見通し

はじめに

歴代の天皇ごとに歌を配列した巻一は、持統天皇を象徴的な存在として強調する「藤原宮」を現在としながら、宮がそれまでのように一代ごとに変わるのではなく継続する中に詠まれた歌世界を表現していた。その末尾に、次代として「寧楽宮」を中心とする歌世界が予感されるところまでが表されている。

巻一と基本的に同じ構造を備えている巻二にも、同様の構想を見出すことができる。ただし、ここでは第一節を補い、次節への簡単な見通しを述べておく。

一　人麻呂歌を中心に表される藤原宮の歌世界

巻二が、題詞や左注、歌の配列を利用して物語的に読ませることを意識していることは伊藤博(1)「巻二磐姫皇后歌の場合」に詳しい。「相聞」部の構想については影山尚之(2)「萬葉集巻二相聞部の構想」が新しい。その詳細は、各論に譲りたい。

　ここでは、本章に必要な最小限を確認するに留めたい。

「相聞」部の「藤原宮御宇天皇代　高天原廣野姫天皇謚曰持統天皇元年丁亥十一年譲位軽太子　尊号曰太上天皇也」の末尾に目を向けると、

　柿本朝臣人麻呂従二石見国一別レ妻上来時歌二首　并短歌

　※「或本歌」「或本反歌」を含む（2・一三一〜一三九題詞）

　柿本朝臣人麻呂妻依羅娘子与二人麻呂一相別歌一首　（2・一四〇題詞）

のように、柿本人麻呂と妻の贈答によって閉じられている。気になるのは、当該部がこれらの歌によって閉じることで表そうとしている内容である。

「挽歌」部に目を移すと「藤原宮御宇天皇代　高天原廣野姫天皇、天皇元年丁亥十一年譲二位軽太子一、尊号曰二太上天皇一」の中に収められた歌は、

　大津皇子薨之後、大来皇女従二伊勢斎宮一上レ京之時、御作歌二首　（2・一六三〜一六四題詞）

　移二葬大津皇子屍於葛城二上山一之時、大来皇女哀傷御作歌二首　（2・一六五〜一六六題詞）

　日並皇子尊殯宮之時、柿本朝臣人麻呂作歌一首　并短歌

　※「或本歌」を含む（2・一六七〜一七〇題詞）

　皇子尊宮舎人等慟傷作歌廿三首　（2・一七一〜一九三題詞）

　柿本朝臣人麻呂献二泊瀬部皇女忍坂部皇子一歌一首　并短歌　（2・一九四〜一九五題詞）

　明日香皇女木瓱殯宮之時、柿本朝臣人麻呂作歌一首　并短歌　（2・一九六〜一九八題詞）

　高市皇子尊城上殯宮之時、柿本朝臣人麻呂作歌一首　并短歌

　※「或本歌」を含む（2・一九九〜二〇二題詞）

但馬皇女薨後、穂積皇子、冬日雪落、遥二望御墓一、悲傷流涕御作歌一首　（2・二〇三題詞）

弓削皇子薨時、置始東人作歌一首 并短歌　（2・二〇四～二〇六題詞）

柿本朝臣人麻呂、妻死之後、泣血哀慟作歌二首 并短歌　※「或本歌」を含む（2・二〇七～二一六題詞）

吉備津釆女死時、柿本朝臣人麻呂作歌一首 并短歌　（2・二一七～二一九題詞）

讃岐狭岑嶋、視二石中死人一、柿本朝臣人麻呂作歌一首 并短歌　（2・二二〇～二二二題詞）

と傍線で示すように、ほとんどが人麻呂歌で占められている。その末尾には、人麻呂の死を話題にした次の一群まで収められている。

柿本朝臣人麻呂在二石見国一臨レ死時、自傷作歌一首

鴨山の　岩根しまける　我をかも　知らにと妹が　待ちつつあるらむ　（2・二二三）

柿本朝臣人麻呂死時、妻依羅娘子作歌二首

今日今日と　我が待つ君は　石川の　貝に 一に云ふ「谷に」 交じりて　ありといはずやも　（2・二二四）

直に逢はば　逢ひかつましじ　石川に　雲立ち渡れ　見つつ偲はむ　（2・二二五）

丹比真人 名闕 擬二柿本朝臣人麻呂之意一、報歌一首

荒波に　寄り来る玉を　枕に置き　我ここにありと　誰か告げけむ　（2・二二六）

或本歌曰

天離る　鄙の荒野に　君を置きて　思ひつつあれば　生けるともなし　（2・二二七）

右一首歌、作者未詳。但古本以二此歌一載二於此次一也。

一覧すると、巻二には、人麻呂が都と地方を往還しながら、どのような恋愛をし、宮中ではどのような場で歌

を披露し、どのように生涯を閉じたのかが表現されている。巻二が編まれた時点において人麻呂歌を憧憬する姿勢が、巻の構想として機能していた様子を見て取ることができる。

巻一には、「藤原宮」時代を現在として、持統天皇を強調した歌世界が表されていたのに比較すると、巻二のそれは、持統天皇によって見出されたといってもよい人麻呂歌を中心に表された歌世界が構想されている。

二　藤原宮から寧楽宮へ

巻一と巻二が、「藤原宮」を現在とする中に、持統天皇と柿本人麻呂歌を象徴的に捉えながら歌世界を表し、「寧楽宮」への移り変わりまでが表されていることを述べた。

人麻呂歌を重視する傾向は、巻三の巻頭歌にも、

天皇御二遊雷岳一之時、柿本朝臣人麻呂作歌一首

大君は　神にしませば　天雲の　雷の上に　廬りせるかも　（3・二三五）

（左中略）

と認められる。しかし、題詞「天皇」が誰を指すのかは明らかにされていない。巻三には標題が記されていないので、特定することは難しいのだが、巻一から読み進めてくることで、先に述べた持統天皇を思い浮かべることができる。

標題がないこともらもわかるように、巻三には、巻一や巻二ほどの構想力が認められない。構想力は巻によって差があるとみるべきである。二十巻は恐らく、構想力の強い巻を要所に置きながら、弱い巻を間に挟み込むことで、歌集としての体裁を整えている。

巻一と巻二が「寧楽宮」をもって閉じられていることに留意すると、そこに記された歌が、

長皇子与二志貴皇子一於二佐紀宮一倶宴歌　（1・八四題詞）

霊亀元年、歳次乙卯秋九月、志貴親王薨時作歌一首　并短歌　（2・二三〇〜二三四題詞・或本歌を含む）

と、いずれも「志貴皇子」に関わっていることが留意される。

試みに、巻三から志貴皇子歌を探すと次の箇所にみえる。

雑歌

二三五 ―― 志貴皇子御歌一首（3・二六七題詞） ―― 三八九
……一二一首

（譬喩歌・挽歌略）

巻四では、

相聞

四八四 ―― 志貴皇子御歌一首（4・五一三題詞） ―― 七九二
……二七九首

のようになる。巻三も巻四も、巻一や巻二のような時代区分を示してはいないので、便宜に過ぎないのだが、志貴皇子歌の後に残された歌数が、「寧楽宮」時代への移行の程度を示唆する。

志貴皇子への関心は、巻四に、

海上王奉レ和歌一首　志貴皇子之女也　（4・五三一題詞）
湯原王贈二娘子一歌二首　志貴皇子之子也　（4・六三一題詞）
春日王歌一首　志貴皇子之子、母曰二多紀皇女一也　（4・六六九題詞）

のような細注が認められる。

それは巻六にも、

榎井王後追和歌一首　志貴親王之子也　（6・一〇一五題詞）

と記され、志貴皇子が顕彰されている。とはいえ、これらは細注であることで、後事性が強い。

先の巻になるが、志貴皇子は巻八の巻頭に、

志貴皇子懽御歌一首
石走る　垂水の上の　さわらびの　萌え出づる春に　なりにけるかも　（8・一四一八）

と、季節歌のはじめを表している。巻一～巻二と巻八では離れているが、巻三・四・六・八はひとつの資料から成り立つ[3]との指摘に鑑みると、成立的には遠くない。巻一や巻二の末尾に顕彰された志貴皇子の歌には、巻八の巻頭を飾るところに、同じ価値観が認められる。

だからといって、巻一や巻二を、直ちに巻八と関連づけようというのではない。巻の配置が隔てられているところには、より優先された構想の存在を考えてみるべきである。それが次節に述べるような、巻六との関わりに表される。巻七以降には、内容別に細分化された歌が世界として表されている（第二部第三章）。

巻三に話を戻すと、収められている歌は「十六年甲申春二月、安積皇子薨之時、内舎人大伴宿禰家持作歌六首」（3・四七五〜四八〇）と記された題詞により、天平十六年（七四四）までの歌を収める。編集者に家持を見出し、巻三が亡き安積皇子に捧げて編まれたようにもいわれる。[4]

しかし、この歌の後には、さらに「悲二傷死妻一作歌一首 并短歌」（3・四八一〜四八五）が配されている。追補とみなして外されるのだが、この歌が記された段階で見方は変わってしまう。

巻四も、基本的には巻三と同程度の構想力のもとに編まれている。「難波天皇妹奉下上在二山跡一皇兄上御歌一首」（4・四八四）にはじまる相聞歌は、家持歌まで続くことが表されている。巻八も季節歌が家持歌まで続く。こうした傾向が「編纂者（編集者）家持」の姿をも表している。巻三においても、「雑歌」や「挽歌」に「編纂者（編集者）家持」を見つけることは可能である。

ただ、これらの巻に表された「編纂者（編集者）家持」に個人的な思いを読み解くことは、家持論（歌人論）として可能であっても、構想論としては当たらない。それぞれの巻には、大伴家以外の歌も数多く収められているからである。題詞や左注が記す作者や作歌事情に基づいて、おおよその時間軸に配列された歌の中には、大伴家の歌も一部に過ぎない。巻に表された「編纂者（編集者）家持」にとっては、歌によって表される歴史の中に、大伴家の歌も正当に位置づけられることが求められている。

巻一や巻二のあとに、巻三そして巻四を読み進めると、くり返し登場する作者やできごとに、以前の巻に表された歌の内容や時代が重ね合わせられる。巻一と巻二の末尾に表された「寧楽宮」が、次第に具体性を帯びて表されてゆくことになる。それが天平十六年まで読み継がれるように表現されている。同時に立ち現れてくる「編纂者（編集者）としての家持」が、巻十七以降の有り様と結びつくことで二十巻を編む存在として表現されている。

巻五に入ると、神亀五年（七二八）から天平五年（七三三）までの歌が収められているので、もはや「藤原宮」時代の歌を含まない。「寧楽宮」を中心とする歌世界のみが表されている。序文が記され、漢籍の影響が強く認められる歌は、それまでと大きく異なる。大伴旅人と山上憶良の歌を中心とする偏向性も強い。しかし、ここには、それらの傾向をも含み込んで、都ではなく筑紫という地方が歌によって表されているところが重視される。地方はそれまで、都と往還する羈旅歌にのみ表されてきたのだが、この巻が入ることで、地方までをひとまとまりの歌世界として表現しはじめている。

筑紫に詠まれた歌世界は、巻三にも巻四にも、巻六そして巻八にまで含み表されている。二十巻の中に巻五だけが孤立するように表現されてはいない。

また、歌に表された帰京願望の先に、「寧楽宮」の歌世界をもっとも象徴する巻六を読むことができる。巻六が聖武天皇を中心に編まれていることにはすでに指摘がある。(5) この巻の構想力は強い。

このように一覧して気づくことは、巻の個々は、それぞれの主題を表している。その様態も一貫していない。しかし、それらが、現態のように配されたところに、歌が歴史的な展開をともなって表れている。その視野は筑紫という地方にまで広がりながら、「寧楽宮」に天平十六年（七四四）までの宮廷歌の世界が表現されている。

おわりに

巻一と巻二は、ともに「藤原宮」を現在として表されている。巻一が持統天皇をその象徴的な存在としていたのに対し、巻二の「藤原宮」は、持統天皇が見出したともいえる柿本人麻呂歌を中心に歌世界を表している。

ただし、巻の構想は一様ではない。巻三以降に入ると、巻一や巻二ほど時間軸が強調されない中で、巻一や巻二が収めた歌と作者や時代を重ねあわせることで、ゆるやかに「寧楽宮」の歌世界への移行が表現されている。巻五が筑紫という地方での歌作りを表し、巻六が「寧楽宮」の歌世界を象徴する（第二部第二章第一節）。

巻一から巻六をひとまとまりに捉える構造は、既に伊藤博氏が、

巻一・二 → 古歌巻　（白鳳の歌）
巻三・四 → 古今歌巻（白鳳と奈良の歌）
巻五・六 → 今歌巻　（奈良の歌）

を「小万葉」と位置づけている。(6) また、これに入らない巻を「中間的・二次的部分」と区別した。右の構図は、一見とてもわかりやすいのだが、既述したように、本書はここまで具体的な構造を想定しない。

というのも、例えば巻三に目を向けてみると、巻一や巻二にみられなかった新たな分類として「譬喩歌」が表されている。従来の構造論は、巻一と巻二に応じて、巻三を巻四とひとまとまりとみなす中で異質と捉え、収められた歌の新しさから、追補や増補と区別してきた。「譬喩歌」を除くと、巻三は「雑歌」と「挽歌」のみになり、巻四の「相聞」と組み合わせ、変則的ではあるが、巻一と巻二を継ぐ様子が認められる。

しかし、追補或いは増補されたとしても、巻三に「譬喩歌」が組み入れられた時点で、「雑歌」「譬喩歌」「挽歌」をもって表現しようとする内容が存在する。巻四の「相聞」との組み合わせも、巻一と巻二を継いでいるとの説明は十分でなくなる。

巻三の「譬喩歌」について、若干の見通しを述べておくなら、巻一から巻六が、時間軸に沿った歌世界を表す中に、「譬喩歌」という分類の誕生を、早めに位置づけようとしている。巻一と巻二が「雑歌」「相聞」「挽歌」によって整理されているのに対し、巻三が「譬喩歌」という新たな分類の存在を示している。

「譬喩歌」の譬えて表すという表現技法の内実は、時間軸で編まれた巻の中に詳しいことを表すことが難しい。二十巻を読み継ぐ中には、歌を内容別に分類した巻七以降がこれを詳しく表している（第二部第三章）。巻五と巻六にしても、同時代性を備えている程度で、内容的にどの程度まとめることができるのか。例えば、筑紫における大伴旅人や山上憶良の歌などは、巻三から読みはじめることができる。それらがはじめから意図されていたことばかりだとはいわない。個別に編まれた巻が、配置にあわせて読み通されると、作者や作歌事情が重ね合わせられるところに連続性が生じるところも大きい。連続性の生じるような巻の配置に構想の存在が認められる。

こうして巻六まで繋がれた時間軸は、巻十七に引き継がれる導線が認められる（第二部第二章第一節）。各巻に垣間見える「編纂者（編集者）としての家持」がこれを後押ししている。

これまでの構造論が、『万葉集』の成立を形成という段階を追った縦糸で説いてきたのに対し、第二部が目指す構想論は、二十巻をひとつの総体とみなす横糸に沿って、表される内容を読み通そうとしている。「編纂者（編集者）としての家持」も、そこに表されている存在を指している。

構想力の強い巻一と巻二に続いて、巻三以降が配されたところに、作者や作歌事情がゆるやかに重ね合わせられている。ここに巻一や巻二が示した「寧楽宮」が次第に具体化される。それらを構想力の強い巻六が象徴的に表している。

【注】

（1）伊藤博「巻二磐姫皇后歌の場合」（『萬葉集の構造と成立』（上）塙書房、一九七四年、初出は一九五九年二月）。市瀬雅之「磐姫皇后歌群の成立をめぐって」（『美夫君志』第三七号、一九八八年八月）

（2）影山尚之「萬葉集巻二相聞部の構想」（『國語と國文學』第八八巻一一号、二〇一一年一一月）
（3）市瀬雅之「作歌と享受―志貴皇子歌の場合―」（『万葉集編纂論』おうふう、二〇〇七年、初出は一九九九年一一月）
（4）吉井巌「万葉集巻六概説」（『萬葉集全注』巻第六　有斐閣、一九八四年）。
（5）前掲注4書に同じ。これには、市瀬雅之「編纂者への視点―巻六の場合―」（前掲注（2）書に同じ）と市瀬雅之「家持の編纂意識」（『万葉集編纂論』おうふう、二〇〇七年、初出は二〇〇七年三月）に反論がある。本書第二部第二章第一節においても、基本的な考え方に変更はない。
（6）伊藤博「奈良朝宮廷歌巻―巻六の論―」（『萬葉集の構造と成立』上　塙書房、一九七四年、初出は一九七二年九月）

第二章

寧楽宮前期の構想

第一節　巻六の場合

はじめに

巻一は、持統天皇が象徴化された「藤原宮」を現在とする歌世界を表しながら、「寧楽宮」の歌世界が予感されるところまで表現されていた。同様の傾向は巻二にも認められ、巻一の持統天皇に応じて、柿本人麻呂歌を中心とする「相聞」と「挽歌」の世界が表現されていた。

とはいえ、二十巻をひとまとまりの歌集として読み通そうとしてみると、すべての巻が、巻一や巻二のように、明確な構想を表現しているわけではない。巻三以降には、それ以前の巻が表した作者や時間をゆるやかに重ね合わせながら、藤原宮の歌世界から寧楽宮のそれへと移りゆく様子が表現されていた。

ここでは、巻一や巻二が期待した「寧楽宮」の歌世界を、もっとも象徴的に表している巻六に着目しておく。特に一〇四二～一〇四三番歌の解釈を話題の入り口にしながら、総体として表された内容を確かめておく。

一　活道の岡に集う歌の解釈

課題とする歌（本節では以下、この二首を「当該歌」と呼ぶ）の解釈について考えるところから、議論をはじめる。

同月十一日、登二活道岡一、集二一株松下一飲歌二首

一つ松　幾代か経ぬる　吹く風の　声の清きは　年深みかも　（6・一〇四二）

右一首、市原王作。

たまきはる　命は知らず　松が枝を　結ぶ心は　長くとそ思ふ　（6・一〇四三）

右一首、大伴宿禰家持作。

題詞からみてゆくと「同」は、直前の歌（6・一〇四一）の題詞に「十六年甲申春正月」とあるのを指す。その十一日に、活道の岡に登り一株の松の下に集飲した際の歌であるという。

一首目に詠み込まれた「一つ松」は、「幾代か経ぬる」と時間の経過に目が向けられ、吹く風の声が清らかであることが詠まれている。吹く風に清らかさを感じている歌は、

秋風の　清き夕に　天の川　舟漕ぎ渡る　月人をとこ　（10・二〇四三）

ともみえるが、それを「声」として受け止めたところに、市原王の手腕が認められる。風の清らかな声を受けて「年深みかも」と松が過ごしてきた時間の長さに感じ入っている。

続く二首目の大伴家持は、寿命がいつ尽きるものかわからないが、それでも松を結びながら長くあり続けたいと思う願いを表している。

家持歌の場合、二句目の「命は知らず」の主体が曖昧だが、「長くとそ思ふ」に作者の心情を見出そうとすると、同じ家持の作として「十六年甲申春二月、安積皇子薨之時、内舎人大伴宿禰家持作歌六首」（3・四七五～四

八〇）が留意される。(1)

かけまくも　あやに恐し　我が大君　皇子の尊　もののふの　八十伴の男を　召し集へ　率ひたまひ　朝狩に　鹿猪踏み起し　夕狩に　鶉雉踏み立て　大御馬の　口抑へ止め　御心を　見し明らめし　活道山　木立の茂に　咲く花も　うつろひにけり　世の中は　かくのみならし　ますらをの　心振り起し　剣大刀　腰に取り佩き　梓弓　靫取り負ひて　天地と　いや遠長に　万代に　かくしもがもと　頼めりし　皇子の御門の　五月蝿なす　騒く舎人は　白たへに　衣取り着て　常なりし　笑まひ振舞　いや日異に　変はらふ見れば　悲しきろかも　（3・四七八）

反歌

愛しきかも　皇子の尊の　あり通ひ　見しし活道の　道は荒れにけり　（3・四七九）

大伴の　名に負ふ靫帯びて　万代に　頼みし心　いづくか寄せむ　（3・四八〇）

右三首、三月廿四日作歌。

家持にとって「活道の岡」は、傍線で示したように安積皇子とともに狩りをした場所であり、安積皇子は波線部のような「氏族伝統」に従って、長く仕え続けようと考えていた対象であった。(2) その反歌においても、「活道の岡」は安積皇子が通い見た地であったことが繰り返し詠まれている。家持が大伴の名のもとに皇子へ仕える日を待ち望んでいた思いが表現されている。急逝することを予想だにしなかった家持が、安積皇子に未来を期待しながら、当該歌に「長くとそ思ふ」と表現した可能性が見出される。

とはいえ、こうした読み方を成立させるためには、いくつかの条件が求められる。まず、題詞が「活道の岡に登り、一株の松の下に集ひて飲む」と記す者たちの中に、安積皇子の存在が認められねばならない。皇子が宴に臨んでいる場合は、

安積親王宴二左少弁藤原八束朝臣家一之日、内舎人大伴宿禰家持作歌一首　（6・一〇四〇）

と名が明らかにされている。当該歌の題詞には記されていない。

歌の内容に目を向けてみると、家持歌は単独ではなく、市原王の歌を受けるように配置されている。市原王がモチーフとしたのは「幾代か経ぬる」或いは「年深みかも」と感嘆するような「一つ松」であった。このような松に安積皇子の姿を積極的に見出すことも難しい。

家持歌の詠み込む松が結ばれていることに留意すると、市原王の歌を直接受けているとは限らない。しかし二首はひとつの題詞の中に収められていることで、ひと続きに読まれるように配置されている。市原王が「一つ松」に「年深みかも」と見出した時間の長さに対し、家持が自身の寿命を「命は知らず」と応え、であればこそ限りある命を「長くとそ思ふ」と願う姿が読み通される。

二　天平十六年の呪縛

当該歌に敢えて述べたような議論をしたのは、巻六の編集について、吉井巌『萬葉集全注』巻第六の「概説」が、次のように説くところが通説化しているためである。

（前略）安積皇子薨去の天平十六年は、事実上の天武・持統系皇統の断絶を決定した年であった。同時に、聖武天皇が実質的治世を放棄するに至る契機となった、聖武朝治世の輝きの消えゆく年でもあった。橘諸兄の敗北が決定的となる第一段階も、安積皇子薨去であり、聖武朝はこの後、天平感宝元年（七四九）七月二日まで続くけれども、巻六の編者に擬せられている大伴家持にとっても、彼の安積皇子挽歌（3・四七五～八〇）にうかがえるように、皇子を失った悲しみと失望は大きく、天平十六年頃を契機として、聖武朝の光が消えたとする思いは強かったであろう。思うに、聖武朝治世がまだその余命を続けながら、実際にはその幕をおろしたという歴史認識、それが、年代明示の作を天平十六年において打ち切り、その後に、年代不明のままで、巻頭に対応する巻尾の儀礼歌群を置いて、巻六を完成させるという、終わりの確定しない、意図的な無時間の形式をとらせたのではないかと思うのである。[3]

右に「年代明記の作」とされる最後の歌が当該二首となる。吉井著の発言からは、ここに、安積皇子との関わりを意識している様子がうかがわれる。こうした見方に対して市瀬雅之「編纂者への視点――巻六の場合――」は、

まず、当該巻の構想の中心は聖武天皇であったことを改めて重視しておきたい。安積皇子の死をもって、家持が直ちに「聖武朝の光が消えたという歴史認識」まで持ち得たと考えることは、感情論に走りすぎていはしまいか。筆者には、家持の安積皇子に対する心情と当該巻の構想上の問題とを微妙にすり替えているように思われる。当該巻はまずもって聖武天皇を見つめる家持の意識を問題とすべきであると考える。[4]

と反論している。これは古代律令官人として歌を詠む大伴家持を説く中に投げかけられた疑問であった。ここでは、構想論の問題として捉え直しておく。

巻に配置された歌が編まれている様子は、先の二首の他にも、次に掲げる歌群の題詞に一端を見出すことができる。

十二年庚辰冬十月、依㆓大宰少弐藤原朝臣広嗣謀反発㆒㆑軍、幸㆓于伊勢国㆒之時、河口行宮、内舎人大伴宿禰家持作歌一首

河口の　野辺に廬りて　夜の経れば　妹が手本し　思ほゆるかも　（6・一〇二九）

天皇御製歌一首
妹に恋ひ　吾の松原　見渡せば　潮干の潟に　鶴鳴き渡る　（6・一〇三〇）
右一首、今案、吾松原在二三重郡一、相二去河口行宮一遠矣。若疑御二在朝明行宮一之時所レ製御歌、伝者誤之歟。
丹比屋主真人歌一首
後れにし　人を偲はく　思泥の崎　木綿取り垂でて　幸くとそ思ふ　（6・一〇三一）
右、案、此歌者不レ有二此行之作一乎。所二以然言一、勅二大夫一従二河口行宮一還レ京、勿レ令二従駕一焉。何有レ詠二思泥埼作歌一哉。

狭残行宮、大伴宿禰家持作歌二首
大君の　行幸のまにま　我妹子が　手枕まかず　月そ経にける　（6・一〇三二）
御食つ国　志摩の海人ならし　ま熊野の　小船に乗りて　沖辺漕ぐ見ゆ　（6・一〇三三）
美濃国多芸行宮、大伴宿禰東人作歌一首
古ゆ　人の言ひ来る　老人の　をつといふ水そ　名に負ふ滝の瀬　（6・一〇三四）
大伴宿禰家持作歌一首
田跡川の　滝を清みか　古ゆ　宮仕へけむ　多芸の野の上に　（6・一〇三五）
不破行宮、大伴宿禰家持作歌一首
関なくは　帰りにだにも　うち行きて　妹が手枕　まきて寝ましを　（6・一〇三六）

『続日本紀』には、題詞部分に相当する内容が次のように記されている。

己卯（二十六日）、大将軍大野朝臣東人らに勅して曰はく、「朕意ふ所有るに縁りて、今月の末暫く関東に往かむ。その時に非ずと雖も、事已むこと能はず。将軍これを知るとも、驚き怪しむべからず」とのたまふ。

壬午（二十九日）、伊勢国に行幸したまふ。

（『続日本紀』天平十二年（七四〇）十月条）

聖武天皇は関東行幸の理由を、傍線部のように明らかにしていない。波線部のように命じて出発している。題詞はその意図を補う形で記されており、「依二大宰少弐藤原朝臣広嗣謀反発レ軍」との内容からは、次節で述べるように、たとえ苦境にあっても、冷静な判断のもとに堂々と行幸に出立する、頼もしい聖武天皇の姿が表現されている。

行幸が壬申の乱と同じコースを辿っていたとしても、詠まれている内容は、羈旅に見出される恋情が中心となっている。ゆったりとした行幸の様子が表され、一〇三五番歌の「古ゆ宮仕へけむ」との表現からは、ここにいる自分たちだけではなく、同様に仕え続けてきた、古の大宮人たちを思いやる姿までが認められる（第二部第二章第二節）。

ここに注目しておきたいのは、点線で括った一〇三〇番歌と一〇三一番歌の存在である。左注に記されるような違和感を残しながら、二首が配置[5]されたことによって、聖武天皇の宴席での歌世界が表されている。

関東行幸に続く歌には、

十五年癸未秋八月十六日、内舎人大伴宿禰家持、讃二久邇京一作歌一首

今造る　久邇の都は　山川の　さやけき見れば　うべ知らすらし　（6・一〇三七）

と、久邇京が讃えられている。家持は安積皇子挽歌に「我が大君　皇子の尊　万代に　食したまはまし　大日本久邇の都は」（3・四七五）と表現しているが、巻六の中には、一〇三七番歌の他にも「讃二久邇新京一歌二首　并短

歌」（6・一〇五〇〜一〇五八）が認められる。特に一〇五〇番歌には、「我が大君は　君ながら　聞かしたまひて　さす竹の　大宮ここと　定めけらしも」と聖武天皇の姿が明らかにされている。久邇京を治めるべき人として安積皇子を詠み込むのは、家持が作歌した挽歌（3・四七五〜四八〇）のみに限られている。

以下、当該二首（6・一〇四二〜一〇四三）までに続く歌々には、

　高丘河内連歌二首

故郷は　遠くもあらず　一重山　越ゆるがからに　思ひそ我がせし　（6・一〇三八）

我が背子と　二人し居らば　山高み　里には月は　照らずともよし　（6・一〇三九）

　安積親王宴二左少弁藤原八束朝臣家一之日、内舎人大伴宿禰家持作歌一首

ひさかたの　雨は降りしけ　思ふ児が　やどに今夜は　明かして行かむ　（6・一〇四〇）

　十六年甲申春正月五日、諸卿大夫集二安倍虫麻呂朝臣家一宴歌一首　作者不レ審

我がやどの　君松の木に　降る雪の　行きには行かじ　待ちにし待たむ　（6・一〇四一）

のように、いずれも久邇京にあって、穏やかに繰り広げられた宴の様相がうかがわれる。その中には、歌が掲載されていないのに、安積皇子の存在までが記し留められている（6・一〇四〇題詞）。古代史では悲劇[6]とされる皇子ではあるが、或いはそう語られるような皇子であればこそ、『万葉集』では穏やかな宴の席に、本来あるべき姿をもって表現されている。

　このようにみてくると、巻六に見出される歴史認識は、古代史をそのまま映し出す鏡のようなものにはなるまい。また、家持の挽歌（3・四七五〜四八〇）に表現された安積皇子への思いでもない。安積皇子をも含み込んで、天皇を中心とする古代律令社会の理想的な姿が表されている。

詠み込まれた「長くとそ思ふ」は、作歌時に立ち戻って「安積皇子とともに自身も長く」と願う家持の心情を

背後に見出し得たとしても、歌が巻六に位置づけられた段階で「聖武天皇の御代にあって集う者たちが長く」と願う読みが優先される。

家持は歌の作者であり、巻の編集にも関わり得た人物であるが故に、これまで両者の在り方が個人のレベルで論じられ過ぎたように思う。その結果が、当該歌の読みに安積皇子の姿を持ち込むことになった。しかし二十巻のすべてが、家持の心の内を主題にしているわけではない。

天平十六年（七四四）に見出されてきた安積皇子の死は、『続日本紀』の閏正月十一日条に「是の日、安積親王、脚の病に縁りて桜井頓宮より還る。」と記され、十三日条に、

薨しぬ。時に年十七歳。従四位下大市王・紀朝臣飯麻呂らを遣して葬の事を監護らしむ。親王は天皇の皇子なり。母は夫人は正三位県犬養宿禰広刀自、従五位下唐が女なり。

と記されている。古代史の研究には悲劇が見出されてきた。[7]『万葉集』成立の背後に歴史を読むことを、方法のひとつに認めてはいるが、それは背後にであって、『万葉集』が直ちに史実を表そうとしていると考えてはいない。[8]『続日本紀』とは異なるテキストとして、編まれた歌集が表す内容を読み解こうとしている。

市瀬雅之著『大伴家持論――文学と氏族伝統――』[9]では、家持という編纂者が、「氏族伝統」に基づいて巻を編む側面が探られた。「氏族伝統」を、支える社会から捉え返すと、天皇を中心とする古代律令社会のもっとも理想的な姿が、歌によって表現されている。

「天平十六年」に構想論として言及しておくなら、この年に編集の痕跡が認められるのは巻六に限る話ではない。巻六の場合、当該歌群以後の歌に年次が記されなかったのは、歴史認識として安積皇子の死を刻むことを意味しているのではなく、収載された田辺福麻呂歌集の在り方に基づいている。[10]『万葉集』は一度編まれた部分を尊重しながら歌を追記してゆくことを方法としているので、その後の編集が以前と異なったとしても、そこを必

要以上に大きく捉えるべきではあるまい。一巻は総体として、ひとつに読み通されるべく存在している。[11]

三　編纂物として読み通す視点

巻六は当該歌までが年次を記し配列され、以後の歌には記されていない。構造的には、巻六が当該歌をもっていったん閉じられ、以後が追補或いは増補されたとみなされてきた。[12] その姿勢が当該歌を巻の閉じ目と特別視する契機になった。編集者（編纂者）と目される家持との関わりから、安積皇子の死が結びつけられるような歴史認識が論じられてきた。

今はここに節目を求めるのではなく、以後もひと続きに読み通すことで、巻六が成り立つことを述べておきたい。具体的には、村瀬憲夫「巻六巻末部編纂の構想」が、当該歌を次のように述べたことが注目される。

（中略）第一首は、一つ松を吹き抜ける、清らかな松籟の音に、永い年月の経過を実感している。第二首は、霊剋命のはかりがたさを思い、それでもなお或いはそれゆえにこそ、命の永遠を願って松の枝を結ぶと歌っている。この二首にはまさに「うつろひと無常の自覚」と「をちかへりと永遠への願い」が歌われている[13]

村瀬論文は当該歌に見出した「うつろひと無常の自覚」と「をちかへりと永遠への願い」が以下の歌群をも貫いている様子を具体的に詳述した。これが「家持を巻六の巻末部の編纂にかり立てた原動力であった」と結論づけている。歌人論として家持の人生を照らし合わせても傾聴すべき指摘と考える。

ただ、村瀬論文の見出した「うつろひと無常の自覚」と「をちかへりと永遠への願い」は、構想論として家持にばかり帰着するものではあるまい。「うつろひと無常の自覚」が指摘された「悲二寧楽故郷一作歌一首 并短歌」（6・一〇四七～一〇四九）には、

（前略）春花の　うつろひ変はり　群鳥の　朝立ち行けば　さす竹の　大宮人の　踏み平し　通ひし道は　馬も行かず　人も行かねば　荒れにけるかも　（6・一〇四七）

と詠まれ、反歌でも、

立ち変はり　古き都と　なりぬれば　道の芝草　長く生ひにけり　（6・一〇四八）

なつきにし　奈良の都の　荒れ行けば　出で立つごとに　嘆きし増さる　（6・一〇四九）

のように「立ち変はり古き都」となり「なつきにし奈良の都」への哀惜の情が示されている。それは「春日悲㆓傷三香原荒墟㆒作歌一首　并短歌」（6・一〇五九～一〇六一）でも「ありが欲し　住み良き里の　荒るらく惜しも」（6・一〇五九）と結ばれ、その反歌に、

三香原　久邇の都は　荒れにけり　大宮人の　移ろひぬれば　（6・一〇六〇）

咲く花の　色は変はらず　ももしきの　大宮人ぞ　立ち変はりける　（6・一〇六一）

と「三香原久邇の都」が荒れ移ろいゆく姿が惜しまれている。

こうした遷都に向けられた「うつろひと無常の自覚」は、早く巻一の「額田王下㆓近江国㆒時作歌、井戸王即和歌」（1・一七～一八）にはじまり、「過㆓近江荒都㆒時、柿本朝臣人麻呂作歌」（1・二九～三一）にも、

玉だすき　畝傍の山の　橿原の　聖の御代ゆ　或は云ふ、「宮ゆ」　生れましし　神のことごと　つがの木の　いや継ぎ継ぎに　天の下　知らしめししを　或は云ふ、「めしける」　天にみつ　大和を置きて　あをによし　奈良山を越え　或は云ふ、「そらみつ大和を置き　あをによし　奈良山越えて」　いかさまに　思ほしめせか　或は云ふ、「思ほしけめか」　天離る　鄙にはあれど　石走る　近江の国の　楽浪の　大津の宮に　天の下　知らしめしけむ　天皇の　神の尊の　大宮は　ここと聞けども　大殿は　ここと言へども　春草の　繁く生ひたる　霞立ち　春日の霧れる　或は云ふ、「霞立ち　春日か霧れる　夏草か　繁くなりぬる」　ももしきの　大宮所　見れば悲しも　或は云ふ、「見

れば　さぶしも」　（1・二九）

反歌

楽浪の　志賀の唐崎　幸くあれど　大宮人の　船待ちかねつ　（1・三〇）

楽浪の　志賀の　一に云ふ、「比良の」　大わだ　淀むとも　昔の人に　またも逢はめやも　一に云ふ、「逢はむと思へや」　（1・三一）

と傍線部のように見出される。それは家持の趣向に限らなくても、新たな天皇が即位するたびに、新都が求められ続けた社会状況の中で見出されてきた考え方であった。

しかも遷都を命じる天皇の勅命は、「いかさまに　思ほしめせか」（1・二九）と尋ねられはしても批判に至ることはない。それは巻六の「悲二寧楽故郷一作歌一首 并短歌」（一〇四七〜一〇四九）においても「新た代の　事にしあれば」（6・一〇四七）と肯定され、「春日悲二傷三香原荒墟一作歌一首 并短歌」（6・一〇五九〜一〇六一）にも「住み良しと　人は言へども　あり良しと　我は思へど」と表現しながらも、「古りにし　里にしあれば」と表現されている。人は「うつろひと無常の自覚」があればこそ、「をちかへりと永遠への願い」を歌わずにはいられないのであろうが、遷都に関わる歌の中では、その原因となる天皇の勅命が常に正当な行為として存在し続けている。

巻一の場合は、さらに藤原宮遷都においても、天武天皇とともに過ごした旧都が、

従二明日香宮一遷二居藤原宮一之後、志貴皇子御作歌

采女の　袖吹き返す　明日香風　京を遠み　いたづらに吹く　（1・五一）

の結句に「いたづらに吹く風」と「うつろひと無常の自覚」を感じさせながらも、続く「藤原宮の御井の歌」（1・五二〜五三）に「水こそば　常にあらめ　御井の清水」（1・五二）と捉えられ、反歌には大宮に仕える娘子を「ともしきろかも」（1・五三）と羨望して「をちかへりと永遠への願い」が意図されている。

繰り返された遷都に見出される「うつろひと無常の自覚」と「をちかへりと永遠への願い」は、家持という個人の理解も含み込みながら、すべてが天皇を中心とする社会を理想とする政治理念の中に包括されている。

巻六に戻ると、「春日悲二傷三香原荒墟一作歌一首　并短歌」（6・一〇五九〜一〇六一）はここに終わることなく、次いで「難波宮作歌一首　并短歌」（6・一〇六二〜一〇六四）が準備されている。紫香楽宮讃歌が記されていないのは、「橘卿（諸兄）の使者造酒司令史田辺福麻呂」（18・四〇三二〜四〇三五）から得た資料であり、「太上皇御二在於難波宮一之時歌七首　清足姫天皇也」（18・四〇五六〜四〇六二）を含む偏向性によるのであろう(14)。

巻末には、巻六が聖武という天皇の一代を象徴的に讃えるべく、次の歌が配置されている。

過二敏馬浦一時作歌一首　并短歌

八千桙の　神の御代より　百船の　泊つる泊まりと　八島国　百船人の　定めてし　敏馬の浦は　朝風に　浦波騒き　夕波に　玉藻は来寄る　白砂　清き浜辺は　行き帰り　見れども飽かず　うべしこそ　見る人ごとに　語り継ぎ　しのひけらしき　百代経て　しのはえ行かむ　清き白浜　（6・一〇六五）

反歌二首

まそ鏡　敏馬の浦は　百船の　過ぎて行くべき　浜ならなくに　（6・一〇六六）

浜清み　浦うるはしみ　神代より　千船の泊つる　大和太の浜　（6・一〇六七）

右廿一首、田辺福麻呂之歌集中出也。

長歌には、敏馬の浦を一例としながら、傍線で示したように清き砂と浜をもって「見れども飽かず」と求められ、「語り継ぎ」ゆかれることが願われている。結句の「清き白浜」は、第一反歌において素通りできない浜であり、第二反歌では神代から多くの船が泊まる「大和太の浜」という名が明らかにされている。

敏馬の浦を「語り継ぎ　偲ひけらしき」或いは「百代経て　偲はえ行かむ」と讃美するためには、それが可能な時代の継続が求められる。それは聖武に象徴される天皇を中心とした社会の永遠を願うことであり、当該歌の「長くとそ思ふ」との心情に通じている。

おわりに

巻六は「編纂者（編集者）家持」の個人的な思惑だけで編まれていない。また、史実を鏡のように映し出してもいなかった。聖武という天皇を中心とした古代律令社会を支える理念に基づいた歌世界が表現されていた。当該歌もその一端を担う形で、市原王と大伴家持が、天平十六年（七四四）という新たな年の初めに活道の岡へ集い宴する中で、これまでの長き代の経過を「一つ松」に見出し感じ入りながら、これからの未来を「長くとそ思ふ」と願った。

その未来は直線的に進められるものとはなっていない。時代の変化に応じて繰り返される遷都が、「うつろひと無常の自覚」を生みだすたびに、人は「をちかへりと永遠の願い」を願わずにはいられない。だからこそ、さまざまな状況に応じて、心の内を歌に表すことを求めてやまないのであろう。

このように読んでみても、巻末に表された二十四首が、作歌年次を記さない点には、それ以前に比べて、編集方針に大きな転換が認められる。それが何を表しているのかについて、もう少し言及しておく。

例えば、二十四首の中に含まれる「讃二久邇新京一歌二首 并短歌」（6・一〇五〇〜一〇五八）などは、年次を記す、

十五年癸未秋八月十六日、内舎人大伴宿禰家持、讃二久邇京一作歌一首　（6・一〇三七題詞）

の後に並べ記されてもおかしくはない。それは

傷二惜寧楽京荒墟一作歌三首 作者不レ審　（6・一〇四四〜一〇四六題詞）

悲二寧楽故郷一作歌一首　并短歌　（6・一〇四七～一〇四九題詞）

についても同様のことがいえる。それがなされないのは、『万葉集』が一度編まれた箇所を尊重する姿勢をもって編まれているところが大きい(14)。

しかし、それだけではない。吉井著はここに、天平十六（七四四）年をもって閉じられゆくことを想定したが、一〇五九～一〇六一番以後の歌は、必ずしもそれを保証しない。「難波宮作歌一首　并短歌」（6・一〇六二～一〇六四）の作歌時期などは、『続日本紀』の天平十七（七四五）年八月二十八日条に「難波宮に行幸したまふ」と記されているのを想起すると、むしろ、時間の延長を語る余地さえある。

巻六の末尾二十四首の多くが、久邇京に関わる歌を配していることに目を向けてみると、巻十七の三十二首の存在が想起される。

巻十七の冒頭部は、天平十六年以前のできごとを回想する中に、

讃二三香原新都一歌一首　并短歌　（17・三九〇七～三九〇八題詞）

と、久邇京への遷都が強く意識されている。それは、

十六年四月五日、独居二平城故宅一作歌六首　（17・三九一六～三九二一題詞）

が配されることで、来たる平城京還都が待たれ、果たされている（第二部第四章第一節）。

巻六が明らかにした時間は、天平十六年までだったのかもしれないが、聖武朝は天平感宝元（七四九）年まで続く。『万葉集』が巻十七以降を含んで整えられる中には、天平十六年以後の時間を意識する余地が十分にある。久邇京への遷都は聖武朝にあって、人々の心に刻まれる大きなできごとであった。しかし、平城京に戻ることが希求され、還都されてゆく。その先に続く時間が存在している。

二十巻をこのように見通してみると、巻一や巻二が予感させた「寧楽宮」は、巻六にひとまず天平十六年まで

が時間軸に沿って表されている。本章では、そこに表された歌世界を、ひとまず「寧楽宮の歌世界前期」（以下、本書では「寧楽宮前期」と称す）と呼称しておく。その先は、巻六の末尾二十四首と巻十七の冒頭三十二首が重ね合わせられることで、巻十七が示す天平十八（七四六）年以後が、「寧楽宮の歌世界後期」（以下、本書では「寧楽宮後期」と称す）とでも呼ぶべき歌世界を表現している（第二部第四章第一節）。

巻六に続く巻七から巻十六は、時間軸をもつことが少ないのだが、巻六から巻十七までの間に置かれたことで、「寧楽宮」時代の文学営為として包括されるように表現されていることが見通される（第二部第三章第三節）。

【注】

（1）川崎庸之著『記紀万葉の世界』（御茶の水書房、一九五二年）。山本健吉著『大伴家持』（筑摩書房、一九七一年）。橋本達雄「活道岡宴歌」（『万葉集を学ぶ』第四集　有斐閣、一九七八年三月）。

（2）市瀬雅之「家持の氏族意識」（『大伴家持論―文学と氏族伝統―』おうふう、一九九七年、初出は一九九七年五月）。

（3）吉井巖「萬葉集巻六概説」（『萬葉集全注』巻第六　有斐閣、一九八四年）。吉井著が指摘した歴史認識は、新沢典子「歌に示された聖武朝史―巻六・一〇二九～四三の配列をめぐって―」（『名古屋大学国語国文学』九七号、二〇〇五年一二月）に、

（中略）聖武天皇東国巡行歌群に目を転じ、以下、活道岡で詠まれた歌群までを通してみると、その配列は、東国を廻り広嗣の乱を制し久邇国京を治めた聖武天皇の足跡と、その統治を引き継ぐはずだった安積皇子の死を語っているように見える。

と支持されている。

（4）市瀬雅之「編纂者への視点―巻六の場合―」前掲注2書に同じ。同様の考え方は市瀬「家持の編纂意識」（『万葉集編纂論』おうふう、二〇〇七年）に繰り返し論じている。

（5）影山尚之「聖武天皇『東国行幸時歌群』の形成」（『解釈』三八巻八号、一九九二年八月）。

（6）　北山茂夫「大伴家持小論」（『万葉の創造的精神』青木書店、一九六〇年、『大伴家持』平凡社、一九七一年）弥永貞三「万葉時代の貴族」（『萬葉集大成』五　平凡社、一九五四年）。横田健一「安積皇子の死とその前後」（『白鳳天平の世界』創元社、一九七三年）。

（7）　前掲（6）に同じ。

（8）　編集論と家持論（歌人論）の関わりを図示すると次のようになる。

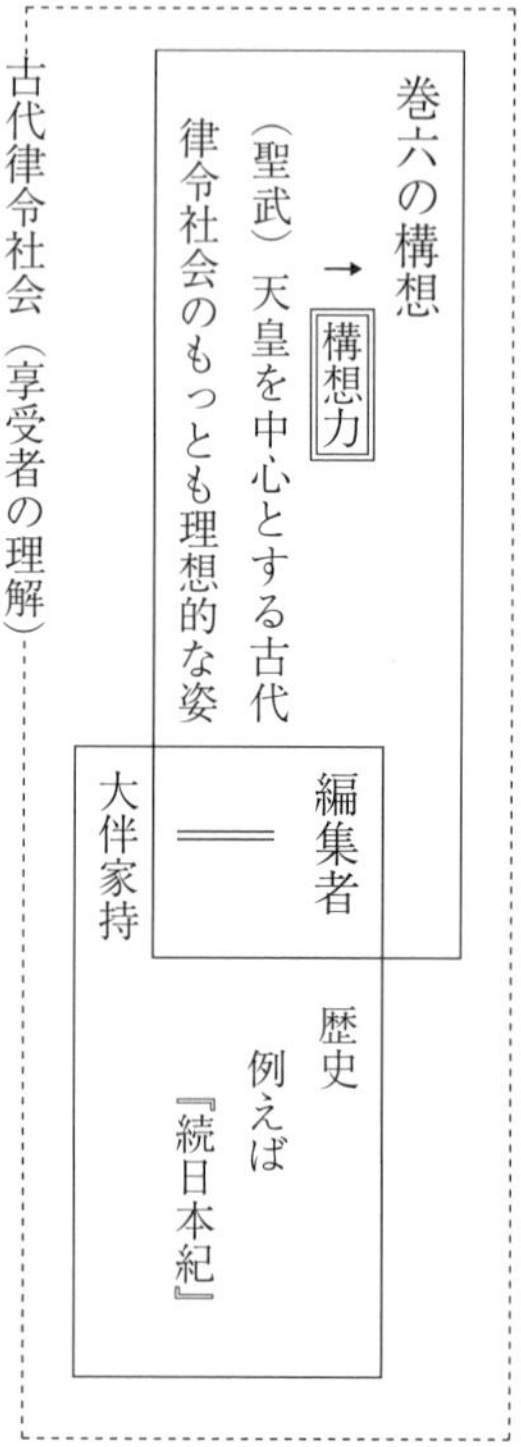

「例えば」として『続日本紀』を記したが、「薨伝」などは史実のままに記されていないことを述べたことがある（市瀬雅之「墓誌を残す石川年足」（『北大阪に眠る古代天皇と貴族たち―記紀万葉の歴史と文学―』梅花学園生涯学習センター、二〇一〇年、初出は二〇〇九年二月）。

（9）　前掲注2に同じ。古代律令社会の中で、大伴家持が歌世界において憧憬していた氏族意識を、古代律令国家が形成される以前の氏族意識と区別して「氏族伝統」と呼んでいる。

（10）　市瀬雅之「題詞と左注の位相―巻一の場合―」前掲注4書。

（11）　その基本的な考え方は、前掲注4書に示してある。

（12）　巻六の構造論は、廣岡義隆「『萬葉集』巻六の成立について」（『萬葉集研究』第二三集　塙書房、一九九九年）に詳しい。

（13）　村瀬憲夫「巻六巻末部編纂の構想」（本書第四部第一章。初出は二〇〇八年二月）

（14）前掲（2）に同じ。村瀬憲夫「田辺福麻呂歌集と巻十三」（『萬葉集編纂の研究』塙書房、二〇〇二年、初出は一九九八年一二月）に詳しい。

第二節　関東行幸歌群の場合

はじめに

前節において、巻六には、聖武天皇を中心とする古代律令社会の理想的な姿を、歌によって表現しようとする構想が機能していることを述べた。

ここではその様子を、関東行幸歌群（6・一〇二九〜一〇三六、本節では以下「当該歌群」と呼ぶ）の検討を通して確認しておく。

一　総題の理解

『続日本紀』によると、聖武天皇は天平十二年（七四〇）十月条に、

己卯（二十六日）、大将軍大野朝臣東人らに勅して曰はく、「朕意ふ所有るに縁りて、今月の末暫く関東に往かむ。その時に非ずと雖も、事已むこと能はず。将軍これを知るとも、驚き怪しむべからず」とのたまふ。

と、「意ふ所有るに縁りて」伊勢への行幸を決意したと記されている。二十九日には「壬午、伊勢国に行幸したまふ。」と出立している。ところが、当該歌群の総題に位置する記述には、

　十二年庚辰冬十月、依二大宰少弐藤原朝臣広嗣謀反発一レ軍、幸二于伊勢国一之時、

のように、藤原広嗣の謀反によって伊勢への行幸が行われたと記されている。これが何を表そうとしていたのかが問われる。

　題詞の内容に即して行幸を捉えた伊藤博「元明万葉から元正万葉へ」は、聖武天皇の心情を、

　その足どりを見ると、天武天皇の壬申の乱のコースにそのままである。これによってその心底を推しはかれば、聖主天武天皇の跡を追えば加護もしくは救いが得られるといった神だのみに似た気持ちがあったのであるまいか。(1)

と推定した。歴史学の分野では北山茂夫著『大伴家持』が、

　天皇が何ゆえに内乱のさなかに伊勢国に赴いたかはいま問わないにしても、その鹵簿《ろぼ》の警護、また留守官の一人に兵部卿兼中衛大将を指名したことは、まさに、戦時体制に近いものがそこに看取される。(2)

と記している。

　従前の議論を「この行幸は、途中幾分かの波乱があったらしいが」と受け止めながらも、

　結局十二月十五日恭仁宮到着、都作りをされているので、諸兄主導のもとに、広嗣の乱を機として、諸兄の勢力基盤であった相楽郡《さがらかのこおり》の地に、強引に都を移すことを目的とした行幸であったと推定される。(3)

と、広嗣の乱はきっかけであり、久邇（＝恭仁京）への遷都が目指されたと説いたのは吉井巖『萬葉集全注』巻第六であった。広嗣の乱と関東行幸を切り離す見方は、歴史学の分野でも、渡辺晃宏著『平城京と木簡の世紀』が、

> この広嗣の乱の最中の伊勢行幸については、もう少し早い時期に予定されていたものが、広嗣の乱が勃発したため、乱終息の見通しを得るまで出立が延期されたと想定したい(4)。

と記す。その後の歴史学でも、さらには考古学の分野でも同様の見方がされている(5)。研究が進む中で、関東行幸に対する歴史認識が、大きく変化してきた様子がうかがわれる。

こうした成果を受けた『万葉集』の研究としては、廣岡義隆「題詞・左注の論」が、

> この総題（中略）は、大伴家持の手を想定しているが、これは家持という一個の人間の見解を示したものに過ぎないものである。この天平十二年（七四〇）という年次は、家持推定年齢二十三歳（通説による）であり、天皇行幸の目的を理解していない曲解に基づいた記述であるが、行幸当時、若い内舎人の一員に過ぎなかった末席の大伴家持にとっては無理からぬ理解であった(6)。

と、題詞に若い内舎人家持の理解を見出したのが新しい。

確かに、当該歌群は家持にはじまり大伴家の歌を多く収めている。題詞も広嗣の乱と行幸を結びつける「依」字の使用に留意すると、家持を中心に大伴家の周辺で多用される偏向性が次のように認められる。

【家持関係記事】

右件王卿等、応レ詔作レ歌、依レ次奏之。（後略）　（17・三九二六左注）

右、三月卅日、依レ興作之。（後略）　（17・三九八七左注）

右件歌詞者、依二春出挙一、巡二行諸郡一、（後略）　（17・四〇二九左注）

右、五月十四日、大伴宿禰家持依レ興作。　（18・四一〇五左注）

依下迎二駅使一事上、今月十五日、到二来部下加賀郡境一。（後略）　（18・四一三二序）

右、廿日、雖レ未レ及レ時、依レ興預作之。　（19・四一六八左注）

右一首、廿七日依レ興作之。（19・四一七四左注）

右、五月六日依レ興大伴宿禰家持作之。（19・四二一二左注）

向レ京路上、依レ興預作侍宴応詔歌一首　并短歌（19・四二五四題詞）

廿三日、依レ興作歌二首（19・四二九〇題詞）

（前略）在二於大納言藤原朝臣之家一時、依レ奏レ事而請問之間（後略）（20・四二九四左注）

右二首、廿日大伴宿禰家持依レ興作之。（20・四四六四左注）

（前略）但依二大蔵政一、不レ堪レ奏之。（20・四四九三左注）

（前略）但依二仁王会事一、却以二六日一於二内裏一召二諸王卿等一賜レ酒、肆宴給レ禄。（後略）（20・四四九四左注）

依レ興、各思二高円離宮処一作歌五首（20・四五〇六題詞）

【大伴家関係記事】

右、依二中郎足疾一、贈二此歌一問訊也。（2・一二八左注）

（前略）大家石川命婦依二餌薬事一、往二有間温泉一而（後略）（3・四六一左注）

（前略）但依二両君大助一、傾命纔継耳。（後略）（5・七九三序）

【その他の記事】

憶良聞、方岳諸侯、都督刺史、並依二典法一、巡二行部下一、察二其風俗一。（後略）（5・八六八序）

（前略）以二十七日一、依二表乞一賜二橘宿禰一。（6・一〇〇九左注）

右一首、依二作者微一、不レ顕二名字一。（8・一四二八左注）

（前略）然依二古記一便以レ次載。（後略）（9・一七一九左注）

（前略）但、依二古本一亦累載レ茲。（13・三二五七左注）

家持が題詞を記しながら、当該歌群を編んだ可能性は高い。

ただ、題詞の文脈にどのような内容が表現されているのかは、もう少し議論を重ねたい。というのも、当該歌群に限ることではないが、『万葉集』中に残された家持の歌や巻の編集（編纂）を、歌の作り手であり編集者（編纂者）である大伴家持の個人的な体験や理解に結びつけて説く議論がある。その目的は、古代律令社会に詠まれた歌の解釈や編集（編纂）を考える上で、その背後に存在する作者や編集者（編纂者）の姿を捉えようとするところにある。古代律令社会の中に、大伴という氏を意識しながら生きた官人家持の姿を求め、自らの思いを作歌や巻の編集（編纂）にどのように表現したのかを問うためである[7]。廣岡論文の指摘は、関東行幸が行われた天平十二年（七四〇）時に、内舎人であった家持の在り方を捉えようとする上で有効な議論と受け止めている。

ただ、天平十二年の作歌から当該歌群が編まれ、巻に配置されるまでの間には、時間の経過が存在する。作歌から巻の編集へと作業の変化も生じる。歌が詠まれた時点とは別に、歌群として編まれ、巻六に位置づけられたところに何が表されているのかを問う必要がある。行幸と直接関わらないとみられる広嗣の乱が「依」と結びつけられた内容も、個人の問題へと帰すばかりではなく、巻に収められた歌群として表す内容を考えてみる必要が重視される。

ここでは、ひとまず題詞が主張するままに、広嗣の乱によって行幸が行われたと解してみよう。その出立には慌ただしい緊張感がともなう。危機的状況さえ感じられる。歌の背後を『続日本紀』に求めてみると、

（十月）丙子（二十三日）、次第司を任す。従四位上塩焼王を御前長官とす。従四位下石川王を御後長官。正五位下藤原朝臣仲麻呂を前騎兵大将軍。正五位下紀朝臣麻路を後騎兵大将軍。騎兵の東西史部・秦忌寸ら惣て四百人を徴り発す。　（『続日本紀』天平十二年条）

と、軍事に関わる大がかりな記事が目につく。二十九日に、

壬午（二十九日）、伊勢国に行幸したまふ。（中略）是の日、山辺郡竹谿村堀越に到りて頓まり宿る。（『続日本紀』）

と出立してから、翌三十日条に「癸未、車駕、伊賀国名張郡に到りたまふ。」と進む行程には、

十一月甲申の朔、伊賀郡安保頓宮に到りて宿る。大雨ふり途泥みて、人馬疲煩れたり。（『続日本紀』）

と、道中の厳しさもうかがわれる。

とはいえ、総題の記事は「幸」へと続く。行幸の常ではあろうが、当該題詞は、天皇を中心とする古代律令社会の理想的な在り方を、関東への行幸の中に確かめるように表している。その様子を以下に続く歌群に読み取ることができる。広嗣の乱の中にあっても、冷静さを失うことなく、天皇としての威容を保って、頼もしい姿で出立する聖武の姿が表現されている。その姿は、『続日本紀』に聖武自身が、「朕意ふ所有るに縁りて、今月の末暫く関東に往かむ。」と語った内容とも矛盾しない。(8)

二　編まれた八首の理解

当該歌群に総題として機能する題詞には、関東行幸と同時期に起きた広嗣の乱を契機として取り込むことで、危機的な状況に置かれても、聖武天皇があるべき理想的な姿を備えて出立した様子を表そうとしていることを述べた。このように検討してきた記事は、その先に「河口行宮、内舎人大伴宿禰家持作歌一首」と記されている。『続日本紀』には、天平十二年十一月条に、

乙酉（二日）、伊勢国壱志郡河口頓宮に到る。之を関宮と謂ふ。（『続日本紀』）

丙戌（三日）、少納言従五位下大井王并せて中臣・忌部らを遣して、幣帛を大神宮に奉る。車駕、関宮に停り御しますこと十箇日。（以下略）　（『続日本紀』）

丁亥（四日）、和遅野に遊獦したまふ。当国の今年の租を免したまふ。　（『続日本紀』）

とみえる。河口に十日を過ごした理由は、北山茂夫前掲著が、

河口頓宮で一〇日もすごしたのには、何かの理由がありそうである。四日に、和遅野において遊猟を行ない気分の一新をはかった。それだけではなく、内乱が終息したところで、七三九（天平一一）年このかた天皇の胸中に揺曳していた遷都の問題について、諸兄ら台閣の重臣たちが協議をこらしていたのではないか。そうでなければ、ここからすぐに平城にひきかえしてよいはずである。(9)

と記した。或いは、はじめから遷都を意図した行幸であったと捉えてみると、伊勢国へ赴いたのが遷都を決めた報告と無事を祈願するためと考えられるのかもしれない。新都の建設に向けた志は、勝利した壬申の乱と同じ行程を辿ることで、華々しく演出された可能性を捉えることができる。平城京に戻る必要はなく、行幸は遷都を実行するためのデモンストレーションとして、時間をかけて行われたとも考えられる。

この点については、もう少し立ち入って詳しく論じる必要もあるが、当該歌群の構想の外に残される歴史的な課題として、機会を改めて論じたい。

というのも、一首目の家持歌は、上三句に、

河口の　野辺に廬りて　夜の経れば　妹が手本し　思ほゆるかも　（6・一〇二九）

と、河口の野辺に宿泊して十日を過ごした様子を表してはいるが、下句に「妹が手本し思ほゆるかも」と詠まれた内容には、先に述べた政治的な内容を含む余地がないためである。

同じ表現を『万葉集』中に求めてみると、

（前略）玉藻なす　なびき我が寝し　しきたへの　妹が手本を　露霜の　置きてし来れば　この道の　八十隈ごとに　万度　かへり見すれど　いや遠に　里離り来ぬ　いや高に　山も越え来ぬ　はしきやし　我が妻の児が　夏草の　思ひしなえて　嘆くらむ　角の里見む　なびけこの山　（2・一三八）

のような人麻呂歌が連想され、「思ほゆるかも」との旅情のみが認められる。

家持の歌に続いて、

天皇御製歌一首

妹に恋ひ　吾の松原　見渡せば　潮干の潟に　鶴鳴き渡る　（6・一〇三〇）

右一首、今案、吾松原在㆓三重郡㆒、相㆓去河口行宮㆒遠矣。若疑御㆓在朝明行宮㆒之時所㆑製御歌、伝者誤之歟。

と示された御製歌には、題詞の記され方にも配置にも不自然さが残る。左注にも成立に疑問が示され、当該歌群が編まれていることが指摘されている[10]。この在り方を構想の問題として捉え直してみると、左注が指摘するような無理が生じてでも、当該歌群に御製歌を取り込む必要が、歌群に求められたことが知られる。

歌の内容は、一首目の下二句が「妹が手本し　思ほゆるかも」（6・一〇二九）と結んでいるのに対し、「妹に恋ひ　吾の松原」と詠い起こされ、羇旅の中に「妹」が共通したモチーフとして見出される。妻への思いは、結句に「鶴鳴き渡る」と羇旅歌としての望郷の念を募らせている。

続く三首目も、

丹比屋主真人歌一首

後れにし　人を偲はく　思泥の崎　木綿取り垂でて　幸くとそ思ふ　（6・一〇三一）

右、案、此歌者不㆑有㆓此行之作㆒乎。所㆓以然言㆒、勅㆓大夫㆒従㆓河口行宮㆒還㆑京、勿㆑令㆓従駕㆒焉。何有レ詠二思泥埼作歌一哉。

と、左注が疑問を示すように、編集時に組み入れられたことが知られている。その理由は、二首目の御製歌を収載する事情と同じであろう。「思泥の崎」の序詞に「後れにし人を偲はく」と表された妹への思慕は、一首目から継続するモチーフを引き受けている。

個々の作歌事情はともかく、「大伴家持」歌に聖武天皇や丹比屋主の歌が組み合わせられることで、行幸の中に妹をモチーフとする歌を作るような和やかな雰囲気が構想として表されている。

四首目に至ると、題詞に、

狭残行宮、大伴宿禰家持作歌二首

大君の　行幸のまにま　我妹子が　手枕まかず　月ぞ経にける　（6・一〇三二）

とあるように[11]「狭残の行宮」で、「大君の行幸のまにま」から歌い起こされたことで、従駕する官人の忠誠が表されている。

とはいえ、「大君の行幸のまにま」との表現は、用いられた先例を見ると、

神亀元年甲子冬十月、幸二紀伊国一之時、為レ贈二従駕人一、所レ誂二娘子一作歌一首　并短歌　笠朝臣金村

大君の　行幸のまにま　もののふの　八十伴の男と　出でて行きし　愛し夫は　天飛ぶや　軽の路より　玉だすき　畝傍を見つつ　あさもよし　紀伊道に入り立ち　真土山　越ゆらむ君は　もみち葉の　散り飛ぶ見つつ　むつましみ　我は思はず　草枕　旅を宜しと　思ひつつ　君はあるらむと　あそそには　かつは知れども　しかすがに　黙もえあらねば　我が背子が　行きのまにまに　追はむとは　千度思へど　たわやめの　我が身にしあれば　道守が　問はむ答へを　言ひ遣らむ　すべを知らにと　立ちてつまづく

（4・五四三）反歌略

が思い浮かぶ。行幸歌としての儀礼的な体裁を保ちながらも、妹の存在をモチーフとして楽しむ様相が認められる。

続く五首目も、

御食つ国　志摩の海人ならし　ま熊野の　小船に乗りて　沖辺漕ぐ見ゆ　（6・一〇三三）

と「御食つ国」を冠しながら「志摩の海人」を歌い起こすところには、皇統を讃美する意識が認められる。

ただ、この表現も、森朝男「伊勢国行幸従駕の歌」がその在り方を、

人麻呂歌や赤人歌に比べると、奉仕の様を強調しない。海人たちは単に沖を漕ぎ行く遠景として詠まれるに過ぎない。そこに、宮廷歌人の儀礼歌の体を一つ脱したおもむきがある。[12]

と指摘したように、行幸を讃美する姿勢がうかがわれはするが、羇旅ならではの景を歌に収めようとする趣向が優先されている。

六首目は、

美濃国多芸行宮、大伴宿禰東人作歌一首

古ゆ　人の言ひ来る　老人の　をつといふ水そ　名に負ふ滝の瀬　（6・一〇三四）

と、「古ゆ人の言ひける」との表現の背景に、次の記事が知られる。

癸丑（十七日）、天皇、軒に臨みて、詔して曰はく、「朕今年九月を以て、美濃国不破行宮に到る。留連すること数日なり。因りて当耆郡多度山の美泉を覧て、自ら手面を盥ひしに、皮膚滑らかなるが如し。亦、痛き処を洗ひしに、除き愈えずといふこと無し。朕が躬に在りては、甚だその験有りき。また、就きて飲み浴る者、或は白髪黒に反り、或は頽髪更に生ひ、或は闇き目明らかなるが如し。自餘の痼疾、咸く皆平愈せり。昔聞かく、「後漢の光武の時に、醴泉出でたり。これを飲みし者は、痼疾皆愈えたり」ときく。符瑞書に曰

はく。「醴泉は美泉なり。以て老を養ふべし。盖し水の精なり」といふ。寔に惟みるに、美泉は即ち大瑞に合へり。朕、庸虚なりと雖も、何ぞ天の貺に違はむ。天下に大赦して、霊亀三年を改めて、養老元年とすべし」とのたまふ。

（『続日本紀』養老元年（七一七）十一月条）

三〜四句の表現に傍線部を重ね合わせてみると、元正太上天皇が話題にした「美泉」が想起される。とはいえ、ここに「美泉」は詠み込まれていない。かつて行われた行幸を想起しながらも、選ばれているのは「名に負ふ瀧の瀬」であった。元正太上天皇の行幸を想起させながらも、そればかりに捕らわれない新たな景が詠み込まれている。

七首目は、

田跡川の　滝を清みか　古ゆ　宮仕へけむ　多芸の野の上に　（6・一〇三五）

と、「田跡川の滝を」を清らかな存在として位置づける。その清らかさに支えられながら、昔から宮に仕え続けてきた官人たちの姿に、自分たちの姿を重ねようとする気持ちが、多芸の野の上で確かめられた。

聖武天皇を中心とする華やかな行幸に、従駕する官人たちの気持ちが確認されている。その後、歌群は次の一首をもって閉じられている。

不破行宮、大伴宿禰家持作歌一首

関なくは　帰りにだにも　うち行きて　妹が手枕　まきて寝ましを　（6・一〇三六）

不破の関を障害物に見立て表された妹への思いは、一首目からのモチーフと一致して閉じられている。

『続日本紀』に行幸の行方を辿ってみると、

甲寅（二日）、宮処寺と曳常泉とに幸したまふ。

①丙辰（四日）、騎兵司を解きて京に還し入らしむ。皇帝、国城を巡り観す。晩頭に新羅楽・飛驒楽を奏る。

丁巳（五日）、美濃の国郡司と百姓の労め勤むこと有る者とに位一級を賜ふ。正五位上賀茂朝臣助に従四位下を授く。

戊午（六日）、不破より発ちて坂田郡横川に至りて頓まり宿る。是の日、右大臣橘宿禰諸兄、在前に発ち、山背国相楽郡恭仁郷を経略す。遷都を擬ることを以ての故なり。②

…

丁卯（十五日）、皇帝在前に恭仁宮に幸したまふ。始めて京都を作る。太上天皇・皇后、在後に至りたまふ。

（『続日本紀』天平十二年（七四〇）十二月条）

と、傍線部①に騎兵司の任を解いて都に戻らせている。美濃国を視察した後に、傍線部②で示したように久邇京への遷都を明らかにしている。

これを当該歌群に照らし合わせてみると、久邇京への遷都までを話題にする以前で、当該歌群が閉じられている。

題詞には、危機的な状況にあっても冷静に対応する天皇の理想的な姿を表し、その先には、ゆったりとした行幸の様子が羈旅歌に求められていた。一〇三五番歌の「古ゆ宮仕へけむ」との表現からは、ここにいる自分たちだけではなく、同様に仕え続けてきた古の大宮人たちを思いやる姿までが表されている。既述したように、遷都に関わる政治的な動きは、ひとまず当該歌群の外に置こうとする姿勢がうかがわれる。

当該歌群からは外れるが、直後には次の一首が久邇京への遷都を表しているのが留意される。[13]

十五年癸未秋八月十六日、内舎人大伴宿禰家持、讃二久邇京一作歌一首

（6・一〇三七題詞）

当該歌群に続いて、この歌も「大伴家持」の作であることに鑑みると、編集者に家持を想定することは難しくない。

ただここでは、家持の個人的な心情を問題にすることより、聖武天皇が理想とする社会を、関東行幸によって再確認をしながら、巻六としては、直後にこの一首が加えられることで、当該歌群が表そうとしなかった、行幸が遷都を目指して行われたことまでが表現されている。

おわりに

当該歌群は、総題が関東巡行と同時期に起きた広嗣の乱を、「依」と行幸に結びつけることで、危機的な状況にありながらも、「幸」に、冷静さを失うことなく、天皇としての威容を備えて出立する聖武の頼もしい姿が表されていた。

収められた歌には、資料の偏りや編集上の無理が、ほころびとしてうかがわれはするが、ゆとりある行幸の姿が、家に待つ妹を思う気持ちや、羈旅の景を詠む中に表されていた。その行程には、壬申の乱やかつての行幸が想起されはしても、歌には必要以上に強調されていない。過去を追慕することに終始するのではなく、新たなモチーフが選び取られ、聖武天皇が切り開く時代が予感されていた。

『続日本紀』には、関東巡行の先に、新天地としての久邇京への遷都が明らかにされている。当該歌群はそこまでを表すことに積極的ではないが、直後に別の歌を配置しながら、遷都を讃えるところまでが表現されていた。

【注】

（1）伊藤博「元明万葉から元正万葉へ」（『萬葉集の構造と成立』〔下〕塙書房、一九七四年、初出は一九六七年九月）

（2）北山茂夫著『大伴家持』（平凡社、一九七一年）

（3）吉井巖著『萬葉集全注』巻第六（有斐閣、一九八四年）
（4）渡辺晃宏著『平城京と木簡の世紀』（講談社、二〇〇一年）
『続日本紀』を開いてみると、天平十二年（七四〇）九月条に、
乙未（十一日）、治部卿従四位上三原王らを遣して幣帛を伊勢大神宮に奉らしむ。
との記事が認められる。或いはもう少し遡ると、天平十年（七三八）五月条に、
辛卯（二十四日）、右大臣正三位橘宿禰諸兄、神祇伯従四位下中臣朝臣名代、右少弁従五位下紀朝臣宇美、陰陽頭外従五位下高麦太を使して、神宝を賷ちて伊勢大神宮に奉らしむ。
との記事を認めることができる。天平九年（七三七）には天然痘の流行があり、多くの死者を出したことに鑑みると、歴史的には、それが落ち着いた頃から遷都が検討されはじめていたのかもしれない。
（5）榎村寛之・山中章・廣岡義隆「鼎談　三重の萬葉と歴史―天平十二年の聖武天皇による関東行幸―」（廣岡義隆著『行幸宴歌論』和泉書院、二〇一〇年）
（6）廣岡義隆「題詞・左注の論」前掲注5書に同じ。
（7）市瀬雅之著『大伴家持論―文学と氏族伝統―』（おうふう、一九九七年）
（8）前掲注4で述べたように、遷都が天然痘の落ち着いた頃から模索されはじめたとすると、広嗣の乱によって痛手を負う藤原氏には、聖武天皇の出立を止めることができない。仲麻呂を前騎兵大将軍に起用することで、藤原氏の動きにも目を配りながら出立したことになる。
（9）北山前掲注2書。
（10）影山尚之「聖武天皇『東国行幸時歌群』の形成」（『解釈』三十八巻八号、一九九二年八月）
（11）廣川晶輝「聖武天皇東国行幸従駕歌論」（『万葉歌人大伴家持―作品とその方法―』北海道大学図書刊行会、二〇〇三年、初出は一九九八年一一月）は、特に天武皇統の讃美に結びつくと指摘する。
（12）森朝男「伊勢国行幸従駕の歌」（『セミナー万葉の歌人と作品』第八巻　和泉書院、二〇〇二年五月）
（13）新沢典子「歌に示された聖武朝史―巻六・一〇二九〜四三の配列をめぐって―」（『名古屋大学国語国文学』九七号、二〇〇五年一二月）は、当該歌群を含む一〇四三番歌までの配列を、

（中略）聖武天皇東国巡行歌群に目を転じ、以下、活道岡で詠まれた歌群までを通してみると、その配列は、東国を廻り広嗣の乱を制し久邇国京を治めた聖武天皇の足跡と、その統治を引き継ぐはずだった安積皇子の死を語っているように見える。

と読む。ここに安積皇子の死を重ねるべきでないことは前章に述べた。

第三章

つなぐという視点

第一節　巻七の場合

はじめに

『万葉集』には、構造的に大きな差異の指摘される箇所がいくつかある。巻七（以下「当該巻」と呼ぶ）は典型例のひとつである。(1) 巻一から巻六までが題詞や左注に作者名や作歌事情を記しているのに対し、当該巻がそれをほとんど記さないことによる。それは、当該巻を「作者未詳歌巻」と呼びならわしてきた表現に象徴されている。

こうした差異は、個々の巻を考える上で確かに大きいのだが、二十巻の配列を見ると、当該巻の後には、作者名や作歌事情を記した巻八や巻九が配置されていたりもする。作者名等の有無だけで、当該巻が七の位置を占めているとは思われない。(2)

ここでは、あくまでも二十巻をひとまとまりの歌集とみなす中で、当該巻が七に定位して表す内容を考えておく。

一　細分して歌を表す方法

当該巻は、大きく「雑歌」「譬喩歌」「挽歌」に分類されている。「雑歌」部は、

㋑詠物の部（一〇六八～一一二九）
㋺羇旅の部（一一三〇～一二五〇）
㋩雑の部（一二五一～一二九五）

のような三部に分けるか、緩やかに㋑を前半部とし、㋺㋩を後半部と分けながら、在り方が論じられてきた。(4) 後者の立場から、前半部をみると、

詠レ天
右一首、柿本朝臣人麻呂之歌集出。（7・一〇六八左注）
詠レ山
右三首、柿本朝臣人麻呂之歌集出。（7・一〇九二～一〇九四左注）
詠レ河
右二首、柿本朝臣人麻呂之歌集出。（7・一一〇〇～一一〇一左注）
詠レ葉
右二首、柿本朝臣人麻呂之歌集出。（7・一一一八～一一一九左注）

のように、詠物を基準に『人麻呂歌集』を範として編まれた様子が知られる。その分類が、漢籍等に基づくことが指摘されている。(5)

後半部は、畿内に「芳野作」「山背作」「摂津作」の歌をみながら、「羇旅作」（一一八七～一二五〇）が七道を優

先して配列されていると村瀬憲夫「巻七雑歌部の編纂」に指摘がある。[6] 前半部と後半部では、『人麻呂歌集』の扱いが異なる等の差異が大きいことから、その成立を、

（前略）まず、巻七「雑歌」部編纂の核となったのは、巻十との対比のもとに編まれた詠物歌群であったと思われる。（中略）この歌群は、譬喩歌群とともに、巻十とぴたりと対比させながら編纂されたものと思われる。

　続いて、この前半部に付加されたのが後半部であった。なぜ付加されたのか。それは、巻七〜巻十が万葉集の中でもひとまとまりをなしていて、各巻が対立・対応の関係にある（伊藤博「『人麻呂集歌』の配列」）という現況から、逆に類推するならば、巻七と巻九とを対応させるために、後半部を付加する必要が生じたためと思われる。後半部と巻九とに羈旅歌が多いというのは、内容面で両者を対応させるべくなされた業であった。巻十と対比させながら編まれてきた巻七は、ここにおいて、巻七〜巻十の四巻を対立・対応させるという編纂の構想のもとに、編纂方針を少々変えたのではないか。


と説いた。

　仮に指摘のとおりだとすると、そのように編まれた当該巻が、二十巻の中に七という位置を得ることで、何を表そうとしているのかがさらに問われる。

　当該巻をあくまでもひとつの存在として捉えて、現態のままに読もうとしてみると、身﨑壽論文「万葉集巻七論序説」が、

（前略）ひとつの仮説を提出されることが許されるなら、それは詠物部（詠物歌群）が日常生活の理念的な再構成の意義を担っていたのに対して、羈旅関係歌群は非日常生活のそれをうけもつものとして、詠物部に対置されているとみてよいのではないだろうか。[7]

と、「雑歌」部の前半部と後半部を並列に捉えたことが留意される。当該巻が二十巻の中に七という位置を得た

ことを重く捉えると、さらに、

　ところで、この雑歌部の「旅」への傾斜という点からみたばあい、そこに直前の巻六との接点というものがみえてきはしないだろうか。全雑歌からなる巻六は、それゆえに従駕応詔や羈旅叙情の作品をおおくふくむことになる。巻頭も巻末もそうした性質のうたによってしめられている。

と述べたことが重視される。

　確かに巻六の冒頭は、

養老七年癸亥夏五月、幸二于芳野離宮一時、笠朝臣金村作歌一首 并短歌　（6・九〇七～九〇九題詞）
或本反歌曰　（6・九一〇題詞）
車持朝臣千年作歌一首 并短歌　（6・九一三～九一四題詞）
或本反歌曰　（6・九一五～九一六題詞）
　右、年月不レ審。但以二歌類一載二於此次一焉。或本云、養老七年五月幸二于芳野離宮一之時作。
神亀元年甲子冬十月五日、幸二于紀伊国一時、山部宿禰赤人作歌一首 并短歌　（6・九一七～九一九題詞）
　右、年月不レ記。但偁レ従二駕玉津嶋一也。因今撿二注行幸年月一以載之焉。
神亀二年乙丑夏五月、幸二于芳野離宮一時、笠朝臣金村作歌一首 并短歌　（6・九二〇～九二二題詞）
山部宿禰赤人作歌二首 并短歌　（6・九二三～九二七題詞）
　右、不レ審二先後一。但以レ便故、載二於此次一。
冬十月、幸二于難波宮一時、笠朝臣金村作歌一首 并短歌　（6・九二八～九三〇題詞）
車持朝臣千年作歌一首 并短歌　（6・九三一～九三二題詞）
山部宿禰赤人作歌一首 并短歌　（6・九三三～九三四題詞）

三年丙寅秋九月十五日、幸㆓於播磨国印南野㆒時、笠朝臣金村作歌一首 并短歌　（6・九三五～九三七題詞）

山部宿禰赤人作歌一首 并短歌　（6・九三八～九四一題詞）

過㆓辛荷嶋㆒時、山部宿禰赤人作歌一首 并短歌　（6・九四二～九四七題詞）

右、作歌年月未詳也。但以㆑類故、載㆓於此次㆒。

と、傍線で示したように従駕応詔や羈旅叙情の作品が多く含まれ、点線で示したような編集の跡が認められる。

巻末も、

過㆓敏馬浦㆒時作歌一首 并短歌　（6・一〇六五～一〇六七題詞）

右廿一首、田辺福麻呂之歌集中出也。

の如く閉じられている。

とはいえ、巻六は「従駕応詔や羈旅叙情の作品」のみを集めているわけではない。関わらない歌も多く収めている。ここではさらに、前半部の詠物歌にも巻六と親縁する部分を探りたい。留意するのは次の一群の存在である。

安倍朝臣虫麻呂月歌一首

雨隠る　三笠の山を　高みかも　月の出で来ぬ　夜はふけにつつ　（6・九八〇）

大伴坂上郎女月歌三首

猟高の　高円山を　高みかも　出で来る月の　遅く照るらむ　（6・九八一）

ぬばたまの　夜霧の立ちて　おほほしく　照れる月夜の　見れば悲しさ　（6・九八二）

山の端の　ささらえをとこ　天の原　門渡る光　見らくし良しも　（6・九八三）

右一首歌、或云、月別名曰㆓佐散良衣壮士㆒也、縁㆓此辞㆒作㆓此歌㆒。

豊前国娘子月歌一首　娘子字曰二大宅一。姓氏未詳也。

雲隠り　行へをなみと　我が恋ふる　月をや君が　見まく欲りする　（6・九八四）

湯原王月歌二首

天にます　月読をとこ　賂はせむ　今夜の長さ　五百夜継ぎこそ　（6・九八五）

はしきやし　間近き里の　君来むと　おほのびにかも　月の照らせる　（6・九八六）

藤原八束朝臣月歌一首

待ちかてに　我がする月は　妹が着る　三笠の山に　隠りてありけり　（6・九八七）

巻六が、養老七年（七二三）から天平十六年（七四四）までの時間軸を優先して歌を配置する中で、右の一群には、題詞に時間が記されていない。「月」を詠むことを明記した歌が集められている。

その内容は、安倍虫麻呂歌が、三笠の山が高いからかと理由をあげながら、月が出てこないまま夜が更けてゆく状態を詠んでいる。続く坂上郎女歌の一首目は、虫麻呂と同じ要領で、三笠の山が高いからかと理由をあげて、だから月が遅く照るのだろうと推測している。二首目をみると、夜霧が立つ中にぼんやりと照る月夜を「悲し」と情感を込めて受け止め、三首目で、「ささらえをとこ」と呼びながら、時間の経過とともに移りゆく月を観賞すべき対象としてほめている。豊前国娘子の歌は、雲に隠れ行方がわからないと私が恋しく思う、そんな月をあなたはみたいと思うのですか、と誰かに尋ね返すように詠まれている。湯原王の一首目は、坂上郎女が「ささらえをとこ」と呼んだ月を、天にいらっしゃる「月読をとこ」と崇めるように、物を贈ることで今宵が長く続いてほしいと願う。夜空に出ている月は、続く二首目に、懐かしい近くの里にいるあなたが来るのを待ちかねているように明るく照っている様を詠んでいる。そして、最後の藤原八束の歌では、待ちきれないと思う月が、（妹が着る）三笠の山に隠れていることをいぶかしんでいる。

これらを一覧すると、いずれも月を話題にして、その姿が現れるのを待ちわび、月が移りゆく様や照る光を楽しみ、沈むことを惜しんでいる様子が捉えられる。

こうした月の詠まれ方を、当該巻の「詠レ月」に収められた歌と比べてみると、安倍虫麻呂歌が、まだ出ぬ月を待ちわびて夜を過ごす姿は、

山の端に　いさよふ月を　いつとかも　我が待ち居らむ　夜は更けにつつ　（7・一〇八四）

山の端に　いさよふ月を　出でむかと　待ちつつ居るに　夜そ更けにける　（7・一〇七一）

などと、当該巻に同じ関心を詠む様子を見つけることができる。

坂上郎女が月を「ささらえをとこ」と呼び、湯原王が「月読をとこ」と擬人化する様子は、当該巻の、

海原の　道遠みかも　月読の　光少なき　夜は更けにつつ　（7・一〇七五）

にも認めることができる。

湯原王の一首目が長く続くことを願う月夜は、

ぬばたまの　夜渡る月を　留めむに　西の山辺に　塞もあらぬかも　（7・一〇七七）

と、西の山辺に関を求める形で願われている。巻六に「月」を詠むことを記す歌には、当該巻が「詠レ月」に収める歌と同じ関心を備えていることが確かめられる。当該巻には、羈旅歌だけではなく詠物歌も含まれている。それは特別なことではあるまい。時間軸に沿って表されている歌の内容に区別はない。「誰が」「いつ」「どこで」「どのような歌」を詠んだのかを知ることが優先されている。

そして、時間軸に沿って配置されてきた歌の個々が、どのような「内容」や「形式」、或いは「手法」を用いて詠まれているのかにまで関心が向けられるようになると、それまでとは別の方法で編まれた巻が求められてゆく。さまざまな場面で多く詠まれる宴席歌や、官人たちが都と地方を往来する中によく詠まれる羈旅歌等に、整

理された巻が配置されたことで、時間軸よって表されてきた歌は、内容や形式にまで立ち入って読むことが可能になる。巻六から巻七には、そうした歌の読み方にまで立ち入った展開が表現されている。当該巻が内容別に歌を表したことで、「雑歌」前半部には、前例として『人麻呂歌集』が表されている。後半部の羇旅歌群には、『人麻呂歌集』より「古集」が優先すべき存在として表現されている。

当該巻の「雑歌」部後半には、羇旅歌群のほかにも、

問答（一二五一～一二五四）臨時（一二五五～一二六六）就所発思（一二六七～一二六九）寄物発思（一二七〇）行路（一二七一）旋頭歌（一二七二～一二九五）

のように、「歌体」を含む分類が表されている。城﨑陽子「『羇旅』という表現と場と」は、先の身﨑論文の指摘に対し、

身﨑論文が「非日常生活世界」の再構成と指摘するほどの理念がここに存在したとみるのではなく、むしろ、「詠む」行為を「非日常生活世界」である「羇旅」という「環境」の問題とは切り離して考えられないという事情が、一時的に「羇旅」の一部としての「行路」という部類を生み出したと考えた方がよりわかりやすいのではなかろうか。

と説く（第三部第二章第一節）。

歌体を表す「旋頭歌」は別にして、他はいずれも歌数が限定的であり、詠物歌群や羇旅歌群に比べると十分な形を成してはいない。城﨑論文のいうような動きが、試みはじめられた程度に表されている。

これは和歌史としてではなく、あくまでも二十巻が表すところを読み解く限りにおいてではあるが、時間軸では表しきれない歌の内実が歌を細分することで表現されはじめている。

二　分類の多様性

巻六の「雑歌」が時間軸に沿って表してきた歌を、当該巻は、時間軸を留保して、詠物歌や羈旅歌といった内容別にまとめ表していた。『人麻呂歌集』が、詠物歌のはじめを表し、羈旅歌を集めた先例として「古集」が優先して表現されていた。

ここでは、当該巻に次いで置かれた巻八との関係に目を向けておく。

両巻の関係を、伊藤博「『人麻呂集歌』の配列」は、

巻七から巻十までの四巻は、万葉集二十巻の中でも、一纏りをなしている。すなわち部立・内容両面から言って、巻七と巻八、巻九と巻十が対立し、また巻七と巻九、巻八と巻十とが対応しているのであって、結局四巻は対立・対応関係で一団をなしている。(8)（採意）

と指摘した。確かに、巻八と巻十が季節を主題に歌を分類しているのに対し、当該巻にはそれがほとんど含まれていない。巻七の羈旅歌群に目を向けると、巻九にそれが多い傾向を認めることもできる。

しかし、それらをひとまとまりの構造体と認める場合には、全体として何を表そうとしているのかが説かれねばなるまい。

また、身﨑壽前掲論文は、当該巻と巻八の関わりを、

通時的な解釈の立場によっていうなら、巻七の原形は、雑歌と相聞（譬喩歌）の二部編成だった。現在の形は挽歌部が後補されたもので、三大部立を実現しようとする意志が強くはたらいた結果だ、ということがかんがえられる。

逆に、こうしてみたとき（すなわち、挽歌部をいったん除外してみるとき）、一見性格のおおきくことなるとお

もわれる巻七と巻八とが、雑歌と相聞（譬喩歌）とを主体とするという点において意外に親縁性をもっていることにあらためて気づかされる。それは、三大部立のうちの挽歌をかく（むろん巻七のばあいは潜在的なせいかくとして、だが）ということに帰結する。

もっとも、それをいうならば、おなじく季節歌巻といっても、制作者不記の巻一〇の方がさらに巻七にちかいというべきであろう。巻一〇との近縁性は他の観点からすでにおおく指摘されるところだ。しかし、現行の巻序にしたがって巻七―巻八という対応をかんがえるなら、この挽歌部の欠如ということを無視できない。巻七のこころみがあってはじめて、巻八での完全な雑歌・相聞の二部立制が出現したといってよいのではないか。[9]

と説いた。

確かに当該巻の「挽歌」は、「雑歌」「譬喩歌」に比べて規模が小さく、巻八が「雑歌」と「相聞」のみを分類に使用する姿には、ある程度の傾向が存在するのかもしれない。

しかし、規模が小さくても「挽歌」を様相として整えたところには、「雑歌」「譬喩歌」「挽歌」が表す内容が問われる。例えば、先行する巻として三との親縁性が結ばれていると捉える方が穏やかなように思う。

当該巻が「譬喩歌」を提示したのに対し、巻八が「相聞」を使用するところにも、それぞれの部立が表そうとする内容に差異のある可能性は大きい。

こうした中で、留意すべきは、巻八が季節を中心に歌を読ませようとしていることなのであろう。

試みに、当該巻に季節を詠み込む歌を探してみると、「雑歌」部前半の詠物歌群には認められない。「雑歌」部後半の「羈旅作」には、冒頭に次のような一首が記されている。

家離り　旅にしあれば　秋風の　寒き夕に　雁鳴き渡る　（7・一一六一）

歌の内容からは、家を離れ旅に過ごす時間の長さが、「秋風」という季節をともなう風によって表されている。その風の寒さと夕暮れの寂しさに加わる雁の鳴き声が、羈旅歌として妹を呼ぶ声となって響く。

「秋風」に目を向けてみると、巻八の「秋雑歌」には、右のような七夕歌が収められている。

秋風の　吹きにし日より　いつしかと　我が待ち恋ひし　君そ来ませる　（8・一五二三）

織女の立場に立って、秋風が吹き始めた日から、いつかいつかと長い時間を待ちわびていた男性の訪れが詠まれている。とはいえ、牽牛を旅先から帰った夫と捉えることは難しい。

また、「雁」に目を向けると、巻八の「秋雑歌」には、

誰聞きつ　こゆ鳴き渡る　雁がねの　妻呼ぶ声の　ともしくもあるを　（8・一五六二）

のように、男性の訪れを待つ女性が、雁がねの妻を呼ぶ声をうらやむ心情が表されている。

聞きつやと　妹が問はせる　雁がねは　まことも遠く　雲隠るなり　（8・一五六三）

と応える内容には、聞いたかと妹が尋ねる雁の声が、本当に遠く雲に隠れているとの返事に、雁との距離感が表されている。ここに雁に寄せる恋情は認められても、羈旅につながる要素は認められない。

このようにみてくると、巻八の「秋雑歌」には、「秋風」や「雁」に恋情を含む歌が収められはしても、積極的に「羈旅」を場面として含み込む様子は認められない。対する当該巻は、一一六一番歌のように季節を含む歌が認められても、季節表現が所収の判断材料にされてはいない。「羈旅作」が象徴するように、「羈旅」そのものを主題としている。

つまり、当該巻の「雑歌」部は、季節を含まないままで詠物を主題化して歌を表すことはもちろん、羈旅歌群が季節表現を含む歌を交えていたとしても、それが所収の判断には考慮されない。羈旅が主題に優先されている様子を認めることができる。これに次いで置かれた巻八には、季節表現を主題化したところに、新たな分類の展

開が認められる。

「譬喩歌」にも目を向けてみると、次のような歌が記されている。

見まく欲り　恋ひつつ待ちし　秋萩は　花のみ咲きて　成らずかもあらむ　（7・一三六四）

我妹子が　やどの秋萩　花よりは　実になりてこそ　恋増さりけれ　（7・一三六五）

一三六四番歌は、見たいと思い恋いしく待ち続けた「秋萩」に意中の女性を譬え、花だけ咲いて実にならないかもしれない不安が表されている。そして、一三六五番歌の方には、「秋萩」は花よりも実になってこそ恋心が増すことが強調される。

こうした傾向は、巻八の「秋相聞」に「萩」を求めてみると、

我がやどの　秋の萩咲く　夕影に　今も見てしか　妹が姿を　（8・一六二二）

には、我がやどに秋の萩が咲いている中、夕方の少しの明りでも見たいと願う妹の姿が導き出されている。また、

手もすまに　植ゑし萩にや　かへりては　見れども飽かず　心尽くさむ　（8・一六三三）

はより明確に、大切に植えた萩に女性の姿を重ねて、それだけになおさら、見飽きることなく心を尽くそうとする気持ちを表すところに接点を認めることができる。

しかし、「秋萩」そのものになると、次の三首は事情が少し異なる。

秋萩の　上に置きたる　白露の　消かもしなまし　恋ひつつあらずは　（8・一六〇八）

宇陀の野の　秋萩しのぎ　鳴く鹿も　妻に恋ふらく　我には益さじ　（8・一六〇九）

秋萩に　置きたる露の　風吹きて　落つる涙は　留めかねつも　（8・一六一七）

一首目の「秋萩」は、季節を表す素材として詠み込まれ、その上にある白露が消えゆくように死ぬ方がましだと、恋をする状況の続く辛さが重ねられている。二首目の宇陀の野の「秋萩」も季節を表す素材に留まり、これ

を踏みながら鳴く鹿の声に、妻を呼ぶ恋情が、自身の思いには勝るまいと表されている。三首目も、「秋萩」は、季節を表す素材として詠まれるに留まり、その上にある露が落ちる様子が涙に譬えられて、留めがたい悲しみが表されている。

いずれも「露」と「鹿の鳴き声」に、作者の恋情が重ね合わせられはしても、「秋萩」は季節を表す素材としてのみ用いられている。

当該巻が収めている歌が「譬喩歌」部に分類されている点では、前掲一三六四と一三六五からは、巻三「譬喩歌」部の次の歌との親縁性が深い。

妹が家に　咲きたる梅の　いつもいつも　成りなむ時に　事は定めむ　（3・三九八）

妹が家に　咲きたる花の　梅の花　実にし成りなば　かもかくもせむ　（3・三九九）

二十巻の中では、巻三の方が先に「譬喩歌」を読ませていることに鑑みると、当該巻の「譬喩歌」部は、巻三の延長に読まれるべき傾向にあるのだろう。

巻三の「譬喩歌」部は、冒頭の「紀皇女御歌一首」（3・三九〇）を除くと、以後は坂上郎女時代の歌が集中している。巻一や巻二が記す「寧楽宮」の時代に入ってから隆盛した様子が表されている。当該巻には、その出発が『人麻呂歌集』に見出されることを表し、内容によって歌を分類する提案が構想されていると読むことが見通される。

巻三と当該巻では離れすぎてはいるとの反論があるのかもしれない。しかし巻三に提示された「譬喩歌」の在り方を詳述するには、歌が内容を重視して整理された巻の配置を待たねばならなかった。

当該巻の「譬喩歌」と巻八の「相聞」の関係に話を戻すと、前者は「秋萩」を譬喩の対象にする歌が表現されていた。ここに「秋萩」が季節を表すことは問題にされていない。対する後者は、「秋萩」が季節さえ表していれば、歌が譬喩を用いているかどうかを問題にしない。同じ素材が詠まれる歌が存在していても、それぞれが表そうとしている主題が異なる。巻八が「季節」という、当該巻の表さない主題を示すところに、新たな展開が表現されている。

おわりに

巻六までが時間軸に沿った歌世界を表してきたのに対し、当該巻は、内容別に歌を表していた。「雑歌」の場合、その象徴的な話題が「詠物」と「羇旅」であった。これ以外にも、歌体等による分類を含めて歌の内実を表そうとしていたが、試みに留まる。

これは和歌史としてではなく、あくまでも二十巻をひとつの歌集として読み通す中においてであるが、それまでの巻が時間軸に沿って表してきた歌世界を、当該巻は内容別に歌を分類することで内実にまで踏み込み表現しはじめていた。

「詠物」や「羇旅」を主題にする「雑歌」に、季節を含む表現はみられないが、「譬喩歌」には、季節表現が認められる。しかし、それが歌を採択する基準にはなってはいない。あくまでも「譬喩」の在り方を表現している。これに対して、巻八は季節を詠み込む表現の有無が優先される。「雑歌」と「相聞」を別にすることで、歌が示す内容の違いを表している。そこに「譬喩」のような技巧の有無は問題にされない。だから、譬喩歌が含まれても、問題にはならなかった。「相聞」の部立にまとめられているのはそのためであろう。ふたつの巻が並べ表されるところに、内容別に歌を整理する方法の、多様な切り口が表されている。

当該巻が詳しく表しはじめた「譬喩歌」は、以後の巻を読み進めてゆくと、具体的な位相を得てゆく。そのことは、次節に改めて取り上げたい。

【注】

（1）賀茂真淵の『万葉考』「別記一」（『賀茂真淵全集』第二巻　続群書類従完成会、一九九七年）には、早く、

（前略）此集の中に古き撰みと見ゆるは、一の巻・二の巻也。それにつぎては今十三・十一・十二・十四とする巻ども、、同し時撰ばれしうちならんとおほゆ。（中略）今の七と十の巻は、歌もいさゝか古く、集め体《ブリ》も他と異にて、此二つの巻はすがたひとしければ、誰そ一人の集め也。（中略）かゝれは古へ万葉集といへるは、右にいふ六つの巻にて、其ほかは家々の集どもなりしを、いと後の代に一つにまじりて、二十巻とは成し也けり。猶下にいふ。しかつどへる上にては、一・二の巻の外は何れをそれともしられず乱れにたるを、古への事をよくも思ひ得ぬ人、私に次《ツイデ》をしるせしもの也、（後略）

と記されている。近年では、伊藤博論文（a「今歌巻の論」『萬葉集の構造と成立』上　塙書房、一九七四年、初出は一九七二年九月。b「万葉集の成り立ち」『萬葉集釋注』一一　集英社、一九九九年三月）が、巻一から巻六を、

［巻一・二］↓古歌巻（白鳳の歌）
［巻三・四］↓古今歌巻（白鳳と奈良の歌）
［巻五・六］↓今歌巻（奈良の歌）

のように整理して「小万葉」と位置づけた。これに入らない当該巻を「中間的・二次的部分」と指摘した。最近では、神野志隆光「『人麻呂歌集』と『万葉集』―『万葉集』のテキスト理解のための覚え書き」（『万葉集の今を考える』新典社、二〇〇九年七月）が、巻一から巻六を、万葉集が語る「歴史」と捉えている。

（2）中西進「万葉集の生成」（『万葉集原論』桜楓社、一九六七年、初出は一九七四年一一月）は、

以上六巻（注―巻一～巻六）の歌はすべて作者のわかる歌を原則としているが、これに対して巻七は一切作者名がない。作者の名の伝わらぬ歌をすべてここに集めたと見える。

と、巻一から巻六までが「すべて作者のわかる歌」を扱い「作者の名の伝わらぬ歌」を当該巻として加え、七巻をもっ

てひとまとまりをなすとみなしたが従えない。

（3）伊藤博「『人麻呂集歌』の配列」（『萬葉集の構造と成立』〔上〕塙書房、一九七四年）

（4）村瀬憲夫「巻七雑歌部の編纂」（『萬葉集編纂の研究』塙書房、二〇〇二年、初出は一九八二年三月）

（5）渡瀬昌忠「万葉集の巻七と巻十—雑歌部と人麻呂歌集」（『渡瀬昌忠著作集』第五巻　おうふう、二〇〇三年、初出は一九七四年四月）、「巻七・十の分類と配列」（『渡瀬昌忠著作集』第五巻　おうふう、二〇〇三年、初出は一九八五年一〇月）

（6）村瀬前掲注4に同じ。

（7）身﨑壽「万葉集巻七論序説」（『萬葉集研究』第二十七集　塙書房、二〇〇五年）

（8）伊藤前掲注3に同じ。

（9）身﨑前掲注7に同じ。

第二節　巻十一・十二の場合

はじめに

「譬喩歌」は、巻三が表す時間軸の中に新たな部立として位置づけられ、歌を内容別に読むことを提案しはじめた巻七に、素材別に分けて表されていた。和歌史としてではなく、二十巻をひとまとまりの歌集として読む中において、それがどのように展開されてゆくのかを巻十一に確認しておく。また、巻十二には、新たな分類が認められる。それらが表す内容を確認しておく。

一　巻十一「譬喩」部の構想

はじめに、巻十一の分類から、総体が表す内容を一覧しておく。

冒頭部（11・二三五一〜二五一六）は、『柿本人麻呂歌集』や『古歌集』をもとにして「旋頭歌」「正述心緒歌」「寄物陳思歌」「問答」が表されている。以後に「正述心緒歌」（11・二五一七〜二六一八）「寄物陳思歌」（11・二六一九～二八〇七）「問答」（11・二八〇八～二八二七）とこれらにならう部立が認められる。

『人麻呂歌集』や『古歌集』と、それ以後がもっとも相違する点は、末尾に置かれた「譬喩」（11・二八二八～二八四〇）の存在にある。収載された歌には、

右二首、寄レ衣喩レ思。（11・二八二八～二八二九左注）
右一首、寄レ弓喩レ思。（11・二八三〇左注）
右一首、寄レ船喩レ思。（11・二八三一左注）
右一首、寄レ魚喩レ思。（11・二八三二左注）
右一首、寄レ水喩レ思。（11・二八三三左注）
右一首、寄レ菓喩レ思。（11・二八三四左注）
右四首、寄レ草喩レ思。（11・二八三五～二八三八左注）
右一首、寄レ標喩レ思。（11・二八三九左注）
右一首、寄レ滝喩レ思。（11・二八四〇左注）

との左注が記される。

「寄レ○」との表現は、「寄物陳思歌」の「寄物」に近い。「寄物陳思歌」の前には「正述心緒歌」がまとめられている。

配置された順番にみていくと、「正述心緒歌」には、ストレートに思いを述べた歌が集められていることになる。次いで、物に寄せて思いを述べる「寄物陳思歌」が整理され、その先に、「喩」がレトリックとして意識され、歌が素材別に分類して表されている。

ただ、これらに収められた内容をみると、すべてが明確に分類されているわけではない。歌が作られた時点で

は、分類に基づいて詠まれていないこともあり、編集（編纂）者の判断が含まれる可能性も認められる。[1]表された標題や部立、分類等は、歌を整理する基本的な方向性を示す程度にみておくべきであろう。

こうしたことを念頭に置きながら、巻十一は、『人麻呂歌集』や『古歌集』にない、「譬喩」という分類が立てられたところに、新たな展開が目指されている。

「譬喩」の在り方は、二十巻の中に他巻を振り返ってみることで、編集の特徴を知ることができる。例えば、巻十は、

春雑歌
　旋頭歌　（10・一八八七～一八八八）
　譬喩歌　（10・一八八九）
春相聞
　問答　（10・一九二六～一九三六）
夏雑歌
　問答　（10・一九七六～一九七七）
　譬喩歌　（10・一九七八）
秋相聞
　問答　（10・二三〇五～二三〇八）
　譬喩歌　（10・二三〇九）
　旋頭歌　（10・二三一〇～二三一一）

と、四季分類に「雑歌」や「相聞」といった部立が組み合わせられている。その下部の小項目の中に「旋頭歌」

や「問答」と合わせて「譬喩歌」が表されている。巻八がそうであった（第二部第三章第一節）ように、季節による分類が優先されると、「譬喩」の有無は、主たる問題にならない様子がうかがわれる。

巻七の場合は、

雑歌

問答　（7・一二五一〜一二五四）

就レ所発レ思　旋頭歌　（7・一二六七）

雑歌

旋頭歌　（7・一二七二〜一二九五）

のように、「問答」や「旋頭歌」が「雑歌」の下部に位置づけられる中で、「譬喩歌」だけが、

譬喩歌

旋頭歌　（7・一四〇三）

と、「旋頭歌」を下部に含みながら「雑歌」「挽歌」と同等の位置に置かれる。「譬喩歌」が「雑歌」「挽歌」と並列される様子は、早く巻三に認められる。巻三が時間軸に沿って「譬喩歌」を表し、巻七が内容から具体的な歌の在り方を読ませる（第二部第三章第一節）。あくまでも二十巻をひと続きに読み通す限りにおいてではあるが、巻十一に至って、「正述心緒歌」から「寄物陳思歌」へと読み進む先に、「譬喩」の位置づけが表されている。

二　巻十二「羈旅発思」から「問答歌」への展開

ここでは巻十二の在り方をみておく。

冒頭部（12・二八四一～二八六三）が人麻呂歌集にならう姿勢は、基本的に巻十一と同じ構図をみせる。とはいえ、巻十一の冒頭部が「旋頭歌」「正述心緒歌」「寄物陳思歌」「問答」の四分類を示していたのに対し、巻十二のそれは「正述心緒」（12・二八四一～二八五〇）と「寄物陳思」（12・二八五一～二八六三）の二分類のみを掲げる。以後には、「正述心緒」（12・二八六四～二九六三）と「寄物陳思」（12・二九六四～三一〇〇）に続いて、「問答歌」（12・三一〇一～三一二六）が置かれている。表された分類には、巻十一ほどの安定感が認められない。

しかし、続いて配置される「羈旅発思」（12・三一二七～三一七九）と「悲別歌」（12・三一八〇～三二一〇）は、巻十一にみられなかった新たな分類を表す。そして、その後には、再び「問答歌」（12・三二一一～三二二〇）が表されている。巻十二のもっとも特徴的な展開がここに認められる。

該当箇所を一覧すると、「正述心緒歌」の「心」や「寄物陳思歌」の「思」という心情を表す内容分類の延長に、「羈旅発思」が位置づけられている。「羈旅」という限られた状況を加えた心情の分類が追加されている。そのはじめの歌に目を向けると、

羈旅発思

度会の　大川の辺の　若久木　我が久ならば　妹恋ひむかも　（12・三一二七）
我妹子を　夢に見え来と　大和道の　渡り瀬ごとに　手向そ我がする　（12・三一二八）
桜花　咲きかも散ると　見るまでに　誰かもここに　見えて散り行く　（12・三一二九）
豊国の　企救の浜松　ねもころに　なにしか妹に　相言ひそめけむ　（12・三一三〇）
右四首、柿本朝臣人麻呂歌集出。

のように、『人麻呂歌集』歌にはじまる。巻頭にまとめ置かれなかったところには、「羈旅発思」という分類が、伝統的であることよりも、新しい方向性を示す部立として位置づけられた様子がうかがわれる。

続く「悲別歌」は、

うらもなく　去にし君故　朝な朝な　もとなぞ恋ふる　逢ふとはなけど　（12・三一八〇）

にはじまる。旅に出た夫の帰りを待つ妻の思いが詠まれている。「羈旅」をテーマとしながら、「羈旅」先から家や妻に向かって「発す思い」を詠む「歌」に対して、家にあって旅先の夫を思い長い「別悲」を「歌」に詠む関係が、不可分に表されている。

「羈旅発思」と「悲別歌」の中には、それぞれ収める位置が逆ではないかと思わせる歌も含まれてはいるが、ここでは新たな分類を表そうとする姿勢そのものを重視する。

巻十二が、「羈旅」という限られた状況における心情を表現しようとする行為は、これだけに留まらない。巻末に置かれた「問答歌」（12・三二一一〜三二二〇）は、旅をする夫と別れを惜しむ妻との贈答が詠まれている。「羈旅」に隔てられる男女の思いが、問答形式の中に表されている。

「羈旅」に関わる男女の贈答を「問答歌」という部立で括ることが一般的であったかといえば、そのようなことはない。[2]巻十一の『人麻呂歌集』歌に見出される「問答」は、

問答

天皇の　神の御門を　恐みと　さもらふ時に　逢へる君かも　（11・二五〇八）

まそ鏡　見とも言はめや　玉かぎる　磐垣淵の　隠りたる妻　（11・二五〇九）

右の二首

のように、恋の贈答を詠んでも「羈旅」という状況を含まない。これが巻十二の末尾に至ると、「羈旅」という限られた状況の中で、旅先から家と妻に向かって「思いを発する歌」と、家にあって旅先の夫を思い長い「別れを悲しむ歌」という二者の思いを盛り込む器として、「問答歌」という形式が見直されている。ここに、巻十二

の独自な世界が展開されている。

おわりに

巻十一は、『人麻呂歌集』や『古歌集』にならい「旋頭歌」「正述心緒歌」「寄物陳思歌」「問答」の四分類が表されることにはじまる。その中から特に心情を表現する方法が優先され、「正述心緒歌」と「寄物陳思歌」の先に「譬喩」部が新たに示された。巻十二には、「正述心緒歌」と「寄物陳思歌」部の先に、『人麻呂歌集』歌から「羈旅発思」部を加え、呼応して「悲別歌」部が新たに立てられていた。こうした傾向は、巻末に置かれた「問答歌」にも、「羈旅」がモチーフに選ばれ、「旅に妻や家への思いを発し」と「旅にある夫との別れを悲しむ」男女の思いが、形式的につなぎ合わせられていた。

「羈旅」を巻の編集テーマに掲げはじめたのは、前節で取り上げた巻七である。その影響が巻九に指摘されている。(3) 巻十二は、「羈旅」という特別な状況の中に発せられる心情を「羈旅発思」と「悲別歌」に分類し、「問答歌」という形式の再生産まで表現している。配置された巻が、緻密な関係を整えているなどという構造を考えるつもりはないが、巻七の表しはじめた羈旅歌が、整理の弱い九のような巻を間に挟み込みながら、巻十一から巻十二へと読み進められるように位置するところには、与えられたテーマへの理解が深められるような巻の順序立てが認められる。

「羈旅」のテーマは、都から地方に視野を広げることで、巻十三や巻十四が「上代国郡図式(4)」に基づいて編まれた姿を表す。巻十五は、大伴三中や中臣宅守等の実録をもとに、「羈旅」歌の具体な様子が表現されている。(5)

それは巻十六に至っても、部分的にではあるが、

能登国歌三首　（16・三八七八～三八八〇題詞）

越中国歌四首　（16・三八八一～三八八四題詞）

のような北陸道の芸能歌を蒐集した痕跡まで表されている。(6) 都を軸としながら、畿内から畿外へと五畿七道に沿って読み広げられるような構想が認められる。

それらは、時間軸が再び動きはじめることで、巻十七以後に主題化される「大伴家持」によって、越中国への赴任という形で一層具体的に表現されてゆくように見通される。(7)

【注】

（1）市瀬雅之「巻八の編纂と家持」（『万葉集編纂論』おうふう、二〇〇七年、初出は二〇〇五年三月）

（2）「問答」の表現を歌と題詞及び左注に求めてみると、他にも次の五例を見出すことができる。

①（前略）たわやめの　我が身にしあれば　道守が　問はむ答へを（問答）　言ひ遣らむ　すべを知らにと　立ちてつまづく　（4・五四三）

②右、大伴坂上郎女之母石川内命婦与㆓安陪朝臣虫満呂之母安曇外命婦㆒、同居姉妹、同気之親焉。縁㆑比郎女虫満呂相見不㆑疎、相談既密。聊作㆓戯歌㆒以為㆓問答㆒也。　（4・六六七左注）

③貧窮問答歌一首　并短歌　（5・八九二～八九三題詞）

④右二首、問答。　（10・一八四一～一八四二左注）

⑤右二首、問答。　（14・三五六七～六八）

①はその題詞に、

神亀元年甲子冬十月、幸㆓紀伊国㆒之時、為㆑贈㆓従駕人㆒所㆑誂㆓娘子㆒作歌一首　并短歌

笠朝臣金村

とみえる。神亀元年（七二四）の作であることを知ることができる。②は「大伴坂上郎女」について記されている点で、

①とそれほど時間を隔ててはいまい。③の直前には「敬㆘和為㆓熊凝㆒述㆓其志㆒歌㆖六首 并序 筑前国司守山上憶良」が配置されており、その序文に、

大伴君熊凝者、肥後国益城郡人也。年十八歳、以㆓天平三年六月十七日㆒、為㆓相撲使ム国司官位姓名従人㆒、参㆓向京都㆒。為㆑天不㆑幸、在㆑路獲㆑疾、即於㆓安芸国佐伯郡高庭駅家㆒身故也。（以下略）

と、「天平三年」（七三一）が認められる。「問答」という表現が、人麻呂から下るこの時期に見えるのは、歌作りの中でも見直されていたことを示唆する。

④については、巻十の季節分類と「雑歌」という条件の組み合わせによって、「問答」という分類が左注に追いやられている様子をうかがい知ることができる。巻十には、このほかにも同じ理由で小項目へと追い込まれたと思われる「問答」が複数存在しており、その様子は本文に掲出したとおりである。巻七にも同様の傾向がうかがわれる。⑤については、部立に「防人歌」を立てた段階で、「問答」という分類が左注に追い込まれている（市瀬雅之「巻十四の編集と編纂」（前掲注1書に同じ））。部立として存続しているのは、巻十三のほかに、本節が話題としてきた巻十一と巻十二に留まる。

こうした傾向を辿ってみると、『人麻呂歌集』に見出された「問答」は、『万葉集』が編まれていく中でその多くが、優先される分類に飲み込まれて、小部立や左注に整理されている。そうした一方で、①〜③のように顧みられるチャンスを得て、巻十二が「問答」を新たな部立へと育て上げてゆく経緯のある様子が垣間見える。よく見ると、巻十二の「問答」だけに「歌」字が添えられ、「問答歌」と記されている。

（3）村瀬憲夫「巻七雑歌部の編纂」（『萬葉集編纂の研究』塙書房、二〇〇二年、初出は一九八七年三月）

（4）伊藤博「万葉集の成り立ち」（『萬葉集釋注』一一　集英社、一九九九年）

（5）本章では具体的に触れ得ないが、巻十五については、本章とは別に市瀬雅之「望郷の念と歌群の編纂―遣新羅使人歌群の場合―」（『大伴家持論―文学と氏族伝統―』おうふう、一九九七年、初出は一九九二年三月）、市瀬雅之「巻十五の編纂と家持」（前掲注1書に同じ、初出一九九九年一二月）に取り上げたことがある。

（6）市瀬雅之「家持の挑戦―巻十六の編纂―」（前掲注1書に同じ、初出は二〇〇四年三月）

（7）例えば、巻十七の三九六九〜三九七二番歌に添えられた書簡に語られる「山柿の門」は、これだけを読むと唐突だが、

巻一から読み継がれる中に、人麻呂歌や『人麻呂歌集』に学ぶ姿勢を知ることで、自然な結実となるように構想されている。

第三節　巻七から巻十六への若干の見通し

はじめに

巻六と巻七との間には、構造的な隔たりが認められてきた。基本的にはそのとおりなのだが、二十巻はこれらを積極的に区別していない。ここではひとつの歌集として読み通すところに何が表されているのかを検討しておく。

これまで述べてきた見通しを振り返ると、例えば「譬喩歌」部の歌は、時間軸に従った巻三に表されはじめる。巻七には素材別に分類されたことで、歌の内実にまで立ち入って読むことが可能になる。こうした分類が『人麻呂歌集』にはじまるとの示唆は、三という早い巻に「譬喩歌」部の置かれた裏付けにもなる。巻十一まで読み進むと、「正述心緒」や「寄物陳思」といった分類の先に位置づくことが明らかにされていた。巻は順を追って読むことで、歌への理解が深められるように配置されている。

ここでは、まだ触れ得ていない巻も含めて、巻七から巻十六までへの若干の見通しを述べておく。

一　分類が表す歌世界

巻七から巻十六の中にもっとも多いのが「作者未詳歌巻」と呼ばれる六巻（七・十・十一・十二・十三・十四）である。作者や作歌事情を記さないところに、巻一から巻六までと異る編集方針が認められる。ただし、二十巻の中に言葉どおり「作者が未詳の歌巻」として読もうとすると、巻七の後には、作者名等を記す巻八と巻九が位置している。巻十から巻十四まではよいが、続く巻十五と十六にも、作者名や作歌事情等が記されている。作者名や作歌事情の有無によって巻は配置されていない。

これらの巻に問い直されなければならないのは、その呼称に生じる誤解であり、各巻が編まれた目的であろう。何より、二十巻の中に表現されている内容だと考える。前者の議論は、本書第三部に詳しい。

ここでは後者の課題に目を向けておく。巻七から巻十六へと読み進めてみると、十巻には、作者名の有無とは別の共通点が存在している。

例えば、巻七「雑歌」の羈旅歌群に目を向けてみると、「芳野作」（7・一一三〇〜一一三四）「山背作」（一一三五〜一一三九）「摂津作」（7・一一四〇〜一一六〇）が畿内に親しまれた地を表す。(1) その先に配置された「羈旅歌」は、詠み込まれた地名が五畿七道に従って配列されている。(2) 羈旅歌が表す都と地方の往還が、「道」という線によって結ばれた。こうした羈旅歌は、巻九にも認められることから、連続性が指摘されている。(3)

間に位置する巻八に目を向けてみると、巻七が表すことのなかった季節分類によって歌が表されている。作者名等が記されていることに鑑みると、その有無が問題なのではなく、季節という、巻七とは異なる内容の分類を表すところが重視されている（第二部第三章第一節）。

巻十には、巻七が表した詠物歌に巻八の表した季節を組み合わせた複合分類が提示されている。読み進めるところに分類の多様なバリエーションが表現される。

こうした巻の間にあって、巻九は「雑歌」「相聞」「挽歌」の体裁に整えられてはいるが、題詞や左注の統一感に乏しい。巻八や巻十ほど一貫した主題性を認めることが難しい。第二部第一章第二節にも述べたが、二十巻の構想力は一様でない。構想力の弱い巻は、構想力の強い巻と巻の間に置かれることで、その主張が表現される場合がある。巻九は、巻十より前に置かれることで、巻七が表しはじめた羈旅歌と重ね合わせて読まれるところに連続性が認められる。私歌集への着目にも同様のことがいえる。

巻十一に目を向けてみると、巻十二とともに「古今相聞往来」を表す相聞歌が、上巻と下巻に表されている。これらの巻が、『柿本人麻呂歌集』にならう姿勢は、そのはじめが巻七に表される。(4)「正述心緒」や「寄物陳思」といった新たな分類が提示されたばかりでなく、これらの分類の先に「譬喩（歌）」が位置づけられるところまでが表現されている。巻七から読み継がれることで、「譬喩歌」の位相が明らかにされる。

巻十二には、巻七が表しはじめた羈旅歌が、「羈旅発思」から「悲別」へと進む存在として、分類表現されている。羈旅歌の特徴が「悲別」にあることが明らかにされる。さらに「問答」には、見送る者と旅立つ者との関係が、歌の形式を再利用する形で表現されている。

巻の多くは個別に編まれているので、表現には不統一が認められる。それでも、歌が「内容」や「歌体」、「形式」別に分けられた巻をまとめ表すところに生じる関連性を見逃すことができない。巻七に表されはじめた詠物や羈旅、或いは譬喩、巻八に示された季節等の分類は、以後の巻が読み重ねられるところに、その在り方を詳しく知ることができるように表現されている。

同じような視点で、以後の巻も読み進めてみると、巻十三には、長歌という歌体に基づく新たな分類が表現されている。巻十四には、東国という地域に分類された歌を読むことができる。歌の分類が内実の多様性を表現している。

それだけではない。巻十三の長歌は、歌に詠み込まれた地名が大和から次第に遠のくように配置されている(5)。巻十四の「東歌」が国別に分類されたところには、東海道と東山道が想起される(6)。巻七の「羈旅歌」に表されはじめた地名に表現された道は、巻十三や巻十四にも重ね表されている。巻十五の遣新羅使人歌群や中臣宅守歌群には、その具体的な在り方を読むことができる。

巻十六には、いずれの巻にも見られない、「由縁」を話題にした、新たな分類が披露されている。

このように一覧してみると、巻七から巻十六には、作者名の有無によって集められた歌が置かれているのではなく、内容や歌体、形式別に分類された歌の巻が配置されている。それらは、巻七が表す分類を起点に、「詠物」「羈旅」「譬喩」「季節」「長歌」「東歌」「由縁」等に認められる歌の特徴を表している。その中でも、「詠物」「羈旅」「譬喩」「季節」は複数の巻に取り上げられ、巻が重ねられるところに、表された内容が具体化するように読むことが可能になっている。「長歌」や「東歌」にしても、巻七の羈旅歌が五畿七道を表していたように(7)、大和から遠心的に、東海道や東山道に沿って歌が表現されている。

個別に編まれた巻であっても、まとめ表されるところに関連性が生じる。関係付けられた巻の配置に二十巻をつなぐ構想が認められる。

二　巻一から巻六と重なり合う時間軸

巻七から巻十六には、作者名等の有無ではなく、歌が内容や歌体、形式によって分類整理された巻が集められている。そうすることで、多様な歌世界の存在が表されていた。読み進めるに従って、歌の内実が具体化するような巻の配置が認められた。

　ここに今しばらく考えておかねばならないのは、述べてきた巻七から巻十六と、巻一から巻六との関わりであろう。構造的な隔たりがあるのはその通りなのだが、二十巻はそれを区別しない。読み通す方法の検討が必要になる。

　留意しておきたいのは、巻七以降にもある程度の時間軸が存在することである。

　例えば、巻七が『人麻呂歌集』や『古歌集』を優先する姿勢には、時間軸が存在する。同様の傾向は、巻十一や巻十二にも認められている。(8)

　巻八に作者名が記されているところには、巻三や巻四と同じ時間軸が存在する。巻九には、作歌年次を記す歌もあれば、作者名や作歌事情がゆるやかな時間軸を表している。巻十五には、遣新羅使人の派遣や中臣宅守の配流に詠まれた歴史を知ることができる。(9)巻十六についても、作者名や作歌事情の中に時間を知ることができる。(10)

　時間軸ともっとも無縁なのは、恐らく巻十三と十四なのであろう。しかし、これらの巻にしても、時間軸を備える巻と巻の間に置かれることで、同時代性が認められる。

　重要なことは、巻七から巻十六が含み持つ時間が、巻一から巻六の表す時間と重ね合わせられることである。言い換えると、巻一から巻六が表す時間軸の中に、巻七から巻十六の表す歌が包み込まれる。巻一から巻六が時間軸に沿って表してきた歌を、内容別に分類して読ませているのが、巻七から巻十六だといえる。

「作者未詳歌巻」と呼ばれる巻の読まれ方にしても、

　右七首者、藤原卿作。未レ審二年月一。　（7・一一八九～一一九五左注）

　右一首、筑波山作。　（10・一八三八左注）

　此歌一首、庚辰年作之。　（10・二〇三三左注）

（右、柿本朝臣人麻呂之歌集出也。）但、件一首　或本云、三方沙弥作。　（10・二三一五左注）

右一首、或云、石川君子朝臣作之。　（11・二七四二左注）

右一首、平群文屋朝臣益人伝云、昔聞、紀皇女竊嫁二高安王一被レ嘖之時、御二作此歌一。
但、高安王左降、任二之伊与国守一也。　（12・三〇九八左注）

右二首、但、此短歌者、或書云、穂積朝臣老配二於佐渡一之時作歌者也。　（13・三三四一左注）

右二首、但、或云、此短歌者防人之妻所レ作也。然則、応レ知二長歌亦此同作一焉。
（13・三三四四～三三四五左注）

のように、作者名や作歌事情はわかる範囲で左注に記されている。巻が編まれた当初はこうした記述が不要であったのかもしれないが、二十巻が読み通される中には、作者や作歌事情への関心が継続して表されている。

巻一から巻六には、時間軸に沿って天平十六年までの「寧楽宮」の歌世界が表されていた。これに巻七以降が加えられたことで、歌が備えている多様性までが表現されている。

それらの全てを引き受けて続くのが、巻十七以降になろう。

おわりに

巻六までと巻七以降に認められる構造上の隔たりは、作者や作歌事情の有無によるものではない。巻一から巻六が、時間軸に沿って表してきた歌を、巻七から巻十六が内容や歌体、形式別に歌を分類することで、その内実を表すことが志向されていた。

その分類は、多様に表されている。個別に編まれた巻は、構想力の強い巻が構想力の弱い巻を間に挟み込み、読み進めることで、分類された歌の特徴を具体的に表現していた。

こうした巻七から巻十六に認められる時間は、巻一から巻六の表す時間軸と重なり合っている。それは、巻一から巻六が時間軸に沿って表した歌世界を、巻七から巻十六に分類した歌を重ね読ませることで、歌の特徴までを知ることができるような巻の配置が認められた。

【注】

（1）市瀬雅之「万葉集巻七の位相―構想論の一環として―」（梅花女子大学『文化表現学部紀要』第八号、二〇一二年三月）

（2）村瀬憲夫「巻七雑歌部の編纂」（『萬葉集編纂の研究』塙書房、二〇〇二年、初出は一九八二年三月）

（3）村瀬前掲注2書に同じ。

（4）伊藤博「『人麻呂集歌』の配列」（『萬葉集の構造と成立』〔上〕塙書房、一九七四年）は、巻七から巻十二までの構造に『人麻呂歌集』の影響を大きく捉えたが、巻八のようにそれと直接関わらない巻も含まれている。本章ではこうした見方をとらない。むしろ、既述したように、内容等から分類された歌を表す巻を集めたことで、先例として表された『人麻呂歌集』や『古歌集』等が、複数の巻に浮かびあがってきていると捉える。このように理解することで、八のような巻を『人麻呂歌集』と無理に結びつけて説明する必要がなくなる。

（5）五味保義「万葉集巻十三考」（『國語國文の研究』第二二号、一九二八年六月）。遠藤宏「巻十三の配列」（『古代和歌の基層』笠間書院、一九九一年、初出は一九七九年四月）

（6）伊藤博「東歌―巻十四の論―」（前掲注4書、初出は一九七三年四月）

（7）村瀬前掲注2書に同じ。

（8）伊藤前掲注4書が「古今構造」として詳述している。

（9）市瀬雅之a「望郷の念と歌群の編纂―遣新羅使人歌群の場合―」（『大伴家持論―文学と氏族伝統―』おうふう、一九九七年、初出は一九九二年三月）。市瀬雅之b「巻十五の編纂と家持」（『万葉集編纂論』おうふう、二〇〇七年、初出は一九九九年一二月）。

(10) 市瀬雅之「家持の挑戦—巻十六の編纂—」（前掲注9書b、初出は二〇〇四年三月）。

第四章
寧楽宮後期の構想

第一節　巻十七冒頭三十二首の場合

はじめに

『万葉集』の編纂は、早く巻一から巻十六と巻十七から巻二十を区別することを前提に議論が進められてきた[1]。そのため巻十七は、実質的に天平十八年（七四六）の歌（17・三九二二～三九二六）からはじまり、冒頭に配された三十二首（三八九〇～三九二一）が、巻十六以前の「拾遺」或いは「補遺」と位置づけられてきた[2]。論じられてきたのは、契沖が「遺タルヲ拾」った資料の所在や書き加えられた時期であり、巻の編纂者或いは歌の作者としての大伴家持との関わりであった[3]。

確かに『万葉集』には、天平十六年（七四四）までを一区切りにして、十六巻で編まれた痕跡が認められる。巻十七から巻二十が「大伴家持の歌日記（歌日誌）」と呼び慣わされるほど、家持と深く関わることも重視すべきことであろう。

ただ、巻十七から巻二十は「大伴家持の歌日記（歌日誌）」として読まれることを、自明にしているわけではない。二十巻がひとまとまりの歌集を形作っている様子に鑑みると、巻一から巻十六に続いて、巻十七から巻二十

が配置されていることを重視すべきである。(4)

ここでは、巻十七の冒頭に掲げられた三十二首を、巻一から巻十六に続いて配された巻の冒頭に位置する歌のままに捉えて、その役割について述べておく。

一　天平十六年以前の歌を収める巻と時間軸を重ね合わせる

冒頭の三十二首を、

Ⅰ　天平二年庚午冬十一月、大宰帥大伴卿被レ任二大納言一兼レ帥如レ旧上レ京之時、傔従等別取二海路一入レ京。於レ是悲二傷羈旅一、各陳二所心一作歌十首　（17・三八九〇〜三八九九題詞）

から、順にみてゆく。配された歌は、一首目の作者名のみを「右一首、三野連石守作」と記す。石守が、

我が背子を　我が松原よ　見渡せば　海人娘子ども　玉藻刈る見ゆ　（17・三八九〇）

と、松原に海人娘子等の玉藻を刈る景を詠むと、次に配された作者名を記さない歌が、

荒津の海　潮干潮満ち　時はあれど　いづれの時か　我が恋ひざらむ　（17・三八九一）

のように、愛しい人に向けて止むことのない恋情を表している。以下も基本的には、帰途の景と自身の帰りを待つ家や妹への思いが繰り返し詠まれている。

こうした十首をまとめる題詞には、「天平二年冬十一月」に「大宰帥大伴卿」が、帥を兼任したまま大納言に任ぜられて帰京することが記され、傔従等が帥とは「別」に海路で帰京したことを伝えている。一見すると、問題がないように思われかもしれないが、同じように大宰府からの帰京を記す題詞には、

冬十一月、大伴坂上郎女、発二帥家一上レ道、超二筑前国宗形郡名児山一之時作歌一首　（6・九六三題詞）

同坂上郎女向レ京海路、見ニ浜貝一作歌一首　（6・九六四題詞）

と、「大伴坂上郎女」または「同坂上郎女」と作者名が記されている。Ⅰの題詞が「三野連石守等」の作と記さないのは、十首中九首の歌が作者名を記さないことより、「別」の帰途でありながら、「大宰帥大伴卿被レ任ニ大納言一兼レ帥如レ舊上レ京之時」を記すことの方が優先されているためである。

Ⅰの題詞がこだわる内容に注意すると、巻十六以前に「天平二年庚午冬十二月、大宰帥大伴卿向レ京上レ道之時作歌五首」（3・四四六〜四五〇）を見出すことができる。

帥は帰京の途次、「鞆の浦」と「敏馬の崎」の景を見ながら、大宰府で亡くした妻を「見し人そなき」（3・四四六）、「相見し妹は忘らえめやも」（3・四四七）、「見し人をいづらと問はば語り告げむか」（3・四四八）、「ひとりし見れば涙ぐましも」（3・四四九）、「ひとり過ぐれば心悲しも」（3・四五〇）と偲んでいる。「亡妻」というモチーフが、Ⅰの内容とずれているように映るかもしれないが、「鞆の浦」や「敏馬の崎」では、本来、

ま幸くて　またかへり見む　ますらをの　手に巻き持てる　鞆の浦廻を　（7・一一八三）

と無事な帰途が願われ、

島伝ひ　敏馬の崎を　漕ぎ廻れば　大和恋しく　鶴さはに鳴く　（3・三八九）

或いは、「過ニ敏馬浦一時、山部宿禰赤人作歌一首并短歌」に、「間使ひも　遣らずて我は　生けりともなし」（6・九四六）や「一日も君を忘れて思はむ」（6・九四七）と、帰る家や家に待つ妹が思い起こされている。帥の場合は、想起すべき妹を亡くしていることから「亡妻」というモチーフが選ばれている。発想においては、Ⅰの内容とずれるところがない。

むしろ、Ⅰの題詞に「大宰帥大伴卿被レ任ニ大納言一兼レ帥如レ旧上レ京之時」と記されることで、別時に詠まれた歌でありながらも、巻三に収められた五首（四四六〜四五〇）を意識させながら、傔従等の歌を読む仕組みができ

あがっていることが重視される。

当該巻が、家持の編む巻であれば、こうした意図は家持が準備したのであろう。家持が大宰府にともなわれていたことは、巻四の五六七番歌の左注に知ることができる。この記事も「天平二年」に「帥大伴卿」を意識しながら書き起こされている。「天平二年」を記す歌は、

天平二年庚午、勅遣二擢駿馬使大伴道足宿禰一時歌一首　（6・九六二題詞）

右、勅使大伴道足宿禰饗二于帥家一。此日会集衆諸、相二誘駅使葛井連広成一、言レ須レ作二歌詞一。登時広成応レ声、即吟二此歌一。　（同左注）

と見出されるほか、帰京に関わると、

天平二年庚午冬十二月、大宰帥大伴卿向レ京上レ道之時作歌五首　（3・四四六～四五〇題詞）

冬十一月、大伴坂上郎女、発二帥家一上レ道、超二筑前国宗形郡名〻児山一之時作歌一首　（6・九六三題詞）

同坂上郎女向レ京海路、見二浜貝一作歌一首　（6・九六四題詞）

冬十二月、大宰帥大伴卿上レ京時、娘子作歌二首　（6・九六五～九六六題詞）

右、大宰帥大伴卿、兼二任大納言一向レ京上レ道。此日、馬駐二水城一、顧二望府家一。于レ時、送レ卿府吏之中、有二遊行女婦一、其字曰二児嶋一也。於レ是、娘子傷二此易レ別、嘆二彼難レ会、拭レ涕自吟二振レ袖之歌一。　（同左注）

大納言大伴卿和歌二首　（6・九六七～九六八題詞）

のように、年次の記録を強く意識しながら、「帥」を中心とする帰途が詳述されている。

大伴家持は、Ｉの題詞を「天平二年庚午冬十一月、大宰帥大伴卿被レ任二大納言一兼帥如旧上レ京之時」から書き起こすことで、「天平二年」の「大宰帥」に関わる歌々へと目を向けさせている。それは『万葉集』を二十巻と

いう枠組みでまとめる上において求められた構想と受け止めることができる。

次の歌に目を向けてみよう。

Ⅱ　十年七月七日之夜、独仰二天漢一、聊述レ懐一首

織女し　舟乗りすらし　まそ鏡　清き月夜に　雲立ち渡る　（17・三九〇〇）

右一首、大伴宿禰家持作。

右には、家持の天平十年（七三八）時の歌作りが論じられてきた。(5)それは「大伴家持論（歌人論）」として、或いは作られた時点の「作品論」に有効であった。

ただ、収載された歌が巻に編まれていることを重視すると、Ⅱが巻十七に編まれた時点では、選ばれ位置づけられた意図を考慮する必要がある。ⅠとⅡの間に八年の空白が存在することで、議論が追補や増補に向いてしまうと、その時期や資料へと話が進むことになり、組み入れられた意味を論じることから離れてしまう。ここでは、Ⅱに配置された内容を「構想」として捉えることを優先する。

Ⅱの題詞に目を向けると、「独仰天漢」と記されたことが留意される。「独」が、以後の家持歌を特徴付けていることに鑑みると、巻に構築される歌世界の序章的な役割を担う様子が捉えられる。(6)本節では、「仰天漢」に「右、天平元年七月七日夜、憶良仰二観天河一。一云、帥家作。」と記す「山上臣憶良七夕歌」（8・一五二〇〜一五二二）が思い起こされることの方を、より重視する。

既述したように、Ⅰの題詞が天平二年（七三〇）を中心に「帥大伴卿」の歌を想起させることと、Ⅱの題詞がその歌友であった山上憶良歌を思い起こさせることは偶然と思われない。左注には「一云、帥家作」とも記されている。

また、一五二〇〜一五二二番歌の編まれ方に目を向けると、三首が「山上臣憶良七夕歌十二首」（8・一五一八

～一五二九）の中に収められていることも注意される。その左注には、

山上臣憶良七夕歌十二首　（8・一五一八～一五二九題詞）

右、養老八年七月七日応レ令。　（8・一五一八左注）

右、神亀元年七月七日夜左大臣宅。　（8・一五一九左注）

右、天平元年七月七日夜、憶良仰二観天河一。一云、帥家作。　（8・一五二〇～五二二左注）

右、天平二年七月八日夜、帥家集会。　（8・一五二三～一五二六左注）

と、「天平二年」までの作歌年次が記されている。Ⅱが一五二〇～一五二二番歌を想起させ、巻八を開くことになると、巻八には前後を含めて「山上臣憶良七夕歌十二首」（8・一五一八～一五二九）をまとめて読むことができる。

ⅠとⅡは、「天平二年」に時間軸を定めて、大宰帥とその歌友憶良の作歌を前史としながら、その延長線上に巻十七を表さうとする構想が存在している。

さて、ⅠとⅡの存在をこのように捉えてみると、次に掲げるⅢの歌群が配置される理由が明確になってくる。

Ⅲ　追二和大宰之時梅花一新歌六首　（17・三九〇一～三九〇六題詞）

右、十二年十二月九日、大伴宿禰書持作。　（同左注）

左注に記された天平「十二年」は、巻の時間軸を整えるために用いられている。巻の構想としては、題詞に「追二和大宰之時梅花一」と記されていることの方が重視される。改めて述べるまでもなく、「天平二年」に「帥老之宅」（5・八一五序文）で催された宴歌を指している。これに「追和」しながら、「新歌」を記す趣向が、それを端的に示す。

家持論としては、天平二年に象徴された大宰府での体験が、家持の作歌の根幹を強く支えている様子を確かめることができる。(7)

家持を中心とする編纂論からすると、家持歌巻とでも称すべき巻十七の冒頭部を編む上で、父旅人や歌友憶良を想起する歌を配置して、自身がこれに続く歌世界を表現しようとしたといえよう(8)。

ただ、その構想を、二十巻総体として捉え直してみると、巻十七の冒頭に掲げられたⅠ～Ⅲには、「天平二年」の筑紫に象徴される歌世界が、巻十七にもっとも重視すべき存在として表されているといえる。関係歌を収載する巻三、四、五、六、八等を思い返すと、当該巻がその延長線上に読み進められるように表されている。もちろん、こう主張するには、十六以前のあまりにも部分的な巻、或いは一部の歌しか回顧されていないが、Ⅲの題詞が象徴するように、奈良時代の歌作りそのものが、すでに古歌をモチーフとしながら、新たな歌を作ることをひとつの方法として獲得している。巻一から巻十六に続いて、巻十七以降を読み進めてゆくことで、配置された歌の多くが、巻十六以前に収められた歌々を受け止め、その先に歌作りを展開している様子が認められる(9)。それは、歌作りだけに限る動きではあるまい。もし巻に編まれた歌を読んで、意図的に先行歌の影響を見つけることができるようであるならば、巻を編む上で、そこには先行歌を意識させるような構想が機能していると考えられる。冒頭三十二首は、その象徴的な存在として巻頭に位置づけられているといってよい。

繰り返しておくと、巻十七は、それ以前の巻と区分して読まれているのではなく、二十巻をひとまとまりの存在として結びつけようという動きを、冒頭部に配置した歌々によって表現しようとしている。「天平二年」に象徴され、筑紫に展開された歌は、十六巻の中にもっとも思い返すべき歌世界として表されている。

二　久邇京からホトトギスを介して奈良の故郷を思う

巻十七を読みはじめるにあたり、冒頭部が巻十六以前の「天平二年」に筑紫での歌作りを振り返りながら、Ⅰ

～Ⅲを読ませていることを述べた。古き歌を受け止めて、新しい歌作りに臨む姿勢は、新たな巻作りへの意欲をも表現していた。

Ⅳ以降も同じ要領でみておく。

Ⅳ　讃二三香原新都一歌一首 并短歌

山背の　久邇の都は　春されば　花咲きををり　秋されば　もみち葉にほひ　帯ばせる　泉の川の　上つ
瀬に　打橋渡し　淀瀬には　浮き橋渡し　あり通ひ　仕へ奉らむ　万代までに　（17・三九〇七）

反歌

楯並めて　泉の川の　水脈絶えず　仕へ奉らむ　大宮所　（17・三九〇八）

右、天平十三年二月、右馬頭境部宿禰老麻呂作也。

作歌年次が左注に記されている点で、巻の時間軸を整えるために利用されていることは先に述べた。Ⅳの収載は、久邇京への遷都に目を向けることの方が重視される。

久邇京への遷都は、平城京に生まれ住み慣れた者たちにとって、忘れられないできごとであったことは想像に難くない。

家持論としては、天平十三年（七四一）当時、まだ内舎人であった家持にとっても忘れ難いできごとであったろう。家持の場合は天平十五（七四三）年の作として、巻六に次のような歌を残している。

十五年癸未秋八月十六日、内舎人大伴宿禰家持、讃二久邇京一作歌一首

今造る　久邇の都は　山川の　さやけき見れば　うべ知らすらし　（6・一〇三七）

直前に配された「十二年庚辰冬十月、依二大宰少貳藤原朝臣廣嗣謀反発レ軍、幸二于伊勢国一之時」にはじまる一群（一〇二九～一〇三六）との間には三年を隔てている。後述するⅤ～Ⅶがその間を埋められるようにも思える。

しかし「今造る　久邇の都」と、関東巡行に次ぐ遷都を、讃美するように配置されている。久邇京を讃美する意味では、Ⅳの利用も考えられそうだが、巻十七の冒頭部に位置することで、久邇京遷都への回顧が、巻六を想起させる。それによって、「寧楽宮前期」とでも呼ぶべき天平十六年（七四四）までが、ここに重ねられている。

つまり、巻十七の冒頭部に位置する歌は、巻十六までが編まれた後に発見されたがゆえに置かれたなどという消極的な理由ではなく、二十巻全体の中に効果と意味を備えて表現されていることを強調しておく。

Ⅳから想起される久邇京讃歌は、他にも「讃二久邇新京一歌二首　并短歌」（6・一〇五〇〜一〇五八）を顧みることができる。Ⅳには久邇京の景として「泉の川」が詠み込まれていたが、さらに「鹿脊の山」（6・一〇五六）や「狛山」（6・一〇五八）をも見出すことができる。

「久邇京」を明記する歌を探すと、大伴家持歌を中心として、次のような題詞を認めることができる。

在二久邇京一、思下留寧楽宅一坂上大嬢上、大伴宿禰家持作歌一首　（4・七六五題詞）

大伴宿禰家持更贈二大嬢一歌二首　（4・七六七〜七六八題詞）

大伴宿禰家持従二久邇京一、贈二坂上大嬢一歌五首　（4・七七〇〜七七四題詞）

大伴家持贈二坂上大嬢一歌一首　（8・一四六四題詞）

右、従二久邇京一贈二寧楽宅一。

大伴宿禰家持従二久邇京一、贈下留二寧楽宅一坂上大娘上歌一首　（8・一六三二題詞）

家持が安倍女郎に贈った歌の中には、

大伴宿禰家持贈二安倍女郎一歌一首

今造る　久邇の都に　秋の夜の　長きにひとり　寝るが苦しさ　（8・一六三一）

と、直接詠み込まれていたりもする。「家持」を介在者として、久邇京への強いこだわりが表されている。こうしたこだわりが、Ⅰ～Ⅲに続いてⅣを配置する上で、構想力になり得ている。

巻十七が編まれる上で、Ⅳに「久邇京」が回顧される理由は、これだけではあるまい。前掲した「大伴宿禰家持従二久邇京一、贈下留二寧楽宅一坂上大娘上歌一首」（8・一六二二）が記す内容は、大伴家持が久邇京にいながら、歌を贈った相手は「寧楽宅」に留まっていたことが留意される。ⅤとⅥの贈答も、

Ⅴ　詠二霍公鳥一歌二首　（17・三九〇九～三九一〇題詞）

右、四月二日、大伴宿禰書持従二奈良宅一贈二兄家持一。（同左注）

Ⅵ　橙橘初咲、霍公鳥飜嚶。対二此時候一、詎不レ暢レ志。因作二三首短歌一、以散二欝結之緒一耳。

（17・三九一一～三九一三題詞）

右、四月三日、内舎人大伴宿禰家持従二久邇京一報二送弟書持一。（同左注）

と、左注が「従二奈良宅一贈」と「従二久邇京一報」の贈報を記すように、「久邇京」が「奈良宅」との対比関係の中で意識されていることが重視される。

新都に「久邇京」を讃えはするが、愛しむ者たちの多くが、なお奈良の旧都に暮らしている。日常の生活としては、旧都への思いは断ち難く、両者を強く結びつける存在が求められている。

前掲の一〇五八番歌では、狛山に鳴くホトトギスが泉川を隔てて通うことがないと嘆いていたが、ⅤとⅥでは、書持と家持が離れていても、ともに「ほととぎす」を詠むことで、同じ話題で結ばれている。

特に、Ⅴの題詞が「詠二霍公鳥一歌二首」と記すのは、季節の到来にホトトギスを見つけているだけではなく、歌のモチーフとして「霍公鳥」を選び取る姿勢を強くしている。Ⅵの題詞はこれに応えて記されている。特に「欝結之緒」との表現は、

憶良聞、方岳諸侯、都督刺史、並依二典法一、巡二行部下一、察二其風俗一。意内多レ端、口外難レ出。謹以二三首之鄙

歌㆒、欲㆑写㆓五蔵之鬱結㆒。其歌曰、　（5・八六八序）

を容易に想起することができ、記し方からは、

易㆑集難㆑排、八大辛苦、難㆑遂易㆑尽、百年賞楽、古人所㆑歎、今亦及㆑之。所以因作㆓一章之歌㆒、以撥㆓二毛之歎㆒。其歌曰、　（5・八〇四序）

若非㆓翰苑㆒、何以攄㆑情。請紀㆓落梅之篇㆒、古今夫何異矣。宜㆘賦㆓園梅㆒、聊成㆗短詠㆖。　（5・八一五序）

等を思い起こすことができる。先の三・四・六・八といった巻のほかに、Ⅵは、巻五をも背後に感じさせながら、巻十七の冒頭歌群を読ませようとしている。歌の在り方が、巻五を中心とする大宰府関係歌群によく表されていることに目を向けさせ、そこに継ごうとする姿勢が認められる。

「霍公鳥」をモチーフとして意図的に記す題詞は、その先例を、

大伴家持霍公鳥歌一首　（8・一四七七題詞）
大伴家持恨㆓霍公鳥晩喧㆒歌二首　（8・一四八六〜一四八七題詞）
大伴家持懽㆓霍公鳥㆒歌一首　（8・一四八八題詞）
大伴家持霍公鳥歌一首　（8・一四九〇題詞）
大伴家持雨日聞㆓霍公鳥喧㆒歌一首　（8・一四九一題詞）
大伴家持霍公鳥歌二首　（8・一四九四〜一四九五題詞）

のように、巻八に集中して見つけることができる。いずれも「大伴家持」歌であるのが特徴的であり、並々ならぬこだわりが「霍公鳥」に「恨㆓…晩喧㆒」や「懽」、「雨日聞㆓…喧㆒」といった表現をも書き加えさせている。Ⅵの題詞は、直接にはⅤに応えて記されているのはもちろんなのだが、巻十七の冒頭に配されたのは、巻八に収められた「霍公鳥」詠へのこだわりについての回答として読むことができる。

巻八には他にも、書持のほととぎすを詠む歌が、

大伴書持歌二首

我がやどに　月おし照れり　ほととぎす　心あれ今夜　来鳴きとよもせ　（8・一四八〇）

我がやどの　花橘に　ほととぎす　今こそ鳴かめ　友に逢へる時　（8・一四八一）

と記されている。初句の「我がやど」に「ほととぎす」が鳴き立てる夜は「友に逢へる時」と読まれている。この歌の少し前には、家持の詠む歌にも「来鳴きとよもす」ほととぎすが、

卯の花も　いまだ咲かねば　ほととぎす　佐保の山辺に　来鳴きとよもす　（8・一四七七）

と記されている。ⅤとⅥに見出される家持と書持の懐かしい歌を思い起こすことができる。こうした「霍公鳥」歌へのこだわりが、さらに、

Ⅶ　思二霍公鳥一歌一首　田口朝臣馬長作

ほととぎす　今し来鳴かば　万代に　語り継ぐべく　思ほゆるかも　（17・三九一四）

右、伝云、一時交遊集宴。此日此処、霍公鳥不レ喧。仍作二件歌一、以陳二思慕之意一。但其宴所并年月、未得二詳審一也。

を選び配させてゆくことは、もはや説明を必要としないであろう。鳴かない「霍公鳥」への「思」や「思慕之意」は、前掲した「大伴家持恨二霍公鳥晩喧一歌二首」に、

我がやどの　花橘を　ほととぎす　来鳴かず地に　散らしてむとか　（8・一四八六）

ほととぎす　思はずありき　木の暗の　かくなるまでに　なにか来鳴かぬ　（8・一四八七）

と連続している。冒頭部以後に目を向けると、さらに「立夏四月、既経二累日一、而由未レ聞二霍公鳥喧一。因作恨歌二首」（17・三九八三～三九八四）へと続く。

左注の末尾に「但其宴所并年月、未レ得二詳審一也」と記されているのは、巻が作歌年次より、モチーフや主題を優先していることを裏付けている。

「久邇京」と「奈良宅」の間で回顧することが求められたのは「霍公鳥」だけではなかった。

Ⅷ　山部宿禰明人詠春鶯歌一首

あしひきの　山谷越えて　野づかさに　今はと羽振く　うぐひすの声　（17・三九一五）

右、年月所処、未レ得二詳審一。但随二聞之時一、記二載於茲一。

右の歌は、題詞の「明人」が「赤人」を指すのかどうかが話題になるが、左注は作歌年次の未詳を記しても、作者への不審は記さない。赤人歌と見てよかろう。「随二聞之時一」は、ⅤやⅥとⅨの間に配置されていることから、久邇京時代を指すと理解される。「今は鳴くらむうぐひすの声」には、巻十六以前の赤人歌に、

山部宿禰赤人歌一首

百済野の　萩の古枝に　春待つと　居りしうぐひす　鳴きにけむかも　（8・一四三一）

と、春を待つ「うぐひす」を求めることができる。ここにも巻八を想起させながら、巻十七の冒頭部を読ませようとする構想が存在している。

左注の「但随二聞之時一、記二載於茲一」という記し方は、以後も、

古歌一首　大原高安真人作、年月不レ審。但随二聞時一、記二載茲一焉。　（17・三九五二題詞）

右件歌者、伝誦之人越中大目高安倉人種麻呂是也。但年月次者、随二聞之時一載二於此一焉。　（19・四二四七左注）

のように用いられてゆくことに鑑みると、冒頭三十二首の編集には、新たな方法も積極的に試されている。そのすべてが久邇京時代の歌作りとして表されている。

Ⅸ　十六年四月五日独居平城故宅作歌六首　（17・三九一六～三九二一題詞）

右六首歌者、天平十六年四月五日、独居㆓於平城故郷旧宅㆒、大伴宿禰家持作。　（同左注）

に至ると、『続日本紀』の二月条に、

庚申（二十六日）、左大臣勅を宣りて云はく、「今、難波宮を以て定めて皇都とす。この状を知りて京戸の百姓意の任に往来すべし」とのたまふ。　（『続日本紀』）

と記され、都は久邇から難波に遷されている。

しかし、巻十七の冒頭部三十二首には、難波宮遷都に触れるところがない。そこに『万葉集』という歌集の主張の一端を読み取ることができる。

歌の内容に留意すると、

橘の　匂へる香かも　ほととぎす　鳴く夜の雨に　うつろひぬらむ　（17・三九一六）
ほととぎす　夜声なつかし　網ささば　花は過ぐとも　離れずか鳴かむ　（17・三九一七）
橘の　にほへる苑に　ほととぎす　鳴くと人告ぐ　網ささましを　（17・三九一八）

のように、その関心を「ほととぎす」に戻している。都は久邇にあろうが、難波に遷ろうが、Ⅳ以降にもっとも強く表されているのは、「奈良宅」への思いであり、「平城故宅」で再び暮らしたいという願いだったことを表している。

あをによし　奈良の都は　古りぬれど　もとほととぎす　鳴かずあらなくに　（17・三九一九）

と、奈良の都が古びてしまおうとも、ほととぎすが鳴かなくなることはなく、

鶉鳴く　古しと人は　思へれど　花橘の　にほふこのやど　（17・三九二〇）

のように、鶉が鳴くような古びた所になろうとも、橘の花が鮮やかな自身の宅を一番としている。ここ「平城故（郷）宅」に戻ることを心待ちにしている姿を読み取ることができる。その願いは、

かきつはた　衣に摺り付け　ますらをの　着襲ひ狩する　月は来にけり
（17・三九二一）

と、力強さをもって後押しされているようにさえ感じられる。

このようにみてくるとⅣ以降は、平城京の時代に入って、もっとも大きなできごととして久邇京への遷都を捉えていた。まずはⅣに久邇京を讃える歌を配置することで、巻六に収められた讃歌が思い起こされてゆく。

家持論（歌人論）としては、題詞に記された「久邇京」を追うことで、まだ内舎人であった家持にとって、遷都が忘れがたいできごとであったことを知ることができる。

家持が編んだ巻十七としては、「久邇京」での暮らしを強く意識すればするほど、それは愛しい人を残してきた「奈良宅」へと心情が傾斜する様子が表されている。

ただ、これを『万葉集』全体の問題として捉え直すと、久邇京への遷都を話題のひとつに選び、巻六をはじめ、巻八や巻五を想起しながら、巻十七が読まれるように表されている。

久邇京への遷都を讃えながらも、奈良宅に強くこだわる様子には、屈折した心情をうかがうこともできようが、次に、

是の日、平城へ行幸したまひ、中宮院を御在所とす。旧の皇后の宮を宮寺とす。諸司の百官、各、本曹へ帰る。
（『続日本紀』天平十七年五月十一日条）

と平城京還都を迎えることを考えると、限られた歌の配置で表現できることには限りがある。還都の慶びを、

天平十八年正月、白雪多零、積レ地数寸也。於レ時左大臣橘卿、率二大納言藤原豊成朝臣及諸王諸臣等一、参二入太上天皇御在所一中宮西院、供奉掃レ雪。於レ是降レ詔、大臣参議并諸王者、令レ侍二于大殿上一、諸卿大夫者、令レ侍二于南細殿一而、則賜レ酒肆宴。勅曰、汝諸王卿等、聊賦二此雪一、各奏二其歌一。
（17・三九二二〜三九二六題詞）

と表現するためには、三十二首の後半に奈良を強く思慕させることが、巻の構想として必要なことであったとい

わねばなるまい。

おわりに

巻十七の冒頭三十二首は、大きく二つのテーマから歌が選ばれていた。冒頭は、Ⅰ〜Ⅲをひとまとまりの歌群として読み通すことで、天平二年（七三〇）に時間軸の中心を求め、巻十六以前に大宰府を中心とした歌世界を想起させていた。これを巻十六以前を振り返る契機としながら、巻十七が十六以前を引き受けて編まれた巻であることを示すことが構想に求められていた。Ⅳ以降は、平城京時代に起きた大きなできごととして、久邇京への遷都を話題に捉え、やはり十六以前の巻を顧みながら、巻を編むことが構想として示されていた。特に「霍公鳥」を集中的に取り上げることで、歌を詠む意味までが問われ、以後の巻を編む上で目指すべき方向までを示していた。それは、明人（赤人）歌の配置にも同じ役割を見出すことができた。

久邇京での生活を自覚する先に、奈良宅への思いを強くして、平城京への還都を迎える準備が進められてゆく。その慶びが、天平十八年（七四六）の作へと継続するように表現されていた。

このように捉えてみると、「実質的には」などという注を加えながら、巻十七が天平十八年からはじまることを議論する必要はなく、歌と歌との時間的な隔たりから冒頭三十二首を隔絶させて論じる必要もない。歌が巻に選び取られて配置された段階に立って、その連続性が認められる。

特に巻十七の場合は、巻十六以前との隔絶が強く意識されるような構造を抱えていればこそ、冒頭三十二首が、その隔絶をつなぎ止め結びつけるためには必要であった。

こうした方法は巻十七にはじまることではない。『万葉集』全体を見ると、巻と巻は同じ時間を少しずつ重ね合わせながらゆるやかに結びついている。巻十七の場合は、天平二年（七三〇）から十六年（七四四）の作歌、即ち冒頭部の三十二首が、十六以前の巻に収められた歌々と時間を重ね合わせている。過去の歌作りが継承され、新たな展開を予期しながら、十七番目の巻としての歌世界を表そうとしている。

巻十七の冒頭部三十二首が、編纂に乗り遅れたかのような歌として位置づけられるのではなく、『万葉集』が二十を編むことで完結するために必要な存在として表されていることを述べた次第である。

【注】

（1）『萬葉代匠記』（精撰本）の「惣釋雜説」（『契沖全集』第一巻　岩波書店、一九七三年から引用。ただし、読み易さを優先して、字体等を一部改めている）に、

（前略）勅撰ニモアラス、撰者ハ諸兄公ニモアラスシテ、家持卿私ノ家ニ若年ヨリ見聞ニ随テ記シオカレタルヲ、十六巻マテハ天平十六年十七年ノ比マテニ廿七八歳ノ内ニテ撰ヒ定メ、十七巻ノ天平十六年四月五日ノ歌マテハ遺タルヲ拾ヒ、十八年正月ノ歌ヨリ第二十ノ終マテハ日記ノ如ク、部ヲ立ス、次第ニ集メテ、宝字三年ニ一部ト成サレタルナリ。（後略）

と記している。

（2）近年において、この部分を追補や増補と記さない注釈書も議論も見ない。

（3）村瀬憲夫「万葉集巻十七冒頭部歌群攷」（『上代文学』第四六号、一九八一年四月）。佐藤隆「巻十七冒頭歌群と家持」（『大伴家持作品論説』おうふう、一九九三年、初出は一九九三年三月）。

（4）市瀬雅之著『万葉集編纂論』（おうふう、二〇〇七年）は、『万葉集』の編まれた痕跡全般を「編集」と称し、二十巻をひとまとまりの歌集として捉える時にのみ「編纂」という表現を利用している。

（5）前掲注（3）に同じ。

（6）鉄野昌弘は、「大伴家持論（前期）―「歌日誌」の編纂を中心に―」（『大伴家持「歌日誌」論考』塙書房、二〇〇七年、初出は二〇〇二年五月）において、

伊藤・中西氏がともに補遺部分と認める巻十七冒頭部も、その歌々は、「歌日誌」部分に繋がるように選択されていると見られる。家持の歌は、「（天平）十年七月七日の夜に、独り天漢《あまのがは》を仰ぎて、聊《いささ》かに懐を述ぶる歌」（17・三九〇〇）や「十六年四月五日に独り平城の故宅に居りて作る歌」（17・三九一六〜二一）など、「独り」を強調する作と、一三年四月三日、久邇《くに》京から弟書持《ふみもち》に報《こた》えた歌（17・三九一一〜三）である。平城京に残った書持の「大宰の時の梅花に追和する新しき歌」（一二年一二月九日・17・三九〇一〜六）もある。これらが日付を伴っていることが、この巻に置かれた条件なのでもあろうが、主題的に、越中時代の孤独と交友、そして書持の死（「長逝せる弟を哀傷する歌」17・三九五七〜九）と、明らかに連続的であると思う。

と述べている。

（7）市瀬雅之「旅人の氏族意識」（『大伴家持論―氏族伝統と文学―』おうふう、一九九七年、初出は一九九三年三月）

（8）市瀬雅之「家持の編纂意識」（前掲注4書に同じ、初出は二〇〇四年七月）

（9）市瀬雅之「編纂者への視点―巻六の場合―」（前掲注7書に同じ）

第二節　白雪応詔歌群の場合

はじめに

『万葉集』の巻十七から巻二十は、『萬葉代匠記』（以下、『代匠記』）[1]以来、巻一から巻十六までとは区別され、そのほとんどが大伴家持の「歌日誌」或いは「歌日記」として読まれてきた。

しかし、末四巻はそれだけで存在しているのではなく、巻一から巻十六に続く巻として収められている。巻十七の巻頭に配された三十二首（17・三八九〇～三九二一）が、時間軸や歌の作者、作歌事情を重ね合わせながら結び、その先を表していることを述べた[2]。この指摘については、村瀬憲夫「伊藤博著『萬葉集の構造と成立』の顕彰と検証」から、「歌数の少なさ、体系性の乏しさ等からいって、当該歌群（注―巻十七の冒頭三十二首）にあまり大きな役割を担わせることはできない。」（本書第一部第一章）との批判を受けた。

確かに、三十二首は指摘されたような内容の弱さを抱えているかもしれない。ただ、巻の編集そのものが、残された歌を整理する行為であることに鑑みると、表された構想の強弱は大きな問題にはなるまい。

向き合わねばならないのは、巻一から巻十六の先に配された巻十七が、何を表現しようとしているのかではあるまいか。本節は、こうした問いかけを、天平十八年の白雪応詔歌群（17・三九二二〜二六）を話題にしながら考えてみようと思う。

一　当該歌群の読み方

はじめに当該歌群の基本的な在り方を確かめておこう。

天平十八年正月、白雪多零、積レ地数寸也。於レ時左大臣橘卿、率ニ大納言藤原豊成朝臣及諸王諸臣等一、参ニ入太上天皇御在所一中宮西院、供奉掃レ雪。於レ是降レ詔、大臣参議并諸王者、令レ侍ニ于大殿上一、諸卿大夫者、令レ侍ニ于南細殿一而、則賜レ酒肆宴。勅曰、汝諸王卿等、聊賦ニ此雪一、各奏ニ其歌一。

左大臣橘宿禰応レ詔歌一首

降る雪の　白髪までに　大君に　仕へ奉れば　貴くもあるか　（17・三九二二）

紀朝臣清人応レ詔歌一首

天の下　すでに覆ひて　降る雪の　光を見れば　貴くもあるか　（17・三九二三）

紀朝臣男梶応レ詔歌一首

山の峡　そことも見えず　一昨日も　昨日も今日も　雪の降れれば　（17・三九二四）

葛井連諸会応レ詔歌一首

新しき　年の初めに　豊の稔　しるすとならし　雪の降れるは　（17・三九二五）

大伴宿禰家持応レ詔歌一首

大宮の　内にも外にも　光るまで　降らす白雪　見れど飽かぬかも　（17・三九二六）

藤原豊成朝臣　巨勢奈弖麻呂朝臣　大伴牛養宿禰　藤原仲麻呂朝臣
三原王　智奴王　船王　邑知王
小田王　林王　穂積朝臣老　小田朝臣諸人
小野朝臣綱手　高橋朝臣国足　太朝臣徳太理　高丘連河内
秦忌寸朝元　楢原造東人

右件王卿等、応レ詔作レ歌、依レ次奏之。登時不レ記、其歌漏失。但秦忌寸朝元者、左大臣橘卿謔云、靡レ堪レ賦レ歌、以レ麝贖レ之。因レ此黙已也。

冒頭の記述（以下「総題」と呼ぶ）によると、当該歌群は天平十八年（七四七）の正月に、雪が数寸積もったため、左大臣であった橘諸兄が藤原豊成以下の諸王諸臣を率いて、元正太上天皇の御在所の雪掃きをしたという。その背景は様々に推測されているが(3)、文脈からは、記されている以上の事情を読みとることが難しい。雪掃きが終わると、詔により大臣と参議、諸王等は大殿の上で、以下の諸卿や大夫等は細殿にて酒がふるまわれて、肆宴が行われたとある。その際に雪をモチーフに歌を詠むことが求められ、詠まれた歌の中から五首が記された。五首は、詠まれたままに記されているとの見方(4)と選ばれ編まれたとの見方(5)に分かれる。

前者によると、橘諸兄に続いて歌を残した四人は、

①従四位下　紀清人　←　②従五位下　紀男梶
④従五位下　大伴家持　→　③外従五位下　葛井諸会

のように対座しながら、U字型の座順で、番号で記したように歌を詠み進めたという(6)。こうした見方を支持する

『萬葉集釋注』〔九〕は、諸兄によって、四人があらかじめ選ばれていたと想定した(7)。

しかし、当該歌群からは、そうした約束があった様子をうかがうことはできない。左注に留意すると、掲載された五首のほかにも、詔に応えて歌を詠んだ者たちの名が示され、それらの歌は、肆宴の席で書き留められなかったために漏失したと記されている。

試みに、当該歌群に名を残す者たちの天平十八年当時をふり返ってみると、それぞれの官位はおおよそ次のようになる。

大殿

従一位　橘諸兄　従三位中納言　藤原豊成　従三位中納言　巨勢奈弖麻呂　従三位参議　大伴牛養　正四位上参議　藤原仲麻呂　正四位下　智奴王　従四位上　三原王　従四位上　船王　従四位下　邑知王

従五位下　小田王　従五位下　林王

細殿

従四位下　紀清人　正五位上　穂積老　従五位下　紀男梶　従五位下　大伴家持　外従五位上　秦朝元　外従五位上　高丘河内　外従五位下　小田諸人　外従五位下　小野綱手　外従五位下　高橋国足

外従五位下　太徳太理　外従五位下　楢原東人　外従五位下　葛井諸会

歌が書き留められた者たちに留意すると、一首目の橘諸兄が大殿の一番手として、二首目の紀清人は細殿の一番手として、歌が記された様子がうかがわれる。しかし、三首目以降は間が抜けており、残された歌ばかりがひと続きに詠まれたと考えることが難しい。

また、五首がひとつの場に連続して詠まれた姿を主張するのなら、作歌事情は一首目の直前にまとめ記され、作者名は「右一首、○○」のような形で左注にまわすことも、記し方としてはあり得たはずである。[8] ところが、当該歌群は総題ともいえる記述のほかに、個々の歌にも題詞が施されている。そればかりか、それぞれに「歌一首」であると明記されている。五首は、総題に「汝諸王卿等、聊賦二此雪一、各奏二其歌一。」と記されたような詔に対して、参列者たちがそれぞれに応えた歌の中から、残された五首が記し留められていることを明かしている。

さらに、記された五首の作者に注意してみると、葛井諸会の官位は大伴家持より低いことが留意される。考え方はいろいろあるのだろうが、歌が官位に従って配列される傾向にあることに鑑みると、記された順番にも疑問が残される。[9] 詠まれたままに記されたと考えることが難しい。

とはいえ、ここにもとの姿を探る議論をしようというのではない。五首が他の多くの歌の中から選ばれているとまで踏み込んで考えることも難しい。できることとして、当該歌群を残されたままに読み解き、表された内容を確かめておく。

まず一首目に目を向けると、雪の白さに自らの白髪を譬喩しながら、臣下として、大君に長く仕え続けることのできた慶びが表されている。

続く二首目は、空の下のすべてを覆う雪の光に尊さが見出される。『代匠記』が早く「雪ノ光ヲ天子ノ恩光ニ喩フ」と説いている。一首目に、臣下として長く仕える慶びが表されたのに対して、二首目では、臣下たちが仕えるべき大君の恩光が、雪の光の中に確かめられている。

三首目は、山も谷も区別がつかないほど深い雪に覆われた景を表し、雪が連日降り続いたためであることを詠んでいる。総題の「白雪多零」に呼応するかの内容だが、それにしても「積レ地数寸也」を大きく超えている。一首だけを読むと、現実離れした空間と連続する時間が、耽美的な景を表しているといえる。[10]

ただ、それだけならば、この歌が三首目に配される必要はない。二首目に「天の下すでに覆ひて降る雪」も天子の恩光が表されていればこそ、直後に配されることで、大君の恩光が譬えられた雪が、止むことなく降り続き、山も谷も見分けがつかぬほど積もる景にも意味が捉えられる。

それは四首目に読み進むと、三首目に常ではない大雪が、年初に当たって降ったことで「豊の稔しるすとならし」と位置づけられ、予祝されてゆく。

そして最後の五首目が、「豊の稔」のゆきわたる範囲を改めて、元正太上天皇の御在所を含めた「大宮」を起点に、「内にも外にも光るまで」と見渡されながら、大君が恩光として「降らす[11]」白雪を、見ても見ても見飽きない存在として讃えるように表されている。

このようにみてくると、当該歌群は、総題が「天平十八年正月、白雪多零」と記した「白雪」をモチーフに、元正太上天皇が「汝諸王卿等、聊賦二此雪一、各奏二其歌一」と下した勅を受けて、詠まれた五首が勅に応じた臣下たちの側から、大君とともにあるべき理想的な姿を表現している。

左注には、ほかにも多くの歌が詠まれたことを記すことで、五首が華やいだ肆宴の一部であることが伝えられる。秦忌寸朝元のエピソードによって、肆宴が和やかに進められた様子が表されている。

掲載された五首はもちろんのこと、総題から左注までをひとまとまりに読むことで、天平十八年（七四七）正月には、元正太上天皇の御在所で催された肆宴の様子が表現されている。

二　歌日記（歌日誌）と巻十七

当該歌群は、天平十八年正月の史実を語ることより、元正太上天皇の御在所で催された肆宴を話題にして、左大臣であった橘諸兄以下の臣下たちが集い、勅に応じて、モチーフとする「白雪」に大君とあるべき理想的な姿を表現していたことを述べた。表された肆宴は一部に留まるが、華やかで和やかな様子までを表していた。『代匠記』はこうした当該歌群を、家持の「日記ノ如ク」に捉え、当該歌群以降から巻二十の巻末歌までを「家持の歌日記（歌日誌）」と読ませてきた。

とはいえ、『万葉集』中に「歌日記」或いは「歌日誌」という表現は認められない。「家持の歌日記（歌日誌）」という表現の担う意味を確かめておかねばなるまい。

近年、積極的に「家持の歌日記（歌日誌）」と向き合う研究に留意してみると、鉄野昌弘「家持『歌日誌』とその方法」が、巻十七〜巻二十が「総体として、大伴家持という一人の官人の軌跡を描こうとしている。」と解いている。読み取ることができるのは、「不断に変化し続ける、作品における家持の意志」であり、そこに見出される「作歌者家持」の読解が、「編纂者家持」によって求められていると指摘する。(12)

これに対して、山﨑健司論文「結章」が、巻十七から巻十九に同様の志向を認めながらも、巻二十は「律令官人の目を通して捉えた時代の推移が描かれている」と説いて、末四巻の中で巻二十のみがそうであるのは、追補されたためと指摘した。(13)とはいえ、巻十七から巻十九にしても、厳密には編まれ方が一様ではない。巻二十のみを追補として区別する見方には疑問が残される。

『万葉集』を二十巻のテキストとして読む神野志隆光「『万葉集』の中に編集された家持──「歌日記」の意味──」は、巻一から巻六が「歴史」を表しているのに対し、巻十七以降には「歌日記」として、「歴史」としては表すことのできない「個」が表現されているという。(14)神野志論文の主張に立って、山﨑論文の指摘を振り返ってみると、巻十七から巻十九に色濃く表された「個」としての「大伴家持」が、日々の歌を作る中にあって、歌の蒐集や編集までを表そうとしたのが巻二十になろう。

このように一覧すると、いずれの議論も「大伴家持」を中心に展開されていることが注意される。見出された「家持」とは、巻十七から巻二十を「歌日記（歌日誌）」として読む中にいる。言い換えると、巻十七から巻二十を「家持の歌日記（歌日誌）」として読むことは、歌に表現された「大伴家持」を知る方法であり、「家持」を介して巻十七から巻二十を読む方法であるといえよう。それは、末四巻に表現された「大伴家持」を考える上で効果的な視点といえる。

確かに巻十七以降には、歌の作者としても、巻の編集者としても、「大伴家持」の姿を見出しやすい。当該歌群も、五首が家持歌によって閉じられたところに、編集の跡が認められる。編集者としての「家持」の、当該歌群をまとめた自負がうかがわれる。家持歌に表現された「白雪」には、歌を詠んだ「家持」が、天皇を中心とする古代律令社会に寄せる将来への期待が認められる。左注はまさに注として読むことで、「登時不レ記、其歌漏失。」とされる状況の中でも、五首が「家持」の記憶によって書き留められたことを、「日記ノ如ク」に知ることができる。

当該歌群以降も同様に読み解くことで、「日記ノ如ク」表された巻には、歌の作者として或いは巻の編集者として、いわば「主題化された家持」を読み解くことができる。

とはいえ、巻十七から巻二十を「歌日記（歌日誌）」とみなすことで、歌に表された「家持」を読むことばかりに関心が向けられてしまうのなら、そこには若干の疑問が残る。「歌日記（歌日誌）」の冒頭に位置づけられた当該歌群をみると、総題には「天平十八年正月、白雪多零」と記す「白雪」をモチーフに、元正太上天皇が「汝諸王卿等、聊賦二此雪一、各奏二其歌一。」と下した勅を受け、臣下たちの側から君とともにあるべき理想的な姿が表されていた。

それは、「大伴家持」によって編まれた様子を色濃く表しながらも、天平十八年（七四六）正月に元正太上天皇の御在所で催された肆宴を、歌によって表すことが優先される。歌群の中に表された「大伴家持」は、あくまでもその肆宴に集い歌を詠むひとりとして表現されている。

こうした姿勢は、当該歌群の直前に配された次の三十二首に目を向けることで一層はっきりする。

天平二年庚午冬十一月、大宰帥大伴卿被レ任二大納言一 兼レ帥如レ旧、 上レ京之時、傔従等別取二海路一入レ京。於レ是悲二傷羈旅一、各陳二所心一作歌十首　（17・三八九〇～三八九九題詞）

◆十年七月七日之夜、独仰二天漢一、聊述レ懐一首　（17・三九〇〇題詞）

右一首、大伴宿禰家持作。　（同左注）

追二和大宰之時梅花一新歌六首　（17・三九〇一～三九〇六題詞）

右、十二年十二月九日、大伴宿禰書持作。　（同左注）

讃二三香原新都一歌一首　并短歌　（17・三九〇七～三九〇八題詞）

右、天平十三年二月、右馬頭境部宿禰老麻呂作也。　（同左注）

詠二霍公鳥一歌二首　（17・三九〇九～三九一〇題詞）

右、四月二日、大伴宿禰書持従二奈良宅一贈二兄家持一。　（同左注）

◆橙橘初咲、霍公鳥飜嚶。対二此時候一、詎不レ暢レ志。因作二三首短歌一、以散二欝結之緒一耳。　（17・三九一一～三九一三題詞）

右、四月三日、内舎人大伴宿祢家持従二久邇京一報二送弟書持一。　（同左注）

思二霍公鳥一歌一首　田口朝臣馬長作　（17・三九一四題詞）

右、伝云、一時交遊集宴。此日此処、霍公鳥不レ喧。仍作二件歌一、以陳二思慕之意一。但其宴所并年月、未レ得二詳審一也。　（同左注）

山部宿禰明人詠二春鶯一歌一首（17・三九一五）

右、年月所処、未レ得二詳審一。但随二聞之時一、記二載於茲一。（同左注）

◆十六年四月五日、独居二平城故宅一作歌六首（17・三九一六～三九二一）

右六首歌者、天平十六年四月五日、独居二於平城故郷旧宅一、大伴宿禰家持作。（同左注）

巻十七が、天平二年（七三〇）にはじまることによって、同じ時間を共有する巻十六までと、時代やできごと、作者等を重ね合わせながら、その先に続くことが歌によって示されている。歌群の中には、三九〇〇番歌や三九一六～三九二一番歌のように「家持」が「独」の世界を詠んだ歌も含まれるが、これらは「家持の歌日記文学」として読まれることがない。それは歌と歌をつなぐ時間が、「日記（日誌）」と呼ぶには隔たりすぎていることもあろうし、巻頭歌群（17・三八九〇～三八九九）をはじめ「讃二三香原新都一歌」（17・三九〇七～三九〇八）のように、歴史的に起きた出来事を、「家持」以外の者が詠んでいたりするためである。

ここに見出される「大伴家持」は、宮廷社会の中に起きる様々なできごとの中で、時には「独」歌を詠むこともあれば、弟の大伴書持と歌を贈答することもある存在として表されている。それは「家持」ひとりが特別なのではなく、天皇を中心とする古代律令社会を支えた官人のひとりとして歌を詠む姿が表現されているためである。これに続いて配された当該歌群も、「家持の歌日記（歌日誌）」のはじめとされながら、実は「家持」が、古代律令社会を支える官人のひとりとして表れているところに大差はない。

おわりに

当該歌群は、総題が「天平十八年正月、白雪多零」と記す「白雪」をモチーフに、元正太上天皇が「汝諸王卿等、聊賦二此雪一、各奏二其歌一。」と下した勅を受け、臣下たちの側から、天子とともにあるべき理想的な姿が、歌によって表されていた。

こうした当該歌群は、「家持の歌日記（歌日誌）」のはじめを表しているとされてきた。「歌日記（歌日誌）」とは、歌に表された「大伴家持」を知る方法であり、歌を蒐集し巻を編集する「家持」を介して、巻十七から巻二十を読むひとつの方法といえる。「主題化された家持」を読むことが可能になる。

ただし、巻十七以降をそれとばかり読むことが自明なのではない。巻一から巻十六の延長に、巻十七が存在することを冒頭三十二首が表している。その中には、歌に表された「家持」が、多くの官人たちのひとりとして表現されている。「家持の歌日記（歌日誌）」のはじめとされる当該歌群にも、同様の姿勢が貫かれていた。

重要なことは、巻一から巻十六に継いで、当該巻が配置されたところに表される主題性であろう。「家持の歌日記（歌日誌）」に個人的な思いが表されるだけなら、これまでに集められた歌を含めた、大きな私家集ができあがる。

しかし、冒頭三十二首に加えて、当該歌群の中には、「家持」が多くの古代律官人たちの中のひとりとして表されていた。そこには、「家持」が生きる社会を現在として、天平十八年（七四七）以後の歌世界が表されようとしている。

「編纂者（編集者）」としての家持」の存在にまで目を向けておくなら、歌によって表された世界の中に、自らの歌も正当に位置づけられることが目指されても不思議なことではあるまい。

あくまでも二十巻をひと続きに読み通す限りにおいてではあるが、例えば、巻六が表す天平十六年（七四四）までの歌世界を「寧楽宮前期」と呼んでみると、巻十七の冒頭三十二首がこれに重ね合わせられている。その先には、当該歌群によって、天平十八年（七四六）が「寧楽宮後期」(15)とでも呼ぶべき歌世界として開かれていると考えられる。

つまり、歌に表された「家持」が、直ちに個の世界だけを表現していないことが重要になる。「歌日記（歌日誌）」に「主題化された家持」は、あくまでも天皇を中心とする古代律令社会を支える官人のひとりであり、天平十八年（七四六）以後の宮廷和歌世界を開くひとりとして位置づけられている。それが「家持の歌日記（歌日誌）」の冒頭で明かされるのは、以後に「家持」の個の世界が歌い表されても、古代律令社会の一員であることからはずれるものではないことを示唆する。

このように受け止めてみると、巻十七から巻二十が、「家持」を中心とする歌世界の様相を色濃くしても、巻十六以前から切り離されて、四巻だけが「家持」の私家集のように読まれることはない。二十巻の中に「家持の歌日記（歌日誌）」をも含み込みながら、「寧楽宮後期」とでも呼ぶべき歌世界の展開が目指されていることが見通される。

【注】

（1）『萬葉代匠記』（精撰本）の「物釋雑説」（『契沖全集』第一巻　岩波書店、一九七三年から引用。ただし、読み易さを優先して、字体等を一部改めている）は、当該巻以降を、

（前略）十七巻ノ天平十六年四月五日ノ歌マテハ遺タルヲ拾ヒ、十八年正月ノ歌ヨリ第二十ノ終マテハ日記ノ如ク、部ヲ立ス、次第ニ集メテ、宝字三年ニ一部ト成サレタルナリ。（後略）

と位置づけている。

（2）市瀬雅之、「巻十七冒頭三十二首の場合」（本書第二部第四章第一節、初出は二〇一〇年三月）。

（3）当該歌群の成立背景は、上田設夫「天平十八年肆宴歌」（『万葉集を学ぶ』第八集　有斐閣、一九七八年一二月）が、元正太上天皇と橘諸兄の関係に留意しながら、

参列者のうちには、昨年のできごと（注―仲麻呂が、自身寄りの行基を大僧正に抜擢し、諸兄派の玄昉を筑紫に配流したという）もなまなましい仲麻呂の姿もあった。しかし、あたかもなにごともなかったかの如く、各人の思わくは腹のうちに秘められて肆宴の行事は進行し、歌詠は行われたのである。

と説く。また、佐藤隆「白雪応詔作品歌群と家持―大伴家持歌集への出発―」（『古代文学の創造と継承』新典社、二〇一一年一月）は、佐藤隆「大伴家持と白雪応詔歌群―賀と雅の共演―」（『大伴家持作品研究』おうふう、二〇〇〇年）を振り返りながら、

私的に雪掃き奉仕を主導した橘諸兄の意図は、雪掃き奉仕後の肆宴において、早春の雪を題材とする和歌を様々に詠出させることにあった。参加者たちは、諸兄の期待に応え天皇讃歌にに連なる賀歌と耽美的叙景歌としての雅歌とを次々と詠出したと推定した。

と説く。

（4）渡瀬昌忠「四人構成の場」（『萬葉集研究』第五集　塙書房、一九七七年七月）。近年では、橋本達雄著『萬葉集全注』巻第一七（有斐閣、一九八五年）や伊藤博著『萬葉集釋注』九（集英社、一九九八年）に支持されている。

（5）上田前掲注3論文。

（6）渡瀬前掲注4論文。

（7）伊藤前掲注4書。

（8）市瀬雅之「題詞と左注の位相―巻一の場合―」（『万葉集編纂論』おうふう、二〇〇七年、初出は一九九八年三月）

（9）橋本前掲注4書は、五首目の家持歌が、本来は三首目に存在していたと推定している。

（10）佐藤前掲注3書。

（11）『類聚古集』と『広瀬本』には「降れり」とある。

（12）鉄野昌弘「家持『歌日誌』とその方法」（『大伴家持『歌日誌』論考』塙書房、二〇〇七年）

（13）山﨑健司「結章」（『大伴家持の歌群と編纂』塙書房、二〇一〇年）

（14）神野志隆光「『万葉集』の中に編集された家持―「歌日記」の意味」（『大伴家持研究の最前線〔高岡市萬葉歴史館叢書23〕二〇一一年三月）

（15）　市瀬雅之「『万葉集』巻七の位相―構想論の一環として―」（梅花女子大学『文化表現学部紀要』第八号、二〇一二年三月）。第二部第二章第一節参照。

第三節　巻十七から巻二十への若干の見通し

はじめに

巻十七の冒頭三十二首は、それ以前の巻と時間軸や歌の内容を重ねることで、天平十六年（七四四）までの歌世界と連続している。三十二首以降には、時間軸の重なりこそ認められないが、読み進めると、巻十六以前に収められた歌が想起される。(1) 巻十七から巻二十は、巻一から巻十六に続いて読まれるように構想されている。

巻十七の中でも天平十八年（七四六）以後の歌は、「大伴家持の歌日記（歌日誌）」と呼びならわされてきた。歌に表される「家持」を読む方法としては有効（第二部第四章第二節）だが、自明ではない。白雪応詔歌群（17・三九二二〜三九二六）には、元正太上天皇が「白雪」をモチーフに詠作を求めており、臣下が天皇とともにあるべき理想的な世界を詠み応えている。その中に「家持」は、詠者のひとりとして表現されていた。

ここでは、その先に表されている内容について、若干の見通しを述べておく。

一　主題化された「家持」

白雪応詔歌群（17・三九二二～三九二六）に次いで表された歌に目を向けてみると、坂上郎女歌が、

大伴宿禰家持以二天平十八年閏七月一、被レ任二越中国守一。即取二七月一赴二任所一。於レ時姑大伴氏坂上郎女贈二家持一歌二首　（17・三九二七～三九二八題詞）

更贈二越中国一歌二首　（17・三九二九題詞）

と、大伴家持が越中国に赴任したことを表している。着任後の様子は、「八月七日夜、集二于守大伴宿祢家持舘一宴歌」（17・三九四三～三九五五）に表されはじめる。

ところが、その間に置かれた、

平群氏女郎贈二越中守大伴宿禰家持一歌十二首　（17・三九三一～三九四二題詞）

右件十二首歌者、時〻寄二便使一来贈。非レ在二一度所一レ送也。　（同左注）

は、時々の便りに寄せられた平群女郎歌がまとめ記され、時間軸を有しない。歌は詠まれたままに記されているのではなく、巻に編まれた様子を表している。[2]

確認しておかねばならないのは、このような歌に表された「家持」に何を読むのかによって、追究される課題が異なってくることである。

ひとつには、歌の解釈を通じて見出される「家持」に、大伴氏を代表する或いは天平貴族としてのあり様や心の内を考えてみようとする研究がある。[3]市瀬雅之著『大伴家持論――文学と氏族伝統――』もこの研究を課題のひとつにしている。[4]寄せる関心は、歌の向こう側にいる作者が、どのような状況の中で、何を見つめているのか、特に「家持」の場合は、編集者としての側面を持つだけに、その姿も問われる。

とはいえ、残された歌は文学性に富むので、表現された内容と日常との間に差異を生じる可能性が大きい。これを補うために、作歌された時点の歴史や社会性を考慮に入れた研究が進められてきた。導き出された作者は、歌に表された「家持」と、重なりあう場合もあれば大きく隔たる場合もある。(5)

こうした議論は、歌の向こう側に想定される作者或いは編集者（編纂者）を、歴史と社会の中へ具体的に描き出してみるところに意味がある。

こうした見方に対し、詠まれた歌表現に見出される「家持」を積極的に捉えようとする研究が存在する。歌が持つ文学性に着目すると、表現に見出される「家持」は、歌の作り手そのものというより、歌の作り手によって表された「家持」を読み解くことになる。巻の編集を視野に入れると、「編集者（編纂者）家持」が表した「歌日記（歌日誌）」を文学として読むことができる。(6)

とはいえ、末四巻は「家持の歌日記（歌日誌）」として読むことが自明ではない。ここでは、二十巻をひとつの歌集として読み通す中に、巻十七から巻二十の表す内容を考えておく。

留意したいのは村田正博論文「家持の選択」の次の発言である。

部立てを捨てて、自己のまわりを流れた時間に従って歌稿を編み成すこと、それに徹するならば、第二部は『萬葉集』とは別途に、言わば私家集として成立することも可能であろう。ところが、家持は、『萬葉集』の第二部としてそれを位置づけ、個人の集とすることをしなかった。倭歌の正統を継ぐのが自分だという自負、かかる積極的な動機もあろう。その反面、家持の時代から家持を除外すれば倭歌史の終息がそこに始まるとも言うべき事態、言葉を換えれば、家持の孤軍奮闘によってのみ倭歌が支えられているとも言うべき情況の中で、倭歌の存立と伝統とを主張しようとするためには、私家集ではなく、大きな撰集の一角として位置を与えるのでなければ、所期の目的を達成しにくかったという、消極的な面もあったのにちがいない。(7)

家持論としては、「倭歌の正統を継ぐのが自分だという自負」が、巻一から巻十六に巻十七から巻二十を継がせたと捉えられる。

巻十七から巻十九に表された歌には、越中国に赴任した家持が、守として歌に国を褒め、都人として鄙にあることを愁い、歌友に励まされ、ひとりを知る様子等が、時間の経過とともに表されている。時々の状況に応じて詠まれた歌は多様だが、それらが「家持」によって結ばれていることろに構想が認められる。巻には、歌によって「家持」が主題化されているといってよい。

ただし、歌に表された「家持」にばかりこだわりすぎると、澤瀉久孝「萬葉集の巻々の性質」が、

萬葉巻一、二は萬葉の精華であり神髄である。さう後の人は見る。さうに違ひない。しかしこの集を今日見る形に残した家持にとつての萬葉集は巻十九に至るまでの道程であつた。ここで彼は到達すべきところへ到達した。巻廿は彼の作歌生活にとつてはその余韻であり、残英である。萬葉集廿巻は勅撰集ではない。大伴家持の作歌ノートである。(8)

と、巻十九に家持歌の到達を認め、巻二十を「残英」と位置づけたことが留意される。近年では、山﨑健司「家持『歌日記』から『万葉集』へ」が、巻十七から巻十九を「家持の歌日記（歌日誌）」と認め、巻二十を追補とみなして区別した。(9)

確かに末四巻のうち、巻十九の完成度はもっとも高い。巻二十に入ると、それ以前の三巻に比べて、収められる家持歌が減少する。

とはいえ、巻二十を外してみても、巻十七から巻十九が一様に編まれているわけではない、四巻は個別に編まれており、巻二十だけを追補と見なすのは便宜的にすぎる。巻二十の主題を「残英」と見なすことも躊躇される。澤瀉論文のいう「大伴家持の作歌ノート」を、先の村田論文に照らし合わせてみると「私家集」に相当する。

二十巻をそれと捉えることにも慎重でありたい。「大伴家持歌巻」[10]と呼んでみても、「大伴家持」の「歌巻」を表す点で、「ノート」や「私家集」との区別が難しい。巻十七から巻二十が、二十巻という「大きな撰集の一角として位置」するところに表わされる内容の検討が求められる。

巻十七から巻二十には大伴家持の歌が多い。歌に表された「家持」を通して、作者として或いは編集者（編纂者）として存在する「家持」の姿も捉えやすい。村田論文が説くような家持の意志を認め、資料の利用が考えられる。だからといって、四巻が「家持」の一代記のような内容を目指しているとは思われない。天平十八年（七四六）を開く白雪応詔歌群（17・三九二二〜三九二六）には、「大伴家持」が古代律令官人のひとりとして表されていることが、それを裏付けていた。歌に表された「家持」には、個人が積極的に表され、読まれることが期待されながら、実は、「家持」という個人を介して、古代律令社会に生きる官人の歌世界までを読むことが求められている。このようなことを述べるのは、個々に編まれた四巻が、次のように巻二十までを、連続して読むように表しているからである。

天平十八年正月、白雪多零、積㆑地数寸也。於㆑時左大臣橘卿、率㆓大納言藤原豊成朝臣及諸王諸臣等㆒、参㆓入太上天皇御在所㆒中宮西院、供奉掃㆑雪。於㆑是降㆑詔、大臣参議并諸王者、令㆑侍㆓于大殿上㆒、諸卿大夫者、令㆑侍㆓于南細殿㆒而、則賜㆑酒肆宴。勅曰、汝諸王卿等、聊賦㆓此雪㆒、各奏㆓其歌㆒。

（17・三九二二〜三九二六総題）

——

右四首、天平廿年春正月廿九日、大伴宿禰家持。

（17・四〇一七〜四〇二〇左注）

（作歌年次を記さない歌）

（17・四〇二一〜四〇三一）

《巻十八》

天平廿年春三月廿三日、左大臣橘家之使者造酒司令史田辺福麻呂饗㆓于守大伴宿禰家持館㆒。爰作㆓新歌㆒、并便

誦二古詠一、各述二心緒一。　（18・四〇三二～四〇三五題詞）

——

縁下検二察墾田地一事上、宿二礪波郡主帳多治比部北里之家一。于レ時忽起二風雨一、不レ得二辞去一作歌一首。　（18・四一三八題詞）

（天平勝宝二年）二月十八日、守大伴宿禰家持作。　（同左注）

《巻十九》

天平勝宝二年三月一日之暮、眺二矚春苑桃李花一作二首　（19・四一三九～四一四〇題詞）

——

（天平勝宝五年正月）廿五日作歌一首　（19・四二九二題詞）

春日遅〻、鶬鶊正啼。悽惆之意、非レ歌難レ撥耳。仍作二此歌一、式展二締緒一。但此巻中不レ偁二作者名字一、徒録二年月所処縁起一者、皆大伴宿禰家持裁作歌詞也。　（同左注）

《巻二十》

幸二行於山村一之時歌二首　（20・四二九三～四二九四題詞）

右、天平勝宝五年五月、在二於大納言藤原朝臣之家一時、依レ奏レ事而請問之間、少主鈴山田史土麻呂語二少納言大伴宿禰家持一曰、昔聞二此言一、即誦二此歌一也。　（同左注）

——

（天平宝字）三年春正月一日、於二因幡国庁一、賜二饗国郡司等一之宴歌一首　（20・四五一六題詞）

右一首、守大伴宿禰家持作之。　（同左注）

巻十九に立ち止まり、巻二十と区別しようとするのは、巻に表された歌に「家持」や家持を読むことが優先されてのことである。二十巻には、巻二十までをひと続きに読むところに表される内容の主題の検討が求められる。

二　古代律令社会の一員として歌に表された「防人」

巻十七の三九二二番歌以降に「主題化された家持」は、多くの古代律令官人たちの中のひとりとして表されていた。積極的に自らの歌世界を表しながら、巻二十はその志向性を顕著に表す。

巻頭は「幸二行於山村一之時歌二首」（20・四二九三〜四二九四）にはじまる。歌の記された事情は、次の左注に詳しい。

右、天平勝宝五年五月、在二於大納言藤原朝臣之家一時、依レ奏レ事而請問之間、少主鈴山田史土麻呂語二少納言大伴宿禰家持一曰、昔聞二此言一、即誦二此歌一也。 （同左注）

「大伴家持」は、歌の記録者或いは編集者（編纂者）として表されている。

巻二十が表しているのは、宮中に詠まれた歌だけではない。天平勝宝七歳（七五五）の防人歌群は、歌巻のなかでも大きな位置を占める。

天平勝宝七歳乙未二月、相替遣二筑紫一諸国防人等歌

二月六日、防人部領使遠江国史生坂本朝臣人上進歌数十八首。但有二拙劣歌十一首一不二取載一之。 （20・四三二一〜四三二七左注）

二月七日、相模国防人部領使守従五位下藤原朝臣宿奈麻呂進歌数八首。但拙劣歌五首者不二取載一之 （20・四三二八〜四三三〇左注）

（追二痛防人悲別之心一作歌一首并短歌） （20・四三三一〜四三三三題詞）

（右、二月八日、兵部使少輔大伴宿禰家持。）　（同左注）

（右、九日大伴宿禰家持作之）　（20・四三三四～四三三六左注）

二月七日、駿河国防人部領使守従五位下布勢朝臣人主、実進九日、歌数廿首。但拙劣歌者不㆓取載㆒之。　（20・四三三七～四三四六左注）

二月九日、上総国防人部領使少目従七位下茨田連沙弥麻呂進歌数十九首。但拙劣歌者不㆓取載㆒之。　（20・四三四七～四三五九左注）

（陳㆓私拙懐㆒一首并短歌）　（20・四三六〇～四三六二題詞）

（右、二月十三日、兵部少輔大伴宿禰家持）　（同左注）

二月十四日、常陸国部領防人使大目正七位上息長真人国嶋進歌数廿七首。但拙劣歌者不㆓取載㆒之。　（20・四三六三～四三七二）

二月十四日、下野国防人部領使正六位上田口朝臣大戸進歌数十八首。但拙劣歌者不㆓取載㆒之。　（20・四三七三～四三八三左注）

二月十六日、下総国防人部領使少目従七位下県犬養宿禰浄人進歌数廿二首。但拙劣歌者不㆓取載㆒之。　（20・四三八四～四三九四左注）

（独惜㆓龍田山桜花㆒歌一首）　（20・四三九五題詞）

（独見㆓江水浮漂糞㆒、怨㆓恨貝玉不㆒㆑依作歌一首）　（20・四三九六題詞）

（在㆓舘門㆒見㆓江南美女㆒作歌一首）　（20・四三九七題詞）

（右三首、二月十七日兵部少輔大伴家持作之。）　（20・四三九五～四三九七左注）

（為㆓防人情㆒陳㆑思作歌一首并短歌）　（20・四三九八～四四〇〇題詞）

（右、十九日兵部少輔大伴宿禰家持作之。）　（同左注）

二月廿二日、信濃国防人部領使上道、得レ病不レ来。進歌数十二首。但拙劣歌者不二取載一之。（20・四四〇一～四四〇三左注）

二月廿三日、上野国防人部領使大目正六位下上毛野君駿河進歌数十二首。但拙劣歌者不二取載一之。（20・四四〇四～四四〇七左注）

（陳二防人悲別之情一歌一首并短歌）　（20・四四〇八～四四一二題詞）

（二月二十三日、兵部少輔大伴宿禰家持）　（同左注）

二月廿九日、武蔵国部領防人使掾正六位上安曇宿祢三国進歌数廿首。但拙劣歌者不二取載一之。（20・四四一三～四四二四左注）

右の歌群の間には、時間軸に従って家持の歌が併せ収められている。左注に記された「但拙劣歌者不二取載一之」に、「編集者（編纂者）家持」を想起することは難しくない。

重要なのは、巻二十に選びとられた防人歌に表される内容であろう。家持歌には、防人を停止したいと願う大伴家が、防人の窮状を知らせるためとの指摘がある。[11] しかし、それを歌で表す必要は認められない。二十巻を読み通す中には、大伴という限られた氏族の歴史や背景を持たない人々にも、理解の得られる内容が求められる。

「追二痛防人悲別之心一作歌一首　并短歌」に表された「防人」に目を向けてみる。

大君の　遠の朝廷と　しらぬひ　筑紫の国は　敵守る　おさへの城そと　聞こし食す　四方の国には　人さはに　満ちてはあれど　鶏が鳴く　東男は　出で向かひ　顧見せずて　勇みたる　猛き軍士と　ねぎたまひ　任けのまにまに　たらちねの　母が目離れて　若草の　妻をもまかず　あらたまの　月日数みつつ　葦が散る　難波の三津に　大船に　ま櫂しじ貫き　朝なぎに　水手整へ　夕潮に　梶引き折り　率ひて　漕ぎ行く

君は　波の間を　い行きさぐくみ　ま幸くも　早く至りて　大君の　命のままに　ますらをの　心を持ちて
あり巡り　事し終はらば　障まはず　帰り来ませと　斎瓮を　床辺に据ゑて　白たへの　袖折り返し　ぬば
たまの　黒髪敷きて　長き日を　待ちかも恋ひむ　愛しき妻らは　（20・四三三一）
ますらをの　靫取り負ひて　出でて行けば　別れを惜しみ　嘆きけむ妻　（20・四三三二）
鶏が鳴く　東男の　妻別れ　悲しくありけむ　年の緒長み　（20・四三三三）

冒頭には、「大君の　遠の朝廷と」としての筑紫の国が、敵の侵入を防ぐ押さえの城であると位置づけられる。そこに出かけるために選ばれた者たちが勇ましい東男になる。大君の命のままに、母とも妻とも離れて出かけゆく姿が表されている。

こうした内容は、守として越中国に赴任した家持にも、「庭中花作歌一首　并短歌」（18・四一一三〜四一一五）に、

大君の　遠の朝廷と　任きたまふ　官のまにま　み雪降る　越に下り来　あらたまの　年の五年　しきたへの　手枕まかず　紐解かず　丸寝をすれば（後略）　（18・四一一三）

と、「越」が「大君の　遠の朝廷と」位置づけられている。「筑紫」が「敵守る　おさへの城」であったかわりに「越」は「み雪降る」地と表される。国の位置づけは異なるが、任地へ大君の命のままに赴く姿勢は、「家持」にも「防人」にも大きな差はない。家を離れると、置いてきた家族が偲ばれることも共通している。

「難波の三津に」から筑紫に赴く船の様子は、「丹比真人笠麻呂、筑紫国下時、作歌一首」（4・五〇九）に「朝なぎに　水手の声呼び　夕なぎに　梶の音しつつ　波の上を　い行きさぐくみ　岩の間を　い行きもとほり」とある表現に近い。遣唐使を送る「好去好来歌」（5・八九四）に、「事終はり　帰らむ日には」と詠まれ、「大伴の三津の浜辺に　直泊てに　み船は泊てむ　障みなく　幸くいまして　はや帰りませ」と願われる様子も前掲歌に認められる。家に待つ妻は、「讃岐狭岑島、石中死人見、柿本朝臣人麻呂作歌一首」（2・二二〇）に、「おほほし

く　待ちか恋ふらむ　愛しき妻らは」と詠まれている。こうした歌を参考に詠まれていることは、これまでも議論されてきた。論じられてきたのは、歌の作り手として家持の作歌動機や歌の作り方であった。それは、大伴氏を背負う天平貴族家持が表した「防人文学」として読まれてきた(12)。

家持論（歌人論）としては、こうした見方に変更はない。また、二十巻をひと続きの歌集として読み通してみても、家持歌に表された「防人」は、天皇の命のまま筑紫に向かう様子が表されている。それによって、妻や母との別れや悲しみが、地方に赴く古代律令官人たちのそれと同じように表現されていることが留意される。「防人」が、天皇を中心とする古代律令社会を支える理念の中に定位されているからである。だからこそ、巻二十は、天平勝宝七歳に行われた防人の検校も、時間軸の中に展開された宮廷のできごととのひとつとして表現することができている。例外的に見る必要はない。

巻二十に表された防人歌を、このように理解することが可能になると、巻十三が多くの長歌とともに、

この月は　君来まさむと　大船の　思ひ頼みて　いつしかと　我が待ち居れば　もみち葉の　過ぎて去にきと　玉梓の　使ひの言へば　蛍なす　ほのかに聞きて　大地を　炎と踏みて　立ちて居て　行くへも知らず　朝霧の　思ひ迷ひて　丈足らず　八尺の嘆き　嘆けども　験をなみと　いづくにか　君がまさむと　天雲の　行きのまにまに　射ゆ鹿の　行きも死なむと　思へども　道の知らねば　ひとり居て　君に恋ふるに　音のみし泣かゆ　（13・三三四四）

反歌

葦辺行く　雁の翼を　見るごとに　君が帯ばしし　投矢し思ほゆ　（13・三三四五）

右二首、但、或云、此短歌者防人之妻所レ作也。然則、応レ知二長歌亦此同作一焉。

のような、防人妻の歌かという伝承を記すことも理解しやすい。巻十四の「防人歌」が、

置きて行かば　妹はまかなし　持ちて行く　梓の弓の　弓束にもがも　（14・三五六七）
後れ居て　恋ひば苦しも　朝狩の　君が弓にも　ならましものを　（14・三五六八）
右二首、問答。
防人に　立ちし朝明の　金門出に　手離れ惜しみ　泣きし児らはも　（14・三五六九）
葦の葉に　夕霧立ちて　鴨が音の　寒き夕し　汝をば偲はむ　（14・三五七〇）
己妻を　人の里に置き　おほほしく　見つつぞ来ぬる　この道の間　（14・三五七一）

のように、防人歌らしくないとする歌を収めていることにも違和感がない。そればかりか、二十巻の中に「東歌」が収められている理由も、同じ論理の中に理解することが可能になる。都も鄙も隔てなく広がる歌世界を表することが目指されているのである。巻二十にこのことが表されたことで、以前の巻も同じ考え方の中にあることが了解される。

こうした防人歌への関心が、「家持」のものとしてだけ表されていないことにも留意したい。

右八首、昔年防人歌矣。主典刑部少録正七位上磐余伊美吉諸君抄写、贈二兵部少輔大伴宿禰家持一。（20・四四二五～四四三二左注）

には、「磐余伊美吉諸君」が防人歌を「抄写」していたことが、「家持」を介して伝えられている。

昔年相替防人歌一首　（20・四四三六題詞）
先太上天皇御製霍公鳥歌一首日本根子高瑞日清足姫天皇也　（20・四四三七題詞）
薩妙観応レ詔奉レ和歌一首　（20・四四三八題詞）
冬日幸二于靫負御井一之時、内命婦石川朝臣応レ詔賦レ雪歌一首諱曰二邑婆一　（20・四四三九題詞）
于レ時、水主内親王寝膳不レ安、累日不レ参。因以二此日一、太上天皇勅二侍嬬等一曰、為レ遣二水主内親王一、賦レ雪作レ歌奉献者。於レ是、諸命婦等不レ堪レ作レ歌、而此石川命婦独作二此歌一奏之。

右件四首、上総国大掾正六位上大原真人今城伝誦云尓。年月未詳。　（20・四四三六〜四四三九左注）

には、大原真人今城の伝誦する歌の中に防人歌が含まれていたことを、やはり「家持」が伝えている。(13)

このような傾向を辿ってみると、巻に「主題化された家持」が表しているのは、「家持」という個人だけではない。社会に認められた存在として防人歌を表している。

巻二十には、都はもちろん、東国という地方を含めた歌が、同じ時間軸の中にひとつの世界として表現されている。

三　永遠への憧れを主題とする『万葉集』

巻十七から巻二十に「主題化された家持」は、自らを歌の作り手として表すだけでなく、編集者（編纂者）として、防人歌までを含め、時間軸に沿う歌世界を表そうとしていた。

ここでは次の歌群にその具体的な在り方を確認しておく。

（天平宝字二年）二月、於二式部大輔中臣清麻呂朝臣之宅一宴歌十五首

恨めしく　君はもあるか　やどの梅の　散り過ぐるまで　見しめずありける　（20・四四九六）

右一首、治部少輔大原今城真人。

見むと言はば　否と言はめや　梅の花　散り過ぐるまで　君が来まさぬ　（20・四四九七）

右一首、主人中臣清麻呂朝臣。

はしきよし　今日の主人は　磯松の　常にいまさね　今も見るごと　（20・四四九八）

右一首、右中弁大伴宿禰家持。

我が背子し　かくし聞こさば　天地の　神を乞ひ禱み　長くとそ思ふ　（20・四四九九）

右一首、主人中臣清麻呂朝臣。

梅の花　香をかぐはしみ　遠けども　心もしのに　君をしそ思ふ　（20・四五〇〇）

右一首、治部大輔市原王。

八千種の　花はうつろふ　常磐なる　松のさ枝を　我は結ばな　（20・四五〇一）

右一首、右中弁大伴宿禰家持。

梅の花　咲き散る春の　長き日を　見れども飽かぬ　磯にもあるかも　（20・四五〇二）

右一首、大蔵大輔甘南備伊香真人。

君が家の　池の白波　磯に寄せ　しばしば見とも　飽かむ君かも　（20・四五〇三）

右一首、右中弁大伴宿禰家持。

愛しと　我が思ふ君は　いや日異に　来ませ我が背子　絶ゆる日なしに　（20・四五〇四）

右一首、主人中臣清麻呂朝臣。

磯の裏に　常夜日来住む　鴛鴦の　惜しき我が身は　君がまにまに　（20・四五〇五）

右一首、治部少輔大原今城真人。

一首目は、宴に招かれた大原今城が、宴の主人、清麻呂に対して、庭の梅が散り終わってしまうまで見せてくれなかったことへの恨み言を述べるところからはじまる。清麻呂は二首目で、今城が見せて欲しいと言えば断ることはなく、むしろ梅が散りすぎるまで来なかった相手を責めている。親しい間柄ならではの、少しふざけた明るい挨拶にはじまる。

三首目は大伴家持が、主清麻呂に磯の松のような長寿を期すと、清麻呂が四首目で、そのように言ってくださるなら、天地の神に祈って長く生きたいと望む気持ちを返している。

以下はこれに続く形で、市原王が五首目に梅の花の香りを話題にして、離れていても主人清麻呂を思う気持ちを詠むと、大伴家持が六首目にその永遠を願って松を結ぶ動作を詠み込んでいる。七首目では甘南備伊香が、春の長き日に見飽きることのない清麻呂邸の庭の磯を寿ぐと、八首目で家持が、磯に寄せる白波のようにしばしでも見飽きることのない主人を詠み込んでいる。

こうした思いに主清麻呂が、九首目で愛しい人ならでは、毎日でも通い続けて絶えないようにとの関係の継続を願う歌を詠み応えている。

そして十首目には、冒頭で恨み節を披露して場を和ませた今城が、今度は磯に住む鴛鴦に扮して、すべては主人清麻呂様の思いのままにと、従いゆく姿を演じて歌群が閉じられている。

ここに集う者たちは、「反仲麻呂を心に秘したいわゆる中道派(14)」と位置づけられている。清麻呂の薨伝に「仲満平きて後」（『続日本紀』延暦七年（七八八）七月二十八日条）と記される内容はこれに符合する。

ただ、当該歌群は主人清麻呂を慕い集う者たちの明るく和やかな空気を伝えてはいても、「反仲麻呂を心に秘した」ような思いまでを表してはいない。続く、

依レ興、各思二高円離宮処一作歌五首

高円の　野の上の宮は　荒れにけり　立たしし君の　御代遠そけば　（20・四五〇六）

右一首、右中弁大伴宿禰家持。

高円の　尾の上の宮は　荒れぬとも　立たしし君の　御名忘れめや　（20・四五〇七）

右一首、治部少輔大原今城真人。

高円の　野辺延ふ葛の　末つひに　千代に忘れむ　我が大君かも　（20・四五〇八）

右一首、主人中臣清麻呂朝臣。

延ふ葛の　絶えず偲はむ　大君の　見しし野辺には　標結ふべしも　（20・四五〇九）

右一首、右中弁大伴宿禰家持。

大君の　継ぎて見すらし　高円の　野辺見るごとに　音のみし泣かゆ　（20・四五一〇）

右一首、大蔵大輔甘南備伊香真人。

には、歴史学の側から、

孝謙、光明皇太后そして藤原仲麻呂の専制時代だけに、二年前のその死の時よりも、哀悼の想いはいっそう深かったのである。清麻呂はもとより伊香、今城にとっても、その感慨は変わりない。さらにいえば、それは家持と朋友の青春時代と重なるが、いまは繁栄の傍観者であり、政治的な相克の泥をかぶってしまっている。宮廷に大きな希望をつなぎ得ず、顔を現在にそむけて、過ぎ去りしよき時代をひたすら懐かしむ彼らであった。[15]

との発言があり、その影響は文学研究の側においても、

政争の激しい当世、あの頃は佳き時代であった、暗に通じ合うその厚い思いを、高円の離宮処《とつみやところ》を通して詠んだのがこの五首[16]

と受け止められてきた。

しかし、右の五首に、そこまでの時世は表されていない。続いて掲載された、

属㆓目山斎㆒作歌三首

鴛鴦の棲む　君がこの山斎　今日見れば　あしびの花も　咲きにけるかも　（20・四五一一）

右一首、大監物御方王。

池水に　影さへ見えて　咲きにほふ　あしびの花を　袖に扱入れな　（20・四五一二）

右一首、右中弁大伴宿禰家持。

磯影の　見ゆる池水　照るまでに　咲けるあしびの　散らまく惜しも　（20・四五一三）

右一首、大蔵大輔甘南備伊香真人。

までを視野に入れると、あくまでも清麻呂邸に集う者たちが、清麻呂を祝い、先帝を讃えて偲び、文雅を楽しむ様子が表されている。

つまり、歌の背後に捉えられる政治がどのようなものであったにしても、二十巻に収められた歌には、天皇や古代律令社会を批判するような表現は認められない[17]。御代が変わろうとも、皇統は讃美すべき対象として表されていることを重視すべきであろう[18]。

二十巻に表される歌世界とは、現実的な政治をそのまま反映するものではない。あくまでも、古代律令社会が理想とする理念に支えられている。天皇が常に政治の中心にあることが肯定されるように表現されている。

もちろん、二十巻はそれだけを表す歌集ではない。時間が経過する中に起きる、さまざまなできごとに応じて、喜びや悲しみが歌に表されている。ただ、その喜びが大きければ大きいほど、その状態が長く続くことが願われる。逆に、深い悲しみに包まれたら、そこから抜け出すために、未来が願わずにはいられない（本書第四部に詳しい）。公に私に、さまざまな歌が数多く詠み表されているところには、個々の主題が求められる。それをひとつの歌世界に結んでいるのが「主題化された家持」の存在なのであろう。その「家持」をも大きく包み込んでいるのが、天皇を中心とすることを理想とする古代律令社会に表された歌世界であるといえる。

巻二十の末尾に表された次の歌も、

三年春正月一日、於二因幡国庁一、賜二饗国郡司等一之宴歌一首

新しき　年の初めの　初春の　今日降る雪の　いやしけ吉事　（20・四五一六）

右一首、守大伴宿禰家持作之。

と、一年を言祝ぎ、永遠の繁栄が願われている。

二十巻がこの歌をもって閉じることが、意図されたものであってもなくても、それは大きな問題にならない。二十巻が述べてきた内容を主題にしているなら、他の歌が置かれても、結果は、同じことになろう。述べてきた内容が二十巻の主題とされていることは、『万葉集』という書名が顕著に表しているように思われる。

おわりに

二十巻をひとまとまりの歌集として読み通す中に、巻十七は天平十六年（七四四）以前の歌世界を、「寧楽宮前期」として受け止め、天平十八年（七四六）以降を「寧楽宮後期」とでも呼ぶべき歌世界として表していた。時間軸に沿って多様に詠まれている歌世界をひとつの世界として繋いでいるのが「主題化された大伴家持」である。歌に表された「家持」は、時間軸に沿って表された歌の世界の中に、自らの歌を正当に位置づけようとしている。また、歌に表された「家持」には、個人が表現されながら、多くの官人たちの中のひとりであることが主張されている。歌に表された「家持」を介して、天皇を中心とする古代律令社会が包み込む歌世界を表す構想が認められる。

巻を読み進めてゆくと、巻十九に家持の歌作りの頂点が指摘される。家持論としては認められるが、二十巻は

「家持」の一代記を表すことを主題にしていない。巻十九に立ち止まることなく、巻二十までが読み通されるように表現されている。

巻二十を編集（編纂）する「家持」は、天平勝宝七歳（七五五）の防人歌をも選び収載している。「家持」はその「防人」が、天皇の命のまま筑紫に向かう姿を詠み込み、妻や母と別れる悲しみを、地方に向かう古代律令官人のそれと同じように表した。「防人」が、天皇を中心とする古代律令社会の理念の中に位置づけられたことで、巻二十は都を中心としながら、東国という地方までを視野に入れて、ひとつの歌世界を表していた。そのように理解すると、巻十三に防人妻の歌が伝承されていたり、巻十四に防人歌らしからぬ「防人歌」が収められていることにも説明を与えることができる。

防人歌への関心は、「家持」という個人に留まることがないように表されていた。

その他にも、二十巻には、個々の事情に応じた喜びや悲しみが多く歌に表されている。喜びは大きければ大きいほど、その継続の永遠が願われる。悲しみの先には明るい未来が求められる。天皇を中心とすることを理想とする古代律令社会の中に、そのすべてを包み込むような編集方針が志向されている。その継続こそが、二十巻を『万葉集』と呼ばせてゆくと考えられる。

【注】

（1）市瀬雅之「巻十三の享受と編纂」（『万葉集編纂論』おうふう、二〇〇七年、初出は二〇〇一年九月）を一例にあげておく。

（2）家持が妻大伴大嬢以外の女性と交わした相聞歌は、平群女郎を除くと、
笠郎女　巻三（3・三九五～七）巻四（4・五八七～六一〇）巻八（8・一四五一）

〈4・六一一～二〉　〈8・一六一六〉
山口女王　〈4・六一三～七〉　〈8・一六一七〉
大神女郎　〈4・六一八〉　〈8・一五〇五〉
中臣女郎　〈4・六七五～九〉
河内百枝娘子　〈4・七〇一～二〉
粟田女娘子　〈4・七〇七～八〉
紀女郎　〈4・七六二～三〉　〈8・一四六〇～一〉
〈4・七六四〉　〈8・一四六二～三〉
〈4・七六九〉　〈8・一五一〇〉
〈4・七七五〉
〈4・七七六〉
〈4・七七七～八一〉
藤原郎女　〈4・七六六〉
巫部麻蘇娘子　〈8・一五六二〉
〈8・一五六三〉
日置長枝娘子　〈8・一五六四〉
〈8・一五六五〉
安倍女郎　〈8・一六三一〉

のように、すべて巻十六以前に整理されている。平群女郎との贈答歌群は、これらに準じて早い時期に整理されている。そうすることで、巻十六以前の相聞歌をも回顧させている。以後は、こうした関心とは異なる視点を表すことを構想している。

（3）代表的な著作として、川口常孝著『大伴家持』（桜楓社、一九七六年）と小野寛著『大伴家持研究』（笠間書院、一九八〇年）をあげておく。

（4）市瀬雅之著『大伴家持論―文学と氏族伝統―』（おうふう、一九九七年）

（5）市瀬雅之「出金詔書―大伴・佐伯氏の伝統顕彰の意義―」「『出金詔書歌』の詠作動機」（ともに前掲注4書、初出一九九六年三月）に顕著な例を述べた。

（6）鉄野昌弘著『大伴家持「歌日誌」論考』（塙書房、二〇〇七年）。神野志隆光「『万葉集』の中に編集された家持―『歌日記』の意味」（『大伴家持研究の最前線』〔高岡市万葉歴史館叢書23〕二〇一一年三月）

（7）村田正博「家持の選択」（『萬葉の歌人とその表現』清文堂出版、二〇〇三年、初出は一九九二年五月）

（8）澤瀉久孝「萬葉集の巻々の性質」（『萬葉集大成』第一巻　平凡社、一九五三年）。伊藤博「家持歌集の形成」（『萬葉集構造と成立』〔下〕塙書房、一九七四年、初出は一九六九年一一月）は、こうした見方を、

　巻十九が、歌人家持に特視された巻であり、その作歌の到達点、その歌巻の代表または象徴と考えられたとするならば、家持歌巻は巻十九をもって終っているべきでないかという疑問につきあたる。いかに価値ありと認識されたからといって、一団をなして等しく萬葉集の末尾を占有するに至った末四巻の中にあって、中途の巻十九だけが書き換えを受け、その不自然を物ともせずにいるということは、何としても尋常ではない。巻十九が中途の巻であること、いいかえれば、家持歌巻の残英である巻二十がその後に続き、萬葉集そのものが二十巻によって構成されているという、このあまりにも当然なことが、ここで巨大な不審となってわれわれにのしかかってくるのである。

　この不審に関連して、萬葉集が二十巻で構成されているという厳粛な事実、家持歌巻といわれる末四巻が萬葉集のいわゆる第二部を構成しているという事実、このことの束縛からいっそのこと解放されてみたらどうか。いうならば、末四巻を萬葉集そのものから断絶せしめ、家持歌巻そのものとして考えてみるのである。

　この立場に立つとき、巻二十を捨ててしまうという処置が許される。われわれの意識においてばなりでなく、家持自身の認識において、巻十九がその歌巻の記念塔であり巻二十は残英以外の何ものでもありえない以上、家持歌巻の次元において巻二十を切り落すことは、無謀ではありえない。

と支持した。ただし、『萬葉集釈注』では、これを否定する立場に見方を変更している。

（9）山﨑健司「家持『歌日記』から万葉集へ」（『大伴家持の歌群と編纂』塙書房、二〇一〇年）

（10）山﨑前掲注9書。

(11) 吉永登「防人の廃止と大伴家の人人」(『万葉　文学と歴史の間』創元社、一九六七年、初出は一九六六年七月)
(12) 市瀬雅之「防人文学の完成」(前掲注1書、初出は二〇〇三年七月)
(13) 市瀬雅之「大原真人今城関係歌群」(『万葉集編纂論』おうふう、二〇〇七年)
(14) 橋本達雄著『天平の孤愁を詠ず　大伴家持』〈王朝の歌人2〉(集英社、一九八四年)
(15) 北山茂夫著『大伴家持』(平凡社、一九七一年)
(16) 伊藤博著『萬葉集釋注』(集英社、一九九八年)
(17) その編纂者に家持という個人を求めると、「氏族伝統」に基づいて巻を編む姿が見出された(市瀬雅之「家持の氏族意識」『大伴家持論―文学と氏族伝統―』おうふう、一九九七年)。「氏族伝統」を支える社会から捉え返すと、「天皇を中心とする古代律令社会のもっとも理想的な姿を、宮廷社会で詠まれた歌を用いて巻に編もうとする」主題が見通される(本書第二部第二章第一節)。
(18) 市瀬雅之「墓誌を残す石川年足」(『北大阪に眠る古代天皇と貴族たち―記紀万葉の歴史と文学』梅花学園生涯学習センター、二〇一〇年、初出は二〇〇九年二月)。市瀬雅之「『中臣の里』茨木―古代史と文学の研究から観光の提案まで―」(梅花女子大学『文化表現学部紀要』七、二〇一一年三月)

第三部

部類歌巻の編纂と構想

城﨑陽子

第一章

「部類歌巻」という志向

はじめに

『万葉集』における従来の「編纂論」とは、『万葉集』という作品がどのように構成され、形成されてきたかということを段階的に考えていくことを指していた。しかし、「編纂論から何が見えるか」という『万葉集』の現在ある姿――これを現態と呼ぶ――を前提とするテーマを設定した場合、これまで段階的に考えられてきた編纂論ではその解決を図ることはできない。それは、『万葉集』がなぜこうあるか、そして、何を示しているのかという根本的な命題に立ち返って考えてみることで解決される問題であるからだ。言い換えれば、これまで段階的な現象として捉えられてきた形成の問題を、享受の問題として捉え返し、「テキストの現態から何がみえるか」を探ることで新たな編纂論を構築していかなければならないということである。『万葉集』において、歌が類聚されて配列され、編まれるという現象に、「編者」と「素材（歌）」の問題だけではなく、「志向（構想）」を読みとることで拓く新たな編纂論は、『万葉集』を受け止めていく歴史の一歩でもあると考える(1)。

第三部においては、これまでの研究史のなかで「作者未詳歌巻」と通称されてきた巻々を「部類歌巻」と呼び換え、歌だけを見つめてこれを部類するという行為が『万葉集』の編纂においてどのような志向（構想）もつのか――どのような部類認識をもつのか――を考えることとする。この時、これらの巻がいかなる「つながり」をもって現態を構成しているかというガイドラインについては、本書第二部第三章第一節、第二節に拠ることとするが、この「つながり」について、「部類認識の深化」というキーワードによって、第三部においても考察を加えることを試みる。「つながり」によって、ゆるやかに連関しつつ現態を保ちながらこれらの巻がもつ『万葉集』全体の編纂へと向かう志向（構想）を明らかにすることを第三部の目的とする。ちなみに、ここでいう「つながり」とは部類歌巻相互の関連性を指す。これは、「いかに部類するか」という部類認識の問題を指標としており、段階的に形成されたであろう『万葉集』の、現態からうかがうことのできる関連性であることから、厳密的なものではない。しかし、部類歌巻は、部類認識によってゆるやかにつながっているのであって、この「ゆるやかなつながり」が、現態としての『万葉集』における「部類歌巻の存在意義」ともなっているのである。

一　「部類歌巻」という志向

第三部で主にあつかう「部類歌巻」は巻七、巻十、巻十一、巻十二、巻十三、巻十四の六巻を指す。従来、当該の六巻は「作者未詳歌巻」と呼ばれてきた。(2) これは、「作者が未詳である」という巻々の実態をとらえている呼称ではあるが、「作者のわからない歌を集めた」という印象も強い。そこで、むしろこうした巻を様々な歌の事情を払拭し、歌の様式や表現によって歌を部類した巻ととらえ、「部類歌巻」と呼び換えた。この主張は、これらの巻には「素材（歌）」だけを見つめて巻を編纂しようとする「編者の志向（構想）」を端的にうかがうことができ、こうした部類意識に支えられた巻を作者名の有無による「作者未詳歌巻」と呼ぶことはできないと考える立場から生じている。「素材（歌）」だけを見つめようとする巻は、歌を類聚することを目的として編まれているのであり、作者や作歌事情を示すことで、歌の位置付けをはかろうとした他の巻とは区別されるべきものである。さらに、「素材」に注目して編纂された巻における作者名の有無は、その巻の志向（構想）を端的に示す要素ではないと考えるからである。

さて、従来の編纂論は「どのように編んだか」ということを明らかにするものであった。ここで、「どのように編んだか」ということは「編む」という「過程」を構造的に考察していることと等しい。しかし、「なぜ部類歌巻を編んだのか」という根本的な問題に立ち返って『万葉集』の編纂を再検討しようとするとき、そこには

「歌を詠う（作る）」ということを抜きにしては考えられない強い動機があったのではないかと推論することができる。この、「なぜ編むのか」という視点からの編纂論を考えることで、部類歌巻を含む『万葉集』各巻が相互に影響しつつ成立したことを「編者の志向（構想）」というレベルでとらえることができ、従来の構造的な編纂論では解くことのできなかった『万葉集』の編纂を考えることができるのではないかと目論む次第である。

部類歌巻における研究史のなかでこれらの巻も、雑多な歌を類聚したのではなく、「編纂」という意図のもとにあることを比較的早くに指摘したのは徳田浄「諸巻成立攷篇」である。(3) 徳田論文は、巻七、十、十一、十二の作者不明の巻の編集を「或る心使い」のもとに行われたであろうことを指摘し、そこに「編纂」の意図を読みとろうとした。また、後藤利雄「成立過程と最終編纂」は部類歌巻の編纂意図をさらに具体化し、「五部立制」のある巻――巻十一、十二、十三、十四の四巻――は共通する方針のもとに編纂され、五部立制のない巻――巻七と巻十――の編纂時期は前掲四巻とは隔たりをもつことを示した。(4) こうした論の集大成としてあるのが伊藤博「古今歌巻の論」で、部類歌巻全体は「古」と「今」が対応し、対比されて成り立つ「古今倭歌集」であることを主張した。(5) 各論の妥当性についてここであらためて論じることはしないが、『万葉集』全体の三分の一を占める部類歌巻を「なぜ編んだのか」ということについて考察することは、『万葉集』全体の志向（構想）を考えるうえで欠くことはできない。

ところで、部類歌巻の内実については、集積されたということの意図を問うのではなく、何が集積されているのかという点が注目されてきた。例えば扇畑忠雄「万葉集の無名歌の表現構造」が指摘するように、(6) 民謡的（口誦的）、地方的な性質をもち、素朴で類型的な代表的感動によって支えられている巻々であるとする解釈がある。こうした論から展開した作者層を明らかにしようとする論や、個別の巻ごとの歌々がどのような脈絡をもって並べられているかといった論もすでにある。例えば、森脇一夫論文(7)や中川幸廣論文(8)は巻十一、十二を中心に、両巻の歌は、天平期の貴族・官人層を中心とした知識人の作であることなどを語句のレベルで検討した。中川論文はさらに、巻十の季節歌の表現については、繊細であり、風雅さや擬人法といった表現技巧から中国文学の影響といった特徴があげられることも指摘している。(9)一方、阿蘇瑞枝「万葉集巻十の世界」は、巻十と、同じ季節部類歌巻である巻八との歌語の比較検討から、巻十の繊細さや風雅さがより明確にされていく反面、巻十の歌表現のすべてが趣味的、文学的な美意識で支えられている訳ではないといった、より詳細な検討を行っている。(10)また、原初的な環境の問題として歌垣等を中心とする歌そのものの検討から編纂を考える試みもなされている。(11)こうした内実の問題も、部類歌巻成立の過程を解明することと結びつき、編纂の様相を複合的に明らかにしようとするものではある。しかし、部類歌巻がなぜ現態のごとくあるのかという問題の直接的な解答とはなっていない。

部類歌巻の内実が明らかにされる一方でダイレクトに部類歌巻の「編纂」と取り組んだのが村瀬憲夫『萬葉集編纂の研究』である。(12)村瀬著の特筆すべき点は、部類歌巻相互の関連性を明らかにした点にある。巻十一と十二の関連性は言うまでもないが、これらと巻十三との関連性を「類歌」から明らかにし、作歌年代も比較的新しいことを指摘した。特に、当該の第三部第二章でとりあげる巻七の編纂は、巻十との関連性が阿蘇瑞枝論文によって早くに解かれてはいたが、(13)村瀬憲夫「巻七の場合」は巻七「雑歌」の前半と後半のつながりの弱さから、後半部と巻九の編纂が連動していたであろうことを解いている。(14)さらに、巻十一「問答」における柿本朝臣人麻呂歌集歌三首と巻七「雑歌」部における柿本朝臣人麻呂歌集歌一首の関連性など、部類歌巻の成り立ちがその巻に限るものではないことを明らかにした。こうした村瀬論文による個々の指摘は「歌を部類する」という行為が唐突に意識されたのではなく、段階的に意図されたことや、さらには、「歌を部類する」ということで、新たな編纂意図が加わっていった可能性を示している。そして、村瀬論文の指摘する「つながり」という意図が、部類歌巻の編纂と『万葉集』全体を成り立たせている志向（構想）の問題とを結ぶと考える。

具体的に、第三部では部類歌巻は一つの巻が一つの枠組みをもって構成され、その構成の基軸にある志向（構想）によって部類が施されているという基本的な見方をたて、歌をめぐる「場」と「時（季節）」――「環境」と言い換えてよい――、そして、「形式」と「技法」――「表現」と言い換えてよい――といった点に着目して論を進める。歌を「生態」として様々な側面から捉え、かつ、それぞれの巻で部類されている様を解くことで、部類歌巻と呼ぶこれらの巻にいかなる志向（構想）が働き、編纂されたのかということを明らかにする。

おわりに

ここまで、部類歌巻編纂の概要について研究史を中心に追い、第三部が意図することの大凡を述べた。部類歌巻の編纂が志向（構想）される根底にあるのは、「歌を詠う（作る）」という行為であり、この「歌を詠う（作る）」という行為が「素材（歌）」だけをみつめて編む巻を要請したことはゆるがない。そして、部類歌巻を「編む」ということは、歌を諸々の「部立」によって部類することであり、部類するということは、様々な歌の環境に寄り添って詠われた歌を「部立」というある種のテーマに沿って「整理整頓」することでもある。このことの契機は、ほかでもない、「歌を詠う（作る）」という行為が一方にあり、かつ、大量の歌を眼前にした編者が「整理整頓」することを必要とし、それを意図したからである。部類歌巻全体からいえば、「歌」というものを様々な角度から眺められるようにしようとする意図に基づいた作業であったと言い換えてもよいだろう。そして、ここに、「場にそくして詠う」という歌の本来的な意義を考え合わせる時、歌を「詠う（作る）」ことと、詠われた歌を「編む」ことを結果的に両立させることとなった部類歌巻の編纂動機――「なぜ編んだのか」ということは、やはり「詠う（作る）ため」という点にあったと結論づける他ないのではないかと考える。そして、「詠う（作る）

ため」に編まれた歌は「詠う（作る）ため」の「資料」――「作歌に資する」もの――として提供されることがより明確化された部類歌巻として『万葉集』というテキストの一部を占めていることになろう。[15]

それぞれの部類歌巻は、一巻を成すにあたり、おのおのが特徴を持っている。この特徴こそ、「作歌に資する」部類歌巻の「どのように資するのか」という「編まれた意図」を示している。歌は宴や野遊びといった集団行事のなかで社交的な人間関係を保つための手段であり、恋を醸成する手段であった。また、人と人とが「情」を交わし、その関係性を維持するために大量に作られたものでもある。逆に、そうした作歌の環境が増えるに従い、歌は大量に詠まれ、同時に歌を作るためのテキストが必要とされた。[16]そして、「作歌に資する」という動機のもと編纂された部類歌巻はこうした需要を支える「歌学びのテキスト」としても用いられ、「ゆるやかなつながり」を保ちながら二十巻の中に組み込まれていると考える。

こうした部類歌巻の志向（構想）は、同時に「歌とは何か」という問題を明確化することにもつながる。部類歌巻の志向の先には『古今和歌集』仮名序に「やまと歌は、人の心を種として、万の言の葉とぞ成れりける」とされた歌の定義へと至る過程が含まれている。『万葉集』部類歌巻の包含する志向は次代への萌芽でもあるのだ。

【注】

（1）「編者」「素材」「志向性（イデオロギー）」の三者が層をなして成り立つ編纂論のあり様は城﨑陽子『万葉集の編纂と享受の研究』（おうふう、二〇〇四年）に述べた。本書第二部で市瀬論文が述べるところの「構想」と、筆者がいうところの「志向」と、指し示す内容はほぼ等しい。

（2）万葉集の「作者未詳」の注は、「右歌、作者未詳」（巻一・五二、五三番歌左注）「作主未詳歌一首」（巻十六・三八三四番歌題詞）などとある。しかし、いわゆる「作者未詳歌巻」と呼び習わされている巻にこの呼称は見られない。このことから、「作者未詳」という認識が部類歌巻には該当しないのではないかと考える。

（3）徳田浄「諸巻成立攷篇」（『萬葉集成立攷』関東短期大学、一九六七年）
（4）後藤利雄「成立過程と最終編纂」（『万葉集成立論』至文堂、一九六七年）
（5）伊藤博「古今歌巻の論」（『萬葉集の構造と成立』〔上〕塙書房、一九七四年。初出は一九六四年一二月、一九七一年十二月）
（6）扇畑忠雄「万葉集の無名歌」（『萬葉集の発想と表現』桜楓社、一九八六年。初出は一九五二年三月）
（7）森脇一夫「万葉集十一・十二作歌年代考」（『万葉の美意識』桜楓社、一九七四年。初出は一九六五年三月）
（8）中川幸廣「巻十一・十二の論」（『萬葉集の作品と基層』桜楓社、一九九三年。初出は一九六五年、一九七〇年、一九七八年）
（9）中川幸廣「巻十の論」（『萬葉集の作品と基層』桜楓社、一九九三年。初出は一九七三年、一九七四年）
（10）阿蘇瑞枝「万葉集巻十の世界」（『万葉和歌史論考』笠間書院、一九九二年。初出は一九七六年三月）
（11）辰巳正明『万葉集に会いたい。』（笠間書院、二〇〇一年）
（12）村瀬憲夫『萬葉集編纂の研究』（塙書房、二〇〇二年）
（13）阿蘇瑞枝注10前掲論文参照。
（14）村瀬憲夫「巻七の場合」（『萬葉集編纂の研究』塙書房、二〇〇二年。初出は一九八二年三月）
（15）この時、部類歌巻が単独で流布したかどうかということについて、可能性としては考えられる。しかし、単独で流布していたことと、最終的に二十巻の中に収められることとは別の問題としてとらえておくこととする。
（16）早くに、折口信夫は巻十を評して「謡ひ棄てられた宴歌の類聚であつて、更に他の機会の応用に役立てようとしたのであらう」（「萬葉集研究」『折口信夫全集　第一巻　古代研究（国文学篇）』中央公論社、一九九五年。初出は一九二八年）としている。「他の機会の応用に役立て」るという指摘は、まさに部類歌巻の「作歌に資する」という発想を言い当てていると思われる。

第二章

「羈旅」という部類と編纂

第一節　「羇旅」という表現と場と

はじめに――編纂論における巻七の位置付け――

部類歌巻の中で、それを編むことの意図が比較的明確に示されているのは巻十、巻十一、十二、十四である。巻十は「四季部類」の巻であり、巻十一、十二は、目録に「古今相聞往来」と記されてもいるように、「恋の歌」を類聚し、部類した巻である。また、巻十四は巻の冒頭に「東歌」とあり、「東国」に関わる歌が集積、部類された巻である。これに対して、「なぜ編んだのか」という意図のつかみにくい巻が、巻七、巻十三である。このうち、本第三部第三章で触れる巻十三は、部類されている歌の多くが「長歌体」である。歌の形式に巻の特徴を見出すことができるとするならば、巻十三は長歌体の歌を類聚することを前提に巻を編んだのだという事になる。(1)このようにみてみると、巻七の編纂論における位置づけはきわめて曖昧であることに気づく。

これまでの編纂論における巻七の位置付けは大きく二説にわかれていた。「制作者明記・年代順」の構成原則を踏襲してきた巻六までとは構成原則を異にする「制作者不記・類題別」の構成原則をもって構成されているのが巻七であるという伊藤博「古今歌巻の論」(2)と、巻七を巻一から巻六までの「付載」とみ、「季節分類」を最新の構成原理として巻八からが新たな「部」であるとする中西進「万葉集の意識」の二つである。[3]

中西論文の論拠には巻七が資料段階で「制作者未詳歌群」であったとの見方があり、巻一から巻七は「最後に制作者未詳歌群を添えてすべてを終わる」という形をとっていたという考えによる。しかし、これは「部類歌巻」は「素材（歌）だけを見つめて巻を編纂する」という認識のもとに編纂された――もし、題詞や左注といった情報が付随していたとしても、これらを考慮することなく部類された――と考える本部の見解とはいささか意見を異にしている。[4] 巻七所収歌が有名歌人の作であったことを指摘した土井光知「『万葉集』諸巻の編集年代と編纂者」[5]や、巻七の資料群は巻七への編入に際し、題詞等を脱落せしめたとする渡瀬昌忠「非略体歌と題詞の有無」および「万葉集の巻々と題詞」も勘案すると、[6] ここでは伊藤論文を支持し、巻七は「構成原則の境」であると考えておく。言い換えるならば、『万葉集』全体からみる巻七は「作歌に資するために歌を部類する」という編纂動機が示された初めの巻と位置付けることができる。

一　巻七の分類

巻七を部類歌巻の筆頭として位置付けようとすると、当該巻の意義があらためて問われることとなる。まずは巻七の構成を示すところから論を進める。

［巻七］

雑歌　天を詠む（柿本朝臣人麻呂歌集所出歌一首）　月を詠む（一八首）

雲を詠む（三首中二首の柿本朝臣人麻呂歌集所出歌と一首の伊勢従駕作を含む）

雨を詠む（二首）　山を詠む（七首・三首の柿本朝臣人麻呂歌集所出歌を含む）　岳を詠む（一首）
河を詠む（一六首中二首の柿本朝臣人麻呂歌集所出歌を含む）　露を詠む（一首）　花を詠む（一首）
葉を詠む（柿本朝臣人麻呂歌集所出歌二首）　蘿を詠む（一首）　草を詠む（一首）
鳥を詠む（三首）　故郷を偲ふ（二首）　井を詠む（二首）　倭琴を詠む（一首）
吉野にして作る（五首）　山背にして作る（五首）　摂津にして作る（二十一首）
羇旅にして作る（九〇首中五首の柿本朝臣人麻呂歌集所出歌と七首の藤原卿作を含む）
問答（四首中鳥を詠む二首と海人を詠む二首）
臨時（一二首）
所に就きて思ひを発す（三首中二首の柿本朝臣人麻呂歌集所出歌を含む）
※「問答」以下一七首は古歌集所載。
物に寄せて思ひを発す（古歌集所出歌一首）
行路（柿本朝臣人麻呂歌集所出歌一首）
旋頭歌（二四首中二三首の柿本朝臣人麻呂歌集歌を含む）

譬喩歌

衣に寄する（三首）　玉に寄する（五首）　木に寄する（二首）　花に寄する（一首）
川に寄する（一首）　海に寄する（三首）
※以上一五首は柿本朝臣人麻呂歌集所出。
衣に寄する（五首）　糸に寄する（一首）　玉に寄する（一一首）　倭琴に寄する（一首）
弓に寄する（二首）　山に寄する（五首）　草に寄する（一七首）　稲に寄する（一首）
木に寄する（六首）　花に寄する（六首）　鳥に寄する（一首）　獣に寄する（一首）

雲に寄する（一首）　雷に寄する（一首）　雨に寄する（二首）　月に寄する（四首）
赤土に寄する（一首）　神に寄する（二首）　河に寄する（六首）　埋れ木に寄する（一首）
海に寄する（六首）　浦の沙に寄する（二首）　藻に寄する（四首）　船に寄する（五首）
旋頭歌（一首）
（二四首中或本の歌一首、羈旅の歌一首を含む）
挽歌

巻七は「雑歌」「譬喩歌」「挽歌」の大きく三つの「部立」に分けられる。このうち、「譬喩歌」については、本第三部第五章でも述べるが、歌表現の迫真性を追求した結果たてられた新しい部類基準であると考えると、(7)巻七の部類は「雑歌」「挽歌」が基本にあって、ここに「譬喩」の部類が加わり、さらに「何を詠うか」という意図にそって歌材を「～詠」「～寄」といった詠物題によって部類している巻であるということになる。(8)そして、これに、「どのように詠うか」というスタイル（型）を基準とする「問答」や「旋頭歌」といった部類が付随しているのが巻七の構成である。渡瀬昌忠「万葉集の巻七と巻十――雑歌部と人麻呂歌集――」は、巻七の特異性を「～詠」といった詠物題による分類配列にあるとする。そして、この配列の方式が漢籍等に影響された結果であり、かつ、こうした配列の基準になったのは人麻呂歌集非略体歌の配列基準であったという。(9)なお、漢籍等と部類歌巻の関係性は次節においても触れるが、「部類の契機」としては自明であり、これを超えた志向（構想）を問うことに編纂構想論としての目的があることはあらためて主張しておきたい。

さて、全体の構成を見直し、あらためて、巻七は何に「資する」目的で編まれたのかということについて考えてみる。繰り返しになるが、一つには、「歌を詠う（作る）」際に「歌材」を提供する巻であったということがいえよう。「雑歌」にしても「譬喩歌」にしても、「～詠」「～寄」といったスタイルで歌材を提示し、歌を部類していることの目的は、「歌材」を明示することにあったはずである。部類歌巻の最初に位置付けられた巻として、「歌材」を提供するという意図は部類歌巻のもつ志向（構想）の一つとしてあると考えられる。

ところで、巻七には歌材だけでない部類として、「羈旅」「行路」といった部類が存在している。この部類の、特に「羈旅」に関しては、歌の数からしても他の部類に比して偏っていることは明かである。「歌を詠う（作る）」行為に対し、歌材を提供することを編者の意図と考えたとき、「羈旅」という「環境」を基準とする部類のあり方についても考えておかねばならない。

巻七「雑歌」における「旅の歌」の偏在について、早くに言及しているのは渡瀬昌忠「巻七・十の分類と配列」である。(10)しかし、渡瀬論文は「羈旅」部のアンバランスは中国の辞書・類書・詠物詩などにも共通にみられる現象として特別視するにはあたらないとしている。それに対し、身﨑壽「万葉集巻七論序説」は、「それをアンバランスとうけとるのはわたくしたちの感覚で、万葉人にはまた別の感覚があったかもしれない」とし、「『旅』というものを自分たちの生活世界（ただし、非日常的な）のなかに位置付けようとする奈良朝貴族の積極的な意志がみてとられるべきではないだろうか」としている。(11)

身﨑論文は続けて、「詠物部」が「日常生活世界」の理念的な再構成の意義を担い、羈旅関係歌群は「非日常的生活世界」の理念的な再構成を担っていたと考え、そして、さらに、従駕応詔や羈旅叙情といった作品を多く含む巻六からの継続的な志向として、「『旅』への志向の顕在化」があることを示唆している。(12)しかし、「特定の地名」に拠って、詠われた「旅の歌」を部類するかと思えば、「羈旅」と一括して「旅の歌」を集合する、また一方で「行路」といった部類をたてるといった、一見、統一性のない部類のあり方については、今少し考えてみる必要があろう。

「行路」に部類される歌は「遠くありて雲居に見ゆる妹が家に早く至らむ歩め黒駒」（一二七一番歌）である。これを「帰途の情を詠う歌」ととらえるならば、例えば、同じ巻七の「羈旅」に部類されている一二四三番歌「見渡せば近き里廻をたもとほり今そ我が来る領巾振りし野に」の一首も同じ「帰途の情を詠う歌」ではある。しかし、一二四三番歌は「行路」に部類されていない。いうまでもないが、部類歌巻としての巻七全体の編纂を考える際に、この差異を所出資料の差異に置き換えて考えることはできない。むしろ、これは巻七の部類が志向（構想）するところの「あいまいさ」であるととらえるべきである。また、一二七一番歌の「妹に一刻も早く逢うことを願って、駒の歩みを叱咤する」という類想歌に巻十二・三一五四番歌「いで我が駒早く行きこそ真土山待つらむ妹を行きてはや見む」がある。巻十二において当該の歌は「羈旅発思」に部類されており、巻七において「羈旅」と「行路」を区別することの必然性がどこにあったのか判断に迷う。

こうしたことを考え合わせ、巻七のあり方を考えると、身﨑論文が「非日常生活世界」の再構成と指摘するほどの理念がここに存在したとみるのではなく、むしろ、「詠む」行為を「非日常生活世界」である「羈旅」という「環境」の問題とは切り離して考えられないという事情が、一時的に「羈旅」の一部としての「行路」という部類を生み出したと考えた方がよりわかりやすいのではなかろうか。

巻七の「羈旅」の部類は、五畿七道順に従った「統一体」としてまとめられているという村瀬憲夫「巻七雑歌部の編纂」の指摘もある。(13) このことは「羈旅」の歌は全体として「地名」によって部類されているということを意味する。巻七が何を「資する」のかということを考える時、「歌を詠う（作る）」という行為に対して「歌材を提供する」ということはその第一義であると考えられることから、村瀬論文の指摘に添って言えば、「地名」はその「歌材」を部類する最もわかりやすい「項目」であるという考え方ができる。このように考えると、巻七の「羈旅」という部類項目のあり様には「地名」という項目立てによって「歌材」が提供されると同時に、「旅の歌」という「環境」も提供されていると考えなければならないだろう。言い換えれば、巻七の「羈旅」部類は、

「何を詠うのか」という意図に加え、「どこで詠うのか」という意図も汲み取った部類になっているということである。

二　「旅の歌」を部類する意義――巻十二との関わりから――

「旅の歌」の存在を「作歌に資する」という部類歌巻全体の編纂意図に照らしたとき、「旅」をテーマに「何を詠うか」「どこで詠うか」という両面から「歌を詠む（作る）」という行為を支えるのが部類歌巻における「旅の歌」の意義ということになる。

この場合、「歌を詠う（作る）」という行為において、実際に旅にでているかどうかはあまり問題ではなかろう。身﨑論文のいう「非日常的生活世界」を設定し、「旅の歌を詠む」という目的の下に「歌材」を提供しているのが巻七の「羈旅」の部であり(14)、こうした「羈旅」の部類が存在することは、「旅の歌を詠う（作る）」という環境も多かったということでもある。その保証の一端を同じ部類歌巻の中で示すのが、「羈旅」が特立された巻十二である。次に、巻十二の構成を掲げる。

［巻十二］

正に心緒を述ぶる（一〇首）

物に寄せて思ひを陳ぶる（一三首）

※右の二三首は柿本朝臣人麻呂歌集所出。

正に心緒を述ぶる（一〇〇首）

物に寄せて思ひを陳ぶる（一三七首）
問答歌（二六首）
羈旅にして思ひを発す（五三首中柿本朝臣人麻呂歌集所出歌四首を含む）
悲別歌（三一首）
問答歌（一〇首）

巻十二の構成をみると、「正述心緒」と「寄物陳思」が部類の一つのユニットとなっていて、これが「柿本朝臣人麻呂歌集歌」とそうでないものとに細分化されている。そのユニットに「どのように詠うか」というスタイル（形式）を基準に部類した「問答歌」と「羈旅発思」が部類項目としてあがる。そして、この「羈旅発思」は、更に細分化された部類項目「悲別歌」と「問答歌」をもっている。従って、より厳密に言えば、「羈旅発思」――旅にあって、思いをおこして詠んだ――という部類項目は巻七でいうところの部類項目「羈旅」とイコールではない。巻十二の場合、巻七がいうところの「羈旅」に歌の契機としてより明確な「羈旅発思」の名称を与え、それをさらに「悲別歌」と「問答歌」に細分化しているとみなければならない。言い換えれば、巻十二の「羈旅発思」部類には「旅にして思うこと」に加え、「悲別歌」――別れの悲しみを詠う歌――と、「問答歌」――別れに臨んで情を交わす歌――を取り分けて部類してあるということになる。巻十二における「羈旅」に対する部類意識が巻七のそれよりもより明確化され、細分化されているということに他ならないだろう。このことは、巻七から巻十二への「羈旅」を中心に志向された部類認識の深化による「つながり」を示しているといえる。これを、「作歌に資する」という部類歌巻の意義に添って言い換えるならば、巻七において認識された「旅の歌」を「詠う」ことがより鮮明な表現や環境の問題を抱え込んだ結果、巻十二の部類が編者の部類認識として浮かび上がったともいえよう。このことは、一見個別的にみえる部類歌巻全体のつながりを暗示しているといってよい。

おわりに

巻七は「作歌に資するために歌を部類する」という編纂動機が示されたその初めの巻である。部類歌巻の意義を、「歌を詠う（作る）」際の資料提供の巻であるとするならば、巻七の意義は「地名」や「羈旅」といった項目によって類聚し、部類された点にあった。特に、巻七における「羈旅」という部類項目の存在は、「旅の歌」を詠うことの需要の高さを示すと同時に、「何を詠うのか」という意図に加え、「どこで詠うのか」という意図も汲み取った部類のあり方をも示すものであったと考えられる。

また、巻十二の部類から推して、巻七で部類項目としてたてられ、着目された「旅の歌を詠う（作る）」という行為は、巻七以後、より鮮明に歌の環境の問題を抱え込んで行くことにもなった。このことは、『万葉集』全体においても「詠う（作る）」という行為に「資する」部類歌巻相互の位相の中に部類認識の差異――この一方向的な位相を「深化」と呼んだ――を認めることとなる。また、「より鮮明な歌の環境」の問題は、例えば、季節ごとの宴といった環境を想定して、季節歌巻を生み出していく要因にもなる。そして、結果的にこれらの巻々が「ゆるやかなつながり」を保つことになるのである。巻七という部類歌巻が編まれたことは、「歌を詠む（作る）」ことの必然ではあったが、結果として「部類する」という行為の、「歌の環境」の問題を含めた「部立」の明確化や歌材のみで割り切れなかった部類の十全化――例えば巻十二の「羈旅発思」部のあり方や、巻八・十の季節による部類意識の成立――を促していくことになるのだ。こうした部類意識の展開相を「部類認識の深化」として以後の巻にみていくことになる。

【注】

（1）本書第三部第三章第二節参照。
（2）伊藤博「古今歌巻の論」（『万葉集の構造と成立』（上）塙書房、一九七四年、初出は一九六四年一二月、一九七一年十二月）
（3）中西進「万葉集の意義」（『成城国文学論集』一〇、一九七八年二月）
（4）本書第三部第五章参照。
（5）土居光知「『万葉集』諸巻の編集年代と編集者」（『古代伝説と文学』岩波書店、一九六〇年）
（6）渡瀬昌忠「非略体歌と題詞の有無」（『渡瀬昌忠著作集』第三巻、おうふう、二〇〇二年、初出は一九六二年八月）。「万葉集の巻々と題詞」（『渡瀬昌忠著作集』第三巻、おうふう、二〇〇二年、初出は一九六六年一二月）。
（7）本書第三部第五章参照。
（8）「譬喩歌」の部類が「雑歌」を「～詠」というスタイルに調えたとか、巻十の「～詠」スタイルが影響して、巻七「雑歌」を調えたとか、編纂の「過程」は様々に考えられるが、ここでは立ち入らない。
（9）これは、巻七の「雑歌」部が古歌集歌と補入された若干の人麻呂歌集歌から成るという渡瀬昌忠論文（「万葉集の巻七と巻十―雑歌部と人麻呂歌集―」（『渡瀬昌忠著作集』第五巻、おうふう、二〇〇三年、初出は一九七四年四月）に基づくが、これに対して、村瀬憲夫論文が疑問を呈している（「巻七雑歌部の編纂」『萬葉集編纂の研究』塙書房、二〇〇二年、初出は一九八二年三月）。ここでは、巻の成り立ちよりも、「どのように部類されているか」という点に着目し論を進める。
（10）渡瀬昌忠「巻七・十の分類と配列」（『渡瀬昌忠著作集』第五巻、おうふう、二〇〇三年、初出は一九八五年一〇月）
（11）身﨑壽「万葉集巻七論序説」（『萬葉集研究』第二七集所収、塙書房、二〇〇五年六月）
（12）身﨑壽注11前掲論文参照。身﨑のこの考え方は、「構成原則の境」としての巻七のあり方と一見矛盾するようにも見

える が、『万葉集』の「構成原則」と部類歌巻における「旅の歌」の必然性の問題は矛盾しないと考える。

(13) 村瀬憲夫注9前掲論文参照。

(14) 「旅の歌」という部類について、森淳司は、巻九を「旅の歌巻」と呼び（「万葉集巻九・大宝元年紀伊従駕歌群の構成」『語文』第四四輯、一九八一年三月）、村瀬憲夫論文はこの点に着目して、巻九と巻七との関連性を指摘している（村瀬憲夫注9前掲論文参照）。

第二節　「羇旅発思」の表現と環境と

はじめに――「旅の歌」と部類すること――

本節では前節に引き続き、巻十二の部類である「羇旅発思」について考察する。焦点は巻七において作歌の環境として再認識された「羇旅」が、巻十二においては「羇旅発思」とされ、さらにこれを「悲別」と「問答」に細分してあるのはなぜかという点にある。「恋の歌世界」において恋を醸成する手段としての歌は、「問答」という歌の相互歌唱によって「情」の深まりや進展をなしていく。「問答」という歌のスタイル（形式）は、恋をテーマとする男と女の間におけるあらゆる状況で想定される歌のスタイル（形式）であると考えることができるが、「悲別」の歌表現は巻十二の「羇旅発思」という歌世界をどのように保証するものであったのか。歌表現を具体的に追いながら、「悲別」というテーマから導き出される歌世界への編者の志向（構想）を結論として導きたいと考える。

「旅の歌」の存在を「作歌に資する」という部類歌巻全体の志向（構想）に照らしたとき、「旅」をテーマに「何を詠うか」「どこで詠うか」という両面から「歌を詠む（作る）」という行為を支えるのが部類歌巻における

「旅の歌」の意義ということになる。この場合、作歌する主体が実際の「場」にいるかどうかはあまり問題ではなかろう。この点について、身﨑壽「万葉集巻七論序説」は「旅の歌」を詠うことは、「非日常的生活世界」を設定していることと同義であるとする。(1)「旅の歌を詠む」という目的の下に「歌材」を提供する巻として最初期に成立するのが巻七の「羈旅」の部であることは前節において述べたが、こうした「羈旅」の部類が存在することの背景には、「旅の歌を詠う（作る）」という環境が多かったということでもある。その一端を同じ部類歌巻の中で示すのが、「羈旅」が特立された巻十二である。

あらためて巻十二の構成を掲げる。

［巻十二］

正に心緒を述ぶる（一〇首）
物に寄せて思ひを陳ぶる（一三首）
※右の一三首は柿本朝臣人麻呂歌集所出。
正に心緒を述ぶる（一〇〇首）
物に寄せて思ひを陳ぶる（一三七首）
問答歌（二六首）
羈旅にして思ひを発す（五三首）
※五三首中に柿本朝臣人麻呂歌集所出歌四首を含む
悲別歌（三一首）
問答歌（一〇首）

巻十二の構成をみると、「正述心緒」と「寄物陳思」が部類の一つのユニットとなっていて、これが「柿本朝臣人麻呂歌集歌」とそうでないものとに細分化されている。そのユニットに「どのように詠うか」というスタイルを基準に部類した「問答歌」と「羇旅発思」が部類項目としてあがる。そして、この「羇旅発思」は、更に細分化された部類項目「悲別歌」と「問答歌」をもっている。厳密に言えば、「羇旅発思」――旅にあって、思いをおこして詠んだ――という部類項目は巻七でいうところの部類項目「羇旅」とイコールではない。巻十二の場合、巻七がいうところの「羇旅」を、歌を詠う契機をさらに明確化して「羇旅発思」と名付け、それをさらに「悲別歌」と「問答歌」に細分化しているとみなければならないことは前章においても指摘した。言い換えれば、巻十二は巻七の「羇旅」に内在していた「悲別歌」――別れの悲しみを詠う歌――と、「問答歌」――「旅」という環境にあって詠いあう歌――を取り分けて部類してあるということになる。「羇旅」に対する「部類意識の深化」によって巻七の「羇旅」をより明確化、細分化して示しているということに他ならない。これを、「作歌に資する」という部類歌巻の意義に添って言い換えるならば、「旅の歌」を「詠う」ことがより鮮明な環境を抱え込んだ結果、巻十二の部類が編者の部類認識として浮かび上がったともいえよう。

ここで、用語について触れておきたい。「旅」の意である「羇旅」は、阮籍の「詠懐詩」など、用語としての典拠は少なくない(2)。平舘英子論文は万葉集中の「羇旅」は『左伝』荘公二十二年条にみえる「羇旅の臣」の故事に影響を受けていることを指摘し(3)、関谷由一論文は、こうした故事をベースにした発想を踏まえて「羇旅」の主題についての傾向を三点にまとめて指摘する(4)。ことの当否をここでは問わないが、「羇旅」がこうした漢詩文の故事を踏まえた上での部類と考えるならば、編者の部類認識の中にはそうした漢詩文からの影響も少なからずあったということになろう。

「羇旅発思」という部類は「羇旅（旅）」という状況下において「発思（思いを発すること）」したことをとりあげ

ての歌の部類、つまり「どこで、どう詠うか（どのように心情を表現するか）」によって歌を部類するのであり、これは同じ巻にある「正述心緒」や「寄物陳思」といった「何を、どう詠うか（どのように心情を表現するか）」という部類とは明らかに異なる。

巻十二全体は「正述心緒」や「寄物陳思」など、歌を「何を、どう詠うか」という前半部に、「どのように詠うか」という「問答」と「どこで、どう詠うか」という「羇旅発思」を加えた後半部が配列されている構成になっていると考えられる。さらに言えば、「羇旅」はその非日常性から選択された歌の環境と考えてよく、巻十二は万葉集の部類歌巻の中でも歌の表現と形式と場の三点を充足する構成をもった、「歌を詠う（作る）」ことのあらゆる局面に対応する巻として成立しているといえる。

繰り返しになるが、「どこで」という具体的な状況に「羇旅」が選択された必然性は「羇旅」という非日常の状況下における「旅愁」や「望郷」といった「情」が歌の環境とその表現として選択されるにふさわしいと編者が志向したからと仮定しておく。

そこで問題にすべきことは、「羇旅発思」という状況の中で、歌が「悲別歌」と「問答歌」に細分化される点であろう。「悲別」は「どう詠うか」という、「羇旅」という状況をさらに限定した状況と表現の問題を抱え込む部類であり、「問答」は「羇旅」という状況下において詠われる歌を形式に着目して部類した項目と考える。しかし、「羇旅」という状況の中で、さらに「別れ」を特化させる必然性を明らかにしなければ部類歌巻の編纂を解いたことにはなるまい。

「悲別」には女性が主体となって詠われている歌が多いことから、これを「女歌」ととらえ、「悲別」部類の必然性を「羇旅発思」の「男歌」に対する「女歌」であることに求める辰巳正明論文もあり、示唆的である。(5)「羇旅発思」の下位分類に「問答歌」の部類が並び立つ理由を「『問答』は歌のスタイルを部類したもの」と考えるならば、「悲別歌」を特立する理由は項目の呼称の差異のみならず、「別れの悲しみ」は何をもって表現されるものなのかということを視点として、歌表現にそって解かれなければならない。

一　別れの悲しみを詠うこと

一―一　「羈旅発思」と「悲別」の差異

①別れる

玉桙の　道に出で立ち　別れ来し　日より思ふに　忘る時なし　（羈旅発思・12・三一三九）

難波潟　漕ぎ出る船の　はろはろに　別れ来ぬれど　忘れかねつも　（羈旅発思・12・三一七一）

あらたまの　年の緒長く　照る月の　飽かざる君や　明日別れなむ　（悲別・12・三二〇七）

例に掲げた三首の歌は、いずれも「別れ」という一時点を想起あるいは回想しながら詠う歌である。「羈旅発思」の歌において「別れ」を詠う際には「道に出で立ち別れし日」（12・三一三九）のように「別れ」が起点となって思いの続くこと、あるいは「別れ」からの時間の経過を「はろはろ」と示しながらも、これを「忘る時なし」「忘れかねつも」と詠うことに主眼がある。一方、「悲別」では、「恋しい相手」を「照る月」に寄せて表現し、「明日別れなむ」（12・三二〇七）状況をこれに重ねて表現している。いずれも「別れ」を起点に「別れの悲しみ」を詠む歌であるにもかかわらず、部類を異にしている理由の一つは、表現主体の問題であろう。「羈旅発思」の二首は「別れ来」た「男」がこれを詠うのに対し、「悲別」の一首は「女」がこれを詠うという点、大きな差異と言わざるを得ない。そこには、「明日別れなむ」と言いつつも、別れた後に続く悲しみ、つまり「残された女が一人別れを悲しむ情」という、いわゆる「閨情」をテーマとして内包していると言い換えてもよかろう。

なお、「閨情」については、言うまでもないが、『芸文類聚』「人部十六」に「閨情」の項があり、そこに掲載されている『玉台新詠』等には多くの「閨情詩」が存在している。幾つか例をあげてみよう。

明月照高楼　流光正徘徊　上有愁思婦　悲嘆有餘哀　借問歎者誰　言是宕子妻　君若清路塵
妾若濁水泥　浮沈各異勢　会合何時諧　願為西南風　長逝入君懐　君懐時不開　賤妾當何依

当該の詩は曹植の「明月照高楼」と題する詩であるが、「宕子妻（旅に出ている者の妻）」が月に照らされた高楼で「愁思」し、そのあまりの「悲嘆」が募って「西南風」になって「君」の「懐」に入りたいと願う一首である。

行行重行行　與君生別離　相去萬餘里　各在天一涯　道路阻且長　会面安可知　胡馬嘶北風
越鳥巣南枝　相去日已遠　衣帯日已緩　浮雲蔽白日　遊子不顧返　思君令人老　歳月忽已晩
棄損忽復道　努力加餐飯

当該の詩は「行行重行行」と題され、『文選』には「古詩十九首」の一首として載るものであるが、『玉台新詠』には枚乗の作品とされている。当該作品には生きながら別離した悲しみを「衣の帯が緩くなった」ことで表現する。また、枚乗の作品「明月何皎皎」を模した劉鑠の「代明月何皎皎」にはその別離の情を「結思想伊人沈憂懐明発」と表現し、女が一晩中思い詰める様としてとらえている。いずれも女性が「別れの悲しみ」を詠うことで成り立つ表現であり、『万葉集』における「悲別」――「別れの悲しみ」や「別れた後の悲しみ」という部類――が「閨情詩」を享受した上での発想に拠って成り立つことは容易に推測される。しかし、「閨情」を「閨情」とせず、「悲別」と捉えたところに万葉びとの享受の様をみることもできる。『万葉集』における「悲別」という部類の目指すところは、「残された女が一人別れを悲しむ情」の中でも「別離」を悲しむことに特化しているということではなかろうか。今少し用例をみてみよう。

②悔しむ

かく恋ひむ　ものと知りせば　我妹子に　言問はましを　今し悔しも　（羇旅発思・12・三一四三）

草枕　旅行く君を　人目多み　袖振らずして　あまた悔しも　（悲別・12・三一八四）

別れたことを「悔しむ」ことは、ままならなかった現実を回想し、後悔の念にかられる心情を表現することである。別れを起点に「悔し」と詠うことの情感は男女ともに異ならない。しかし、「羇旅発思」の表現主体は「男」であり、「悲別」の表現主体は「女」であったことを考えあわせると、これも「残された女が一人別れを悲しむ情」を詠むことに主眼があると考えることができよう。ここにも、「羇旅発思」と「悲別」の部類における差異が存在すると考える。

③恋ひつつある

霞立つ　春の永日を　奥かなく　知らぬ山道を　恋ひつつか来む　（羇旅発思・12・三一五〇）

明日よりは　いなむの川の　出でて去なば　留まれる我は　恋ひつつやあらむ　（悲別・12・三一九八）

玉葛　幸くいまさね　山菅の　思ひ乱れて　恋ひつつ待たむ　（悲別・12・三二〇四）

後れ居て　恋ひつつあらずは　田子の浦の　海人ならましを　玉藻刈る刈る　（悲別・12・三二〇五）

一首目は既出の歌である。私は「知らぬ山道」を越えるのであるが、その行為は、「恋ひつつ」あることと連動している。同じことは二首目の「留まれる我」が「恋ひつつ」あることにも言えることなのであるが、後者の我は君が「明日より」「出でて去なば」「恋ひつつ」あるのであって、別れの様を想像し、その愁嘆場を嘆きつつ「恋ふ」ているのである。また「恋ひつつ」ある我は君の「幸」を祈るのであるが、一方で「思ひ乱れ」る毎日があることを嘆く（12・三二〇四）。また、「恋ひつつ」あるくらいなら、「海人にならましを」と詠う四首目には、「待つ」ことの辛さに「海人ならましを」と、衝動的ともいえるほど強い感情が吐露されていることがうかがえる。こうした感情の有り様は先に掲げた曹植の「風になって遠く離れた君の懐に入りたい」と願う情と相通じるものがある。さらには、磐姫皇后の「かくばかり恋つつあらずは高山の岩根しまきて死なましものを」（2・八六）といった歌表現のあり方とも通じ、風になって相手の懐に入りたいと願うのも、高山の岩を枕にしていっそ死にたいと思うのも、「残された女が一人別れを悲しむ情」と考えて良かろう。

さて、「残された女が一人別れを悲しむ情」はその他、どのように表現されているのだろうか。表現主体を「女」にそろえ、且つ「羇旅発思」と「悲別」でその内容を比較してみたい。

④後れる

はしきやし　然ある恋にも　ありしかも　君に後れて　恋しき思へば　（羇旅発思・12・三一四〇）

まそ鏡　手に取り持ちて　見れど飽かぬ　君に後れて　生けりともなし　（悲別・12・三一八五）

春日野の　浅茅が原に　遅れ居て　時そともなし　我が恋ふらくは　（悲別・12・三一九六）

あしひきの　片山雉　立ち行かむ　君に後れて　現しけめやも　（悲別・12・三二一〇）

ここに掲げた例は先ほどから問題にしている「残された女」という状況の中で詠われた歌である。「恋しさ」を「然ある恋にもありしかも」（12・三一四〇）と再認識した「羇旅発思」の歌に比べると、「悲別」の歌は「羇旅発思」の歌でいうところの「然ある恋」をさらに説明するかのように、「見れど飽かぬ」（12・三一八五）、「片山雉立ち行かむ」（12・三二一〇）、「浅茅が原に遅れ居て」（12・三一九六）などといい、「いかに見飽きぬ相手」か、また「いかに慌ただしく旅立ったか」という別離の情を喚起させる様を詠う。そして、「独りの寂しさがつのる居所」と「後に残された」という状況があいまって「後れて」（12・三一八五）とか「遅れ居て」（12・三一九六）といった表現が用いられている。また、この状況が「生けりともなし」（12・三一八五）、「時そともなし」（12・三一九六）、「現しけめやも」（12・三二一〇）といった誇張ともいえる心情表現で示される。こうした「後に残されて、別れの場面を思い返し、恋情をつのらせる」という状況を、より具体的に、より誇張して詠った「悲別」歌には、羈旅発思に比べると、「残された女が一人別れを悲しむ情」を強く読み取ることができよう。

⑤越える

霞立つ　春の永日を　奥かなく　知らぬ山道を　恋ひつつか来む　（羈旅発思・12・三一五〇）
外のみに　君を相見て　木綿畳　手向の山を　明日か越え去なむ　（羈旅発思・12・三一五一）
朝霞　たなびく山を　越えて去なば　我は恋ひむな　逢はむ日までに　（悲別・12・三一八八）
雲居なる　海山越えて　い行きなば　我は恋ひむな　後は相寝とも　（悲別・12・三一九〇）
よしゑやし　恋ひじとすれど　木綿間山　越えにし君が　思ほゆらくに　（悲別・12・三一九一）
草陰の　荒藺の崎の　笠島を　見つつか君が　山道越ゆらむ　一に云ふ、「み坂越ゆらむ」　（悲別・12・三一九二）

「山道を越える」という表現は「別れ」を起点とし、その「別れ」からの経過をともなう恋情を含みもった表現である。つまり、「越える」ということに焦点があり、そこに「恋ふ」ことが継続しているイメージを含むのが「山道を越える」であろう。このように考えると、「知らぬ山道を恋ひつつか来」（12・三一五〇）るという表現も、「越えにし君が思ほゆ」（12・三一九一）という表現も、内実的には差がない。

例えば「明日か越え去なむ」（12・三一五一）といい、「越えて去なば」（12・三一八八）、「海山越えて」（12・三一九〇）といい、「山道を越える」ことが想定された表現は「羈旅発思」にも「悲別」にもある。しかし、「越える」という一点を詠う「羈旅発思」に対して、「逢はむ日」（12・三一八八）「後は相寝」（12・三一九〇）が将来に予測されていたとしても、なおかつ別れを悲しみ、「恋ふ」ことを詠うのが「悲別」である。さらに、「越える」「君」を思うことは「羈旅発思」も「悲別」も同様の情感を持つが、眼前にない状況を単純に「明日か越え去なむ」（12・三一五一）と推測するのに対し「君が山道越ゆらむ」（12・三一九二）と表現することには、みえない「君」ではあるが、まざまざとそれを見るかのような視線が歌表現に含まれていると考える。「恋ふ」ことの程度のはなはだしさを、先ほど同様「残された女が一人別れを悲しむ情」ととらえるならば、ここにも「羈旅発思」と「悲別」の表現的な差異は明らかであろう。

一-二　別れに伴う情を詠むこと――「残された女へ契る情」・「残された女が一人別れを悲しむ情」――

⑥忘れる

玉桙の　道に出で立ち　別れ来し　日より思ふに　忘る時なし　（羈旅発思・12・三一三九）

湊廻に　満ち来る潮の　いや増しに　恋は余れど　忘らえぬかも　（羈旅発思・12・三一五九）

難波潟　漕ぎ出る船の　はろはろに　別れ来ぬれど　忘れかねつも　（羈旅発思・12・三一七一）

若の浦に　袖さへ濡れて　忘れ貝　拾へど妹は　忘らえなくに　或本の歌の末句に云はく、「忘れかねつも」　（羈旅発思・12・三一七五）

あしひきの　山は百重に　隠すとも　妹は忘れじ　直に逢ふまでに　一に云ふ、「隠せども　君を思はく　止む時もなし」　（悲別・12・三一八九）

別れに伴う情は、「別れ」をより劇的に表現する。「羈旅」という場面にあって「忘れる」ことを詠うことに伴うのは、別れによって生じる時間経過のなかで「日々に疎くはなるけれど忘れられない」という情である。「忘る時なし」（12・三一三九）とか「忘らえぬかも」（12・三一五九）、「忘れかねつも」（12・三一七一）と詠う「羈旅発思」の歌は、この心情をそのまま詠う表現形式をもつ。しかし、「悲別」は別れて後の感情として定石ともいうべき心情を「忘れられない」と詠わず、逆に「忘れじ」（12・三一八九）と断定する。この語句の強さは、そのまま感情の強さとなって表出されていると考えてよかろう。特に、当該の歌は、表現主体が「男」であって、これを言うならば、「残された女へ契る情」とでも言うべきであろうか。この発想は漢詩文における「閨情」のモチーフとは異なった発想であり、部類項目が「悲別」と命名された享受の様をここに見ることができよう。さらに、「残された女へ契る情」は先ほどの「残された女が一人別れを悲しむ情」と対する感情表現と考えてもよい。「残された女が一人別れを悲しむ情」といい、「残された女へ契る情」といい、「悲別」という部類が「別れ」という状況下にあってその愁嘆場をいかに劇的に表現する歌を集めてあるかということが推測される。

⑦恋う

草枕　旅の悲しく　あるなへに　妹を相見て　後恋ひむかも　（羈旅発思・12・三一四二）

朝霞　たなびく山を　越えて去なば　我は恋ひむな　逢はむ日までに　（悲別・12・三一八八）

雲居なる　海山越えて　い行きなば　我は恋ひむな　後は相寝とも　（悲別・12・三一九〇）

旅の歌においても「恋ふ」ことを詠うことは「恋の巻」である巻十二本来のあり方を示している。そして、旅の歌においては、「恋ふ」ことの対置感情として、「旅」を「悲し」（12・三一四二）と詠う。「羈旅発思」の歌において「後恋ひむかも」（12・三一四二）と表現される心情は、「悲し」いから「恋ふ」ことをする、しかもそれがかりそめの相見であるため、「後恋ひむかも」といった莫然とした不安と隣りあわせの心情となっている。一方の「悲別」はこれに「たとえ後に逢えたとしても」との付帯条件を付け、結果はわかっていても、なお、現在が「恋しい」ことを強調する。また「たとえ逢えたとしても」「別れ」てきた今、「恋ふ」ことをせずにはいられないのであり、その焦燥感の強さは「羈旅発思」に勝るといえよう。「悲別」はいずれも「越えて去なば」（12・三一八八）、「い行きなば」（12・三一九〇）と別れた後の状況が仮定され、「我は恋ひむな」（12・三一八八、三一九〇）と詠うことから、これもある種「残された女へ契る情」と解して良かろう。

一-三　旅の歌と共有されるモチーフ

では、旅の歌全般にわたって共有されるモチーフを詠み込みつつも、いわゆる「羈旅発思」と「悲別」に表現差異があるかどうかをみてみたい。

⑧手向

我妹子を　夢に見え来と　大和道の　渡り瀬ごとに　手向そ我がする　（羈旅発思・12・三一二八）

時つ風　吹飯の浜に　出で居つつ　贖ふ命は　妹がためこそ　（悲別・12・三二〇一）

「手向」は行路の無事を祈って行われる呪術であり、用例として掲げた一首目は「妹」が「夢に見え来る」ことを願って「手向」するという。二首目に「手向」の語は見えないが、「妹」のために「命」を「贖ふ」といい、「手向」を暗示させる。双方旅の呪術――「手向」という共通するモチーフ――を表現し、あるいは暗示しているが、妹を「夢に見」（12・三一二八）ることを願うことと、妹のために「命」を「贖ふ」（12・三二〇一）こととでは、その思いの真摯さには差異がある。「悲別」の歌は、これも、男が「残された女への契り」――無事に帰ってくること――をかたく守るために「手向け」を行ったのである。

⑨下紐・紐の緒

草枕　旅の衣の　紐解けて　思ほゆるかも　この年ころは　（羈旅発思・12・三一四六）

草枕　旅の紐解く　家の妹し　我を待ちかねて　嘆かすらしも　（羈旅発思・12・三一四七）

白たへの　君が下紐　我さへに　今日結びてな　逢はむ日のため　（悲別・12・三一八一）

都辺に　君は去にしを　誰が解けか　我が紐の緒の　結ふ手たゆきも　（悲別・12・三一八三）

旅の歌にあって「紐」が解けることは、良きにつけ悪しきにつけ何らかの「兆」を示すとされる。それは、「年ころ（年月）」（12・三一四六）を思い出させる兆であり、妹の嘆きを暗示する兆である。その「紐」を再会を願って「別れ」を告げる「今日結ぶ」（12・三一八一）といい、「結ふ手たゆし（だるい）」（12・三一八三）ほど「解」けるという。「紐」を結ぶことと、それが解けることはそれぞれ「残された女への契り」と「残された女が一人別れを悲しむ情」を語るモチーフであり「悲別」は、さらにそれを「今日」と限定し、「たゆし」といって強調して詠うことで、モチーフの印象を強めているといえよう。先の「手向」にみえた「真摯さ」にせよ「下紐・紐の緒」にみえた「印象の強さ」にしろ、「別れ」に特化して、そこにより劇的な表現を含みもたせる悲別部類の特徴がうかがえよう。

おわりに――「別れの悲しみを詠うこと」と「歌を編む」こと――

ここまで、巻十二「羈旅発思」における「悲別」の部類を取り上げ、「悲別」がいかに特化された表現内容をもつ歌であるかということについて、「羈旅発思」との表現の差異を検討してきた。当該の部類に関して、漢詩文における「羈旅」の語がもつ本来的な意義や、「閨情」といった文学主題が影響を与えていることは言うまでもない。しかし、これをどう万葉びと的精神世界へと享受していくかと言う点に『万葉集』における部類認識があると考える。例えば、⑧、⑨の「手向け」や「紐結び」といった「習俗」を伴った別れの情の表現は、そうした論点に耐えうる用例と考える。

「残された女へ契る情」「残された女が一人別れを悲しむ情」が、「別れ」という一点に特化し、「悲別」の劇的な、あるいは衝動的な表現のあり方を支え、「旅の歌」という部類基準以上の部類として志向させていたことはあきらかである。言い換えれば、「恋の歌の巻」の「旅の歌」のなかでも「悲別」は表現性の問題として、「別れ」に対して劇的な要素や衝動的な要素をもつ歌と認定され、部類されていたことになる。

巻十二における「悲別」部類の存在は、「別れ」をどう詠うかというテーマを追求した結果であり、そのあり方はその歌を聴く者に与えるインパクトの大きさに拠っていると言っても良い。つまり、「悲別」の表現には「別れ」をどのように詠うかという一点に絞られたドラマが盛り込まれているのであり、このことは「旅の歌」に、より劇的な、あるいは衝動的な感情表現を追求した歌が要求されたことに他ならない。

これを「『悲別』の文芸性」と呼ぶならば、こうした歌表現のもつ文芸性は、「語句が内包するイメージの重層が歌を聴く人に何らかのイメージを喚起させ、感動へと結びつける」という巻十一「譬喩」部類にも求められたことであり[6]、巻十二「悲別」部類にも「別れ」にまつわる「愁嘆場」を連想させ、そこにより強い感情を喚起させ、その感情を共有させることが意図されていたといえよう。

「別れを悲しむ」ことと「歌を編む」ことは、強い感情の喚起とその共有を意図したことによって成り立っていると考える。これを『万葉集』全体の志向（構想）という面から考えるならば、「イメージの重層とその共有」による「譬喩」「強い感情の喚起と共有」による「悲別」といったより集中的な表現の深化に対する文芸意識が、『万葉集』巻十一・十二に志向（構想）され、これが成立されたといえる。

このことを、第二部第一章が説く各巻ごとに流れる「ゆるやかな移行」と各巻ごとが相互関連する「連続性」といった構想に沿うならば、巻十一・十二は「表現性の深化」が「部類認識の深化」――「新たな部類認識」への展開――を生み、それが実現された巻であったのではなかろうか。巻十一・十二は、「表現性の深化」が「部類認識の深化」へと展開し、この志向が「つながり」となって結実した巻であったといえる。

【注】

（1）身﨑壽「万葉集巻七論序説」（『萬葉集研究』第二七集　塙書房、二〇〇五年六月）

（2）『文選』には他にも禰正平（衡）「鸚鵡賦」、潘安仁（岳）「秋興賦」などに用例がみえる。また『楚辞』宋玉「九辯」にもみえる。

（3）平舘英子「萬葉歌の意匠」（『萬葉歌の主題と意匠』塙書房、一九九八年。初出は一九九七年一月、三月）

（4）関谷由一「『羈旅』歌考―大伴卿傔従等の『悲傷羈旅』歌の場合―」（『美夫君志』第八六号、二〇一三年三月）

（5）辰巳正明「悲別の歌流れ」（『万葉集に会いたい。』笠間書院、二〇〇一年）

（6）本書第三部第五章（初出は二〇〇九年七月）参照。

第三章

「問答」という表現形式と編纂

第一節　巻十一・十二の場合

はじめに

『万葉集』巻十一・十二は、歌の作られた環境を示す様々な要素を払拭し、「素材〈歌〉」だけを見つめながら編纂された歌巻である。

巻十一・十二において歌を「どう使うか」という視点を追求することが、歌の表現部類としての「正述心緒」や「寄物陳思」といった部類を確立する要因となり、さらには、物象を微細に観察し、「喩」の対象とすることによって、物象が本来的に持つ明示的意味に暗示的意味を重層させる表現技法である「譬喩」という部類を生み出していく(1)。こうして生み出された「譬喩」部類が、例えば、巻三に「譬喩歌」部類を立てることと関わっていることは、伊藤博「『譬喩歌』の構造――巻三・四の論――」にも説かれたことであり(2)、この現態が、ここまで何度か指摘した部類歌巻相互の「つながり」を示している。

一方、巻十一・十二には歌の形式としての「旋頭歌」や「問答」という部類が存在する。歌の表現に着目した「譬喩」部類や、本第三部第二章第二節であつかった「悲別」部類と「旋頭歌」や「問答」といった歌の形式の部類を同時に抱える巻十一・十二の成立は、松田好夫論文が「潜在問答歌」と呼んだ『万葉集』の表面に立ち現れない歌も含め、(3)歌を「どう使うか」という視点と「どう詠うか」という視点の交錯する地点にあったと考えられる。本節では、巻十一・十二における「問答」部類に着目し、その表現形式と編纂を明らかにする。

一　巻十一・十二の構成と部類

まず、巻十一・十二の構成と部類について簡単に触れておきたい。(4)巻十一は、「旋頭歌」「正述心緒」「寄物陳思」「問答」「譬喩」の五つの部類から成り立っている。これは、歌の形式による部類である「旋頭歌」と、「正述心緒」「寄物陳思」「問答」が一つのユニットになって、これを「柿本朝臣人麻呂歌集」とそれ以外にわけ、さらに歌の表現技法の一つでもある「譬喩」を立てた、いくつかのパーツに分かれているとみえる。一方、巻十二は、巻十一同様「正述心緒」「寄物陳思」「問答」を一つのユニットとし、これに「羈旅発思」「悲別歌」「問答」のユニットが加えられた形を成していることがわかる。

［巻十一］

旋頭歌　　一二首（二三五一～二三六二）

※右の一二首は柿本朝臣人麻呂歌集所出。

五首（二三六三～二三六七）

※右の五首は古歌集所出。

正述心緒　　四七首（二三六八～二四一四）

寄物陳思　九三首（二四一五～二五〇七）
問　答　九首（二五〇八～二五一六）
※以前の一四九首は柿本朝臣人麻呂歌所出。
正述心緒　一〇二首（二五一七～二六一八）
寄物陳思　一八九首（二六一九～二八〇七）
問　答　二〇首（二八〇八～二八二七）
譬　喩　一三首（二八二八～二八四〇）

[巻十二]

正述心緒　一〇首（二八四一～二八五〇）
寄物陳思　一三首（二八五一～二八六三）
※右の二三首は柿本朝臣人麻呂歌集所出。
正述心緒　一〇〇首（二八六四～二九六三）
寄物陳思　一三七首（二九六四～三一〇〇）
問答歌　二六首（三一〇一～三一二六）
羇旅発思　四首（三一二七～三一三〇）
※右の四首は柿本朝臣人麻呂歌集所出。
四九首（三一三一～三一七九）
悲別歌　三一首（三一八〇～三二一〇）
問答歌　一〇首（三二一一～三二二〇）

巻十一・十二の成立について伊藤博「『人麻呂集歌』の配列——巻七〜十二の論——」は、人麻呂歌集を含む原型資料から巻十一・十二の原本ができ、さらに部類が刷新され、「譬喩」と「羈旅歌」が加えられて、現行の巻十一・十二が成立したとし、この両巻の編纂を支えるのが「古今構造」であると説いている。(5)

巻七、十に分散された人麻呂歌集歌も含めた多くの歌を目の前にして、巻十一・十二の編者は「これをどうやって編もうか」と思案する。部類歌巻としての編纂であるから、歌の事情を払拭することは最初の作業であるが、編者は歌の事情に代替する何らかの目安をもとに歌を整理していこうと考える。それが「正述心緒」や「寄物陳思」といった巻十一・十二にたてられている部類ということになる。巻十一・十二の部類については、「正述心緒」「寄物陳思」といった部立が「和習」的であり、(6)また、「正述心緒」と「寄物陳思」については部類の境界が曖昧であることが指摘され、さらに「正述心緒」と「寄物陳思」の別は「人麻呂詩体（略体）歌集」にはあったとの指摘もあり、さらには、「寄物陳思」という部類は、詠物歌から派生したとの見方もある。(7)

ここで、人麻呂歌集に既に存在していたとされる「正述心緒・寄物陳思」等の部類も、巻十一・十二の編纂に際し、再解釈されているという事実を確認しておく必要があろう。巻十一・十二の部類は、たとえ、既存の部類であったとしても、これを用いて巻を編纂するに際しては巻十一・十二の編者の再解釈による新たな「志向（構想）」が付加されているということである。近時指摘されている人麻呂歌集における「正述心緒」の持つ新しさはこの点に着目した論であると考える。(8)

巻十一、十二がなぜ編まれたかという命題に対して、人麻呂歌集を再編する必然性はなにか、そして、「正述心緒」「寄物陳思」「問答」という一つのユニットに付加された「譬喩」の部類について、「なぜ成り立ったか」という二つの視点をすえて、「譬喩」と「寄物陳思」の表現の位相を「物象の捉え方の先鋭化」と「物象の明示的意味と暗示的意味の重層」ととらえることについては後に述べる。(9)

人麻呂歌集を再編するにあたって、編者にはすでに「歌を作ることの自覚」があった。巻十一・十二の編纂の中心となる編者の部類行為は、歌を「どう使うか」という視点が成り立ってはじめて問うことができる問題であり、逆に、「どう使うか」という視点が成り立つことで、「どうすればよいか」という、次のステップへむかう編纂への動機付けが行われたと考える。そして、「どう使うか」という視点を追求した結果、物象を先鋭化させ、表現に「喩」を用いて物象の明示的意味に暗示的意味を重層させる表現技法としての「譬喩」という部類が生み出され、現在見ることのできる巻十一・十二になった。これが「歌を作ることの自覚」によって、恋の歌にイメージを重層させ、表現の迫真性を開拓していった結果であると考えるならば、「譬喩」という部類の新しさは、「歌をどう作るか」という至極根本的な問題を考える際の最先端を行く表現技法の一つであり、これが、巻十一・十二を編纂した編者の志向でもあったと考える。(10)

ところで、最先端の表現技法である「譬喩」という部類とともに「問答」という、ある意味伝統的な歌の詠われる環境を示す部類が巻十一・十二に同居していることは、巻十一・十二の編纂をみるにあたって、考えておかなければならないことである。本第三部第三章においては、巻十一・十二・十三における「問答」部類について考察する。

二　問答という形式と部類意識

問答は、髙野正美「問答歌」の言を借りるならば、「歌の機能に基づいた分類概念」ということになる。(11)この問答形式が集団儀礼の場に成立した歌謡の様式に淵源することは、早くに土橋寛『古代歌謡論』が指摘している。(12)問答歌は、この延長線上にのる歌の形式と考える。

『万葉集』全体を眺めてみて、長歌の前半と後半とが問答の形になっている独詠とも対詠とも考えられる歌（13・三二七六他）や、長歌と反歌が問答の形になっている独詠スタイルとも考えられる歌（13・三二六〇、三二六一）などを擁する巻十三を除くと、「問答」の部類に集められた歌は二首一組を基本とした対詠スタイルをもつことがわかる。一方、問答という形式に巻十三のような一首の内部で「問」と「答」とにわけられるような形式があることは、「問」と「答」として詠われる状況に様々なケースがあったことを物語っている。このことは「歌垣」の例を引くまでもなく、「問答」という形式の至極日常的な、さらに柔軟な一面を示している。また、そうした形式にも、ある一定の規則性があったことが明らかにされつつある。(13)

二―一　人麻呂歌集と「問答」

『万葉集』で問答といった場合、二首一組という単位は、問答形式の最も小さな単位であり、巻十一「問答」冒頭に据えられている人麻呂歌集の問答歌も基本的にはこのスタイルをとる。

問答

天皇の　神の御門を　恐みと　さもらふ時に　逢へる君かも　（11・二五〇八）
まそ鏡　見とも言はめや　玉かぎる　磐垣淵の　隠りたる妻　（11・二五〇九）

右の二首

鳴る神の　しましとよもし　さし曇り　雨も降らぬか　君を留めむ　（11・二五一三）
鳴る神の　しましとよもし　降らずとも　我は留まらむ　妹し留めば　（11・二五一四）

右の二首

しきたへの　枕動きて　夜も寝じ　思ふ人には　後も逢ふものそ　（11・二五一五）

しきたへの　枕は人に　言問へや　その枕には　苔生しにけり　（11・二五一六）

右の二首

以前の一百四十九首、柿本朝臣人麻呂が歌集に出でたり。

もちろん、この二首一組で「問答」というスタイルが「問答」と称される対詠の歌の本来的な姿ではないことは、次に示すような「かくだにも」という、指し示す語句の内容が提示されないままに「問答」という形式によって切り取られている歌が存在するという事実から髙野正美論文が指摘する通りである。(14)『万葉集』にみる二首一組の「問答」は、連綿と続く問答歌の最小単位であり、「問答」として部類される歌の中には、「切り取り」によって提示されている歌もあると考えた方がより真相に近いだろう。

かくだにも　妹を待ちなむ　さ夜更けて　出で来し月の　傾くまでに　（11・二八二〇）

木の間より　移ろふ月の　影を惜しみ　立ちもとほるに　さ夜更けにけり　（11・二八二一）

右の二首

以上に示した二首一対を単位とする問答歌の他に、三首を一対とする問答歌もある。

赤駒が　足掻き速けば　雲居にも　隠り行かむぞ　袖まけ我妹　（11・二五一〇）

こもりくの　豊泊瀬道は　常滑の　恐き道そ　恋ふらくはゆめ　（11・二五一一）

味酒の　三諸の山に　立つ月の　見が欲し君が　馬の音そする　（11・二五一二）

右の三首

これは、やはり同じ人麻呂歌集歌にみられるもので、これら三首一組の問答歌について、村瀬憲夫「人麻呂歌集問答歌三首の成り立ち」は問題点として次の二つをあげる。(15)

①三首一組で構成されている。

②三首の配列順序が時間的に前後する。

②の問題については、岡嶌秀仁「巻十一・二五一〇〜二の問答歌」が、問題となる二五一〇番歌の一首を「離別のすみやかさを歌うことによって、その後の恋の苦しさを表現している」とし、配列順序の矛盾は無いとしたが、対詠のスタイルによって時間の経過が順列しないとしたことを、[16]村瀬論文は、②の問題点と呼応させ、二五一〇番歌から二五一二番歌は、次に掲げた巻七・一二七一番歌とあわせ、表現の緊密性を保つ四首一組の問答歌が本来の姿であったとする。[17]

遠くありて　雲居に見ゆる　妹が家に　早く至らむ　歩め黒駒　（7・一二七一）

つまり、二首一組のスタイルを基本とする問答歌が巻七の羈旅歌編纂の結果、三首一組になったというのである。

二―二　三首一組の問答

三首一組のあり方は、例えば、次に掲げる巻十・一九三四番歌から一九三六番歌や、巻四・六六五番歌から六六七番歌のような例にもみられる。

相思はぬ　妹をやもとな　菅の根の　長き春日を　思ひ暮らさむ　（10・一九三四）
春されば　まづ鳴く鳥の　うぐひすの　言先立ちし　君をし待たむ　（10・一九三五）
相思はず　あるらむ児故　玉の緒の　長き春日を　思ひ暮らさく　（10・一九三六）

安倍朝臣虫麻呂の歌一首

向かひ居て　見れども飽かぬ　吾妹子に　立ち離れ行かむ　たづき知らずも　（4・六六五）

大伴坂上郎女の歌二首

相見ぬは　幾久さにも　あらなくに　ここだく吾は　恋ひつつもあるか　（4・六六六）
恋ひ恋ひて　逢ひたるものを　月しあれば　夜は隠るらむ　しましはあり待て　（4・六六七）
右、大伴坂上郎女の母石川内命婦と安倍朝臣虫麻呂の母安曇外命婦とは、同居の姉妹、同気の親なり。これによりて郎女と虫麻呂とは、相見ること疎からず、相語らふこと既に密かなり。聊かに戯歌を作りて問答をなせり。

しかし、前者は、一九三六番歌が、一九三四番歌の異伝、もしくは類歌であり、後者は、松田好夫論文が指摘するように、贈答歌的であり、本来的な問答歌ではないとすると[18]、純粋に三首一組を「問答」として示す例は、先にあげた巻十一の一例のみということになる。

四首一組であったものを、巻七の一首と巻十一の三首にわけた理由を、村瀬論文は「少しでも多くの羈旅歌を、しかもそれが権威ある人麻呂歌集の歌であればなおさらのこと欲しかった巻七編者が四首歌群の中から一二七一番歌を採録した」とする[19]。このことは、やはり三首一組を「問答」に部類する巻十一の例の異例さを示しているといえよう。

伊藤博論文はこの点について、人麻呂歌集原本にもともと「問答」という部立は存在せず、二五一〇番歌から二五一二番歌は「献歌」として一群にまとめられていたが、内容は相聞歌であったことから切り出されて「問答」の部が立てられたとする。言い換えるならば、「献歌」として認識されていたからこそ、分割することができたという論理である[20]。

村瀬論文は伊藤論文を受け、「当該の歌群（注―巻十一・二五一〇番歌から二五一二番歌）は『問答』であることを強く主張してはいなかった」とする[21]。これらの論について言及するためには、人麻呂歌集に「問答」の部立があったかどうかといった問題を含め、「問答」という部類をどのように認識したかということを考えてみなければならない。至極日常的な歌の形式である「問答」について、その認識が薄かったとするならば、それを部類として立てた巻十一・十二において「問答」は、あらためて再認識された部類であったということになろう。

二-三　「問答」への認識

「複数人によって歌を詠いあう」ことの「日常」を「再認識する」ということはどういうことなのか。
結論から先に言えば、巻十一・十二の編者は、最先端の表現技法「譬喩」を部類として生み出すことによって、最も日常的な部類「問答」を再認識したのではないかと考える。
例えば、巻十一・二八〇八・二八〇九番歌の例をみてみたい。

問答

眉根掻き　鼻ひ紐解け　待てりやも　いつかも見むと　恋ひ来し我を　（11・二八〇八）

右、上に柿本朝臣人麻呂が歌の中に見えたり。ただし、問答なるを以ての故に、ここに重ね載せたり。

今日なれば　鼻の鼻ひし　眉かゆみ　思ひしことは　君にしありけり　（11・二八〇九）

右の二首

二八〇八番歌は、二四〇八番歌と類歌関係にある。左注を施した人物は、これを人麻呂歌集正述心緒と同じ歌と認識していることがうかがえる。しかし、「問答」であるが故に、二首一組を崩すことなく、ここに載せたのだとする。つまり、重載することよりも、「問答」であることが優先されているとみてよい。
こうした類の左注は他にも、巻十・一九二七番歌や、同じ巻十・二三〇八番歌にもうかがえる。

問答

春山の　あしびの花の　悪しからぬ　君にはしゑや　寄そるともよし　（10・一九二六）

石上　布留の神杉　神びにし　我やさらさら　恋にあひにける　（10・一九二七）

右の一首、春の歌にあらねども、なほし和へなるを以ての故に、この次に載せたり。

問答

もみち葉に　置く白露の　色葉にも　出でじと思へば　言の繁けく　（10・二三〇七）

雨降れば　激つ山川　岩に触れ　君が砕けむ　心は持たじ　（10・二三〇八）

右の一首、秋の歌に類ねども、和へなるを以て載せたり。

巻十の場合はいずれも、季節歌の中の「問答」という部類の中にみえる歌であり、季節歌巻であるにもかかわらず、「問」の「和へなる」ことを優先させ、わざわざ季節歌でもないと判断される歌を収載している。季節歌巻であるにもかかわらず、「問答」という部類を立てることが優先されている。

もちろん、巻十と、先にあげた巻十一の左注の表現には微妙な差異がみられるが、当面、これを巻十と巻十一の「編・施注者」の差異と考えておくと、巻十一・二八〇八番歌の左注の場合も、「問答」として採録することを優先させる巻十の場合と同じ「編・施注者」の意識がうかがえるといえよう。(22)

これらのことを考え合わせると、巻十一・十二を編纂するに際し、人麻呂歌集を含む多くの歌を部類しようとする、この時に「譬喩」という新たな指針をたてるとともに、これまで、日常的に受け止められていた「問答」を、「問答としてたてる」という強い再認識のもとに成り立たせたとみてよいのではなかろうか。至極日常的な「歌を詠いあう」という歌の形式は再認識される中で一つの部類として立ったのである。こうした認識が決して巻十一・十二だけのものではないことは、後に触れる巻十に、季節を部類して優先させる歌巻としての志向をもちながらも「問答」が立てられていく状況があったことにもうかがえる。

おわりに――「問答」部類の再認識と「譬喩」部類の成立――

恋の歌を集積した巻十一・十二は、「恋の歌を作るための歌集」であり、集積された歌を「どう使うか」という視点によって編纂する際に、「部類する」という行為が行われたと考える。それは、恋の心情を表現するためには「どう使うか」、「どうすれば使えるか」という認識のもとに行われる編纂行為であって、逆に、「どう使うか」「どうすれば使えるか」という指針は、編纂行為への動機付けともなっている。

そして、「どう使うか」という視点を追求した結果、物象を微細に観察することによって明示的な意味に「喩」としての暗示的な意味を重層させる先鋭的な表現技法を「譬喩」という部類として立てた。この最も新しい認識による部類は、逆にもっとも日常的な歌の環境である「どう詠うか」という「問答」の部類を再認識させることとなった。これは、「どう使うか」という視点の一方に「どう詠うか」という視点を交錯させることによって、恋の歌を作ることの充分な条件を満たすことができると編者が考えたからに他ならない。言い換えるならば、巻十一・十二に示された部類は、「恋」の歌世界が、自らの心をいかに効果的に伝えるか、そして、応えるかということを追求した結果を示している。歌の表現と形式の部類を同時にかかえる巻十一・十二の編纂は恋を表現するための歌巻として最新かつ究極のスタイルであったと考える。

【注】

（1）ここでいうところの「明示的意味」と「暗示的意味」とは、かつてロラン・バルト論文が示した「デノテーション（dénotation）」と「コノテーション（connotation）」の概念に近似している（R．バルト、渡辺淳・沢村昂一訳「デノテーションとコノテーション」『零度のエクリチュール』みすず書房、一九七一年）。しかし、「譬喩」の場合はこれを表現技法として機能させる点により重点が置かれていると考えている。なお、コノテーションを記号作用の「所記」の意味に限定する場合、これは「共示的意味」と訳されるが（加藤茂「記号の多義性―コノテーション」『記号と意味』勁草書房、二〇〇三年）、ここではより一般的な言葉として「暗示的意味」を用いた。

（2）伊藤博「『譬喩歌』の構造―巻三・四の論―」（『萬葉集の構造と成立』〔上〕塙書房、一九七四年、初出は一九六四年一二月）

（3）松田好夫「潜在問答歌」（『万葉研究新見と実証』桜楓社、一九六八年、初出は一九六一年十月）

（4）ここに示す巻十一・十二の構造は伊藤「萬葉集の成り立ち」（『萬葉集釈注』〔十一〕集英社、一九九八年）を参考にした。なお、巻十二の後尾に位置する「悲別歌」と「問答歌」については、「羈旅発思」の内にある部立と考える。

（5）伊藤博「『人麻呂集歌』の配列―巻七～十二の論―」（『萬葉集の構造と成立』〔上〕塙書房、一九七四年、初出は一九七一年一二月）は巻十一・十二の編纂を支えるのは「古今構造」であると指摘する。その論拠は、巻十一の巻頭にある「旋頭歌」と「問答歌」の対応など、いくつかの点に渡る。

（6）「正述心緒」は「正に心緒を述ぶる」歌であり、「寄物陳思」は「物に寄せて思ひを陳ぶる」歌である。この部立は、中国詩学を念頭においた物言いで、「和習的な性格を色濃く帯びている」とされる（芳賀紀雄「万葉集の『寄物陳思歌』と『譬喩歌』」『萬葉集における中國文學の受容』塙書房、二〇〇三年、初出は二〇〇〇年一二月）。

（7）「正述心緒」と「寄物陳思」については、「寄物陳思」の「媒材」が表現対象の中に包容されてその一部となっている場合、その境界が不明瞭であることが中島光風「寄物陳思歌論」（『上世歌学の研究』筑摩書房、一九四五年、初出は一九二九年八月）によって指摘されている。また、伊藤博「寄物陳思と正述心緒の論」（『万葉集の表現と方法』〔上〕塙書房、一九七五年）は、「寄物陳思」と「正述心緒」の別は「人麻呂詩体（略体）歌集」にはあったことを指摘し、ほぼ定説化している。また、阿蘇瑞枝「人麻呂歌集寄物陳思の歌」（『万葉和歌史論考』笠間書院、一九九二年、初出は一九七八年六月）は、「寄物陳思」の部類は詠物歌からの派生であることを指摘している。

（8）大浦誠士「人麻呂歌集と『正述心緒』」（『万葉集の様式と表現　伝達可能な造形としての〈心〉』笠間書院、二〇〇八年、初出は二〇〇二年一〇月）は人麻呂歌集の正述心緒の持つ新しさとして、相聞の歌において、物象語を共有することで恋の贈答を成り立たせていた常識をくつがえした物を詠みこまない歌を作ること、さらには恋情を表現そのものに内在させ、表出することの二点を提示している。

（9）第三部第五章参照。

（10）第三部第五章参照。

（11）髙野正美「問答歌」（『万葉集作者未詳歌の研究』笠間書院、一九八二年）

（12）土橋寛著『古代歌謡論』（三一書房、一九六〇年）

（13）複数人による歌の掛け合いを「対面歌唱システム」として、そこに歌の詠われる様々な規則性があることを城﨑陽子「対面歌唱システムの構築と活用」（『平成十八年度～平成二十年度科学研究費補助金（基盤研究（B））研究成果報告書　東アジア圏の歌垣と歌掛けの基礎的研究』（研究代表者　辰巳正明）、二〇〇一年三月）が、中国少数民族の事例等を用いて説いている。

（14）髙野正美注11前掲論文参照。

（15）村瀬憲夫「人麻呂歌集問答歌三首の成り立ち」（『萬葉集編纂の研究』塙書房、二〇〇二年、初出は一九八五年二月）

（16）岡嶌秀仁「巻十一・二五一〇～二の問答歌」（『萬葉』第一〇九号、一九八二年二月）

（17）村瀬憲夫注15前掲論文参照。

（18）松田好夫注3前掲論文参照。

（19）村瀬憲夫注15前掲論文参照。

（20）伊藤博「巻十一・十二原本の形成」（『萬葉集釋注』十一　集英社、一九九九年、初出は一九八〇年一一月）

（21）村瀬憲夫注15前掲論文参照。

（22）「編・施注者」の呼称は城﨑陽子「編纂への志向」（『万葉集の編纂と享受の研究』おうふう、二〇〇四年、初出は一九九七年一二月）において示した呼称である。歌に付随する「異伝」に記された様々な認識のズレを「編纂意識」という言葉でひとくくりにした場合、その主体が「編者」と「施注者」のどちらでもあり得ることを示した。

第二節　巻十三の場合

はじめに

『万葉集』における部類歌巻の中でも、長歌を中心とする体裁によって特異な様相を呈しているのが巻十三である。これまで巻十三の編纂における争点は、この巻が「どのように形成されてきたか」という点と、「どのように形成されているか」という二点にあった。前者については、賀茂真淵が巻十三は古歌謡集であることを巻の編次の論に示して以来、その内実を問う方向で諸説が立てられてきた。長歌の分離と合一の様相から、「巻十三は古体の歌と新体の歌との組み合わせによる融合」であることや、その意図が天平五年ごろの「物語制作意図を根底にひそませたもの」であるとした大久間喜一郎論文の言説も、巻十三の形成と内実を問う延長線上にあるといえる。(1) 形成の様については、さらに、中西進「八世紀の万葉」論によって古歌の、新しい時点における歌を集めた巻であることが指摘され、(2)「編む」行為を経た巻十三の姿を、伊藤博「宮廷歌謡の一様式——巻十三の論——」は再配列された宮廷歌謡集であるとした。(3) こうした諸説をふまえた上で、遠藤宏の一連の論文「長歌考——万葉後期の成立と思われるものについて――」、「巻十三における異伝――後期的文学営為検討のための一視点として」は「天平後期の文学営為」という枠組みの中で巻十三の新しさをとらえなおそうとした。(4)

一方、「どのように形成されているか」という点については、主として部立と配列の問題がとりあげられてきた。巻十三全体の部類は雑歌、相聞、挽歌の三大部立に問答と譬喩が加えられたいわゆる五部立となっている。この巻十三の部立について、伊藤博「巻十三〜十六の論」は「問答」と「譬喩」は「相聞」から抽出された部立であり、巻十一・十二にならい、天平十七年ごろ、大伴家持らによって、立てられたとしている。(5)また、それ以前、神亀初年ごろに成った巻十三の第一次本には、すでに畿内（大和）から各官道の地名を順に詠み込む「上代国郡図式」にそっていたことが指摘されている。(6)こうした説の一方に、「連謡」という視点から、巻十三全体をとらえようとしたのが高橋庄次『万葉集巻十三の研究』である。(7)

このように巻十三の様々な争点を追ってみると、あらためて問われるのが、巻十三が基本にもつ編者の志向（構想）――なぜここまでこだわって、歌謡性の色濃い長歌を部類し、巻十三を編んだのか――である。部類歌巻のうち、巻十三が他に例をみない長歌体を中心とする歌巻であることは事実である。従って、この巻を編む「編者の志向（構想）」には、第一に、こうした長歌体の歌々を類聚し、部類することがあったと考える。

そこで再度問題となるのが、なぜ長歌体なのかということである。この点については、伊藤博論文が巻十三長歌の形態が、「土地の提示＋景物の叙述―対句尻取り＋本旨」という形式であることから、これがいわゆる宮廷歌人の長歌の形態に等しいこと、そして、記紀歌謡にみられるコトホギ、あるいはカタリの様式を踏襲しており、宮廷社会のさまざまな場で詠うための台本として出発していることを指摘している。(8)巻十三が「長歌体」という「歌の形式」による部類歌巻であることは、同時に長歌体の歌を「いかに使うか」ということのために、編まれたことを指している。こうした視点からみれば、「長歌体」による「詠うための台本」という伊藤論の指摘は一つの目安と考えてよい。さらに、伊藤論の言を借り、「コトホギ」や「カタリ」の様式を踏襲した「詠うための台本」として巻十三を位置づけるならば、次に問題となるのは「いかに詠われていたか」という点であるという見通しを得ることもできる。

本節では巻十三の部立の中でも「詠う」ことを部類認識の実態としてもつ「問答」を取り上げて長歌体を中心とする部類歌巻を編むという基本理念に付加された巻十三における編者の志向——「詠う」ことと「編む」こと——を考えてみたいと思う。

巻十三の問答歌に限らず、万葉集の問答歌については作者の性別について注意している点、伊藤博「問答歌の論」がすでに指摘している(9)。それは、「問答」という部立を立てること自体、歌を掛け合うという当時の「歌を詠う」状況の基本型を志向した部類であったことが根底にあるからだといえる。このことと、巻十三問答歌の内実がどのような関係性を保っているかを考えることによって、歌謡性を残した長歌体を中心に編むという基本理念に、さらに「掛け合う」という実態を付加した巻十三問答部の「詠う」ことと「編む」ことの関係性を明確にし、ひいては、伊藤博論文が指摘する「詠うための台本」としての巻十三の有り様をより具体的にできるのではないかと考える。

一　巻十三「問答」部の形式と形態

まずは巻十三の問答歌の全容を提示し、その形式から想定される形態について考えてみたい。なお、ここでいうところの「形式」は歌群として示されている歌の様式をいい、「形態」とは歌群が歌としてどのように機能しているかという実態を指す。また、用例には歌の各々のまとまりに対して、A～Dまでの記号をつけ、本文中においてはこの記号を用いて指示する。

A

問答

物思はず　道行く行くも　青山を　振り放け見れば　つつじ花　にほえ娘子　桜花　栄え娘子　汝をぞも　我に寄すといふ　我をもぞ　汝に寄すといふ　荒山も　人し寄すれば　寄そるとぞいふ　汝が心ゆめ
（13・三三〇五）

反歌

いかにして　恋止むものぞ　天地の　神を祈れど　我や思ひ増す
（13・三三〇六）

然れこそ　年の八年を　切り髪の　よち子を過ぎ　橘の　上枝を過ぎて　この川の　下にも長く　汝が心待て
（13・三三〇七）

反歌

天地の　神をも我は　祈りてき　恋といふものは　かつて止まずけり
（13・三三〇八）

柿本朝臣人麻呂が集の歌

物思はず　道行く行くも　青山を　振り放け見れば　つつじ花　にほえ娘子　桜花　栄え娘子　汝をぞも　我に寄すといふ　我をぞも　汝に寄すといふ　汝はいかに思ふ　思へこそ　年の八年を　切り髪の　よち子を過ぎ　橘の　上枝を過ぐり　この川の　下にも長く　汝が心待て
（13・三三〇九）

右の五首

B

こもりくの　泊瀬の国に　さよばひに　我が来れば　たな曇り　雪は降り来　さ曇り　雨は降り来　野つ鳥
雉はとよむ　家つ鳥　鶏も鳴く　さ夜は明け　この夜は明けぬ　入りてかつ寝む　この戸開かせ
（13・三三一〇）

反歌

こもりくの　泊瀬小国に　妻しあれば　石は踏めども　なほし来にけり　（13・三三一一）

こもりくの　泊瀬小国に　よばひせす　我が天皇よ　奥床に　母は寝ねたり　外床に　父は寝ねたり　起き
立たば　母知りぬべし　出でて行かば　父知りぬべし　ぬばたまの　夜は明け行きぬ　ここだくも　思ふご
とならぬ　隠り妻かも　（13・三三一二）

反歌

川の瀬の　石踏み渡り　ぬばたまの　黒馬の来夜は　常にあらぬかも　（13・三三一三）

右の四首

C

つぎねふ　山背道を　他夫の　馬より行くに　己夫し　徒歩より行けば　見るごとに　音のみし泣かゆ　そ
こ思ふに　心し痛し　たらちねの　母が形見と　我が持てる　まそみ鏡に　蜻蛉領巾　負ひ並め持ちて　馬
買へ我が背　（13・三三一四）

反歌

泉川　渡り瀬深み　我が背子が　旅行き衣　濡れ漬たむかも　（13・三三一五）

或本の反歌に曰く

まそ鏡　持てれど我は　験なし　君が徒歩より　なづみ行く見れば　（13・三三一六）
馬買はば　妹徒歩ならむ　よしゑやし　石は踏むとも　我は二人行かむ　（13・三三一七）

D

紀伊の国の　浜に寄るといふ　鮑玉　拾はむと言ひて　妹の山　背の山越えて　行きし君　いつ来まさむと
玉桙の　道に出で立ち　夕占を　我が問ひしかば　夕占の　我に告らく　我妹子や　汝が待つ君は　沖つ波
来寄る白玉　辺つ波の　寄する白玉　求むとそ　君が来まさぬ　拾ふとそ　君は来まさぬ　久ならば　今七
日だみ　早からば　今二日だみ　あらむとそ　君は聞こしし　な恋ひそ我妹　（13・三三一八）

反歌

杖つきも　つかずも我は　行かめども　君が来まさむ　道の知らなく　（13・三三一九）
直に行かず　こゆ巨勢道から　岩瀬踏み　求めそ我が来し　恋ひてすべなみ　（13・三三二〇）
さ夜更けて　今は明けぬと　戸を開けて　紀伊へ行く君を　何時とか待たむ　（13・三三二一）
門に居し　郎子宇智に　至るとも　いたくし恋ひば　今帰り来む　（13・三三二二）

右の五首

これら四例は、いずれも長歌体に短歌体の反歌が付随する形式を持つ。この形式については、巻十三の編纂時にあたり、「長歌＋反歌」の形にまとめられたとの見解も出されているように、本来的な形式ではないとする考え方がある。(10) 仮に、これを本来的な形式ではなかったと考えるならば、巻十三の「問答」部類は、実態よりもさらに整理された形式に整えられた可能性もある。また、この四例は「長歌＋反歌」の形式を基本としているとはいえ、その詳細は異なっている。ここで目的とする「編者の志向（構想）」を問うためには、逆に、なぜこうした形式にまとめあげたのかという「必然」を問うべきではなかろうか。まずは、当該の四例がどのような形式になっているかを確認する。

Aは、五首から成る一群である。「娘子」の美しさ、あでやかさを「つつじ花」「桜花」に譬え、「我」と「娘子」との噂が立っていることを匂わせながら「汝が心ゆめ」と歌いかける三三〇五番歌に、「然れこそ」と受けて、長い時を恋しつづけて待ち、「汝が心待て」と詠いおさめる三三〇七番歌が対応して一つの問答となっている。そして、「反歌」とはあるが、「天地の神」を引合いに「恋止む」ことの困難さを詠いあう三三〇六番歌、三三〇八番歌が添えられて「長歌＋反歌」各一例二組の問答にまとめられたものと考えられる。この長歌体二首の問答と短歌体二首の問答は、「長歌＋反歌」の形式に整えられてはいても互いに表現上の接点を持ちえていない。つまり、互いに独立する問答としても充分機能し得るのである。この点、本来は長歌二首の問答であったものに反歌を付随させて「長歌＋反歌」の形式を整えたという先の言説を裏付けているように思われる。

続く三三〇九番歌は、三三〇五、三三〇七番歌の問答にあった「娘子」の描写や恋し続けている様子はそのままに、「汝はいかに思ふや」との問いかけを、そのまま「思へこそ」と受けて答えることによって成り立つ一首で問答の体を成す長歌である。長歌体二首の問答を一首で、問答の体にしたのか、それとも一首で問答の体であったものを二首一組の問答の体にしたのか、大きく説のわかれるところではあるが(11)、長歌体二首の問答形式に短歌体二首の問答を加え、さらに「長歌＋反歌」の形に整えられた形式、そして、長歌体一首の問答形式をもって歌を配列するということが編者の志向であったと考えるべきであろう。「長歌＋短歌」という形式が宮廷歌謡の基本的な形式として認められていたとすると、先ほど互いに独立して機能し得るとした短歌体二首は、一つの問答を形成していると同時に、長歌体二首に付随するものとして巻十三に納められているのである。では、ほぼ同じ内容の長歌体二首の問答と長歌体一首の問答を提示する意図はなにか。

一つの仮説として、これらが対詠の形態で区別されていたと考えてみよう。単純に考えて、前者は明らかに二人で「対詠」する場合を想定しての問答であるが、後者は一首を二人で誦詠するというよりは、一人で対詠の体となす場合――「独詠」――と考えられる。(12)すると、ほぼ同じ内容を持つ長歌体二首一組の問答歌と、一首で問答の体をなす人麻呂歌集歌を同一歌群に提示することは「詠うための台本」としての巻十三に、同様の内容を「いかに詠ったか」という「対詠」「独詠」のそれぞれの例を提示しているのだと考えることができる。

続くBの長歌体二首に反歌体二首の「反歌」が付随している例は、Aの長歌体二首の対詠スタイルに類似している。Bは、「泊瀬」に「よばひ」に来た「我」が「入りてかつ寝む　この戸開かせ」と歌いかける一首目の長歌（13・三三一〇）に対し、「母」や「父」に知られてしまうかもしれないというためらいや、「夜は明けゆきぬ」もどかしさ、そして、「隠り妻」として「思ふごとならぬ」我が身を焦れる二首目の長歌（13・三三一二）が対詠の形式を成している。

付随する「反歌」は、「こもりくの泊瀬」を詠い出しとする表現の類同性から、Aの例ほど反歌が独立的でないにせよ、「泊瀬」に居る「妻」に逢うため、「石は踏めども」やって来たことを詠う一首（13・三三一一）に、「石踏み渡り」やって来る「黒馬」の「常にあらぬ」ことを詠い返す一首（13・三三一三）が問答の形式をなしている。Aの形式に比して、反歌が独立的でないという点を重視するならば、Bの例は「長歌＋反歌」が一対で「対詠」の形態を持つ一例として提示されていると考えることができ、これはAにみられたような、長歌体二首と短歌体二首がそれぞれ独立しても捉えられるような例とは異なる、いわば長歌と反歌の緊密性を伴った形式であるということもできよう。

では、Cはどうであろうか。Cは、始めに示された長歌体一首が「山背道」を旅する「夫」が馬を持たないことを「見るごとに　音のみし泣かゆ」と心を痛め、自分の「まそみ鏡」と「蜻蛉領巾」で馬を贖うことを勧める一首（13・三三一四）である。これに、「反歌」として付随するのは「我が背子」が「泉川」を濡れながら渡る旅の難儀を詠う内容を持つ一首（13・三三一五）である。両者は「山背」と「泉川」という地名によって「長歌＋反歌」の紐帯が保たれている。

しかし、この「長歌＋反歌」が「馬買へ我が背」と歌いかけるのに対し、答える「長歌＋反歌」はない。強いて言うならば、「或本の反歌」とされる二首の反歌のうちの一首目（13・三三一六）が、「まそ鏡」を持っていても「君」が旅の難儀に遭うのならば「験なし」と、長歌の内容を受けて詠い、続く一首（13・三三一七）が、自分が馬を贖ったら、「妹」が「徒歩」になってしまうので、「石は踏むとも」二人で行くと思えば辛くはないと詠うことで問答の体を成しているといえようか。

Cが問答として部類されているのは、或本の反歌二首に拠っていることは明らかで、長歌は、むしろ「問答」に至る状況説明的な性格をもたされていると言えるのではなかろうか。このことは、長歌一首がなければ、或本の反歌二首の旅行く「君」の難儀を思い遣って、「まそみ鏡」を持つことの「験」がないことを詠う意味がとれないことからも裏付けられる。Cは、「独詠」される「長歌＋反歌」で状況を説明し、さらに続く反歌で問答を行うという形式の提示に意味があったと考えるべきであろう。

Dは、長歌一首に反歌四首が付随する形式の一群である。従来、長歌が問答の体をなしていないことが指摘されていたが、伊藤博『萬葉集釋注』が、長歌一首の中で、「妹」と「夕占」が問答をなしているとして、三三一八番歌の長歌一首による問答の体とする一つの解釈が生まれた(13)。長歌一首の中で、問答をなす体は、Aの三三〇九番歌でみた形式と同じであるが、DがAと異なるのは、Dの場合、紀伊国に出かけた「君」が「いつ来まさむ」と夕占問う「我」と「久ならば　今七日だみ　早からば　今二日だみ」と応じている第三者が問答を成している点であろう。

反歌として続く四首は、「君」がやって来る「道」を知っていたら、「杖」をつきつつでも私は迎えに行くと詠う一首（13・三三一九）に、恋しくてどうしようもないので、「巨勢路」から「求め」て来ましたと応じる一首（13・三三二〇）が問答となっている。そして、夜が明けて「紀へ行く君」を「いつとか待たむ」と嘆く一首（13・三三二一）に、恋こがれていたならば「郎子」は「今帰り来む」と答える一首（13・三三二二）が問答となっている。特に、三三二一番歌と三三二二番歌の問答は、恋の当事者である我とその相手を「郎子」と呼ぶ第三者の問答となっている点、長歌の内容と状況は等しい。

このように見てみると、D群は、「独詠」の長歌体一首で問答の体をなす場合と、短歌体で問答の体をなす場合の二つの形式が示されるとともに、問答が当事者と第三者によってなされている形態も示されていると考えられるのではなかろうか。特に、当事者と第三者という対詠の設定は、恋愛の一場面としてはありがちな状況ではあるが、問答の一例としては斬新な設定といえる。Dの必然性はこの点にあったともいえよう。

ここまで、巻十三の「問答」において「いかに詠われたか」という形式と形態に着目してAからDまでのそれぞれの例をみてきた。次に小括しておく。

A対詠と独詠のそれぞれの形式と形態を提示
B「長歌＋反歌」の完全な対詠形式と形態を提示
C独詠の長歌体による状況説明ののち、対詠の短歌体による問答形式と形態を提示
D独詠の長歌体による状況説明ののち、対詠の短歌体による問答形式と当事者と第三者の問答という形態を提示

これら四例は形式を重複することなく提示されており、また、問答が第三者を交えての場合もあることなど、様々な形態を示してもいた。これは、いわば、恋歌を問答形式で詠うパターンが一様ではないことに等しく、この点、巻十三の「編者の志向（構想）」は「長歌体を中心とする問答形式と形態を重複することなく示す」という

点にあったといえ、それはここに明確に示されていると考えてよい。

二　「長歌体」と「短歌体」の意義

前節において巻十三「問答」部類の形式と形態を確認してきたが、形式が重複しないこと、また問答の内実から問答の形態が様々であったこと等が確認され、巻十三の編者の志向が「長歌体を中心とする問答形式と形態を重複することなく示す」ことにあったことを確認した。次に問題となるのは、なぜ、長歌体と短歌体を混在させ、こうした様々な形式・形態を提示する必然性があったのかということである。巻十三が長歌体の歌を類聚し、部類することを基本理念としていたことは巻十三の特徴として動かし難い事実である。また、この長歌体に短歌体の「反歌」を付随させることが「長歌＋反歌」の形式を整えるためのものであったことはAの例からも首肯される。しかし、Cのように独詠の長歌体によって問答となるべき恋の状況を詠い、「或本の反歌」つまり、短歌体で問答を提示するという形式が示されていることは、長歌体と短歌体の果す役割の差異が明確である以上、「形式を整える」という以外の理由もあってしかるべきと考える。

「問答」という部類に分けられるということは「誦詠」、さらに「対詠」という形態によって詠われることを前提としている。その形態を前提として、「長歌体」と「短歌体」を比較した場合、「長歌体」の方が圧倒的な情報量をもっていることはいうまでもない。例えば、Bのように長歌体二首の問答の場合、状況説明的な内容や、譬喩表現など、長歌体歌が含む情報量は多く、それだけで一つの物語が構成されるほどの内容を問答としてやりとりすることとなる(14)。逆に、短歌体問答の場合、互いの歌表現を汲みとりつつ、短時間に次々と歌を応酬することができる。Cのように、長歌体に歌の状況説明をゆだね、短歌体によって問答を行う形式は、まさにこの「情報量」と「歌の応酬」という視点によって、長歌体と短歌体の役割分担が明確化されていると考えるべきであろう。長歌体で状況を説明し、短歌体の歌を紡ぐことで問答を行うという形式は、「長歌体」と「短歌体」の性質の差異を組み合わせた「問答」の在り方を示していることに他ならない。

「長歌体」と「短歌体」を組み合わせて詠われる詠われ方は、物語（状況設定）を担う長歌体と短歌体の歌の限りない応酬によって、その物語が展開されていくことで一つの恋物語が形成されると考える。それは例えば、『古事記』清寧天皇条にみられる志毘臣と袁祁命と大魚の歌垣のような、あるいは、『日本書紀』武烈天皇条にみられる太子と鮪臣と影媛の歌垣のような事例と比較して、「歌の掛け合いによる恋物語の形成の事例」と位置づけてもよい。また、長歌体と短歌体の組み合わせによる問答が「恋の状況設定をしなければならない場」において詠われるものであったということをも推測させる。それは、当事者間でやりとりされる問答というよりは、恋物語の設定を長歌体として置き、その問答を楽しむという状況下において行われるきわめて共有性の高い問答であったと考えられる。

おわりに

巻十三の「問答」について、「いかに詠われたか」という視点から、「長歌体」と「短歌体」を組み合わせた形式についての必然性を考えてみた。まず、巻十三における歌の形式と形態を確認することによって、巻十三の「問答」部類において形式が重複しないこと、また問答の内実から問答の形態が様々であったこと等を「問答」部類を編む志向（構想）として読み取った。

また、長歌体と短歌体の組み合わせによる問答が、共有性の高い場において、長歌体によって恋の状況設定が示された上で短歌体問答によって恋の問答を紡ぎ出していくための形態を示していることを明らかにした。このような形態は巻十三が基本理念としてもっていた「歌謡性を残した長歌体を中心に巻を編む」という編者の志向（構想）に加え、「詠う」ことがより重視されたことに拠っており、これが巻十三の「問答」部類の特質と考えると、伊藤博論文がいうところの「詠うための台本」という指摘は巻十三全体に渡る性格づけもさることながら、「問答」部類に、より顕著に企図されていると考えられよう。(15) さらにいえば、「長歌体」と「短歌体」を組み合わせた問答のあり方が「恋物語の形成」という他の巻の「問答」部類にはうかがえない形態を示していることは間違いなく、「問答」部類を設けた巻十三編者の志向（構想）は「詠うための台本」という目的に加え、「恋物語形成方法」ともいうべき、問答における物語性を提示・追求することにもその目的があったということができよう。勿論、巻十三の問答部類が持つ物語性は、物語そのものを髣髴とさせ、これを楽しむものではなく、これを一つの事例として「詠う」ためのものである。そして、以上のことが巻十三問答部の他に例をみない部類認識となっていることは、「問答」という枠組によって部類歌巻相互の「つながり」を保ちつつも、巻十三の問答部類があることの必然性を示しているといってもよかろう。

【注】

（1）大久間喜一郎「万葉集巻十三の意味」（『古代文学の伝統』笠間書院、一九七四年、初出は一九七四年三月）

（2）中西進「八世紀の万葉」（『中西進　万葉論集』四　講談社、一九九六年、初出は一九六七年六月）はこの点を「古いもの自体も漸次新しくなるという伝承上の改変」という論理によってとらえている。

（3）伊藤博「宮廷歌謡の一様式—巻十三の論—」（『萬葉集の構造と成立』〔上〕塙書房、一九七四年、初出は一九六〇年三月）

（4）遠藤宏「長歌考—万葉後期の成立と思われるものについて—」「巻十三における異伝—後期的文学営為検討のための

一視点として」（『古代和歌の基層』笠間書院、一九九一年、初出はそれぞれ一九七六年三月、一九八七年一二月）

（5）伊藤博「巻十三～十六の論」（『萬葉集釈注』十一　集英社、一九九九年、初出は一九八二年十一月）。なお、「譬喩」の部類が非常に先鋭的な表現意識のもとに自覚され、かつ、「問答」の部類を再認識する契機となったことは本書第三部第五章に述べた。

（6）巻十三の配列について早くに言及したのは五味保義論文である（「万葉巻十三考」『国語国文の研究』二十二、一九二八年六月）。阿蘇瑞枝論文はこれを承けて、巻十三と巻十四との関連に及ぶ（「万葉集巻十三の世界―編纂面を中心に―」『万葉和歌史論考』笠間書院、一九九二年、初出は一九七一年一一月）。伊藤博論文は、こうした諸説をふまえてのことである（「国郡図式による配列―巻十三の論」『萬葉集の歌群と配列』〔上〕塙書房、一九九〇年、初出は一九八一年一一月）。

（7）高橋庄次著『万葉集巻十三の研究』（桜楓社、一九八二年）

（8）伊藤博注3前掲論文参照。

（9）伊藤博「問答歌の論」（『萬葉集の歌群と配列』〔上〕塙書房、一九九〇年、初出は一九八〇年一一月）

（10）中西進注2前掲論文参照。

（11）例えば、Aの事例についてみてみると、『古典集成』は前四首（三三〇五～三三〇八）は三三〇九番歌から転化したものとする。ちなみに村瀬憲夫論文は全く逆の位置づけをしている（「巻十三長歌の場合―相聞最終歌群の原初形態をめぐって―」『萬葉集編纂の研究』塙書房、二〇〇二年、初出は一九九七年三月）。

（12）辰巳正明「柿本人麿歌集恋歌の生態」（『詩の起原　東アジア文化圏の恋愛詩』笠間書院、二〇〇〇年）は一首の歌に男女対詠が含まれる場合の形態を「歌い継ぎ」方式による対詠歌としている。一方、辰巳論文自体にも記すように、「歌い継ぎ」が行われなければ、独唱形となる一つの経過を示しているものと考えられる。ここでは、当該例の形式を巻十三における一つの提示と考え、人麻呂歌集歌を「独詠」の場合と考えた。

（13）『万葉考』以来、三三〇二番歌の第二句「郎子」は「娘子」の誤字とみて、問答の体を成しているとされてきた。これに対し、『萬葉集釋注』には「何のことはない。右は長歌自体が問答に成っている。『女』と『夕占』との問答である」として、長歌体一首の中で問答が形成されていることが指摘されている。

（14）当該の問答は、神代記にみられる八千矛神の沼河比売に求婚する際の神謡や、継体紀にみられる勾大兄皇子と春日皇女の唱和歌との表現の類似性・類想性が指摘されており（『萬葉集釋注』）、あるいは、当該例の背後にはすでに一つの物語が揺曳されていると考えることもできる。しかし、歌のみを取り出しても、そこに一つの物語が形成されているであろうことは容認できよう。

（15）伊藤博注3前掲論文参照。

第四章

「季節」という表現形式と編纂

はじめに

部類歌巻の中でも、その部類意識が「季節」に特化していて明確である巻十を、同じ季節部類である巻八と共に本章で扱う。ここで、まず確認しておかなければならないことは、「季節を詠み込むこと」と「季節を詠うこと」は同じではないということだ。つまり、歌の主題に沿う表現として「季節」が詠み込まれている歌と、「季節」そのものを詠う歌とでは、「季節」に対する認識が異なるのであり、「季節歌」を「季節を詠う歌」とするならば、その「成立」に要求されるのは、「季節＝四時」に対する明確な認識と、「季節を詠うことの必然」である。『万葉集』巻八、十において、「歌を四季に部類する」ということの特異性は、「季節を詠み込むこと」と「季節を詠うこと」の差異を認識し、かつ、これに「歌を詠む（作る）」という行為への必然が加えられた結果にある。これまでにない歌巻を編纂する行為はどのような認識をもってなされたのであろうか。以下、「季節によって部類する」ということの認識と編纂の問題を巻八、十の季節歌巻で考えてみたい。

一　季節歌巻の編纂

眼前に編纂に供される歌の資料があり、編者に「歌を四季に部類しようとする動機」があったとき――ただし、この時「部類する動機」の内実についてここでは考えないこととする――編者は何を基準にして四季歌巻を編纂してゆくだろうか。当然のことではあるが、この問題は、何を以て「季節」を判断するかという認識と不可分である。季節歌巻の成立に「季節＝四時」に対する明確な認識が必要であることは繰り返すまでもないが、この『季節＝四時』に対する明確な認識」をめぐって、これまでの研究史における『万葉集』の季節歌巻の成立については「どのような資料がもとになったか」という部分に視点があてられてきた。

早くに巻八の編纂に先行して「秋の小歌集」の存在を想定したのが中西進「新万葉集の出発――巻八の形成――」である。(1)中西論文は坂上郎女に先立つ「秋の小歌集」とも言うべき蒐集があり、それは、おおむね古い雑歌に新しい相聞を加えるといった形をとっていたとする。そして、最後に家持の自作歌の追加があり、現在の形が完成したと考えている。(2)

これに続いて、別の角度から巻八や巻十の「資料」に視点をあてたのが渡瀬昌忠「万葉集巻八への投影」である。(3)渡瀬論文は巻八の季節分類に先立って、春・秋・冬の三季に分類されまとめられていた人麻呂歌集略体歌群の季節歌群があった事を論じ、その人麻呂季節歌群をモデルとする、三季分類がなされた「大伴宿祢家持歌集」の存在があったとしている。この「大伴宿禰家持歌集」を手にした坂上郎女がこれを核として郎女の手元にあった諸資料から歌を加え、春夏秋冬の四季に分類された歌集を編み、最後に再度家持が増補加筆したとする説である。渡瀬説の根底には、折口信夫論文が提唱する三季分類があるが、(4)ほかでもない家持の三季分類歌集の存在を認めるかどうかということには疑問が残る。

一方、巻八の編纂そのものを数次のものと見る見方は当該歌巻に記されている大伴家持の呼称の差異――「宿祢家持」と「家持」という二つの記名の違い――に拠る訳であるが、これを、自然発生的な編纂法上の変化と見、巻八の原型は坂上郎女の手になること、また、その原型は雑歌、相聞の別がなく、作歌年月注記、贈和の提示、集宴歌の記録形式をもつものなどを含まないと考えたのが阿蘇瑞枝「万葉集の四季分類――季節歌の誕生から巻八の形成まで――」である。(5)

阿蘇論文の巻八原型論に対して疑問を呈示し、「坂上郎女圏歌」という資料の存在を論じたのが原田貞義「大伴坂上郎女圏の歌」である。(6)原田論文は「郎女圏歌や古歌の中から、季を有する雑歌と相聞歌のみを採択した時点で、既に八季による分類が意図されていた」と考えている。この他、塩谷香織「万葉集巻三・四・六・八の成立過程について」(7)や郎女の資料の提供と助言を示唆する橋本達雄「万葉集編纂の一過程」(8)によっても巻八への坂上郎女の関与がそれぞれに立論されている。

先にも述べたが、これら諸説に共通するのは、季節歌巻に到るまでの何らかの「資料」の存在と坂上郎女の関与、そして、家持の追補である。巻八、十といった特異な巻が成立する為には、すでに季節に特化しつつあるような様相を呈した相応な「資料」が必要なのであり、そこに「歌を四季に部類する」という動機が加えられたとき、季節歌巻が成立したと考えるのは順当であると思われる。

しかし、「歌を四季に部類する」という動機の裏には先鋭化された季節認識が存在しなければならないし、四季部類するということの必然性がなければ季節歌巻は成り立たない。季節歌巻に先行する私歌集にどの程度の季節部類の自覚があったかという線引きはなかなか難しい問題であろう。渡瀬論文のいう「三季」をもって季節部類の萌芽はあったと思われるが、四季部類の認識があったことにはならないと考えておきたい。

ここで、季節歌巻がどのように部類され、編纂されたかを考えるにあたって、一つの指針として「資料」という点を詳細に追求した原田論文をモデルにしてみたい。(9)「坂上郎女」を巡る歌々の集積と部類についての原田貞義論文は、もとは一つであったと考えられる郎女圏歌について巻三、四、六、八の各巻に収録されている郎女圏歌の各々の採録状況として、次のような条件を示している。

まずはじめに、もとは一つであったものが各所に分割されることの理由には、次の二点を挙げている。

①同一資料の歌が各所に分括される理由の一つとしては、作品数が多過ぎるということが考えられる。そのために作品分類の基準が設けられるのである。

②作品分載の理由の第二として、巻々の編纂基準の設定が挙げられる。

この二つの理由は表裏一体で、「こんなに歌が集まったから幾つかに分けてみよう」という考えと、「こんなに歌がある中からこれこれの基準に沿って歌を分けてみよう」という考え方は、集まったもの、あるいは集めたものを分類するということでいえば、ほぼ同じ考えの範疇にあると思われる。しかし、例えばそれが、年代順だとか、作者ごとといった基準で並べられるのでなく、これまでに例のない「季節」という部類、しかも「雑歌」と「相聞」にこれを分けるというのだから、その条件はかなり厳しいものとなる。原田論文は採録の原則として、次の三点を挙げている。

③巻々の編纂時が異なる場合は、当然のこととして先に編まれた巻は優先的に歌を採り、より厳正に基準と合致した作品を採ることができるということである。

④数巻が同時に並行して編まれる場合には編纂基準がより細緻、厳正な巻から先に作品を採録してゆく。

⑤特定の個人や特殊な集団の歌などは、それ自身一括し、巻として編まれることがある。

ここで断っておかなければならないのは、原田論文はこの考え方を坂上郎女圏歌全体の集積と採録に及ぼして考えていることで、この原則によって、「坂上郎女圏歌」全体の各巻への採録を考えるわけだから、原田論文の考え方が巻八の部類と編纂に全く一致するということではない。特に、④の理論については本第三部第二章第二節において述べた「表現性の深化」と「部類認識の深化」という面から異論もあり、この点については後に触れる。また、原田論文は条件③によせて、巻八についてはその採録条件の厳しさから「郎女圏歌を代表するものとして巻八があった」としている。原田の想定する「坂上郎女圏歌」なるものの存在の是非は置いておくとして、たとえば、ある資料の存在とそこに条件を加えて歌を部類することの必然性は部類の条件が厳しければ厳しいほど強かったということになる。阿蘇論文が説くように「郎女、家持の時代の趨勢のなせるわざ」から生み出された季節認識を含む多数の作品を季節に部類することの意義はわれわれが考えるよりも、もっと大きいものであったといわざるを得ない。

では、「四季部類の認識」とは何か。何らかの「資料」があって、「四季に部類する」という動機（これには必然性も含む）があったときに、編者は歌をどのように部類したのか。このことこそが本章で季節部類歌巻編纂の問題として取り上げるべき問題であろう。

二　巻八・巻十の構成

まずは、巻八、巻十の構成を次に掲げる。

巻八の構成

春雑歌（三〇首）、春相聞（一七首）

夏雑歌（三三首）、夏相聞（一三首）

秋雑歌（九五首）、秋相聞（三〇首）

冬雑歌（一九首）、冬相聞（八首）

巻十の構成

春雑歌（七首［柿本朝臣人麻呂歌集出］）、

詠鳥（二四首中一八四一・一八四二には「問答」との左注あり）、詠霞（三首）、詠柳（八首）、詠花（二〇首）、

詠月（三首）、詠雨（一首）、詠河（一首）、詠煙（一首）、野遊（四首）、歎旧（二首）、懽逢（一首）

旋頭歌（二首）

譬喩歌（一首）
春相聞（七首［柿本朝臣人麻呂歌集出］）
寄鳥（二首）、寄花（九首）、寄霜（一首）、寄霞（一六首）、寄雨（四首）、寄草（一三首）、寄松（一首）、
寄雲（一首）、贈蘰（一首）
悲別（一首）
問答（一一首）
夏雑歌
詠鳥（二七首、一九三七・三八は「古歌集中出」とあり）、詠蝉（一首）、詠榛（一首）、詠花（一〇首）
問答（二首）
譬喩歌（一首）
夏相聞
寄鳥（三首）、寄蝉（一首）、寄草（四首）、寄花（七首）、寄露（一首）、寄日（一首）
秋雑歌
七夕（九八首、一九九六～二〇三三は柿本朝臣人麻呂歌集歌）、詠花（三四首中二〇九四・二〇九五は人麻呂歌集歌）、
詠雁（一三首）、詠鹿鳴（一六首）、詠蝉（一首）、詠蟋（三首）、詠蝦（五首）、詠鳥（二首）、詠露（九首）、
詠山（一首）、詠黄葉（四三首中二一七八・二一七九は柿本朝臣人麻呂歌集歌）、詠水田（三首）、詠河（一首）、
詠月（七首）、詠風（三首）、詠芳（一首）、詠雨（四首、二二三四は柿本朝臣人麻呂歌集歌）、詠霜（一首）
秋相聞（五首、［柿本朝臣人麻呂之歌集出］）
寄水田（八首）、寄露（八首）、寄風（二首）、寄雨（二首）、寄蟋（一首）、寄蝦（一首）、寄雁（一首）、

寄鹿（二首）、寄鶴（一首）、寄草（一首）、寄花（二三首）、寄山（一首）、寄黄葉（三首）、寄月（三首）、
寄夜（三首）、寄衣（一首）
問答（四首）
譬喩歌（一首）
旋頭歌（二首）
冬雑歌（四首［柿本朝臣人麻呂之歌集出也］）
詠雪（九首）、詠花（五首）、詠露（一首）、詠黄葉（一首）、詠月（一首）
冬相聞（二首［柿本朝臣人麻呂之歌集出］）
寄露（一首）、寄霜（一首）、寄雪（一二首）、寄花（一首）、寄夜（一首）

巻八も巻十も歌を四季と各季の中を雑歌・相聞に部類し、全体として八分割している点は等しい。一方、巻八の各歌には題詞や左注がほどこされており、およそ、作者や作歌の年代に沿って歌が配列されているのに対し、巻十はこれが「歌材」に拠ることは大きな相違点として挙げられる。また、巻十には「雑歌」「相聞」だけでない、「譬喩歌」といった「表現技法」による歌の部類や、「悲別」といった「表現内容」、「旋頭歌」といった「歌体」による部類、さらには、「問答」といった「表現形式」による部類等もみられる点、巻八とは大きく異なる。

さて、こうした両巻の差異について今少し考えておきたい。季節歌巻のなかで作者や作歌年代の順によって歌が配列されるということは、歌々を四季に部類した後に時間や作者といった配列の配慮がなされたということである。特に「雑歌」における配列作業に対して天平期の歌群の前に白鳳期の歌を配するという構造が「古今構造」をもつとされ、こうした構造が巻一・二にいち早く導入されていること、また、巻三・四における「譬喩

歌」がこれを踏襲していることを指摘しているのが伊藤博「巻七〜十二の論」である。[10]伊藤論文は、この点から「季節分類大伴宿禰家持歌集」が巻八の母体となっていることを導くのだが、配列よりも何よりも「季節部類されている」ということがこの巻の最大の特徴であるわけで、こうした「古今構造」はある意味、季節歌巻を編む際の「前代の慣習」――歴史的な時間の流れに沿って歌を配列するという慣習――から抜けきることができなかった部分と考えておきたい。一方の巻十は、時間や作者といった要素を払拭して歌を四季部類しているわけであるから、「前代の慣習」からは脱していると考えた方がよかろう。この巻八から巻十へという季節部類の変化について、どのように考えればよいのだろうか。

三　季節部類の方法・巻八の場合――循環時間を基準とする部類――

「季節」を認識するという点において春には春の、夏には夏のそれぞれ特徴的な景物を基準に歌を部類するということは至極自然な発想である。ところが、巻八には歌の内容では判断しにくく、作歌年代を含む題詞の記述、あるいは同時に詠まれた歌から判断されて部類されたと考えられる歌が存在している（一四五三、一四五五、一四五六、一四五七、一四六〇〜一四六三、一五二六、一五三〇、一五三一、一五四八、一五六九、一五七〇、一五七一、一五七六、一六〇七、一六〇八、一六一四、一六一五、一六一九、一六二〇、一六二九、一六三〇）。一例をあげてみる。なお、季節に部類する判断基準になったであろう部分に傍線を施した。

天平五年癸酉の春閏三月に、笠朝臣金村が入唐使に贈る歌一首　并せて短歌

玉だすき　かけぬ時なく　息の緒に　我が思ふ君は　うつせみの　世の人なれば　大君の　命恐み　夕されば　鶴が妻呼ぶ　難波潟　三津の崎より　大船に　ま梶しじ貫き　白波の　高き荒海を　島伝ひ　い別れ行

かば　留まれる　我は幣引き　斎ひつつ　君をば遣らむ　はや帰りませ　（春相聞・8・一四五三）

反歌

波の上ゆ　見ゆる小島の　雲隠り　あな息づかし　相別れなば　（春相聞・8・一四五四）

たまきはる　命に向かひ　恋ひむゆは　君がみ船の　梶柄にもが　（春相聞・8・一四五五）

当該歌に季節を直感させるような用語はなく、強いて言うならば、「三津の崎」から大がかりな航海――海外使節の派遣――といった事情が読み取れるのみではなかろうか。当該歌を「春」に部類するのは、題詞の記述によるところが大きい。この用例を見る限り、巻八においては、季節の判断に迷うような歌も、大きく作歌状況と作歌時期とで各季に部類されているといえる。いわば、暦の上で季節部類されてゆくわけである。

次に、暦の上で判断されなかった事例をみておこう。

大伴宿禰家持、時じき藤の花と萩の黄葉てると二つの物を攀ぢて、坂上大嬢に贈る歌二首

我がやどの　時じき藤の　めづらしく　今も見てしか　妹が笑まひを　（秋相聞・8・一六二七）

我がやどの　萩の下葉は　秋風も　いまだ吹かねば　かくそもみてる　（秋相聞・8・一六二八）

右の二首、天平二年庚辰の夏六月に往来す。

当該例は秋相聞に部類される歌である。「時じき藤の花」が咲いたという時期と「秋風もいまだ吹」かない時期ではあるが「時じき藤の花」と「萩の黄葉」を詠むことの季節認識は「秋」であるということから部類されたと判断される。しかし、左注には「夏六月」と、その作歌時期が記されており、作歌状況によって部類されるならば、これを夏に部類することもあってよかったわけである。作歌時期によって季節が判断されていない例となろう。

大伴宿禰家持、娘子が門に至りて作る歌一首

妹が家の　門田を見むと　うち出来し　心も著く　照る月夜かも　（秋雑歌・8・一五九六）

当該歌は、判断不可能な用例である。この歌を秋に部類するのは「門田見る」という行為か、それとも「照れる月夜」という情景であろうか。いずれにせよ、こうした行為や景を「秋」と判断する認識が存在しなければならないが、判然としない。

以上に掲げた用例が物語るのは、作歌時期が判断できれば明確に「季節を示す語」が存在しなくても四季部類されるという事実と作歌時期が示されていても、さらには、それがなくても実際の歌材から季節部類されている歌もあるという事実で、後者は季節部類としては当然の認識ではあり、巻十はこの認識に拠って季節部類されていることから当面の問題としてはおくとしても、前者はこれを、裏返せば、季節の歌とはいえ、歌を作歌時期で部類するという基準もあったのではないかということを示している。こうした部類基準のあり方は、巻八の各季をさらに雑歌と相聞に部類する際にもうかがえることが、村瀬憲夫「万葉歌の分類――巻八と巻十における『雑歌』と『相聞』――」によって確認されている(11)。

ところで、巻八には「梅」を歌材とする歌のように季節分類が困難な歌もある。巻八の梅の歌は春にも冬にも部類され、且つ、例えば「雪」と取り合わせて詠まれているものなど、季節部類の判断基準が判然としないものがある（一四二六、一四三四、一四三六、一六四〇、一六四四、一六四八、一六四九、一六五一、一六五二、一六五三、一六五六、一六五七、一六六〇、一六六一）。次に、いくつか例をあげる。

霜雪も　いまだ過ぎねば　思はぬに　春日の里に　梅の花見つ　（春雑歌・8・一四三四）

我が岡に　盛りに咲ける　梅の花　残れる雪を　まがへつるかも　（冬雑歌・8・一六四〇）

十二月には　沫雪降ると　知らねかも　梅の花咲く　含めらずして　（冬雑歌・8・一六四八）

今日降りし　雪に競ひて　我がやどの　冬木の梅は　花咲きにけり　（冬雑歌・8・一六四九）

一四三四番歌は「梅の歌」と題しつつ、咲き初めた梅を詠う点、春に部類されたと考えることもできる。しかし、例えば一六四〇番歌のように雪中「盛りに咲く」梅を詠う歌や、一六四九番歌のように「雪に競うようにして咲き初めた梅の花」を詠う歌が、冬に部類されることを考えると、季節表現による部類基準は判然としないのだといわざるを得ない。ここで、一六四八番歌にかろうじて「十二月」という部類基準となる作歌時期が示されていることが一つの手がかりになると思うが、やはり、これらの歌々も作歌時期によって部類された歌々ではなかっただろうか。編纂当時には知り得た条件によって部類されたことを考えると、季節表現の平仄が合わないことも理解できるように思われる。

季節表現に頓着しない、作歌時期による機械的な部類は、一見、当たり前のようだが、「季節を認識して歌を部類する」という行為には遠い。つまり、「暦」の感覚があれば作歌時期による部類は可能であって、しかし、このことは、季節語——季節を認定する歌材——が認識され季節部類がなされているわけではないことを示している。ちなみに、この暦の感覚こそが、新井栄蔵「万葉集季節観攷」が「季節感」と「四時観（季節観）」としてわけた「四時観」に該当するわけである(12)。用例を挙げるまでもないが、例えば巻十七・三九八四番歌の左注にうかがえる「霍公鳥は、立夏の日に、来鳴くこと必定」というような暦に対する感覚があって初めて設定される部類基準である。

一年という循環する時間の中に季節の歌を並べるという基準を持ちつつも、歌群構成等によって、今見たような季節部類基準のはっきりしない歌もその配列に取り込んでいったところが巻八の季節部類の特徴的なところであり、これを記録形式的な方法と考える(13)。従って、作歌時期によって機械的に部類していった結果、冬に盛りを迎える梅の花を詠む歌が登場したりもするのである。

ここまでをまとめておくと、巻八は全体として季節部類に際して作歌時期にその基準を拠っていたところが大きいという点が確認できたかと思われる。それは、巻八の記録的な性格というものを浮き彫りにする基準でもあった。ところで、この点を「季節歌の成立」という点から考えてみると、巻八はいわゆる歌の環境を考慮しつつ、季節部類されていったことになるが、その「環境」とは、一年というサイクルで巡りくる季節と、その時々で行われる行事ということになる。

四　季節部類の方法・巻十の場合――循環時間と歌材に拠る部類――

巻十は純粋に「歌材によって歌を四季に部類」した歌巻である。このことは、巻八で確認したような、作歌の事情や時期によって歌を一年――循環する時間――の中に並べることが出来ないことを意味している。(14) では、何をもって歌を部類することになるかというと、循環時間である「季節」と季節に対応する「歌材」によるほかないわけで、この点、巻八とは大きく出発点が異なる。ここで、巻八の最後に確認した「梅」の歌の部類のあり方と巻十の「梅」の歌を今一度比較してみたいと思う。

巻十の「梅」の歌については村瀬憲夫に論文がある。(15) 村瀬は巻十の梅の歌二十九首のうち、春に部類される二十首と冬に部類される九首の梅の歌についてそれぞれがどのような基準をもって部類されているかということについてまとめている。まずはその基準をみてみたい。

【基準Ⅰ】梅の他に季節のはっきりした景物が詠み込まれているものは、当該の季節に分類する。

【基準Ⅱ】梅とともに雪が詠まれている場合は「春」に分類する。雪が単独で詠まれている場合は「冬」に分類する。

【基準Ⅲ】梅とともに月が詠まれている場合は「冬」に分類する。

【基準Ⅳ】梅とともに露が詠まれている場合は「冬」に分類する。
【基準Ⅴ】梅の花の咲き初めを詠むものは「冬」へ、梅の花の散るのを詠むものは「春」へと分類する。

これらの基準をみると、たとえば、巻八においては「雪と梅」の取り合わせは春にも、冬にも部類されるものであったにも関わらず、巻十においては「春」に部類されていることがわかる。このことは、村瀬論が「巻八と巻十とでは異なった編纂基準が存するようである」とされていることを再度確認することになる。更に、「雪と梅」という取り合わせが、「春」に、また、「雪」が単独に詠まれた場合は「冬」に部類されるという基準からは、「梅」は春のもの、「雪」は冬のものという認識が確立されていたということがわかる。

歌材によって歌が部類される巻十は歌材のあり方を季節部類の基準にするが故に、作歌時期より、さらに季節を鋭敏に区分する必要性があったともいえる。このような部類を小沢正夫「和歌の辞書的分類」のいう「辞書式分類」と呼ぶこともできよう(16)。もちろん、辞書的なその部類方式は結果としてそうなったわけではあるが、巻八が記録形式的に季節部類していったことと、巻十が季節と対応する歌材によって辞書的に季節部類していったこととは「歌を季節に部類する」という動機は等しくとも、その方法や目指す方向性は異ならざるを得なかったと言えよう。しかも、その基準の厳しさは単に時間軸に沿って歌を部類するというだけでない、「季節と歌材」という対応関係が不可分な関係として構築されており、かつ、その対応関係が明確に認識されていることが最低条件となるのである。

では、循環する時間軸に沿って歌を部類するという巻八のような部類方法があったにもかかわらず、さらに巻十のような季節を鋭敏に区分し、歌を四季部類しようというような部類方法がなぜ必要であったのか。問題は、「部類する動機の内実」に戻っていくことになる。ここで、巻十の部類をもう一度確認してみよう。手がかりとしておきたいのが、巻八の部類において確認した季節が判然としない歌も、作歌の時期や状況によっては季節部類に含まれるということと、巻十の部類項目に「野遊」や「七夕」あるいは「水田」、「山田…守る」、「早稲田刈る」といった明らかに一年というサイクルでめぐってくる行事が部類項目として存在し、更には歌が部類されているという二点である。

前者は、歌の部類のあり方は作歌状況としての季節にかかわる環境と作歌とが分かち難くあるということを示しているし、後者は「野遊」「七夕」「水田」といった行事が季節部類の項目としてははずせなかったということを示している。この二つの事実が示していることは、「作歌の環境」と「作歌」の相関関係である。季節部類は循環する時間軸の中に歌を並べる行為であり、そのために作歌時期や歌の内容（歌材）が優先される。そして、循環する時間は、年々歳々おなじようにめぐってくるわけだから、季節の歌は例えば、一年というサイクルで繰り返される年中行事のなかで詠われ続ける歌であるということになる。巻十の部類項目に見えた「野遊」「七夕」といった年中行事はその中から摘記されたものと考えておくべきだろう。こうした年々歳々詠われつづける季節の歌に対して、歌人の作歌活動はどのように対応させられていったのか。循環する時間に沿った歌を作るという行為を念頭においた場合、思い起こされるのが、家持の予作歌と呼ばれる歌々である。

予作歌については小野寛「家持予作歌の形成と背景」がある。[17] 小野論文は、予作歌を一つははっきりと目的があって、あらかじめ用意をしていたもの、今ひとつは歌を披露する目的はなかったが、歌を作ることに興味があって、詠ったものとの二通りに分けて考えている。この「予作」という状況における歌は、「興」という家持の作歌意識を観点としてなされたものだが、[18] 先ほどから述べている、循環する時間という観点からこれらの歌を眺めなおしてみると、行幸や帰京といった、一回帰的な行事に対して、年中行事に伴うであろう場を想定した歌でもあることが認められる。

さて、ここまで季節の歌を巡る歌人の作歌活動には二つの状況が存在するということをみてきた。一つは、季節の歌は一年というサイクルのなかで詠われるという状況である。そして、『万葉集』という限られた作品群のなかの家持という限られた歌人のデータではあるが、今ひとつは、歌人はあらかじめ来る季節、ないし、季節における作歌の場を想定して歌を詠んでおくという行為を行ったという事実である。この二つの状況が物語るものは、季節歌巻成立の背後には無数の歌人の季節ごとにおける作歌という営みがあり、その営みは季節に先行することがあったということが想定されるということだ。こうしたことが、季節歌巻の成立にも大きく影響しているであろうと考えると、季節歌巻の部類動機には季節ごとに歌を部類するだけでなく、これを「作歌に資する」という要素があったと考える。このことは、記録形式的であった巻八よりも、その部類を辞書的にした巻十の存在により顕著に見出されることである。これが、『万葉集』における季節歌巻成立の必然性の一つであったのだ。

ちなみに、巻十は、はやくから洗練された宮廷圏における風雅な歌を集めた巻として注目をされてきた。(19) 特に、巻十の季節歌の表現については、繊細であり、風雅さや擬人法といった表現技巧から中国文学の影響といった特徴があげられ、(20) さらには、同じ季節分類巻である巻八との歌語の比較検討から巻十の繊細さや風雅さがより明確にされていく反面、巻十の歌表現のすべてが趣味的、文学的な美意識で支えられている訳ではないといったより詳細な検討もなされている。(21)

巻十をはじめとする部類歌巻の歌々は、平城京という大都市を中心として活動する八世紀の貴族層と、その貴族層をめぐる中・下級の官人層がその担い手であり、宴や野遊びといった集団行事のなかで社交的な人間関係を保つための手段であった。そのために歌は大量に作られたと考えられ、作歌することの需要に応じて「資」することの必然性も生じてくるのである。そして、特にその大きな役割を果たしたのが巻八であり、さらに巻十であったということは容易に推察される。

おわりに

「季節歌の胎動」期における「季節表現を含む歌」と、巻八、十におさめられている「季節歌」の間に存在する決定的な違いは、「季節」に対する認識の差であり、この「認識の差」は季節表現に対する意識の「深化」によるのである。「季節に対する認識の差」は、四時観―暦日に対する理解と認識がより一般的になったということに他ならず、巻八の季節歌の部類がそのことを物語っている。さらに、歌そのものに時季を限定する条件をもたない巻十の場合は、より季節表現に対する感覚を鋭敏にして編纂する必要があったのだ。

このように考えると、厳密にいえば、歌の状況よりも季節を先行させる意識が成立するのは巻八成立時であり、季節を確定する表現に拠って季節を認定し、「季節を詠う歌」が成立するのは、巻十成立時とすることができよう。季節歌巻と総称される巻八、十の編纂には季節認識の成立が必要とされたと同時に、巻八と巻十の部類には季節表現に対する先鋭的な眼差しの成長という時間的なズレが存在した。言い換えれば、巻八から巻十へという「つながり」が存在することであり、その「つながり」が「部類認識の深化」とも関わっているということである。

【注】

（1）中西進「新万葉集の出発―巻八の形成―」（『中西進　万葉論集』六　講談社、一九九五年、初出は一九六七年五月）

（2）中西論文が論拠としたのは中西が「A型題詞」「B型題詞」「C型題詞」と分類する題詞の記載法である。中西のいうA、B、C、とは「A＝題詞に作者名のみが記される場合」、「B＝作者名と詠（贈）題を示す場合」、「C＝その他の種々な型」を指し、そのなかで、郎女の当代に到る雑歌Aと、郎女周辺の雑歌Bおよび相聞A、家持から出たと思われる相聞Bに秋を中心とする雑歌・相聞Cによって坂上郎女が集成したものが巻八であるという考え方である。この考え方には中西論文が「秋の小歌集」を形成していたと推定するC型題詞が巻八秋部の特有の題詞記載法であるという前提が必要となるが、そうとは言い切れない点、原田貞義「大伴坂上郎女圏の歌」(『万葉集の編纂資料と成立の研究』おうふう、二〇〇二年、初出は一九八四年四月)の指摘にもある通りである。

(3)　渡瀬昌忠「万葉集巻八への投影」(『人麻呂歌集非略体歌論　上』おうふう、二〇〇二年、初出は一九六八年五月)

(4)　折口信夫「ほうとする話」「村々の祭り」(『折口信夫全集』第二巻　中央公論社、一九六五年、初出は一九二七年六月、一九二八年一〇月)

(5)　阿蘇瑞枝「万葉集の四季分類―季節歌の誕生から巻八の形成まで―」(『万葉和歌史論考』笠間書院、一九九二年、初出は一九七三年一二月)

(6)　原田貞義注2前掲論文参照。

(7)　塩谷香織「万葉集巻三・四・六・八の成立過程について」(『萬葉集研究』第一四集　塙書房、一九八六年八月)

(8)　橋本達雄「万葉集編纂の一過程」(『万葉集の編纂と形成』笠間書院、二〇〇六年、初出は一九八八年一一月)

(9)　原田貞義注2前掲論文参照。

(10)　伊藤博「巻七～十二の論」(『萬葉集釋注』一一　集英社、一九九八年、初出は一九七八年十一月、一九八〇年一一月)

(11)　村瀬憲夫「万葉歌の分類―巻八と巻十における『雑歌』と『相聞』―」(『萬葉集編纂の研究』塙書房、二〇〇二年、初出は一九九五年九月)

(12)　新井栄蔵「万葉集季節観攷」(『萬葉集研究』第五集　塙書房、一九七六年七月)

(13)　城﨑陽子「万葉集の編纂――四季分類を中心に――」(『万葉集の編纂と享受の研究』おうふう、二〇〇九年、初出は二〇〇二年一一月)

(14)　渡瀬昌忠注3前掲論文に、巻十にはかつて題詞や左注があったとの見解が述べられているが、ここでは取らない。

(15)　村瀬憲夫「梅の歌、露の歌の振り分け」(『萬葉集編纂の研究』塙書房、二〇〇二年、初出は二〇〇〇年二月)

(16)　小沢正夫「和歌の辞書的分類」(『古代歌学の形成』塙書房、一九六三年)

(17)　小野寛「家持予作歌の形成と背景」(『大伴家持研究』笠間書院、一九八〇年、初出は一九七八年一二月)

(18) 辰巳正明は「興」に依って、作歌するという状況の設定を、中国詩学を取り込む事の一種のインデクスのような用いられ方と指摘する（「依興歌の論」『万葉集と中国文学』笠間書院、一九八七年、初出は一九八二年二月）。

(19) 佐佐木信綱著『上代文学史』〔下〕（東京堂、一九三六年）

(20) 森脇一夫「万葉集十一・十二作歌年代考」（『万葉の美意識』桜楓社、一九七四年、初出は一九六五年三月）。中川幸廣「巻十の論」（『萬葉集の作品と基層』桜楓社、一九九三年、初出は一九七三年、一九七四年）

(21) 阿蘇瑞枝「万葉集巻十の世界」（『万葉和歌史論考』笠間書院、一九九二年、初出は一九七六年三月）

第五章
「譬喩」という表現技法と編纂

はじめに――巻十一・十二の構成と部類――

本章においては、巻十一・十二を中心に「譬喩」という表現技法による部類についてみてみたい。巻十一・十二の構成については本第三部第三章第一節において既に触れたが、今一度簡単に述べておくと、巻十一は、「旋頭歌」「正述心緒」「寄物陳思」「問答」「譬喩」の五つの部類から成り立っている。歌のスタイルによる部類である「旋頭歌」と、表現の内実による部類である「正述心緒」「寄物陳思」、そして、歌を詠う形式による部類である「問答」が一つのユニットになって、これを「柿本朝臣人麻呂歌集」とそれ以外にわけた部類、そして、歌表現技法の一つでもある「譬喩」と、いくつかのパーツに分かれている。巻十二は、巻十一同様「正述心緒」「寄物陳思」「問答歌」を一つのユニットとし、これに「羈旅発思」「悲別歌」「問答歌」のユニットが加えられた形を成している。

巻十一・十二の構成を確認した上で、これまでの編纂論から導き出されてきた巻十一・十二の形成について、伊藤博論文を拠り所としつつ、まとめておくと、次のようになる(1)。

1 人麻呂歌集を再編した原型歌集があって、これに、神亀年間に手が加えられ、巻十一の原本ができあがった。これは、巻七・十の原本の形成と併行しながら行われた作業であった。

2 巻十一原本の体裁にならって、巻十二原本が天平年間にできあがった。

3 巻十一・十二原本がそろったところで、さらに手が加えられ、譬喩歌と羈旅歌が付け加えられて現在見る姿になった。これが天平十七年頃である。

4 巻十一・十二は、人麻呂歌集に当初からあった「正述心緒」「寄物陳思」「旋頭歌」のうち、前者二つの部類を中心に歌が集められており、全体として恋の歌巻としての性格をもっている。

巻七、巻十に分散された人麻呂歌集歌も含めた多くの歌を目の前にして、編者は「これをどうやって編もうか」と思案する。歌の事情を払拭することは最も大きな目的であるが、歌の事情に代替する何らかの目安をもとに歌を整理していこうと考える。それが「正述心緒」や「寄物陳思」といった巻十一・十二にたてられている部類ということになる。ここで確認しておきたいことに、本来人麻呂歌集に存在していたとされる「正述心緒・寄物陳思」等の部類も、巻十一・十二の編纂に際し、再解釈されているという事実である。言い換えれば、巻十一・十二の部類はこれらの巻を編纂するに際しての「志向（構想）」を物語っているということである。以下に、巻十一・十二の部類について、これまでの諸説をまとめ、論を進めてみたい。

①「正述心緒」は「正に心緒を述ぶる」歌であり、「寄物陳思」は「物に寄せて思ひを陳ぶる」歌である。この部立は、中国詩学を念頭においた物言いで、「和習的な性格を色濃く帯びている」とされる。(2)

②正述心緒と「媒材」が表現対象の中に包容されて、その一部になっている寄物陳思については、その境界が不明瞭であることが指摘されている。(3)

③阿蘇瑞枝「人麻呂歌集寄物陳思の歌」が、「寄物陳思」の部類は詠物歌からの派生であることを指摘している。(4)

④②や③の延長上にある論として、大浦誠士「人麻呂歌集と『正述心緒』は人麻呂歌集の正述心緒の持つ新しさを提示している。(5)

⑤伊藤博「巻七～十二の論」は巻十一・十二の編纂を支えるのは「古今構造」であると指摘する。その論拠は、巻十一の巻頭にある「旋頭歌」と「問答歌」の対応など、いくつかの点に渡る。(6)

さて、編纂を考える際に、いかなる問題に対しても、「なぜ、そうしようと思ったか」「どうして、こうなったか」という編纂論の起点と終点がある。前者を「動機」、後者を「理由とその結果」とでも名付けると、まずは、

「なぜ、巻十一・十二が編まれたか」ということを考えてみなければならないということになろう。

一　寄物陳思歌と譬喩歌の位相――「喩」の重層性と物象の先鋭化――

論をすすめるにあたり、巻十一・十二がなぜ編まれたかという命題に対して、「人麻呂歌集を再編する必然性はなにか」「『譬喩』の部類はなぜ成り立ったか」という二つの視点をすえてみたい。

一つ目の視点について、人麻呂歌集「正述心緒」のあり方が、歌を作ることにおいて、非常に新しい自覚のもとにあったことは大浦誠士論文にあった。(7) この「歌を作ることの自覚」が、人麻呂歌集の再編をうながしたとするならば、巻十一・十二の出発点は、「歌を作るための歌集」の編纂にあったと考えることができる。二つ目の視点についていては、巻十一における「譬喩」の部立は、人麻呂歌集にはなかった部立であり、巻十一・十二が編纂される際に新たに立てられたという部立の成り立ちから照らしても異種の部立であるとみられる。この「譬喩」こそが、巻十一成立時の編者の志向が集約されている点ではないかと推論される。

「譬喩」は「物に寄せて思いを喩える」旨、その左注に記されていることから、同じ巻十一の「寄物陳思」とは明らかに部類を異にしているのだが、両者の表現に位相はあるのだろうか。また、ここに進化論的発展段階を見いだすべきか否か。巻十一・十二の「寄物陳思」における物象について、伊藤博論文は大きく「神祇」「天地」「人事」「動植物」の各部にわけ、その中をさらに「天象」「地象」「生業」「衣服」「器財」「卜占」「植物」「動物」等、それぞれの歌に詠み込まれている様々な物象によって部類の内実を説いた。(8) その物象を手がかりに、寄物陳思歌と譬喩歌の位相をみることとする。はじめに「衣」を取り上げる。なお、巻十一の譬喩歌の事例は太字で示してある。

イ【衣】

紅の 深染めの衣 色深く 染みにしかばか 忘れかねつる （寄物陳思・人麻呂歌集・11・二六二四）

紅の 深染めの衣を 下に着ば 人の見らくに にほひ出でむかも （譬喩・11・二八二八）

紅に 衣染めまく 欲しけども 着てにほはばか 人の知るべき （譬喩歌「寄衣」・人麻呂歌集・7・一二九七）

紅の 深染めの衣 下に着て 上に取り着ば 言なさむかも （譬喩歌「寄衣」・7・一三一三）

衣しも 多くあらなむ 取り替へて 着ればや君が 面忘れたる （譬喩・11・二八二九）

右の二首、衣に寄せて思ひを喩へたるなり。

寄物陳思歌では、物に寄せつつ歌表現にその「思」が明らかにされる。例えば、「寄衣」の部では、「解き衣」（11・二五〇四、二六二〇）、「摺り衣」（11・二六二一）、「紅の深染めの衣」（11・二六二四）などと、衣の様態に自らの思いを重ねあわせながらも、「生きても我はあり渡るかも」（11・二五〇四）とか、「現にはいづれの人の言か繁けむ」（11・二六二一）、「忘れかねつる」（11・二六二四）などと、自らの「思」を「陳」べる。

これに対して、譬喩歌はどうかといえば、二八二八番歌のように、同じ「紅の深染めの衣」（11・二六二四、11・二八二八）も、これを「深く思いを寄せた女」に喩え、そして、「下に着る」ことにその女との深い関係を、さらに、その色の「にほひ出」ることに、二人の関係が露見することを次々と「喩」の表現として重ねる。イメージを重ねることで思いを伝える手法とでもいえよう。同じような表現として「紅の衣」が「にほふ」ことを恐れた譬喩歌（7・一二九七）や、「紅の深染めの衣」を下に着たけれども、「上に取り着る」ことで、「言」が激しくなることを詠った譬喩歌（7・一三一三）が巻七にある。

また、今ひとつの譬喩歌である二八二九番歌は、「衣」が多くあることに「たくさんの恋人」を、「取り替えて着」ることに、次々と目移りする浮気心をイメージとして重ねながら、私の顔を忘れたのかとなじる。こちらは、二八二八番歌に比べると、下句に「着ればや君が面忘れたる」と、あたかも心情を吐露するかのような句があり、完全な「喩」とは呼べないが、上三句のイメージが重層されることで「君が面忘れたる」の語句がより鮮明に意味化されてくる。これらの例をみると、「寄物陳思歌」と「譬喩歌」とでは、「イメージを重層させる」という点に詠いぶりの明らかな違いがあるといえる。次に、「船」の例をみながらその点を確認しておく。

ロ【船】

大船に　ま梶しじ貫き　漕ぐ間も　ここだ恋ふるを　年にあらばいかに　（寄物陳思・人麻呂歌集・11・二四九四）

駅路に　引き舟渡し　直乗りに　妹は心に　乗りにけるかも　（寄物陳思・11・二七四九）

みさご居る　渚に居る舟の　夕潮を　待つらむよりは　我こそまされ　（譬喩・11・二八三一）

右の一首、船に寄せて思ひを喩へたるなり。

「船」は、寄物陳思歌では「梶を漕ぐ」動作にわずかな間も恋しくてたまらない、あるいは、次々と繰り返される恋の「思」を重ね（11・二四九四）、「舟に乗る」という行為に、靡いてきた相手の気持ちを喜ぶ「思」を表現する（11・二七四九）。一方、譬喩歌は、引き潮で洲に取り残されてしまった船が満ち潮をじっと待つ様に、恋の思いにじっと耐える「我」の姿を「喩」つつ、「私の方がまさっている」と「思」を述べる（11・二八三一）。結句に「我こそまされ」という「思」が表現されていて、譬喩歌全体が完全な「喩」とはなっていないが、それでも、「梶を漕ぐ間」のような絶え間ない恋の思いや、「引き舟」に「直乗」るような恋心を表現しつつも、さらに「思」いを「陳」べる歌よりは、「みさご居る渚」、その「渚に居る舟」は「夕潮を待つ」とイメージを順に重ねる上三句の「喩」に、より重点が置かれているといえる。

さて、ここまで、「寄物陳思」と「譬喩」の位相をみてきた。「寄物陳思」は物象の様態に自身を重ねつつ

「思」を「陳」べる点に重点があったが、「譬喩」は物象にイメージを重層させ、その重層させた「喩」のすきまから「思」をのぞかせるような詠い方をしていたことが確認された。こうした「喩」が一つの表現技法であることは言うまでもないが、(9) こうした表現技法のあり方は、恋歌をいかに迫真的な表現によって詠うか、いかに切実に心情を表現できるか、ということと表裏であることは今一度考えてみてよいことと思われる。(10)

譬喩歌において、寄物陳思歌に勝る、「迫真の表現」がさらに追求されるということはどういう事を意味しているのか。それは、従来「寄物」として大まかに対象とされた物象をより細密に観察するということと並行すると考えられる。「水」を例に取り上げてみたい。

ハ【水】

葦鴨の　すだく池水　溢るとも　まけ溝の方に　我越えめやも

右の一首、水に寄せて思ひを喩へたるなり。　**（譬喩・11・二八三三）**

我妹子に　我が恋ふらくは　水ならば　しがらみ越して　行くべく思ほゆ（或本の歌の発句に云はく、「相思はぬ　人を思はく」）　（寄物陳思「寄川」・11・二七〇九）

二八三三番歌は、「池水」に寄せて自らの「思」を「喩」ているわけだが、「思」を喩える物象に対する視点は「水」そのものではなく、その様態に据えられている。「水」が溢れることに自らの溢れんばかりの恋心を喩え、別の「溝」に流れ出ることに別の女に乗換えることを喩えて、自分はそんな事はしないと詠う。一方、当該歌と同じく「水」の様態に視点が据えられている二七〇九番歌では、その溢れる様が、心の溢れる様に重ねられてはいるが、同時にそれが自らの「思」を「陳」べる結びとなる。二八三三番歌と二七〇九番歌の差異は、二七〇九番歌は「水」を詠みつつも、これを「川」に寄せる歌としている点、「水」という物象を部類項目として選択する「譬喩」部類の意識とは大きく異なる点にあると考えられる。そして、「葦鴨のすだく池」、その「池水」が

「溢る」ように、とイメージを重ね、視点を「水」へ絞る「譬喩」の手法は「池水」から「水」の様態へ物象をより鮮明化した結果生み出されているのではないかと思われる。これを「物象に対する意識の先鋭化」と捉えるならば、部類歌巻の「譬喩」の部類は、編者の意識の先鋭化に拠らねばならないことを意味している。今ひとつ例をみてみたい。

ニ【魚】

山川に　筌を伏せて　守りもあへず　年の八年を　我がぬすまひし　**（譬喩・11・二八三二）**

右の一首、魚に寄せて思ひを喩へたるなり。

当該歌の「筌」は竹で編んだ筒状の漁具とされる。これを「守」る人がいて、でも、それを守りきれず、「我」がこれを「ぬすまふ」わけだから、実際に盗まれるのは「筌」の中の「魚」ということになり、これが重ねたイメージの対象となる。勿論、この「魚」は「女性」を喩えており、「筌」を詠うことで、「魚」を連想させ、さらに、それが女性の「喩」となっていることの特異さはイメージの重層化もさることながら、「魚」を表現していない歌にもかかわらず、「魚」という物象を立てたところに編者の「喩」に対する意識の先鋭化がうかがえるとは言えないだろうか。先鋭化という表現が適切でないとするならば「斬新さ」と言い換えてもよい。こうした例は、二八三四番歌の「菓」において「毛桃」を詠む歌にもうかがえる。

ホ【菓】

大和の　室生の毛桃　本繁く　言ひてしものを　成らずは止まじ　**（譬喩・11・二八三四）**

右の一首、菓に寄せて思ひを喩へたるなり。

はしきやし　我家の毛桃　本繁み　花のみ咲きて　成らざらめやも　（譬喩歌・7・一三五八）

我がやどの　毛桃の下に　月夜さし　下心よし　うたてこのころ　（譬喩歌・10・一八八九）

二八三四番歌も含め、「毛桃」が女性を「喩」、かつ、「本繁」ることに深く情を通わせる様をイメージさせ、「成る」ことに恋の成就を喩えたり、「下心よしうたてこのころ」（10・一八八九）と、表面からは見えない心持ちが、まるで酔ったような気持ちになることを喩えている。このことは、「桃」ではなく、「毛桃」を詠う歌がすべて「譬喩歌」であることにも拠る。視点は「桃」といった大雑把なくくりではなく、「毛桃」というさらに細かな描写を施した物象にあてられているのだ。これもイメージの先鋭化、あるいは物象の斬新さと見るべきではなかろうか。

ここまでをまとめておくと、寄物陳思歌では、物象に自身を重ねつつも、歌にその「思」を「陳」べる点に重点が置かれていた。では、譬喩歌はどうかといえば、完全な「喩」になっていないものもあるが、多く「喩」は重層化し、物象の捉えかたは「陳思」よりも、より細密になっているといえよう。これを「先鋭化」あるいは「斬新さ」と呼ぶと、物に喩えながらも「思」を「陳」べる点に重点が置かれていた「寄物陳思」と、イメージを重層させ、そのことによって表現に迫真性を生み出し、さらには「思」を潜ませようとする「譬喩」では、物象の捉え方が異なっていたといわざるを得ない。

巻十一成立時のトレンドであったと考えることができる「譬喩」が、「喩」の部類を前面に出すことで成り立っているとしたら、これが従来にない新しい表現方法であることには相違ない。しかも、そこには「喩」のカテゴリーとして「魚・水・菓・滝」といった、「寄物陳思」の物象にないものや、あるいは、「陳思」の物象をより細密に見つめ直して立てられている部類が見られるのである。逆に「喩」えるために物象の多面性を引き出さねばならなかったとするならば、「譬喩」の部類が成立するためには、物象に対する捉え方もより多面的にならねばならなかったということである。

さて、こうした譬喩歌のあり方に、中国詩学の影響を考えないわけにはいかない。『詩経』の六義である

「風・賦・比・興・雅・頌」のうちの、とりわけ「比」を「譬喩」に同定する考え方は根強い。「譬喩」の部立が成立する一因を六朝末期から初唐にかけての「経書の注疏類と詩論書との交渉」からとする考えもある。(11) しかし、契機としての中国詩学が存在する一方、対象となる「物象」のとらえ方、さらにそれを観察し、表現することは、やはり万葉びとの感性の問題をぬきにして考えることはできまい。

おわりに

人麻呂歌集の表記（略体・非略体）の問題は、「どのように書くか、どのように表現するか」という表現の問題を巻十一・十二において凝縮させている。そして、これを再編する際には、編者にはすでに「歌を作ることの自覚」があった。巻十一・十二の編纂の中心となる編者の部類行為は、歌を「どう使うか」という視点が成り立ってはじめて問うことができる問題であり、逆に、「どう使うか」という視点が成り立つことで、「どうすればよいか」という、次のステップへむかう編纂への動機付けが行われると考える。これらが志向（構想）における「つながり」となって、巻十一・十二の再編をうながしたといえる。

そして、「どう使うか」という視点を追求した結果、物象を先鋭化させ、表現に「喩」を用いてイメージを重層させる「譬喩」という部類が生み出され、現在見ることのできる巻十一・十二になった。これが「歌を作ることの自覚」によって、恋の歌にイメージを重層させることで得られる表現の迫真性を開拓していった結果であると考えるならば、「譬喩」という部類の新しさは、「歌をどう作るか」という至極根本的な問題を考える際の最も先端を行く表現のあり方の一つを示していると考え、これが、巻十一・十二を編纂した編者の志向（構想）の一つであったと結論する。

【注】

（1）伊藤博「巻七～十二の論」（『萬葉集釋注』一一 集英社、一九九九年、初出は一九七八年一一月、一九八〇年一一月）

（2）芳賀紀雄「万葉集の『寄物陳思歌』と『譬喩歌』」（『萬葉集における中國文學の受容』塙書房、二〇〇三年、初出は二〇〇〇年一二月）

（3）中島光風「寄物陳思歌論」（『上世歌学の研究』筑摩書房、一九四五年、初出は一九二九年八月）。伊藤博「寄物陳思と正述心緒の論」（『萬葉集の表現と方法』〔上〕塙書房、一九七五年、初出は一九七五年六月）

（4）阿蘇瑞枝「人麻呂歌集寄物陳思の歌」（『万葉和歌史論考』笠間書院、一九九二年、初出は一九七八年六月）。

（5）大浦論文がいうところの新しさの一つは、「物を詠み込み、物象語を共有することで恋の贈答を成り立たせることを基本としていた相聞歌の歴史の中で、物を詠み込まない歌を作る」ことであり、二つめは「恋情を表現そのものに内在させ、表出するという」ことである（「人麻呂歌集と『正述心緒』」『万葉集の様式と表現 伝達可能な造形としての〈心〉』笠間書院、二〇〇八年、初出は二〇〇二年一〇月）。

（6）伊藤博注1前掲論文参照。

（7）大浦誠士注5前掲論文参照。

（8）伊藤博注1前掲論文参照。

（9）本稿においてはあえて「序詞」の用語を用いなかった。なぜならば、「序詞」という表現技法は、万葉びとの修辞法として認識されていたわけではなく、万葉びとの表現技法として認識されていたのは「譬喩」であると考えたからだ。なお、「序詞」については、上田設夫著に詳しい（『万葉序詞の研究』桜楓社、一九八三年）。

（10）鈴木日出男は序詞表現を含む歌—寄物陳思歌の眼目は寄物部と陳思部の連結法にあり、寄物部に取り込まれる「物〈物象〉」は、歌の場面と密着する「即興的」景物であることを指摘している（「和歌の表現における心物対応構造」『古代和歌史論』東京大学出版会、一九九〇年、初出は一九七〇年四月）。本章では物象を選択することに「即興性」を持つことと、これを喩えて表現に迫真性を持たせるということには、「物象をどう表現するか」というワンステップがあると考えている。

（11）芳賀紀雄注2前掲論文参照。

第六章

「東歌」という世界観と編纂

はじめに

『万葉集』巻十四は「東歌」の巻として知られる。一巻に収められている作品の内実は、「民謡」という言葉に象徴されるような価値観をもって取沙汰されてきた。しかし、『万葉集』全体を見渡した時、巻十四が「部類歌巻」であることは言うまでもなく、最大の特徴は、歌の担い手が東国の、あるいは、東国にかかわる人であり、そうした人々の歌が集められ、部類されているところにある。

なぜ、「東歌」として歌を収拾したのかということ——これは、東歌を部類する動機にも通じる問題であるが——については、佐佐木信綱著や新村出論文の「好事家の興味・関心」といった私的な理由を説くものから、(1)窪田空穂著『万葉集評釈』の「防人を出している国の民情調査のため」(2)、あるいは折口信夫論文、高崎正秀論文、櫻井満論文らの「宮廷の大歌採取のため」といった半ば公的な理由を説くものまであり、(3)その振幅のなかに真実があると考えるべきであろう。

しかし、本章においては、その成立に至る内実を探ることを目的とせず、編纂物として成立した巻十四の「志向（構想）」を、「歌を部類する」という視点から考えてみたい。そして、巻十四の『万葉集』全体における意義を検討してみたいと考える。

ちなみに本章の成り立つ背景として、加藤静雄論文の次の指摘は見逃せない。(4)

万葉集巻第十四には「東歌」という総題が巻頭に付けられている。巻第十四に「東歌」という題をつけたということは、これらの歌群に、既に東国という地域を意識した、東国人ならざる人の意識が反映している。つまり、東歌を考える時、万葉集は東国という地域性を強く意識した都の人の意識の下に編纂されていることを、確認しておかねばならないということである。「東歌」は元の歌を整形したにしろ、選抜したにせよ、そこに都の人の意識が大きく反映していることは忘れてはならないことである。「東歌」という一巻の現態──現在ある姿──を考えようとする時、「都の人の意識」という視点を除くことはできない。むしろ、巻十四として『万葉集』に含まれる限り、その在り方には部類歌巻としての意図を想定すべきであり、そこには「都」と対照される関係の中で考えてみるべきことがあるのではないかという見通しがたつ。

一　巻十四の構成

まず、巻十四の構成を概観する。

Ⅰ　**国別歌**

（雑歌）

上総国の歌（一首）、下総国の歌（一首）、常陸国の歌（二首）、信濃国の歌（一首）

相聞

遠江国の歌（二首）、駿河国の歌（五首）、伊豆国の歌（一首）、相模国の歌（一二首）、武蔵国の歌（九首）、

上総国の歌（二首）、下総国の歌（四首）、常陸国の歌（十首）、信濃国の歌（四首）、上野国の歌（二二首）、

下野国の歌（二首）、陸奥国の歌（三首）

譬喩歌

遠江国の歌（一首）、駿河国の歌（一首）、相模国の歌（三首）、上野国の歌（三首）、陸奥国の歌（一首）

Ⅱ　非国別歌

雑歌（一七首）
相聞（一一二首）
防人歌（五首）
譬喩歌（五首）
挽歌（一首）

巻十四全体の構成を見渡したとき、例えば後藤利雄「各巻の成立論的考察」は巻十四の編纂過程を、正述心緒と寄物陳思の別と寄物陳思に付随する物象的排列、雑歌・相聞・防人歌・譬喩歌・挽歌の別、そして、地名の別の三段階によっているとしたが、(5) 現態の『万葉集』からその前後を推測することは困難である。しかし、一巻全体の構成から察するに、少なくとも編纂作業の一過程として「国別」という、歌表現には大きく踏み込まない作業があったことは明かである。そして、この「国別」という部類は伊藤博論文が「上代国郡図式」を第一等の基準と指摘していることも踏まえて、(6) 大きな意味をもつと考えている。

国別歌の部類項目は冒頭五首をどう扱うかによって見解が分かれるが、(7) これを「東歌」という大きな枠組みの中に含まれる「雑歌」と見ると、国別歌も、非国別歌も「雑歌」「相聞」「譬喩歌」の三種の部立を共通項としてもつことがわかる。そして、非国別歌には、「防人歌」と「挽歌」の項がさらに付されている。ちなみに、この「防人歌」と「挽歌」については、後に追補されたものとの見解が早くに櫻井満論文によって提出され、(8) 加藤静雄論文もこれに従っている。(9)

ところで、ここで着目してみたいと考えるのは、国別歌の部類は、「相聞」「譬喩歌」の順に並ぶが、国名のわからない歌の部類では、「相聞」と「譬喩歌」の間に「防人歌」が部類されていることである。

巻十四を歌巻として成立させているのは圧倒的な歌数を有している「相聞」部であり、雑歌にも相聞的な要素の強い歌があることはすでに様々と指摘されているから、巻十四は相聞的な大歌群から部類されたことも容易に推測される。そして、「国別」「非国別」を通じ、部類項目は、「雑歌」「相聞」「譬喩歌」が項目として一つのまとまりをみせていることは先にも確認した。また「譬喩歌」は本第三部第五章でも指摘したが、最新の部類項目であること、(10)さらに、非国別歌の譬喩歌五首は「素材および譬喩歌としての純度の両面から言って精選された」五首でもあることが国別歌の譬喩歌との比較のなかで村瀬憲夫論文によって指摘されている。(11)そして、「相聞」と「譬喩歌」の部類の関係は「相聞」の部類から部類意識の先鋭化によって独立させられた部類である「譬喩歌」があるということになる。(12)すると、「相聞」と「譬喩歌」の間に位置づけられた「防人歌」は、武田祐吉著『増訂萬葉集全註釈』(13)の指摘もあるようにその表現性が相聞的であると判断されたためではないかという推測が立つ。さらに、「譬喩」の部立が斬新な文芸性をもつ表現技法という視点から成り立つ部類項目であると同時に、他の部類歌巻——例えば、巻十一・十二——にも見られる部類項目であり、「挽歌」は三大部立の一つであることを考えるならば、巻十四において、より特異性——これまでの部類項目に照らしてみると、これは「異質」と言い換えても良い——をもつと考えられる部類は「防人歌」という部類項目であるということもいえよう。

一方、なぜ国別歌に「防人歌」を部類しなかったのかという点について、櫻井満論文は次のように述べている。(14)

勘国歌中に「防人歌」の部を立てなかったのには理由がなければならない。無論、東国の民謡に防人を主題にしたものがあってよかった筈であり、これらの防人歌が民謡として人々に謡われたものであれば勿論のこと、例え防人個人の歌であっても、本来東歌と総称する巻十四に防人歌の部を立てる必要がなかったとみるべきであろう。「東国」の防人歌を育んだ基盤として、東歌は重要な位置にあることはいうまでもない。

一口に東歌は民謡、防人歌は創作歌といわれたりするが、後の防人歌が東歌の影響下に詠出されていることは認めねばなるまい。（中略）防人歌の多くは、個性的な歌であるかのようにみられているが、実は、流伝の民謡をその場に応じて一部改作したとみるべきものが大多数といわなければならぬ。それは東歌と同じ民謡圏のもたらしたもので、東国防人歌は、民謡的に伝習的に謡われているにすぎないのであった。

櫻井論は防人歌の基盤は東歌にあり、これを特立させて部を立てる必要はなかったとする。この考え方は、引用部の後半にあたる「民謡」という東歌の成立基盤を考慮した場合のことであるが、非国別歌に「防人歌」の部類がある事の理由までには及ばない。これらのことを考慮したうえで、巻十四において、国別部類を第一義と考えるならば、国別歌は、その国の範囲内において「東歌の世界」を国名、地名を示す歌を配列させることにより、各国をその歌において特徴的に示そうとした――これを最も端的に言い換えるならば、各国を歌枕的に示そうとした――のであって、非国別歌こそ、「国」という枠組みを取り払った、いわば概念的な意味での「東歌の世界」を示そうとしたと考えるべきではなかろうか。

「防人歌」の部類項目が非国別歌の集積部に立てられるということは、表現が相聞的であると同時に「防人歌」という部類項目が「東国」を象徴的に表す部類項目であると判断されたからで、ここには明らかに編者の志向性がうかがえるといえよう。ちなみに、「防人歌」の部類項目を含め、巻十四の編纂に最終的に携わったのが家持であることは大久保正「万葉集東歌の分類について」や櫻井満「巻十四成立の意義」が既に指摘していることであるから[15]、これらの説に従うならば、これは「家持の志向（構想）」であったと言い換えてよい。

二 巻十四「防人歌」にみる部類意識

ここまで巻十四の「防人歌」という部類項目の特異性とともにいくつかの推論を述べてきた。ここで、具体的に防人歌をみてみることにしよう。

防人歌

置きて行かば 妹はまかなし 持ちて行く 梓の弓の 弓束にもがも (14・三五六七)
後れ居て 恋ひば苦しも 朝狩の 君が弓にも ならましものを (14・三五六八)
　右の二首、問答。
防人に 立ちし朝明の 金門出に 手離れ惜しみ 泣きし児らはも (14・三五六九)
葦の葉に 夕霧立ちて 鴨が音の 寒き夕し 汝を偲はむ (14・三五七〇)
己妻を 人の里に置き おほほしく 見つつそ来ぬる この道の間 (14・三五七一)

当該の防人歌については、すでに『萬葉集古義』が「詞うるはしく、みやびやかにして」と指摘するように、東国的な印象の希薄性が指摘されている。[16] しかし、この五首であることをもって、「防人歌」の部類とすることは、ここに「防人歌」とするに足る表現が存在していることと同義である。ここで、先に「防人歌」部類の配置から、その表現性の相聞的であることを推論したが、その点とあわせて、当該五首の「相聞性」と「防人歌」として部類する根拠をその表現から確認しておこう。

ここに掲げた歌は、「防人歌」であることから、全体的に「別離」というテーマに添った内容であることはいうまでもない。しかし、そこには、「防人歌ならではの別離」、言い換えるならば、今生の別れともいうべき「覚悟の別離」があるといえよう。歌表現をみると、「問答」は「弓」をモチーフに、その「弓」であったらと詠い、さらには、「弓」になりたいと呼応するものであり、その相聞性は明らかである。また、旅立つ者が手にする何物かに「なりたい」、あるいは、「であればよい」と詠う表現の類型は、次に掲げる巻二十の防人歌にも見られる発想・表現である。

父母も　花にもがもや　草枕　旅は行くとも　捧ごて行かむ　(20・四三二五)

家にして　恋ひつつあらずは　汝が佩ける　大刀になりても　斎ひてしかも　(20・四三四七)

こうした類型表現が「防人歌」に共通することの背景には、「覚悟の別離」があり、その別離が言うまでもなく、「防人」という用に付随する背景であることはいうまでもなかろう。

また、三五六九番歌は、別れた「児」の泣く姿を心残りとする歌であり、特に「泣きし児らはも」という表現には、巻二十の防人歌や「昔年に相替りし防人が歌」に次のような類型表現もある。

大君の　命恐み　出で来れば　我取り付きて　言ひし児なはも　(20・四三五八)

闇の夜の　行く先知らず　行く我を　何時来まさむと　問ひし児らはも　(20・四四三六)

「手離れ惜しみ泣く」児も、「取り付きて言う」児も、「何時来まさむと問ひし」児も、いずれも「今生の別れを覚悟した心情表現」としてあり、旅行く者はこのワンシーンを繰返し思い起こすのである。こうした「今生の別れを覚悟する心情」は、その類型表現からみても「防人歌」故に想定されるものであるといえよう。

三五七〇番歌は「鴨が音」の寒々しい様を契機に、「汝」を思いおこす歌である。当該歌の「防人歌」である必然性は、例えば、類型表現である「寒き夕は大和し思ほゆ」(1・六四)や「寒き夕は大和し思ほゆ」(7・一二一九)といった表現が、それぞれ「霜」の降り置いた鴨の羽を見て視覚的にも実感する「寒さ」(1・六四)や「白波立ち」て「沖つ風」の吹く体感的な「寒さ」(7・一二一九)を契機に「大和」を思い遣るのに対し、「寒さ」を体感することで、ひたすらに「汝」を思い遣る点にあるといえよう。これは、同じく「寒さ」を契機に「なほ肌寒し妹にしあらねば」（20・四三五一）と、妻の柔肌を想起する防人歌の心情と通じることである。三五七一番歌は、「妻」を「人の里」に置いてきたことでこの道中を「おほほしく」やってきたことを詠う。それは、例えば、巻五の八八四番歌の「国遠き道の長手」を「おほほしく」やってきたことや、巻十の二一三九番歌の「夜渡る雁」が「おほほしく」「幾夜を経」たことを序詞として「己の名を告る」ことを詠う表現などとは明らかに違う、「妻」を思い遣る心情がそこにあるといえよう。

さらに、村瀬論文が指摘するように、例えば三五七〇番歌は家持の「防人の情のために思ひを陳べて作る歌一首」（20・四三九八）にその発想や表現が類似していることや、三五七一番歌の「おほほしく」も家持の歌表現と関わりの深い語であることから、編纂の主を家持とすることは認められて良い。(17)しかし、当該の「防人歌」以外にも防人歌ではないかとされる歌はある。武田祐吉前掲著には、およそ二十六首を掲げるが、詠われている地名や、「大君の命恐み」といった常套句など巻二十の防人歌との類句、類想の表現等によってそれに該当すると考えられるものを水島義治論文の指摘によって掲げると次のようになる。(18)

（1）国別歌

筑紫なる　にほふ児故に　陸奥の　香取娘子の　結ひし紐解く（14・三四二七）

（2）非国別歌

風の音の　遠き我妹が　着せし衣　手本のくだり　まよひ来にけり（14・三四五三）

大君の　命恐み　かなし妹が　手枕離れ　夜立ち来のかも（14・三四八〇）

対馬の嶺は　下雲あらなふ　可牟の嶺に　たなびく雲を　見つつ偲はも（14・三五一六）

水鳥の　立たむ装ひに　妹のらに　物言はず来にて　思ひかねつも（14・三五二八）

「筑紫」（14・三四二七）、「対馬」（14・三五一六）といった地名を含み、更には、三五二八番歌の「水鳥の立たむ装ひに」といった表現には、巻二十の防人歌に「水鳥の発ちの急ぎに父母に物言ず来にて」(20・四三三七)、「立ち鴨の発ちの騒き」(20・四三五四)といった類型表現がある。にもかかわらず、国別歌には「防人歌」の部類はなく非国別歌のみにその部類を立て、しかも、東歌全体に含まれている「防人歌らしき歌」を取り込まず、「問答」といった下位部類を含みながらも、たった五首で成り立つ「防人歌」のあり方は、「必然故の便宜」とでもいおうか、「防人歌」を示すことは十全でないとしても、「東歌」に「防人歌」を部類項目としてたてることで『東歌』という総体」――「東歌」という総体によって表現される東国世界――を示すことを意図したと考えておくべきであろう。

このことは、例えば、次に掲げる巻十三・三三四四、三三四五番歌には「防人が妻の作る所」と伝えられる歌があり、巻十三にも充分「防人歌」の部類がたってもよいはずであるにもかかわらず、そうならなかった点とも相互に考察されるべきこととして着目される。

この月は　君来まさむと　大船の　思ひ頼みて　いつしかと　我が待ち居れば　もみち葉の　過ぎて去にきと　玉梓の　使ひの言へば　蛍なす　ほのかに聞きて　大地を　炎と踏みて　立ちて居て　行へも知らず　朝霧の　思ひ迷ひて　丈足らず　八尺の嘆き　嘆けども　験をなみと　いづくにか　君がまさむと　天雲の　行きのまにまに　射ゆ鹿の　行きも死なむと　思へども　道の知らねば　ひとり居て　君に恋ふるに　音のみし泣かゆ　(13・三三四四)

反歌

葦辺行く　雁の翼を　見るごとに　君が帯ばしし　投矢し思ほゆ　(13・三三四五)

右の二首、ただし、或るひと云はく、この短歌は防人が妻の作る所なり、といふ。しからばすなはち、長歌もまたこれと同作なることを知るべし。

巻十三の部類は、長歌体であることが第一義であるとしても、地名部類が想定されること、また、「歌謡的歌巻」であることから、巻十四との関わりが深いとする伊藤説があるにもかかわらず、である。以上から、巻十四「東歌」における「防人歌」の必然性は、次の三点にまとめられる。

（1）「東歌」の内部における「防人歌」でなければならなかったということ。

（2）「東歌」の中でも、特に「非国別歌」の内部において、「今生の別れを覚悟する心情」から妻を思い遣ることに重点を置いた表現性をもつ部類であったということ。

（3）当面、当該五首によって代表させられて良しとされたこと

三　巻十四「挽歌」にみる部類意識

ここで、巻十四の部類における今ひとつの特異性——と言ってよいと思われる——である「挽歌」について触れておきたい。巻十四の「挽歌」に部類される歌は次の一首のみである。

愛し妹を　何処行かめと　山菅の　背向に寝しく　今し悔しも　（14・三五七七）

当該歌は巻七に次のような類歌がある。

わが背子を　何処行かめと　さき竹の　背向に寝しく　今し悔しも　（7・一四一二）

巻十四の一首も、巻七の一首もそれぞれの巻で「挽歌」に部類されており、両者の相違点は、歌を詠む立場が男女それぞれであること、また、譬喩の対象が「山菅」と「さき竹」で異なることの二点である。また、『全釈』に「東歌らしくない作」との指摘があるように、土着性の低い歌であることは「東歌である」と限定するべき要素を歌表現がもたないからであろう。

相手の存在を「何処行かめ」といい、「常」として受け止めていた故に、諍いが原因でもあったのか「背面に寝しく」という状態で夜を過ごしてしまったところ、今となっては後悔される現実――「死別」――が眼前に突きつけられたという当該二首の内容は酷似しており、こうした表現が「東歌」に限るものでないことは先にも述べた。むしろ着目すべきは、巻十四の場合当該歌一首のみで「挽歌」の部立を充足させていると見なければならないことにある。当該歌の「挽歌」としての意義を解くならば、「一首だけでもここに『挽歌』を据えることで、巻十四を十全たるものとして構成しよう」とする志向があったとみるべきであろう。

そして、このことを、先ほどの「防人歌」の部類立てと同様、「『東歌』という総体」という視点でみると、当該一首の存在で「雑歌」「相聞」「挽歌」という三大部立が揃うことは看過できない。これは、「三大部立」という、部類意識でいうところの「基本的な項目を備える」といった認識を有していると考えられるからだ。

おわりに

ここまで、巻十四の非国別歌における「防人歌」の部類が「『東歌』という総体」――総体としての《東国》――を示すために必要な要素であったことを述べてきた。また、たった一首で成り立つ「挽歌」部類の有り様にも三大部立という部類意識の根本原則への志向（構想）が認められることを指摘した。こうした「志向」の重層が「東歌」という巻十四全体の志向としてどのように受け止められるかということを考えると、《東国》を歌枕的な枠組みでとらえようとする「国別歌」と東国を歌表現によって表象的にとらえようとする「非国別歌」にわかれており、ここに「防人歌」の部類――渡部和雄「東歌と防人歌の間」の言葉を借りるならば[(19)]、歌における人と人との関わりを「横の発想」で歌う東歌に「縦の発想」で歌う防人歌――を加えることで全体を「都人からみた東国世界」として成り立たせようとする意図が、そして、「挽歌」の部類が加えられることで、巻十四に三大部立をそなえ、『万葉集』という歌集全体に位置付けようとする意図を汲み取ることができると言えるのではなかろうか。

東国の在地の人々にとって、「防人」の任は「東国らしさ」を示すものとして認識されていたわけではない。むしろ、「防人」という制度を成り立たせ、これを徴集する側である都人——律令官人——にとってこそ「東国」とのイメージ連鎖を呼び起こすものであったと考える。そのイメージ連鎖が「防人歌」の部類として示されることで巻十四が「東歌」の部類歌巻としてより明確に成り立つこととなったのだろう。このことは、巻十四が東国の歌々を集積したというだけの巻ではないことを物語っている。そして、それは「挽歌」という部類が存在し、三大部立が揃うことによる『万葉集』内部での位置付けも企図せられたと考える。なお、巻二十所収の防人歌に大きく家持が関与していることから、鉄野昌弘論文がその内実の問題を「公」と「私」といった視点から説いている。(20) 当該の結論はこうした成果とも齟齬しないと考える。

東歌が東歌である特徴は、例えば東国特有の歌材——地名等も含め——や訛音、さらには、上代特殊仮名遣の違例など、様々なものに求められるが、これは、「どのように東歌なのか」を示す問題である。歌表現の内実を解くことだけが「東歌の存在意義」を解くことにはならず、東歌の存在意義は、どのように巻全体が呈示されているかを検討することにもある。そこには、「《東国》を一巻として示す」という部類意識があったと考える。そして、これを総体としての『万葉集』の中に位置付ける観点は、先述したように「都」との対照関係の中で解かれなければならなかったのだろう。それは、あるいは東国の歌を取り巻く環境やそこで行われる歌の掛け合いといった状況を含め、そこに「防人歌」を示すことで《東国》らしさを示すと判断されたからに他ならない。

【注】

（1）佐佐木信綱著『和歌史の研究』（京文社、一九二七年）。新村出論文「東国方言沿革考」（『東方言語史叢考』岩波書店、一九二七年、初出は一九二七年六月）

（2）窪田空穂『萬葉集評釈』（『窪田空穂全集』第十八巻　角川書店、一九六七年）

（3）折口信夫「萬葉集のなり立ち」（『折口信夫全集』第一巻　中央公論社、一九六五年、初出は一九二二年二月）。高崎正秀「東歌の成立と高志歌」「萬葉集俚謡抄首書―巻十一・十二を中心に―」（『万葉集叢攷』人文書院、一九三六年、初出は一九二九年九月、一九三六年四月）。櫻井満「巻十四成立の意義」（『万葉集東歌研究』桜楓社、一九七二年、初出は一九六八年一〇月）。

（4）加藤静雄「東国の歌の上京」（『続万葉集東歌論』おうふう、二〇〇一年、初出は一九九六年六月）

（5）後藤利雄「各巻の成立論的考察」（『万葉集成立論』至文堂、一九六七年）

（6）伊藤博「巻十四の生い立ち」（『萬葉集釋注』第一一巻　集英社、一九九九年、初出は一九八二年一一月）

（7）当該の問題については、『萬葉集古義』には「此標題はあるべきを、旧本には脱したり」とあり、「脱落」という考え方を示している。これを受け、櫻井満論文は「標目だけが脱落したのではなく、遠江国から武蔵国までの雑歌が脱落したのかとも考えられよう」（「巻十四の追補」『万葉集東歌研究』桜楓社、一九七二年、初出は一九六四年一二月）としてこれを追認している。当面の立ち位置として、「雑歌」の標目はあったものと考えておく。

（8）櫻井満注7前掲論文参照。

（9）加藤静雄「巻十四の巻頭五首」（『万葉集東歌論』桜楓社、一九七六年、初出は一九七〇年一二月）

（10）本書第三部第五章参照。

（11）村瀬憲夫「巻十四譬喩歌部の編纂」（『萬葉集編纂の研究』塙書房、二〇〇二年、初出は一九九〇年三月）

（12）「部類意識の深化」ということは、本書第三部第五章に述べた。「譬える」という表現技法に、対象にむける視点が先鋭化していることを指す。

（13）武田祐吉著『増訂萬葉集全註釈』角川書店、一九五七年。

（14）櫻井満注7前掲書。

(15) 家持を巻十四の編者に擬することは、大久保正論文(「万葉集東歌の分類について」『萬葉集東歌論攷』塙書房、一九八二年、初出は一九六四年一〇月)や櫻井満(注3前掲論文)も支持するところである。

(16) 水島義治「東歌に於ける古代東国方言」(『萬葉集東歌の國語學的研究』笠間書院、一九八四年)は、この五首および挽歌一首には方言が見られないことを指摘している。

(17) 村瀬憲夫前掲書。

(18) 水島義治「東歌の成立年代」(『萬葉集東歌の研究』笠間書院、一九八四年)

(19) 渡部和雄「東歌と防人歌の間」(『國語と國文學』第四九巻八号、一九七二年八月)

(20) 鉄野昌弘「防人歌再考―『公』と『私』―」(『萬葉集研究』第三三集　塙書房、二〇一二年一〇月)

第四部

構想論・構造論・歌人論

村瀬憲夫

第一章

巻六巻末部編纂の構想

——巻六の現態の読解を通して巻六編者の想定に及ぶ——

はじめに

『万葉集』の編者を特定しようとする研究には困難な面が多い。それは『万葉集』の編纂が複雑な幾度かの段階を経てなされているということにもよるが、その幾つかの段階のひとつに限ってみても、各巻々における題詞・左注等の記述の中に、あるいは各歌々の内容ないしは配列の中に、編者を推定させる要素が多く見出せるわけではないからである。ましてや『万葉集』全体を視野に入れて、具体的な根拠に基づいて、編者を特定しようとするとさらに困難をきわめる。そのため、『万葉集』中に大伴家持自身の歌および家持と関連する歌が格段に多く収められていること、あるいは巻末四巻が家持の歌日誌とも呼べるような様相を呈していること等の実態を拠り所として、家持を『万葉集』の編者の有力な候補と想定し、それを前提として考えた場合、各巻々の編纂の様態が無理なく説明できるか否かといった方向で考察を進めざるを得ないという限界もある。

本章では、そうした限界を心得たうえで、家持という前提をひとまずは外して、個々の具体的な事象によって、編者の名を特定させることが出来ないか、そしてよしそれが困難であるにしても、少なくとも、個々の事象に家持が編者としてどの程度関わったのか、その関わりの度合いを今一度虚心に測定してみたいと願っている。本章はその実践の試みのひとつである。

これを、本書の意図とその方法に即して付言すれば、本章では、巻六を俎上にのぼせ、巻六（特に巻末部）の現態を虚心に観察することを通して、自ずからに浮上してくる、巻六編纂の構想を読み取り、そのうえでさらに編者の問題にまで踏み込み、その構想を懐いた人物（編者）として最もふさわしい人物を特定してみようとするものである。

一　巻六の編纂

巻六の編者については、はやく横山英「巻六論」[1]が、「従来は大伴家持といふのが定説のやうになつてゐる。併しどこまで確実性があるかとなると甚だ疑はしい」と述べ、以下具体的な事象を根拠にそれを確かめるも、「結局編者の問題は後考を待つ外ない」と締めくくっている。そして現在その「後考」は、伊藤博「奈良朝宮廷歌巻――巻六の論――」[2]、および吉井巖「万葉集巻六について――題詞を中心とした考察――」[3]に代表されると言ってよい。両論文はともに編者を家持であると判断している。いずれも、巻六全体を俯瞰しつつ、細部の具体的な事象についても検討を加え、さらには巻六を編纂した、その内的動機（環境）にも思いをいたした重厚な論であり、巻六を、伊藤論文は「奈良朝宮廷歌巻」、吉井論文は「聖武朝歌巻」と規定した。本章は大筋では両論の結論は適切と考えるが、前述のように、まずは家持という前提を外して、ひとつの具体的な事象に執して考察してみようと思う。

そこで巻六のうちでも巻末部（6・一〇四四～一〇六七）に焦点を当てて、巻六の構想ひいては編者の問題を考えることとする。この部分に注目するのは、巻六にあってこの部分が特異な様相を呈しているからである。それは、巻六が個々の歌の作歌年次をかなり克明に特定し、それを年次順に並べるという基本姿勢を持している巻であるにもかかわらず、当該部分は作歌年次に関心を示さず、記さないという特異性である。この特異性の由来について、吉井論文（前掲）は次のような解答を出している。

雑歌一巻、特に「聖武朝歌巻」は、諸兄時代の華やかな宮廷儀礼歌で閉じなければならなかった。福麻呂の宮廷歌が時代を付さず、最後に生《なま》のままで投げ出され、読者を時間のない森に誘いこむのは、冒頭部の聖武朝の開始に対して、その終りを、歴史的事実からの韜晦で閉じなければならなかったからではなかろうか。

巻六全体の様相を俯瞰したうえで結論づけた、熟慮された説得力のある見解である。しかし本章ではこの部分が語りかけてくる、吉井論文とは別のメッセージに耳を傾け、もってこの部分の編纂構想（それは巻六の編纂における最終段階での編纂構想を意味する）を明らかにし、ひいては編者の特定にまで踏み込みたい。

二　巻六巻末部の実態

二―一　巻六巻末部

当該巻末部とそれ以前の若干を題詞・左注によって示せば次のごとくである。紙幅を考慮してここでは一〇二九番歌以下を掲げたが、本章は、大宰府および大伴旅人関係歌群の後に配された、九七一番歌以下を視野に入れている。(4)

・十二年庚辰冬十月依大宰少弐藤原朝臣広嗣謀反発軍幸于伊勢国之時河口行宮内舎人大伴宿禰家持作歌一首　（6・一〇二九）
・天皇御製歌一首　（6・一〇三〇）
・丹比屋主真人歌一首　（6・一〇三一）
・狭残行宮大伴宿禰家持作歌二首　（6・一〇三二、三）
・美濃国多芸行宮大伴宿禰東人作歌一首　（6・一〇三四）
・大伴宿禰家持作歌一首　（6・一〇三五）
・不破行宮大伴宿禰家持作歌一首　（6・一〇三六）
・十五年癸未秋八月十六日内舎人大伴宿禰家持讃久邇京作歌一首　（6・一〇三七）

・高丘河内連歌二首　（6・一〇三八、九）
・安積親王宴左少弁藤原八束朝臣家之日内舎人大伴宿禰家持作歌一首　（6・一〇四〇）
・十六年甲申春正月五日諸卿大夫集安倍虫麻呂朝臣家宴歌一首　作者不審　（6・一〇四一）
・同月十一日登活道岡集一株松下飲歌二首
　右一首市原王作　（6・一〇四二）
　右一首大伴宿禰家持作　（6・一〇四三）
・傷惜寧楽京荒墟作歌三首　作者不審　（6・一〇四四～一〇四六）
・悲寧楽故郷作歌一首　并短歌　（6・一〇四七～一〇四九）
・讃久邇新京歌二首　并短歌　（6・一〇五〇～一〇五八）
・春日悲傷三香原荒墟作歌一首　并短歌　（6・一〇五九～一〇六一）
・難波宮作歌一首　并短歌　（6・一〇六二～一〇六四）
・過敏馬浦時作歌一首　并短歌　（6・一〇六五～一〇六七）
　右廿一首田辺福麻呂之歌集中出也

二―二　「うつろひと無常の自覚」と「をちかへりと永遠への願い」

では、私たちの前に残され示された、巻六巻末部は何をテーマとして編まれているのか、何を語りかけているのか、その点を観察するところから始めよう。まず田辺福麻呂歌集所出の二一首の前に配された三首（以下この三首を「傷惜寧楽京荒墟三首」と呼ぶ）の歌が語りかけるものに耳を傾けてみよう。(5)この三首は、天平十二年（七四〇）の久邇京遷都以降の某日に、今は荒墟となりつつある寧楽古京を傷み惜しんで詠まれたものである。

傷惜寧楽京荒墟作歌三首　作者不審

紅尓《くれなゐに》　深染西《ふかくしみにし》　情可母《こころかも》　寧楽乃京師尓《ならのみやこに》　年之歴去倍吉《としのへぬべき》　（6・一〇四四）
世間乎《よのなかを》　常無物跡《つねなきものと》　今曽知《いまそしる》　平城京師之《ならのみやこの》　移徙見者《うつろふみれば》　（6・一〇四五）
石綱乃《いはつなの》　又変若反《またをちかへり》　青丹吉《あをによし》　奈良乃都乎《ならのみやこを》　又将見鴨《またもみむかも》　（6・一〇四六）

当該三首にはその基底に共通して流れる、ある心情が見られる。その心情とは「うつろひと無常の自覚」と、それゆえに一層募る「をちかへりと永遠への願い」と言えよう。「うつろひと無常の自覚」は第二首に端的に詠まれている。久邇京遷都による寧楽京の荒廃に、世の移ろいと無常の相を見ているのである。一方、それとともに第三首では、強靱な岩綱（岩葛）のごとくをちかへり、咲く花のにおうがごとき「あをによし奈良の都」の蘇りと再見を願う思いを詠む。「をちかへりと永遠への願い」である[6]。第一首は荒廃していく奈良古京への不安（下二句）と、紅色に深く染まった、寧楽の都への不変（永遠）の思い（上三句）を対照させていて、「うつろひ」の自覚と「永遠」への願いが詠まれている。さらに言えば、不変に見える「紅に深くしみにし心」も、「紅はうつろふものそ」（18・四一〇九）、「紅の色もうつろひ」（19・四一六〇）とあるように、その背後に「うつろひ」を意識させる色でもあり、第一首は第二首の「うつろふ見れば」へ連接していくと読むこともできる。

では当該三首に続いて配された田辺福麻呂歌集所出の二一首が語りかけるものは何か。この二一首は先に題詞で一覧したように、古京悲傷と新京讃歎とが交錯している。そのさまは久邇京、紫香楽宮、難波宮、寧楽京と宮都が目まぐるしく移っていく、「うつろひ」の世相そのものであり、また寧楽古京を悲しむ歌、久邇新京を讃える歌、三香原（久邇）の荒墟を悲傷する歌、難波の宮を讃える歌そして敏馬の浦を賞美する歌と、悲・讃あざなえる縄のごとく続いていて、まさに「うつろひ」と「をちかへり」が交互に詠まれている。

いまは題詞の様相を通して「うつろひ」と「をちかへり」のさまをみた。次に、個々の歌の表現に分け入って

みよう。まず「悲寧楽故郷作歌」（6・一〇四七～九）では、

……天地の　寄り合ひの極み　万代に　栄え行かむと　思へりし　大宮すらを　頼めりし　奈良の都を　新た代の　事にしあれば　大君の　引きのまにまに　春花の　遷日易《うつろひかはり》……荒れにけるかも　（6・一〇四七）

立易《たちかはり》　古き都と　なりぬれば　道の芝草　長く生ひにけり　（6・一〇四八）

と、奈良の都の永遠を願っていたのに、久邇京への遷都によって、今は春の花が移ろうように、故郷奈良が荒れてしまったことを悲しんでいる。永遠への願い（本章では歌句に波線を付した）と、それとは裏腹に進んでしまった移ろいの現実（歌句に棒線を付した）が対比されている。つづく「讃久邇新京歌二首」（6・一〇五〇～八）は、結果として寧楽京を移ろわせることとなった、その久邇新京を讃える。

山高く　川の瀬清し　百代まで　神しみ行かむ　大宮所《おほみやところ》　（6・一〇五二）

と、山川が高く清い久邇新京が百代の後々までも神々しく栄えるであろうことを讃える。つづく第二長反歌群では、同じく新京を讃えるものの、少々趣が異なる。

泉川　行く瀬の水の　絶えばこそ　大宮所　遷往目《うつろひゆかめ》　（6・一〇五四）

布当山　山並み見れば　百代にも　不可易《かはるましじき》　大宮所　（6・一〇五五）

娘子らが　績麻掛くといふ　鹿背の山　時し行ければ　都となりぬ　（6・一〇五六）

この三首には、「絶えばこそ……うつろひ行かめ」「百代にも　変はるましじき」「時し行ければ　都となりぬ」といった表現の見られることが注目される。むろんこれらは移ろいを否定的に表現しているのであって、歌の趣旨は新京の永遠を願い歌うことに力点があることは言うまでもないが、否定的な表現であれ、永遠への願いのその片隅に、うつろひの自覚ないしは不安も、たゆたっていると言えよう。

この久邇新京讃歌の次には「春日悲傷三香原荒墟作歌一首」（6・一〇五九～六一）が配されている。永かれと願

った久邇京は、数年にして「三香原荒墟」となってしまったのである。

……三諸《みもろ》つく　鹿背山のまに　咲く花の　色めづらしく　百鳥の　声なつかしき　ありが欲し　住み良き里
の　荒るらく惜しも　（6・一〇五九）

反歌二首

三香原　久邇の都は　荒れにけり　大宮人の　遷去礼者《うつろひぬれば》　（6・一〇六〇）

咲く花の　色は不易《かはらず》　ももしきの　大宮人ぞ　立易奚流《たちかはりける》　（6・一〇六一）

久邇新京が古京となり、荒れるにまかせ、そこを闊歩していた大宮人たちの姿は今はないと悲しみ傷んでいる。まさに「うつろひ」と「たち変はり」を身をもって自覚しているのである。そしてその一方で、久邇京での、咲く花の美しさ、百鳥の鳴き声への心ひかれを歌って、いつまでもあり続けて欲しい住みよい里であると讃え、その永続を願っている。一首の長歌反歌の中に、移ろいの自覚と、それゆえに一層深まる永遠への願いが歌い込められているといえよう。

つづく「難波宮作歌一首」（6・一〇六二～四）は、難波の宮（味経の宮）を「見れど飽かぬかも」と讃え、いつまでも通ってこよう（「あり通ふ」）と、難波の宮とそこに通ってくる大宮人の永遠を歌う。

そして巻末の「過敏馬浦時作歌一首」（6・一〇六五～七）は次のように歌う。

八千桙の　神の御代より　百舟の　泊つる泊まりと　八島国　百舟人の　定めてし　敏馬の浦は　朝風に
浦波騒き　夕波に　玉藻は来寄る　白砂《しらまなご》　清き浜辺は　行き帰り　見れども飽かず　うべしこそ　見る人
ごとに　語り継ぎ　しのひけらしき　百代経て　しのはえ行かむ　清き白浜　（6・一〇六五）

反歌二首

まそ鏡　敏馬の浦は　百船の　過ぎて行くべき　浜ならなくに　（6・一〇六六）

浜清み　浦うるはしみ　神代より　千船の泊つる　大和太の浜　（6・一〇六七）

八千桙の神の御代から永続してきたこの敏馬の浦を、百船人、千船がこれからも、絶えることなくやって来て、停泊することであろうと、八千、千、百という数字を連ねて讃えている。歌全体が永遠への願いで覆われている。

以上通覧してきたように、歌の配列において、移ろいと永遠とがほぼ交互に立ち現れ、立ち消えるようになっている(7)のみならず、個々の歌の中にすでに「うつろひと無常の自覚」と「をちかへりと永遠への願い」が内包されているのである。田辺福麻呂歌集所出の二一首は、当該「傷惜寧楽京荒墟三首」の後ろに控えて、しっかりと連動連接しているといえる。

　もうひとつ指摘できるのは、この二一首は厳密な時間軸に沿って並べられているわけではないという点である。時間軸に沿うならば、久邇京新都の歌が最初にきて、その後に寧楽故郷を悲しむ歌がくるはずである。また橋本達雄「田辺福麻呂——橘諸兄との関連——」(8)は、「難波宮作歌」（7・一〇六二～一〇六四）は、「天平十六年二月難波を皇都と定める以前、それはおそらく一月の行幸の際に詠んだ歌であろう」し、次に配された「過敏馬浦時作歌」（6・一〇六五～一〇六七）とともに、「制作順は恭仁京悲傷の歌より早いと推定される」と指摘している。厳密な時間軸に沿うことを期すのではなく、「うつろひ」と「をちかへり」の交錯を重視して、歌が配されているのである。

二―三　巻末部の前に位置する歌々

　ではちなみに、いまみた巻末部の前に位置する歌々（本章では便宜上6・九七一～一〇四三を対象とする）には、「うつろひ」と「をちかへり」の相はどのように現れるのであろうか。瞥見してみよう。直前から配列を前へさかのぼるかたちで見ていこう。まず直前に位置するのが次の歌である。

同月十一日登活道岡集一株松下飲歌二首

一つ松　幾代か経ぬる　吹く風の　声の清きは　年深みかも　（6・一〇四二）

右一首市原王作

たまきはる　命は知らず　松が枝を　結ぶ心は　長くとぞ思ふ　（6・一〇四三）

右一首大伴宿禰家持作

同月とあるのは、その前に配された一〇四一番歌の題詞から、天平十六年正月であることが分かる。第一首は、一つ松を吹き抜ける、清らかな松籟の音に、永い年月の経過を実感している。第二首は、たまきはる（霊剋）命のはかりがたさを思い、それでもなお、あるいはそれゆえにこそ、命の永遠を願って松の枝を結ぶと歌っている。この二首にはまさに「うつろひと無常の自覚」と「をちかへりと永遠への願い」が歌われている。

では次に、天平十二年の聖武天皇東国巡幸歌群（6・一〇二九～一〇三六）とそれにつづく久邇京讃歌（6・一〇三七）を見てみよう。天平十二年の巡幸歌群は、「河口行宮」「狭残行宮」「多芸行宮」「不破行宮」と、行宮が転々と移っていくさまが、題詞によって示されている。しかも一〇二九番歌の題詞の記述と、『続日本紀』における関係記事の記述との間には、力点の置き方に差異がある(9)ことは注目に値する。『万葉集』の題詞では次のように記されている。

十二年庚辰冬十月依大宰少弐藤原朝臣広嗣謀反発軍幸于伊勢国之時……

とあり、一方『続日本紀』では次のように記されている。

己卯、勅大将軍大野朝臣東人等曰、朕、縁有所意、今月之末、暫往関東。雖非其時、事不能已。将軍知之、不須驚怪。壬午、行幸伊勢国。

（『続日本紀』天平十二年十月二十六日〔乙卯〕、二十九日〔壬午〕条）

『万葉集』の題詞では、「大宰少弐藤原朝臣広嗣、謀反《みかどかたぶ》けむとして軍を発《おこ》すに依りて」とあって、聖武天皇の東国巡幸の直接の原因が藤原広嗣の乱にあるかのような記し方がしてあるが、『続日本紀』では、そのようには記されていない。実際この時期の動きは、聖武天皇による計画的なものであったらしい。(10) ところが、『万葉集』の題詞をたどると、広嗣の乱に追われるかの如く都を出て、東国を転々と移動していき、ついには平城京に戻ることなく、久邇の新京に落ち着く（6・一〇三七）というように読める。謀反→巡幸→遷都と、めまぐるしく移ろう、世情のとりとめのなさを訴えているようにみえる。

都に残してきた妹への思慕を歌う（6・一〇二九、一〇三〇、一〇三二等）ことを通して、こうした世の「うつろひと無常」を自覚し、一方で、はるかいにしえから伝えられてきた「変若《をつ》といふ水」を讃え、

美濃国多芸行宮大伴宿禰東人作歌一首

古ゆ　人の言ひ来る　老人の　変若といふ水ぞ　名に負ふ滝の瀬　（6・一〇三四）

また久邇京新京を讃えて（6・一〇三七、前掲）、「をちかへりと永遠」への願いを新たにするのである。

続いて次の歌も注目される。

大伴坂上郎女宴親族歌一首

かくしつつ　遊び飲みこそ　草木すら　春は生ひつつ　秋は散り行く　（6・九九五）

春は生い茂り秋は散りゆく、草木の「うつろひ」の相をとらえ、それゆえにこそ今は管弦を楽しみ酒に浸ることを逆説的に勧めている。華やかさの背後にある「うつろひ」をしっかりととらえて歌っている。

市原王宴祷父安貴王歌一首

春草は　後は落易《うつろふ》　巌なす　常盤にいませ　貴き我が君　（6・九八八）

湯原王打酒歌一首

焼き大刀の　かど打ち放ち　ますらをの　寿く豊御酒に　我酔ひにけり　（6・九八九）

紀朝臣鹿人跡見茂岡之松樹歌一首

茂岡に　神さび立ちて　栄えたる　千代松の木の　年の知らなく　（6・九九〇）

同鹿人至泊瀬河辺作歌一首

石走り　激ち流るる　泊瀬川　絶ゆることなく　またも来て見む　（6・九九一）

安貴王は志貴皇子の孫、市原王はその安貴王の子、湯原王は志貴皇子の子、安貴王の妻が紀女郎で、紀鹿人は紀女郎の父である。この四首はいわゆる志貴皇子系の人々の歌である。大森亮尚「志貴皇子子孫の年譜考――市原王から安貴王へ――」(11)は、九八八番歌と九八九番歌は、安貴王の四十賀での詠であると考証し、つづく九九〇、九九一番の二首も一連の作である可能性を指摘している。巌、常磐、寿く豊御酒、千代松の木を詠んで、命の「をちかへりと永遠」を寿ぎ願う、その片隅で春草の「うつろひ」にも思いをいたしている。

山上臣憶良沈痾之時歌一首

士やも　空しくあるべき　万代に　語り継ぐべき　名は立てずして　（6・九七八）

この歌における「空しさ」は、本章で対象としている「うつろひと無常の自覚」とは多少ずれる。しかし、無為に過ごすことへの悔恨と、名を立てたいという願望とは、大枠では「無常の自覚」と「永遠への願い」と通底すると言ってよい。

中納言安倍広庭卿歌一首

かくしつつ　あらくを良みぞ　たまきはる　短き命を　長く欲りする　（6・九七五）

この歌は、「傷惜寧楽京荒墟三首」の直前に位置する、家持の詠（6・一〇四三、前掲）と用語と内容の両面にわたって酷似しており、家持詠と同じく「うつろひと無常の自覚」と「をちかへりと永遠への願い」が一首に詠み込まれている。この安倍広庭には、同族に安倍虫麻呂がいる。虫麻呂の母（安曇外命婦）と大伴坂上郎女の母（石川内命婦）とは、姉妹の間柄にあり、ために坂上郎女と虫麻呂は親しく戯歌を交わしている（巻四の六六七番歌左注）。このような関係から、家持は一〇四三番歌の詠作にあたって、広庭の歌を参考にしたのであろう。

坂上郎女・虫麻呂・家持というつながりから、この歌を資料として『万葉集』にもたらしたのは、この三人である可能性が強い。また歌の年月日順配列という、巻六の基本姿勢から言えば、この歌は九七一、九七二番歌（左注に八月十七日とある）の前におかれてしかるべき歌である。それは広庭はすでに天平四年二月二十二日に薨去しているからである。このように年月日順配列の徹底を乱してまでも、現在のこの位置に配した（あえてなぜそうしたのか、明解な説明が、現時点では用意できないのが残念である）ところに、この歌を採録し配置することへの編者の並々ならぬ意欲をみることができよう。

見てきたように巻末部の前に位置する歌々にも、あちこちに「うつろひと無常の自覚」と「をちかへりと永遠への願い」が詠まれている。とは言え、巻末部の歌々には一貫して詠まれていたことに較べれば、濃度は薄い。その意味では「うつろひ」と「をちかへり」を主たる構想として配列がなされているわけではない。言ってみればそれは当然のことで、巻六は、冒頭部から巻末部以前の歌々は、基本的には厳密に時間軸に沿って配されているからである。

しかしながら今対象とした、九七一番歌以下のたかだか七二首のうちにも、前述のように多くの「うつろひ」と「をちかへり」が詠まれている。これはやはり編者の志向の反映であり、またその当時の時代風潮の反映でもあろう。

さらに言えば、巻六が冒頭部に、吉野行幸歌をはじめ各地への行幸歌を据えて、聖武朝とその国土の永遠への言祝ぎと願いを歌い、以下、厳密な時間軸に沿って歌々が配されているということ自体、そこに、時の移ろいが、巻六の構想として表出されていると読み取ることも出来る。

三　巻末部「傷惜寧楽京荒墟三首」の特徴

三―一　特徴の一、二

二―二において、巻末部は「傷惜寧楽京荒墟三首」も田辺福麻呂歌集所出二一首も、いずれも一貫して「うつろひと無常の自覚」と「をちかへりと永遠への願い」を、読む者に語りかけてくることを見た。ではさらに巻末部の特徴を追ってみよう。「傷惜寧楽京荒墟三首」にはさらにいくつかの特徴が見られる。

まずこの三首は三首が一連をなしているという点が指摘できる。第四句に「寧楽・平城・奈良の京師（都）」が詠まれていて三首が呼応するかのごとくである。また詠歌の内容は「旧都への愛着、旧都の荒廃、懐旧望京の念を詠」（『萬葉集』〔新日本古典文学大系〕）んで、寧楽京の荒墟への思いを多角的に捉えていて連作風でさえある。題詞の下の注記に「作者不審」とあり、作者は分からない。一人で寧楽古京三態を詠んだとみることもできるし、また宴席等の場で三人がそれぞれの思いを歌ったとみることもできよう。本章は当該三首の詠作状況（後述）から推して、同一の場に集った三人三様の歌とみるほうがよいと考える。

次に大伴氏関係の大宰府歌、とくに大伴旅人歌と類似した用語を持つ、という点も特徴のひとつである。まず第三首の「また変若反《をちかへり》……奈良の都をまたも見むかも」は、大宰帥大伴旅人の次の歌に近似している。

我が盛り　また将変《をちめ》やも　ほとほとに　寧楽の都を　見ずかなりなむ　（3・三三一）

この他に「員外思故郷歌両首」の「またをちめやも」（5・八四七）、「都見ば……またをちぬべし」（5・八四八）と、大宰府の歌（作者はおそらく大伴旅人）に見える。またこれは大宰府から帰還しての後の歌であろうが、大伴三依に次の歌がある。

我妹子は　常世の国に　住みけらし　昔見しより　変若《をち》ましにけり　（4・六五〇）

三依が大宰府時代からの旅人の部下であったことを考慮すれば、この歌の「をち」も上記の大宰府での歌々の影響下にある。また当該三首の第二首の無常の詠については、「大宰帥大伴卿報凶問歌一首」が類似歌としてあげられよう。

世間は　空しきものと　知る時し　いよよますます　悲しかりけり　（5・七九三）

また旅人の「我が命も常にあらぬか昔見し象の小川を行きて見むため」（3・三三二）も、世の無常に触発されての永遠への願いであり、当該三首の第三首と類似する。また同じく大宰府で詠まれた、沙弥満誓の次の歌も世間の無常を歌っている。

世間を　何に喩へむ　朝開き　漕ぎ去にし船の　跡なきごとし　（3・三五一）

この他にも、大宰少弐小野老の「あをによし寧楽の京師は……」（3・三二八）なども、当該三首の第三首をはじめ他の二首の第四句とも類似する。

「をつ」の用例は『万葉集』中一〇例みられるが、上記の他には月の神の有する「をち水」を詠んだ作者未詳の一例（13・三二四五）、多度山の美泉を詠んだ、大伴東人の一例（6・一〇三四）、作者未詳の恋歌一例（12・三〇四三）、そして家持の鷹の歌一例（17・四〇一一）であることを考慮すれば、当該三首の「をちかへり」は旅人・大宰府関係歌の影響下にあると言ってよいだろう。世間の無常を詠むのは、旅人・大宰府関係歌に限られるわけではなく、広がりをもつ発想であり表現である。「をち」の用例の偏り、そして世間無常の思いの共有という点からして、当該三首の作者は、旅人を同心円とする、大宰府を中心とした大伴氏周辺の人々の歌に親しんでいたことが推測される。

三―二　特徴の三――当該三首詠作の場の想定――

当該三首の特徴を観察する作業を続けよう。当該三首の題詞「傷惜寧楽京荒墟作歌三首」と類似した題詞を持つ歌が、他にもう一首ある。巻八に収められた、大原今城の次の歌（8・一六〇四）である。

内舎人石川朝臣広成歌二首
妻恋に　鹿鳴く山辺の　秋萩は　露霜寒み　盛り過ぎ行く　（8・一六〇〇）
めづらしき　君が家なる　はだすすき　穂に出づる秋の　過ぐらく惜しも　（8・一六〇一）
大伴宿禰家持鹿鳴歌二首
山彦の　相とよむまで　妻恋に　鹿鳴く山辺に　独りのみして　（8・一六〇二）
このころの　朝明に聞けば　あしひきの　山呼びとよめ　さ雄鹿鳴くも　（8・一六〇三）
右二首天平十五年癸未八月十六日作
大原真人今城傷惜寧楽故郷歌一首
秋されば　春日の山の　黄葉見る　寧楽の都の　荒るらく惜しも　（8・一六〇四）
大伴宿禰家持歌一首
高円の　野辺の秋萩　このころの　暁露に　咲きにけむかも　（8・一六〇五）

十五年癸未秋八月十六日内舎人大伴宿禰家持讃久邇京作歌一首
今造る　久邇の都は　山川の　さやけき見れば　うべ知らすらし　（6・一〇三七）

大原今城の歌に作歌年次は記されていないが、前に配された、大伴家持の鹿鳴歌二首が、天平十五年八月十六日の詠作であるところからすれば、その頃の作であろうとの予測はつく。さらに内容をみると、前後の歌と密接につながっている。まるで贈答歌・応報歌といってもよいほどである。すなわち、久邇京にあってまず石川広成が、「妻恋に鹿鳴く山辺」の盛り過ぎゆく秋萩を愛で惜しみ、愛しい「君」の家のはだすすきの穂に過ぎゆく秋を惜しむと詠んで、「君」への慕情をも匂わせる。これを受けて家持は、「妻恋に鹿鳴く山辺」に独りあって、妻を恋うて鳴く牡鹿のごとくに人恋しいという心情を匂わせて、広成の慕情に応える。つづいて今城は、家持歌の久邇の山を受けて、寧楽故郷の春日山を詠む。そして「妻恋に鹿鳴く山辺」に独りいて、牡鹿の鳴き響みに耳を傾ける家持の姿に、寧楽故郷に残してきた妻を思い、寧楽故郷を懐かしむ家持の心を読む。そして家持が久邇京の鹿と寧楽故郷の妻を詠んだのを引き取って、今度は黄葉の美しく照り映える春日山の秋景を歌って、寧楽京が故郷となって荒れていくことを惜しむ。この今城の歌に応えるかのごとくに、家持は、同じく寧楽故郷の高円の野辺に咲き誇っているであろう秋萩の景を歌う。このように肝胆相照らすごとき様相を呈して歌々が展開している。(12) 久邇新都にあって寧楽故郷の荒廃を惜しむのは「うつろひの自覚」であり、寂れつつある寧楽故郷の景色を懐かしむのは、「をちかへりへの願い」でもある。

ところで『万葉集』には、天平十五年八月十六日作と明記した歌がもう一首収められている。久邇の新都を讃美した巻六の歌である。同じ時期の作なので、今見てきた巻八の歌の次に並べて掲げた。久邇の新都を讃美した、家持の歌である。久邇の山川のさやけさとそこに都を定めたことを讃える、この歌の根底には、久邇京のいや栄を願う心があることは言うまでもない。

こうして天平十五年頃の久邇京での詠歌を並べてみると、久邇新都にあって、互いに気の許せる親しい人々が気心を合わせて、歌を詠み交わしているさまが想像される。久邇新京にあって、寧楽故郷の妻を、山を、黄葉を、野を、秋萩を想い、その荒廃を惜しみ傷む、その思いを互いに共有し合って、「うつろひ」の自覚と「をちかへり」への願いがこもごもと湧き起こるのである。その一方で家持は久邇新都の造営を讃え、その永遠性を願う。

単線的に言えば、久邇新都の永遠なる継続は、寧楽古京の「をちかへりと永遠への願い」の否定である。しかしながら人の心はそのように単純ではない。寧楽古京の荒廃に「うつろひ」と「をちかへり」を思い、寧楽古京の移ろいゆえに、新造の久邇新都に永遠への思いを託すのである。このように、久邇新都に居を移した人々の心に「うつろひと無常の自覚」と「をちかへりと永遠への願い」が交錯して共有されていたのである。

当該「傷惜寧楽京荒墟三首」と、題詞「傷惜」を万葉集中唯一共有する、今城の歌を手がかりにして、久邇新都での歌の環境を見、当該三首の歌われた内容や心情と共通していることを確かめた。巻八の今城・家持歌群は題詞どおり、「寧楽故郷」の自然と人への思いであり、当該三首はやはり題詞どおり、「寧楽京荒墟」へのやや観念的抽象的な思いを詠んで「傷み惜しんで」いるのである。

こうしてみると、当該三首には詠まれた場も時も明記されていないので不明という他はないものの、この三首の詠作の場は、久邇京でのある日ある時、親しい仲間が示し合わせて、寧楽京への思いを交々に開陳した、そのような歌の環境を想定するのがもっともふさわしい(13)。先に見たように、三首の内容が連作風に連携がとれているのも、気心の知れた者どうしが歌を交わしたからであろう。そしてこの人々は、これも先に見たように、旅人を同心円とする、大宰府を中心とした大伴氏周辺の人たちの歌に親しんだ人々である。

なお言えば、当時の久邇京にあって、家持を中心として親しい者が集まって、歌を交わすという場（雰囲気）があったであろうことが、次のような事例からも分かる(14)。

在久邇京思留寧楽宅坂上大嬢大伴宿禰家持作歌一首

一重山　隔れるものを　月夜良み　門に出で立ち　妹か待つらむ　（4・七六五）

藤原郎女聞之即和歌一首

道遠み　来じとは知れる　ものからに　然そ待つらむ　君が目を欲り　（4・七六六）

大伴宿禰家持更贈大嬢歌二首

今知らす　久邇の都に　妹に逢はず　久しくなりぬ　行きてはや見な　（4・七六八）

都路を　遠みか妹が　このころは　祈ひて寝れど　夢に見え来ぬ　（4・七六七）

高丘河内連歌二首

故郷は　遠くもあらず　一重山　越ゆるがからに　思ひそ我がせし　（6・一〇三八）

我が背子と　二人し居らば　山高み　里には月は　照らずともよし　（6・一〇三九）

これは相聞のやりとりである。巻四と巻六それぞれに収められた掲出歌は、共通した時期（久邇京時代）と語句（破線部）と内容を有しているので、並列して掲げた。久邇京でのある日ある場所で、家持と坂上大嬢との恋をめぐって、当事者以外の者も加わって、あれこれと歌を交わしている。いわば「密室の恋」から「広場の恋」へと広がる相聞の世界が久邇京で現出していたのである。

三―三　巻末部の編者の特定

以上、「傷惜寧楽京荒墟三首」の特徴を見てきた。この特徴からこの巻末部の編者をある程度特定することができそうである。まず当該三首の検討から、この三首の作者は、旅人を同心円とする、大宰府を中心とした大伴氏周辺の人々の歌に親しんでいたことが分かった。そして三首一連をなして歌を詠み合えるほどに親密な間柄の人々の歌である。また巻八の今城・家持歌群にきわめて近い環境で詠まれた歌であることも分かった。こうした特徴から、この当該三首の至近距離に、家持あるいは今城がいることが言える。

さらに巻六巻末部の最後に配された田辺福麻呂歌集の歌と、当該三首とがしっかり連動し連接しているという特徴は、さきに二―二で確認したところであるが、その田辺福麻呂は、家持に近い存在であり、二人の間に親交のあったことは、この部分の編者を考える場合大いに注目してよい。

天平廿年春三月廿三日左大臣橘家之使者造酒司令史田辺福麻呂饗于守大伴宿禰家持舘爰作新歌并便誦古詠各述心緒

（18・四〇三二〜五題詞）

天平二十年春に、田辺福麻呂は橘家の使者として、越中の家持のもとを訪ね、手篤い歓待を受けた。その記録がこの題詞に束ねられた歌々である。二人のこの親交は、家持が田辺福麻呂の歌を入手できる、最も近い位置にいたことを物語っている。(15)

四　大伴家持の「うつろひと無常の自覚」と「をちかへりと永遠への願い」

こうして巻末部の編者の第一候補として家持が絞られてくる。そして家持を編者に決定づけるのは、家持自身も「うつろひと無常の自覚」と「をちかへりと永遠への願い」を強く懐いていた歌人であるという点である。巻末部を貫く主調音が、上記の「うつろひ」と「をちかへり」であることはすでに詳述したところである。では家持の歌を見てみよう。本章が対象としている巻末部は、天平十二年〜十六年頃の歌であるが、その頃の家持の歌には「うつろひ」と「をちかへり」が顕著に現れる。まず「傷惜寧楽京荒墟三首」の直前に位置する、家持の次の歌である。

同月十一日登活道岡集一株松下飲歌二首（うちの一首）

たまきはる　命は知らず　松が枝を　結ぶ心は　長くとそ思ふ

（6・一〇四三）

右一首大伴宿禰家持作

命のとりとめ難さ（移ろいと無常とも言い換えられよう）と、長命への思い（をちかへりと永遠への願いとも言い換えられよう）が一首のなかにあますところなく詠み込まれている。

次に安積皇子挽歌を見よう。家持が自らの大伴氏族の繁栄をも含めて、その将来に多大な期待を寄せていたのが安積皇子であった。天平十六年正月十一日の、久邇京から難波への行幸に、皇子も参加した。しかし脚の病のため、途中の桜井の頓宮から引き返し、翌々日の十三日に急死した。その薨去を傷んで、家持は二組の長反歌を詠んだ。ひとつは二月三日（3・四七五〜七）、いまひとつは三月二十四日（3・四七八〜四八〇）の詠である。前の一組は、皇子の突然の死に直面し、動転して、泣くほかにするすべの無い悲しみを歌っている。後の一組は、時が経過したこともあり、いま少し気持が落ち着いて、皇子の死を「うつろひ」の相として受け止め、そして同時に大伴氏の将来に思いをいたしている。(16)

では後の一組を見てみよう。

十六年甲申春二月安積皇子薨之時内舎人大伴宿禰家持作歌六首（うち後の三首）

かけまくも　あやに恐し　我が大君　皇子の尊　もののふの　八十伴の男を　召し集へ　率ひたまひ　朝狩に　鹿猪踏み起し　夕狩に　鶉雉踏み立て　大御馬の　口抑へ止め　御心を　見し明らめし　活道山　木立の茂に　咲く花も　移尓家里《うつろひにけり》　世間は　かくのみならし　ますらをの　心振り起し　剣大刀　腰に取り佩き　梓弓　靫取り負ひて　天地と　いや遠長に　万代に　かくしもがもと　頼めりし　皇子の御門の　五月蝿なす　騒く舎人は　白たへに　衣取り着て　常なりし　笑まひ振舞　いや日異に　更経《かはらふ》見れば　悲しきろかも　（3・四七八）

反　歌

愛しきかも　皇子の尊の　あり通ひ　見しし活道の　道は荒れにけり　（3・四七九）

大伴の　名に負ふ靫帯びて　万代に　頼みし心　いづくか寄せむ　（3・四八〇）

右三首三月廿四日作歌

棒線を付した部分は、皇子の死を契機として、日月とともに「うつろひ」を自覚していくさまを表現している。波線を付した部分は、大君に永遠に仕えることを願う、大夫意識そして大伴氏族意識が表現されている。もちろんこの大夫意識、大伴氏族意識は、それがかなえられなかったことの失望を詠んで、さきの「うつろひ」の自覚を助長する役割を果たしている。しかしこの意識は、前の二月三日の詠にはいっさい詠まれていないことを思えば、否定的な要素を含みつつも、「うつろひ」の自覚に触発されて、かえって高揚する、永遠への願いも吐露されていると言えよう。天平十六年作の安積皇子挽歌を通して、この時期の家持の心を大きく占めていたのが、「うつろひと無常の自覚」と「をちかへりと永遠への願い」であったことを確認することができる。

では次に同じく天平十六年に家持が詠んだ歌を見てみよう。おそらく安積皇子の薨去と関わってであろう、家持は久邇京あるいは難波宮から、平城の家に戻っている。

十六年四月五日独居平城故宅作歌六首

橘の　匂へる香かも　ほととぎす　鳴く夜の雨に　うつろひぬらむ　（17・三九一六）
ほととぎす　夜声なつかし　網ささば　花は過ぐとも　離れずか鳴かむ　（17・三九一七）
橘の　にほへる苑に　ほととぎす　鳴くと人告ぐ　網ささましを　（17・三九一八）
あをによし　奈良の都は　古りぬれど　もとほととぎす　鳴かずあらなくに　（17・三九一九）
鶉鳴く　古しと人は　思へれど　花橘の　にほふこのやど　（17・三九二〇）
かきつばた　衣に摺り付け　大夫の　着襲ひ猟する　月は来にけり　（17・三九二一）

右六首歌者天平十六年四月五日独居於平城故郷旧宅大伴宿禰家持作

安積皇子が、咲く花の移ろうごとくこの世を去った後、季節は夏へと移り、例年のごとくに霍公鳥が鳴き橘が花をつけている。家持は独り平城の故宅にあって、夜来の雨音と折しも鳴きしきる霍公鳥の声に耳を傾けつつ、橘の香の移ろいと、平城の都の移ろいをしみじみと想っている。そしてその感慨に耽りつつも、この歌群最後の第六首では、大夫たちが、かきつばたを蹴散らし衣に染めながら狩りをする、活き活きとした初夏の風景を詠んで、未来への期待をつないでいる。ここにも「うつろひと無常の自覚」とそれに触発されて湧きおこる「をちかへりと永遠への願い」をみることができる。

今は天平十六年（七四四）という、本章が直接の対象としている時期の家持の詠をみた。実は家持はこの時期以外にも、「うつろひ」と「をちかへり」に関心を寄せ、歌に詠んでいる。その主なものを順次掲げておく。

移朔而後悲嘆秋風家持作歌一首

うつせみの　世は常なしと　知るものを　秋風寒み　偲ひつるかも　（3・四六五）

この歌は家持が妾を亡くした折に詠んだ、一連の歌の中の一首である。天平十一年（七三九）の作である。妾の死に関わって、まだ二十代前半の多感な家持がすでに、世の無常を自覚している。

次からは、本章が対象としている時期よりも後のものである。まず天平感宝元年（七四九）越中にあって、部下の尾張少咋が左夫流という女性に迷ってしまったことを諭した歌である。

教喩史生尾張少咋歌一首　并短歌（うちの一首）

紅は　うつろふものぞ　橡の　なれにし衣に　なほ及かめやも　（18・四一〇九）

長歌（省略）の一節に「天地の　神言寄せて　春花の　盛りもあらむと　待たしけむ　時の盛りぞ」とあるのと対比されて、紅の移ろい易さが歌われている。ここでの対象は恋心であるが、「うつろひ」が自覚されている。

次は天平勝宝二年（七五〇）の、これも越中での作で「無常」を対象として歌っている。

悲世間無常歌一首　并短歌

天地の　遠き初めよ　世間は　常なきものと　語り継ぎ　流らへ来れ　天の原　振り放け見れば　照る月も満ち欠けしけり　あしひきの　山の木末も　春されば　花咲きにほひ　秋付けば　露霜負ひて　風交り　黄葉散りけり　うつせみも　かくのみならし　紅の　色もうつろひ　ぬばたまの　黒髪変はり　朝の笑み　夕変はらひ　吹く風の　見えぬがごとく　行く水の　止まらぬごとく　常もなく　うつろふ見れば　にはたづみ　流るる涙　留めかねつも　（19・四一六〇）

言問はぬ　木すら春咲き　秋付けば　黄葉散らくは　常をなみこそ　（19・四一六一）

うつせみの　常なき見れば　世間に　心付けずて　思ふ日ぞ多き　（19・四一六二）

当然のことながら「うつろひと無常の自覚」が主題として歌われている。ところでこの歌は、直前にある次の歌と連動して詠まれたことが指摘されている(17)。出挙のため越中国内を巡行中に、年を経た「つまま」の老木を見て、その感慨を述べた歌である。

季春三月九日擬出挙之政行於旧江村道上属目物花之詠并興中所作之歌

過渋谿埼見巌上樹歌一首　樹名都萬麻

礒の上の　つままを見れば　根を延へて　年深くあらし　神さびにけり　（19・四一五九）

『萬葉集釋注』(18)〔十〕は、この歌をめぐって、直後の「悲世間無常歌一首」（19・四一六〇～二、前掲）、そして巻六の市原王の作（6・一〇四二、前掲）との関わりを次のように読んでいる。

……「吹く風の音の清きは年深みかも」と家持の「年深くあらし神さびにけり」とは言葉や発想を等しうする。家持は市原王のこの歌を下地に置いて今の歌を詠んでいるはずで、……（「悲世間無常歌一首」は）前歌（19・四一五九）と対極的。考えてみれば、老樹の年深くして聖なる繁栄に身の清明、安全を祈るのは、我が身の非恒常性を知ればこそである。恒久への讃美の根底には世間の無常に対する認識が潜んでいる。ここでは、前歌の底に潜んでいたその認識が、感興の湧くままに表立てられてうたわれたものと見える。まことにもっともな指摘であり、本章が追い求めている「うつろひと無常の自覚」と「をちかへりと永遠への願い」との関連が、余すところなく説明されている。

次は天平宝字元年（七五七）の奈良の都での作である。この歌の詠まれたのは、橘奈良麻呂らが、皇太子（大炊王）等の暗殺計画を実行に移そうと密かに動いていた時期である。そのことを家持はうすうす知っていたものと思われる。

勝宝九歳六月廿三日於大監物三形王之宅宴歌一首

移り行く　時見るごとに　心痛く　昔の人し　思ほゆるかも（20・四四八三）

右兵部大輔大伴宿禰家持作

咲く花は　うつろふ時あり　あしひきの　山菅の根し　長くはありけり（20・四四八四）

右一首大伴宿禰家持悲怜物色変化作之也

時の花　いやめづらしも　かくしこそ　見し明らめめ　秋立つごとに（20・四四八五）

右大伴宿禰家持作之

生々しく展開する権力闘争を背後に感じつつ、有為転変の人の世を想って、「うつろひと無常」の思いに駆られ、その一方で、秋立つごとに咲く時の花に「をちかへりと永遠」を願っている。

もう一首、翌天平宝字二年（七五八）の寧楽の都での作である。

二月於式部大輔中臣清麻呂朝臣之宅宴歌十五首（うちの一首）

八千種の　花は移ろふ　常磐なる　松のさ枝を　我は結ばな（20・四五〇一）

右一首右中弁大伴宿禰家持

ものみなは「うつろふ」という自覚と、それゆえにこそ、常磐の松に「永遠」を願うのである。

以上、見てきたように、家持には「うつろひと無常の自覚」とそれに触発されて湧きおこる「をちかへりと永遠への願い」が、若いころから持続的にあったことを確認することができた。とりわけ、本章が対象としている歌々の詠まれた、天平十二年から十六年頃までの時期は、一つ松の歌、安積皇子挽歌、平城故宅独居歌に端的に現れているように、多感な家持の心を大きく占めていた心情であることも確認した(19)。

巻末部の主調音である「うつろひ」と「をちかへり」の自覚と願いが、家持自身の心を色濃く染めていたそれと一致すること、先に見たように当該「傷惜寧楽京荒墟三首」の至近距離にいるのが家持であったこと、また田辺福麻呂歌集歌を手に入れることのできる位置にいたのが家持であったこと等から、この巻末部の編者は家持と特定してよい、というのが本章の結論である。

おわりに

いま私たちの前に残されている巻六巻末部の現態を分析することによって、「うつろひと無常の自覚」と「をちかへりと永遠への願い」こそ、家持を巻六の巻末部の編纂にかり立てた原動力であったと結論づけた。最後に、「編纂構想論」の域を越えることになるが、当時の家持を取り巻く社会的政治的状況への目配り、あるいは家持の手に歌資料がわたるまでの具体的状況の想定といった面にまで踏み込んで考察して、本章を閉じることとする。

家持は、天平十二年来の藤原広嗣の乱、寧楽京を後にして伊賀国・伊勢国・美濃国・近江国・山背国を経巡っていく聖武天皇東国巡幸、そして久邇京遷都、紫香楽宮の造営と度重なる行幸、難波宮遷都、そしてついには寧楽京還都、またその間の安積皇子の急死と、目まぐるしく移る、有為転変の人の世の相を目の当たりにして、

「うつろひと無常」を強く実感し、一方それによってわき起こる「をちかへりと永遠への願い」の思いも新たにしたことであろう。そして同時に、手許に入った歌資料を、年・月・日を追って並べていくという、『万葉集』巻六の編纂作業に勤しんでいた家持の心には、時は移りゆくという思いがしきりに去来したことであろう。

そして巻六の編纂がほぼ終わった後に手に入った田辺福麻呂歌集の歌を、雑歌と相聞に振り分け、その雑歌を「うつろひ」と「をちかへり」の相のもとに並べ、巻六巻末部に追補した。その際、すでに手にしていた「傷惜寧楽京荒墟三首」を、一つ松歌群（6・一〇四二、三）と田辺福麻呂歌集歌とのつなぎとして配したのである。[20] ちなみに一つ松歌群も「うつろひ」と「をちかへり」の相のもとに詠まれていることはすでにみたところである。

この「傷惜寧楽京荒墟三首」が家持の手に入った経緯を推測するなら、この三首は大原今城の伝誦していたものであろう。後年のことになるが、今城の伝誦した歌が、家持の手に渡って「歌日誌」に記し留められていることは周知のとおりである。例えば巻二十・四四三六〜四四三九番の四首は、その左注に「右件四首上総国大掾正六位上大原真人今城伝誦云尓 年月未詳」と記されている。その四首は、昔年の防人歌、元正上皇の御製歌、薩妙観の唱和歌、そして内命婦石川朝臣の応召歌と多彩である。この他に、今城が伝誦した歌は三例六首ある。このように今城は古歌（古歌といってもはるかに昔の歌に限らない。ごく最近の歌も含む）を記憶し誦詠することに長けていた。当該三首が、今城から家持に伝誦されたものであると考えることによって、三首の作者が不明であることにも理解が届く。家持が直接採取した歌ならば「作者不審」ということはあり得ないであろう。

巻末部の編纂のさまを、家持にそくして描いてみた次第である。

【注】

（1）　横山英「巻六論」（『萬葉集講座』第六巻〔編纂研究篇〕　春陽堂、一九三三年）

（2）伊藤博「奈良朝宮廷歌巻―巻六の論―」（『萬葉集の構造と成立』〔上〕塙書房、一九七四年、初出は一九七二年九月）

（3）吉井巖「萬葉集巻六について―題詞を中心とした考察―」（『萬葉集への視角』和泉書院、一九九〇年、初出は一九八一年一一月）

（4）巻六はその資料的性格から見て、いくつかの纏まりをなした資料によって構成されている。これは資料の出所（提供者）が同一でないことによると思われる。巻六の編者は、提供された資料群（歌群）をどのように用いつなぎ合わせ配列したのかといった問題、あるいはその編纂は一時期に一括して行われたのではなく、いくつかの段階を経ているであろうと思われるが、その具体的な過程はいかんという問題等々が山積しているが、本書の「編纂構想論」では、そういった問題に深く踏み込むことをしない。なお、巻六が資料的性格からみて、どのように構成されているかについての諸説は、廣岡義隆「『萬葉集』巻第六の成立について」（『萬葉集研究』第二十三集、塙書房、一九九九年一一月）に詳細にして明解にまとめられている。

（5）この三首についての分析と考察は、村瀬憲夫「「うつろひ」の自覚と「をちかへり」への願い―傷惜寧楽京荒墟作歌三首を読む―」（『日本文学』第五六巻一一号、二〇〇七年一一月）で行った。本書では、それを大筋取り入れたうえで、本書の全体的主張にそって修正した。

（6）この歌については「栄えた往時の奈良の都を再び見られぬことを嘆いた歌。大伴旅人の三三一を踏まえたものか」（『萬葉集』〔新潮日本古典集成〕）という解釈もある。願望ではなく、絶望に近い心境を歌っていると見るのである。これは「またをちめやも」と歌っている三三一番歌に引きつけすぎた解釈である。確かに「又将見鴨《またもみむかも》」は手放しの願望を歌った表現ではないが、上四句から結句へいたる表現には「をちかへり」への願いが色濃く詠まれていると見てよい。

（7）最末尾の二首（「難波宮作歌一首」と「過敏馬浦時作歌一首」）は、永遠への願いを連続させ、強調して、巻六を締めくくっている。

（8）橋本達雄「田辺福麻呂―橘諸兄との関連―」（『万葉宮廷歌人の研究』笠間書院、一九七五年、初出は一九六七年一一月）

（9）新沢典子「歌に示された聖武朝史―巻六・一〇二九～四三の配列をめぐって―」（『名古屋大学国語国文学』第九七号、二〇〇五年一二月）

(10) 水野柳太郎「関東行幸と恭仁遷都」(『日本歴史』第六七六号、二〇〇四年九月)
(11) 大森亮尚「志貴皇子子孫の年譜考―市原王から安貴王へ―」(『萬葉』第一二一号、一九八五年三月)
(12) ただし家持の一六〇五番歌の題詞に「和」の語は記されていない。したがってこの歌が前の今城の歌に応じたものであるとは断定できない。巻六編者がここに配した歌と見ることも可能ではあるが、本章はいま見たとおり、応じた歌と見る。また今城は当時正七位以下であったので、奈良に残っていたとする見解(『萬葉集』〔新日本古典文学大系〕)もある。しかしすでに天平十三年八月に平城の二市(東市と西市)が久邇京に遷された(『続日本紀』天平十三年八月二十八日条)ことからすれば、今城も当然久邇京に居たと判断される(影山尚之氏のご教示による)。
(13) 当該三首詠作の場を久邇京とすることには異論もあろう。確かに第二首の「平城京師之移徙見者」という表現は、平城の都にあってその移ろいのさまを目の当たりにしていると見たほうがよい。しかし第三首は、久邇京にあって奈良の都の復活と再見を願っていると見たほうがよい。作歌には作者の想像力が伴う故、歌の表現を根拠に、歌の詠作の場を断定することは難しく異論の出る所以である。なお、平城と久邇の都とは「一重山」(6・一〇三八)を越えただけの「遠くもあらぬ」都であるので、久邇京にあって、平城京の荒墟を目の当たりにすることはしばしばあり得た。
(14) 村瀬憲夫「家持の相聞歌―恭仁京時代―」(『上代文学』第六〇号、一九八八年四月)。
(15) 村瀬憲夫「田辺福麻呂歌集歌と巻十三」(『萬葉集編纂の研究―作者未詳歌巻の論―』塙書房、二〇〇二年、初出は一九九八年一二月)において、巻六および巻九所収の田辺福麻呂歌集歌は、この天平二十年の田辺福麻呂来越の折に、家持に手渡されたものであろうと推定した。
(16) 村瀬憲夫「巻七にみる万葉集編纂の痕跡―国栄えむと月は照るらし―」(『萬葉集編纂の研究』、初出は一九七五年三月)において、二月三日の詠から三月二十四日の詠にいたる、家持の心情の変化を追い、そしてさらに踏み込んで、そこに万葉集編纂の気運をも読んだ。
(17) 橋本達雄「天平勝宝二年三月、出挙の歌」(『大伴家持作品論攷』塙書房、一九七五年、初出は一九七四年一〇月)
(18) 伊藤博著『萬葉集釋注』(十)(集英社、一九九八年)
(19) 青木生子「うつろい」(『万葉集の美と心』〔講談社学術文庫〕一九七九年。『青木生子著作集』〔第六巻〕(おうふう)所収)は、『万葉集』の中に「うつろひ」の相において詠まれた歌々を広く見渡したうえで、家持においては、「時間が人生や人為的なものを消滅の方向に変化させてゆくものだという、うつろいの意識」が、「思念としていだかれ、彼の作歌生涯を通して流れてゆくのである」と説いている。

(20)　巻六巻末部の編纂過程を、以上のように追補と考えた時、巻十七冒頭部（17・三八九〇〜三九二一）に収められた「讃三香原新都歌一首并短歌」（17・三九〇七〜八、天平十三年二月作）、あるいは「十六年四月五日独居平城故宅作歌六首」（17・三九一六〜三九二一、前掲）は、なぜ巻六に追補されなかったのかという疑問も発せられよう。しかしながら、巻十七冒頭部歌群については、別途考察して（村瀬憲夫「万葉集巻十七冒頭部歌群攷」『上代文学』第四六号、一九八一年四月）、この歌群が巻十七の冒頭部に置かれたのは、天平勝宝二年（七五〇）の家持の営為によると結論づけた。ご参照願いたい。

第二章

末四巻編纂の構想（一）

――都びと「家持」が夷に身を置いて歌った都視線の世界――

はじめに

『万葉集』末四巻の現態に虚心坦懐に目を注ぎ、巻十七から順次巻二十まで読みすすむ時、この巻々の編纂に込められた構想はいかなるものとして見えてくるのか。その構想はただ一つに限定されるのではなく、種々の構想が輻輳していると見てよい。

本章ではその構想のひとつを、「都びと「家持」が夷に身を置いて歌った都視線の世界」と読む。むろんこれは、「家持」が越中在任、そして離任（越中を後にして帰京中の歌も含む）まで、具体的には巻十七の冒頭歌（17・三八九〇）から、帰京途上の歌（19・四二五四、五）までに見て取れる構想であり、末四巻全体を覆うものではない。末四巻全体については次章で詳述する。また巻十七冒頭から天平十八年正月の歌（17・三九二二～三九二六）までは、越中在任以前の歌であるが、これらの歌々もこの構想のもとに配されていることは、本章「二　構造論、歌人論から」で述べる。

また本章で扱う巻十七～巻十九に収められている歌々は、もちろん「家持」の作ばかりではない。ここでいう「都びと「家持」」は、「家持」を主たる対象としつつ、「大伴池主」をはじめとする、「家持」以外の人々の歌をも包み込んでいる。それは「家持」以外の人々の歌も、「家持」との関わりで、あるいは「家持」のフィルターを通して歌われているからである。

なお、本章の叙述において、家持の表記を、家持と「家持」の二種に使い分けている。この二種の使い分けについては、本書第一部第二章の「はじめに」（三五頁）をご参照願いたい。

一　巻十七から巻十九（越中離任）までの構想

「都びと「家持」が夷に身を置いて歌った都視線の世界」という構想は随所に見られるが、その典型的なものを、以下具体的にみてみよう。

一―一　都のほととぎすを基軸に越中のほととぎすを恋う

周知のように、「家持」は越中にあってしきりにほととぎすを詠む。そして越中にあって、立夏の節になっても鳴こうとしないほととぎすに対して、恨みの歌を詠んでいる。

立夏四月、既に累日を経ぬるに、由し未だ霍公鳥の喧くを聞かず。因りて作る恨みの歌二首

あしひきの　山も近きを　ほととぎす　月立つまでに　なにか来鳴かぬ　（17・三九八三）

玉に貫く　花橘を　乏しみし　この我が里に　来鳴かずあるらし　（17・三九八四）

霍公鳥は、立夏の日に、来鳴くこと必定なり。また越中の風土は、橙橘のあること希らなり。これに因りて、大伴宿禰家持懐に感発して、聊かにこの歌を裁る。　三月二十九日

そして四月を迎えて十六日にやっと聞くを得て、遙か遠くに鳴くほととぎすを詠んでいる。

四月十六日の夜裏に、遙かに霍公鳥の喧くを聞きて、懐を述ぶる歌一首

ぬばたまの　月に向かひて　ほととぎす　鳴く音遙けし　里遠みかも　（17・三九八八）

その他にも次のようにほととぎすの飛来を待ちこがれる歌々を次々と詠む。

霍公鳥と時の花とを詠む歌一首　并せて短歌　（19・四一六六～八番の歌の引用は省略）

右、二十日に、未だ時に及らねども、興に依り預め作る。

この長反歌からなる作品について、橋本達雄「興の展開——依興歌二首の背景——」(1)が、「ほととぎすを恋う心と都をなつかしむ心とが表裏の関係にある」と指摘しているように、ほととぎすを詠む「家持」の歌には、都への強いまなざしがある。

二十四日は立夏四月の節に応る。これに因りて二十三日の暮に、忽ちに霍公鳥の暁に喧かむ声を思ひて作る歌二首　（19・四一七一、二番の歌の引用は省略）

以上四例をあげたが、このように、都で慣れ親しんだほととぎすを、いわば都の文法、都の暦法によって、越中のほととぎすに求め、律しようとしている。まさに、「都びと「家持」が夷に身を置いて歌った都視線の世界」が展開しているのである。

一―二　夷の風物を詠む

「家持」は越中にあって、意欲的に夷の風物を詠み、「池主」もそれによく応えている。いわゆる「越中五賦」といわれる作品である。

二上山の賦一首　この山は射水の郡にあり

射水川　い行き巡れる　玉櫛笥　二上山は　春花の　咲ける盛りに　秋の葉の　にほへる時に　出で立ちて
振り放け見れば　神からや　そこば貴き　山からや　見が欲しからむ　皇神の　裾廻の山の　渋谿の　崎の
荒礒に　朝なぎに　寄する白波　夕なぎに　満ち来る潮の　いや増しに　絶ゆることなく　古ゆ　今の現に
かくしこそ　見る人ごとに　かけてしのはめ　（17・三九八五）
渋谿の　崎の荒礒に　寄する波　いやしくしくに　古思ほゆ　（17・三九八六）
玉櫛笥　二上山に　鳴く鳥の　声の恋しき　時は来にけり　（17・三九八七）

この他の作品は題詞のみをあげておく。

布勢の水海に遊覧する賦一首　并せて短歌　この海は射水郡の旧江村にあり　（17・三九九一、二）

敬みて布勢の水海に遊覧する賦に和ふる一首　并せて一絶　（17・三九九三、四）

立山の賦一首　并せて短歌　この山は新川の郡にあり　（17・四〇〇〇～二）

敬みて立山の賦に和ふる一首　并せて二絶　（17・四〇〇三～五）

例えば「二上山の賦一首」について、橋本達雄「二上山の賦をめぐって」(2)は、次のように指摘する。

「二上山賦」制作の意図は宮廷讃歌への憧憬をこめて新たな山岳讃歌を作ることにあった。（中略）この自然の景観を通して山を讃えようというもくろみは、二人の先人（注—赤人と虫麻呂）と異なる、新時代にふさわしい新たなる山を主題とした讃歌を生み出そうという積極的・意欲的な要求に基づくものといえるであろう。宮廷讃歌への憧憬、あるいは山部赤人と高橋虫麻呂とを意識して詠むということは、まさに都視線の世界である。「家持」は夷に身を置き、夷の風物「二上山」を都視線で捉えつつ、新たな山岳讃歌に仕立てようとしたのである。これら越中五賦も「都びと「家持」「池主」が夷に身を置いて歌った都視線の世界」といってよい。

一-三　夷の景物に目を留めて都の発想で詠む

廣岡義隆「鄙に目を向けた家持」(3)が「家持はしつかりと越中の風土を見てゐる。（中略）天平二十年春の出挙巡行による鄙の風土が家持の心に如何に鮮明に焼きついたかがわかるのである」と指摘したように、「家持」は夷の景物に目を留めている。次の歌はその一例である。

礪波郡の雄神の川辺にして作る歌一首

雄神川　紅にほふ　娘子らし　葦付　水松の類　取ると　瀬に立たすらし　（17・四〇二一）

葦付という、都びと「家持」には見慣れない新鮮な植物に惹かれ、一首の歌に詠みあげている。ただしその詠みぶりは、明らかに都視線のそれである。次の歌が留意される。

　　羇旅にして作る
黒牛の海　紅にほふ　ももしきの　大宮人し　あさりすらしも　（7・一二一八　藤原卿）

藤原卿のこの作は、神亀元年（七二四）の聖武天皇紀伊国行幸の折に詠まれたものと推定できる。(4)「家持」は、この藤原卿の歌を意識して詠んでいるに違いない。夷にあって、夷の景物に目を留め、それを都視線で歌にしているのである。

次の歌は、いわゆる「越中秀歌群」（19・四一三九〜四一五〇）のひとつであるが、後述するように、この「越中秀歌群」にも都視線の世界が色濃く典型的に出ている。

　　天平勝宝二年三月一日の暮に、春苑の桃李の花を眺矚して作る二首（うちの一首）
春の苑　紅にほふ　桃の花　下照る道に　出で立つ娘子　（19・四一三九）

以上一例をあげたが、ここにも「都びと「家持」が夷に身を置いて歌った都視線の世界」の構想があったことを確認できる。

一―四　都の風流（雪月梅花）を憶い歌う

天平勝宝元年（七四九）十二月に、「家持」は越中での宴席にあって、次の歌を披露した。

　　宴席に雪月梅花を詠む一首
雪の上に　照れる月夜に　梅の花　折りて贈らむ　愛しき児もがも　（18・四一三四）
　右一首、十二月に大伴宿禰家持作る。

雪・月・梅花を組み合わせた歌は、『万葉集』中この一首に限られる。芳賀紀雄「家持の雪月梅花を詠む歌」(5)は、この歌を評して「一首は、梅の花を詠むことをめぐっての、『萬葉集』における一つの極点を示した作品として定位されて然るべきだろう」と述べている。この雪・月・梅花はそれぞれに、都にあってもてはやされた風流を代表する景物であり、それを組み合わせて一首に仕立て上げ、宴席での披露におよんでいるところに、越中に身を置いた「家持」の心意気をみることが出来る。ここにも「都びと「家持」が夷に身を置いて歌った都視線の世界」の構想が顕現しているといえる。

一－五　越中秀歌群に見える都へのまなざし

巻十九の冒頭を飾るのが、次のいわゆる「越中秀歌群」である。

　天平勝宝二年三月一日の暮に、春苑の桃李の花を眺矚めて作る歌二首

春の苑　紅にほふ　桃の花　下照る道に　出で立つ娘子（19・四一三九）

我が苑の　李の花か　庭に散る　はだれのいまだ　残りたるかも（19・四一四〇）

　飜び翔る鴫を見て作る歌一首

春まけて　もの悲しきに　さ夜更けて　羽振き鳴く鴫　誰が田にか住む（19・四一四一）

　二日に柳黛を攀ぢて京師を思ふ歌一首

春の日に　張れる柳を　取り持ちて　見れば都の　大道し思ほゆ（19・四一四二）

　堅香子草の花を攀ぢ折る歌一首

もののふの　八十娘子らが　汲みまがふ　寺井の上の　堅香子の花（19・四一四三）

　帰雁を見る歌二首

燕来る　時になりぬと　雁がねは　国偲ひつつ　雲隠り鳴く　（19・四一四四）
春まけて　かく帰るとも　秋風に　もみたむ山を　越え来ざらめや　一に云ふ　春されば帰るこの雁　（19・四一四五）

夜の裏に千鳥の喧くを聞く歌二首

夜ぐたちに　寝覚めて居れば　川瀬尋め　心もしのに　鳴く千鳥かも　（19・四一四六）
夜くたちて　鳴く川千鳥　うべしこそ　昔の人も　しのひ来にけれ　（19・四一四七）

暁に鳴く雉を聞く歌二首

杉の野に　さ躍る雉　いちしろく　音にしも泣かむ　隠り妻かも　（19・四一四八）
あしひきの　八つ峰の雉　鳴きとよむ　朝明の霞　見れば悲しも　（19・四一四九）

江を泝る船人の唱ふを遥かに聞く歌一首

朝床に　聞けば遥けし　射水川　朝漕ぎしつつ　唱ふ舟人　（19・四一五〇）

この歌群の歌々には、都視線の世界が色濃く出ており、また望京の念が顕現し、あるいは底流している。例えば、「春の苑紅にほふ」の歌（19・四一三九）について、橋本達雄著『大伴家持』（王朝の歌人2）[(6)]が、「桃の花が紅に照りはえる樹下にひとりの美女を配した、絵画的で艶麗な歌」であり、この歌の絵画的構図には、正倉院宝物の「鳥毛立女屏風」に描かれた樹下美人図を思わせるものがあると指摘しているところである。驥尾に付して、村瀬憲夫「大伴家持の越中秀歌群」[(7)]は、「この歌に描かれた世界は、家持が越中で見たそのままの風景ではなく、都のみやびやかな世界に、より強く重心がある。家持はこの歌において、身は越中に置いて、心は都の世界に遊んでいるのである」と述べた。

また望京の念は、柳を通して都の大道を詠んだ歌（19・四一四二）に直接歌われている。また夜更けの千鳥を詠んだ二首（19・四一四六、七）は、その先に、都の佐保川の千鳥を想っていると見てまず間違いないし、帰雁を詠んだ歌（19・四一四四、五）にも望京の想いが託されていると見てよい。前述の「春の苑」の歌における都のみやびへのまなざしは、望京の念と表裏を成すものである。

以上のように、「越中秀歌群」には、都の世界が透かし絵のように立ち顕れ、また望京の想いが横溢している。こうした歌群が、巻十九の冒頭を飾るという重要な位置に置かれているところに、「都びと「家持」が夷に身を置いて歌った都視線の世界」を描くという、巻十九の構想を確かに読みとることができる。

一―六　天平勝宝二年の「家持」

天平勝宝二年（七五〇）の「家持」は、充実した作品を、しかも多数にわたって産出した。次に掲げた歌々（題詞および左注のみで記す）も、その具体相のひとつである。出挙の政務で旧江村に赴く途中で、物花、ここでは「つまま」の木に接したのに触発されて、思いは大宰府での父・旅人と山上憶良の成した筑紫歌壇の世界へと広がり、梅花宴への追和歌、山上憶良の作品とテーマを同じくする歌々の詠出と続き、三月という時ならぬ時期に七夕歌を詠出したのも、憶良を意識してのことであろう。また少し間をおいて、高橋虫麻呂、田辺福麻呂を意識した、処女墓に追同する歌も歌っている。これらの歌々は、同じく夷に身を置いて、充実した数々の作品を残した先輩、憶良・旅人を思っての詠であることは間違いないが、そこにあるまなざしは、都へのそれである。梅花歌しかり、七夕歌しかり、無常歌しかり、勇士の名を振う歌しかり、菟原伝説歌しかり、そして「家持」にとって、都への思いと深く重なるほととぎす詠が、この年において「家持」の生涯において最多であるのもしかりである。

このように、「家持」の充実した作品群の根底に「都びと「家持」が夷に身を置いて歌った都視線の世界」が見てとれる。末四巻に、こういった歌が取り上げられ配されているところにも、編者の如上の構想を見ることができる。

・季春の三月九日に、出挙の政に擬りて、旧江村に行く道の上にして、物花を属目する詠、并せて興の中に作る歌　(19・四一五九)
・渋谿の埼に過り、巌の上の樹を見る歌一首　樹の名は都萬麻　(19・四一六〇〜二)
・世間の無常を悲しぶる歌一首　并せて短歌　(19・四一六三)
・預め作る七夕の歌一首　(19・四一六四、五)
・勇士の名を振はむことを慕ふ歌一首　并せて短歌
　右の二首、山上憶良臣の作る歌に追和す。　(19・四一六六〜八)
・霍公鳥と時の花とを詠む歌一首　并せて短歌
　右、二十日に、未だ時に及らねども、興に依り預め作る。
・筑紫の大宰の時の春苑梅歌に追和する一首　(19・四一七四)
　右の一首、二十七日に興に依りて作る。
・処女墓に追同する歌一首　并せて短歌　(19・四二一一、二)
　右、五月六日に、興に依りて大伴宿禰家持作る。

二　構造論、歌人論から

前項において、末四巻（巻十七から巻十九（越中離任）まで）にわたって、「都びと「家持」が夷に身を置いて歌った都視線の世界」という構想（編集内容の主題）が貫流していることを、いくつかの典型的な事例を見ることを通して確かめた。

さて、ここで構造論に立脚した編纂研究も視野に入れてみよう。構造論によるこれまでの豊かな研究成果を参照する時、如上の構想の妥当性を後押しする貴重な成果をいくつもあげることが出来る。

ここではそのひとつを紹介しよう。それは、

天平十八年の正月に、白雪多に零り、地に積むこと数寸なり。時に、左大臣橘卿、大納言藤原豊成朝臣また諸王諸臣等を率て、太上天皇の御在所 中宮西院 に参入り、供へ奉りて雪を掃く。ここに詔を降し、……

に始まる題詞のもとに束ねられた、いわゆる「白雪応詔歌群」（17・三九二二〜六）である。この歌群については、すでに本書第二部第四章第二節で詳述したところであるが、本章の趣旨にしたがって、別の角度から取り上げる。

この肆宴で詔に応えて詠まれた歌は、『万葉集』には五首のみが登載されている。その他の応詔歌は、左注に名のみが記し留められている。

藤原豊成朝臣　巨勢奈弖麻呂朝臣　大伴牛養宿禰　藤原仲麻呂朝臣　三原王　智奴王　船王　邑知王　小田王　林王　穂積朝臣老　小田朝臣諸人　小野朝臣綱手　高橋朝臣国足　太朝臣徳太理　高丘連河内　秦忌寸朝元　楢原造東人

右の件の王卿等は、詔に応へて歌を作り、次に依りて奏す。その時に記さずして、その歌漏り失せたり。ただし秦忌寸朝元は、左大臣橘卿謔れて云はく、「歌を賦するに堪へずは、麝をもちてこれを贖へ」といふ。これによりて黙をり。

塩谷香織「万葉集巻十七の編修年月日について(8)」は、この場にいて歌を詠んだ人たちの官職を精査して、「官人たちの官職は、天平二十一年四月一日現在に立っている」と結論づけた。構造論を根底におく編纂資料論の成果である。

この塩谷論文の成果が、本章の構想論にとって意義深いのは、次の点にある。家持がまだ都にいた時（天平十八年正月）の出来事であった「白雪応詔歌群」を、家持が記録したのは、家持の越中赴任後の天平二十一年のことであったという点が明らかになったことである。家持は夷に身を置いて、越中赴任よりはるか二年余の前の都の盛時を懐かしみ、その記録に筆を染めていたのである。

ここに、構造論と構想論と、それぞれに対象への迫り方は異なるものの、結果（結論）としては、家持も、「家持」も、夷に身を置いて、都への視線（まなざし）をもって、歌を詠み、歌を記録していたと言うことができ、構造論の立場からの成果は、構想論の立場からの読みを指示することとなる。

また構造論に立脚して独自の論を展開する、山﨑健司「巻第十九の題詞なき歌」(9)は家持越中赴任後の正月の賀宴の記録が天平十九年から二十一年にかけてはなく、この資料（注―17・三九二二～六）を入手した次の年にあたる天平勝宝二年（七五〇）から日録的歌巻の中に現われ、正月の雪については、

於時、零雪殊多、積有四尺焉。（四二二九左注）天平勝宝二年正月二日

十一日、大雪落積、尺有二寸。（四二八五～七題詞）天平勝宝五年正月

のごとく、その都度積雪量の注記も施されるようになるという事実である。この事実は、雪国越中での生活体験を経て、天平二十一年ころ、数年前の正月に都で雪が降った折の肆宴の思い出を筆録した家持が、それ以後、正月を迎えるごとに雪の中での賀宴に関心を寄せていたことを示していよう。

この指摘も、家持が夷に身を置いて、都視線で夷の世界、そしてその先にある都の世界を見ていたことを示唆している。ここに「家持」が家持と重なってくる。かくして『万葉集』のテキスト上の如上の構想は、家持自身のものと軌を一にすることとなるのである。

また天平二十一年四月一日を、家持の政治的社会的生活史の中に位置づけた、いわば家持論（歌人論）からの

発言もある。

天平二十一年四月一日といえば、時に越中国守であった家持が従五位上に叙せられた日であり、また、天平国家念願の大仏鋳造に必要な黄金を陸奥《みちのく》の国が献上したことに関連して、大仏の前で感謝報告する詔（第十二詔）と人民に喜びを分つ詔（第十三詔）とが発せられた日でもある。とくに、第十三詔には、大伴・佐伯両氏の神代以来の忠節を嘉《よみ》する言葉がちりばめられており、家持が従五位上に叙せられたのも、この詔による嘉賞によってである。（伊藤博「万葉集の成り立ち」）(10)

家持のこの高揚した意識が、「白雪応詔歌群」の採択記載を促したに違いなく、家持のこの採択記載意欲（意識）は、「都びと「家持」が夷に身を置いて歌った都視線の世界」の構想と重なることとなる。

三　その構想は、巻一から巻十六をどう引き継いでいるのか？

さて本第二章は、末四巻（巻十七から巻十九（越中離任）まで）に配された構想を、「都びと「家持」が夷に身を置いて歌った都視線の世界」として読み取ったのであるが、では、この構想は、それより前に配された巻々（巻一から巻十六まで）とどのような関係を持つのか、言い換えれば、巻一から巻十六をどう引き継いでいると言えるのか。

すでに第一部第一章の「はじめに」で見たように、『万葉集』二十巻は構造的に、巻一から巻十六までと、巻十七から巻二十までの末四巻とに、大きくは二分される。構造論的形成論的見方から言えば、契沖著『萬葉代匠記』が主張したように、まず巻一から巻十六までが成り、次に巻十七から巻二十までが成り、そして両者が結合されたということになる。

しかし構想論は、そうした構造上の断層を越えて、あるいは断層と見えるものも、実は断層ではないと見て、巻一から巻二十に貫流する構想を見ようとする。ならば、末四巻（巻十七から巻十九（越中離任）まで）は、巻一から巻十六までをどのように引き継ぎ、引き受けているのかを、見極めなければならない。

本章が読み取った「都びと「家持」が夷に身を置いて歌った都視線の世界」という構想は、単純明解に巻一から巻十六を引き受けていると言える。なぜなら、巻一から巻十六までは、基本的には都びとによる都視線の世界であるからである。たとえば巻十四も基本的には、都視線の東国の世界である。

したがって、末四巻は、巻一から巻十六までの、都びとによる都視線の世界を、夷にあって反芻し継承するというかたちで引き受け、引き継いでいるのである。

たとえば、本章一-四「都の風流（雪月梅花）を憶い歌う」で見た雪月梅花の歌

雪の上に　照れる月夜に　梅の花　折りて贈らむ　愛しき児もがも　（18・四一三四）

は、巻八および巻十の、季節巻二巻を中心に広く詠まれた雪、月、梅花の歌を引き継ぎ、また次のような類歌、類想歌を引き受けているといえる。

我がやどの　なでしこの花　盛りなり　手折りて一目　見せむ児もがも　（8・一四九六）

い行き逢ひの　坂のふもとに　咲きをゐる　桜の花を　見せむ児もがも　（9・一七五二）

青柳の　糸の細《くは》しさ　春風に　乱れぬい間に　見せむ児もがも　（10・一八五一）

今日降りし　雪に競ひて　我がやどの　冬木の梅は　花咲きにけり　（8・一六四九）

ことほどさように、本章の一-一から一-六においてあげた事項のすべてにわたって、巻一から巻十六にわたる都視線の世界を、夷にあって反芻している、その具体相を指摘することが出来る。

最後に、巻十七の冒頭に配された三十二首歌群について言及しておこう。この三十二首については、本書第一

部第一章「九　巻十七冒頭部三二首歌群のとらえ方」において、諸見解を俯瞰し、さらに第二部第四章第一節でも、この三十二首歌群が、「末四巻」と「巻一から巻十六まで」とを、堅固に結ぶ重要な役割を担った歌群であることを説いた。ここでは、本章で主張した構想とのかかわりで、この歌群の位置づけをしておこう。

本章の主張する、末四巻の構想（「都びと「家持」が夷に身を置いて歌った都視線の世界」）は、村瀬憲夫「万葉集巻十七冒頭部歌群攷」[11]と鉄野昌弘「大伴家持論（前期）――「歌日誌」の編纂を中心に――」[12]を支持する。両論は、当該三十二歌群の後に続く部分から、当該歌群を見ているからである。とりわけ村瀬論文は、天平勝宝二年の家持の高揚した意識と意欲が、当該歌群を採録させたとみる。ここに、「都びと「家持」が夷に身を置いて歌った都視線の世界」という編纂構想が、当該歌群を採択させた要因になっているということを、言い換えれば、如上の構想は、巻十七冒頭部に配された、夷ならぬ都での詠あるいは都視線の詠にも貫徹しているということを、構造論の視点からも支持することが出来るのである。

おわりに

以上、本章では『万葉集』の現態に虚心坦懐に目を注ぐという姿勢を基本として、末四巻（巻十七から巻十九〈越中離任〉まで）の構想を読み取り、この構想は、巻一から巻十六までの巻々を、夷にあって反芻し継承するというかたちで引き受け、引き継いでいることを確認した。

またその構想は、従来の構造論あるいは歌人論（家持論）による成果とも矛盾しないばかりか、これらの成果が如上の構想の確かさを保証していることを述べた。

【注】

（1）橋本達雄「興の展開―依興歌二首の背景―」（『大伴家持作品論攷』塙書房、一九八五年、初出は一九七五年九月）
（2）橋本達雄「二上山の賦をめぐって」（『大伴家持作品論攷』、初出は一九八一年一一月）
（3）廣岡義隆「鄙に目を向けた家持」（『三重大学人文学部文化学科研究紀要』第一号、一九八四年三月）
（4）村瀬憲夫「黒牛潟と名高の浦」（『紀伊万葉の研究』和泉書院、一九九五年、初出は一九九四年三月）
（5）芳賀紀雄「家持の雪月梅花を詠む歌」（『萬葉集における中國文學の受容』塙書房、二〇〇三年、初出は一九九四年一〇月）
（6）橋本達雄著『大伴家持』（王朝の歌人2）（集英社、一九八四年）
（7）村瀬憲夫「大伴家持の越中秀歌群」（『後藤重郎先生古稀記念 国語国文学論集』和泉書院、一九九一年一一月）
（8）塩谷香織「万葉集巻十七の編修年月日について」（『國語學』第一二〇集、一九八〇年三月）
（9）山﨑健司「巻第十九の題詞なき歌」（『大伴家持の歌群と編纂』塙書房、二〇一〇年、初出「大伴家持の歌群意識―巻十九における題詞なき歌をめぐって―」は一九九六年七月）
（10）伊藤博「万葉集の成り立ち」（『萬葉集釋注』〔十一　別巻〕集英社、一九九九年）
（11）村瀬憲夫「万葉集巻十七冒頭部歌群攷」（『上代文学』第四六号、一九八一年四月）
（12）鉄野昌弘「大伴家持論（前期）―「歌日誌」の編纂を中心に―」（『大伴家持「歌日誌」論考』塙書房、二〇〇七年、初出は二〇〇二年五月）

第三章

末四巻編纂の構想（二）

――移りゆく時（うつろひ）の自覚と永遠への願い――

はじめに

前第二章「末四巻編纂の構想（一）」において、末四巻〈巻十七から巻十九〈越中離任〉まで〉に見て取ることの出来る編纂の構想を、「都びと「家持」が夷に身を置いて歌った都視線の世界」と読んだ。しかし巻十九は「家持」の越中離任帰京の歌（19・四二五四、五）までをもって閉じてはいない。このことは、巻十九が如上の構想で編まれ完結しているわけではないことを意味する。ましてや末四巻は巻二十をもって終結しているのであるから、末四巻編纂の構想は、如上の構想からさらなる進展があると見なければならない。いま「進展」という語を用いたが、如上の構想をも包み込んだ、さらなる大きな構想があったと言った方が適切であろう。

一　末四巻〈巻十七から巻二十まで〉の構想

一―一　鬱結の緒（締緒）と移りゆく時の自覚

巻十七から巻を追って順次読み進んでいって、最も喚起力を有するのが巻十九であることは、異論のないところであろう。とりわけ、巻十九の巻末三首、いわゆる「春愁三首」は古来「家持」の最高傑作と評され讃えられてきた歌であり、また四二九二番歌の左に記された注も、中国の詩論をも踏まえて、「家持」の歌つくりの姿勢を長高《たけ》く謳って格調が高い。

本章では、この巻十九巻末歌群の周辺に、巻十九ひいては末四巻編纂の構想の基軸があると見て、考察を進めてみよう。まず当面の三首にいたる歌々も併せて次に掲げる。天平勝宝五年（七五三）正月から始まる。

五年正月四日に、治部少輔石上朝臣宅嗣の家にして宴する歌三首

言繁み　相問はなくに　梅の花　雪にしをれて　うつろはむかも　（19・四二八二）
右の一首、主人石上朝臣宅嗣
梅の花　咲けるが中に　含めるは　恋ひや隠れる　雪を待つとか　（19・四二八三）
右の一首、中務大輔茨田王
新しき　年の初めに　思ふどち　い群れて居れば　嬉しくもあるか　（19・四二八四）
右の一首、大膳大夫道祖王
十一日に、大雪落り積みて、尺に二寸有り。因りて拙懐を述ぶる歌三首
大宮の　内にも外にも　めづらしく　降れる大雪　な踏みそね惜し　（19・四二八五）
み苑生の　竹の林に　うぐひすは　しき鳴きにしを　雪は降りつつ　（19・四二八六）
うぐひすの　鳴きし垣内に　にほへりし　梅この雪に　うつろふらむか　（19・四二八七）
十二日に、内裏に侍ひて、千鳥の喧くを聞きて作る歌一首
川渚にも　雪は降れれし　宮の内に　千鳥鳴くらし　居む所なみ　（19・四二八八）
二月十九日に、左大臣橘家の宴に、攀ぢ折れる柳の条を見る歌一首
青柳の　上枝攀ぢ取り　かづらくは　君がやどにし　千年寿くとそ　（19・四二八九）
二十三日に、興に依りて作る歌二首
春の野に　霞たなびき　うら悲し　この夕影に　うぐひす鳴くも　（19・四二九〇）
我がやどの　いささ群竹　吹く風の　音のかそけき　この夕かも　（19・四二九一）
二十五日に作る歌一首
うらうらに　照れる春日に　ひばり上がり　心悲しも　ひとりし思へば　（19・四二九二）

春日遅々に、鶬鶊正に啼く。悽惆の意、歌に非ずしては撥ひ難きのみ。
仍りてこの歌を作り、式て締緒を展べたり。

さて、ここに正月四日の歌から掲げたのは、廣岡義隆「巻十九の巻末歌群——「春愁三首」に非ず——」(1)に、次のような発言があり、本章はこの指摘を傾聴すべき貴重な見解と考えるからである。

・日付の異なる歌群を一括して、そこに漂う情趣を見るのであれば、それは巻末三首に限定されるものではなく、四二八五番歌からの一連八首を見なければならない。

・この巻末歌群は、三寒四温の早春譜曲（四二八五〜四二八八）の四首と、雲雀も鳴く晩春歌曲（四二八九〜四二九二）の四首からなる。それは低迷しがちな詠作が、春の胎動と共に、家持の内部から詠作せしめたとも言うべきものであり、結果的には、巻十九の巻頭の春の歌群と呼応することとなった。

なお廣岡論文は「四二八五番歌からの一連八首」とするが、ここには、四二八二番歌から以下の一一首を掲げた。たしかに四二八二番歌から四二八四番歌の三首は、「家持」の作ではないが、『万葉集』の現態としては（あるいは万葉集編纂構想論の観点からは）、個々の作者を越えて、一連の流れの中にあると見ることも出来るからである。この一連の歌群において鮮明に捉えられているのは、行きつ戻りつしながらも、確実に「日々移っていく時（春の季節）」であろう。その「時」の中に、梅の花、雪、鶯、千鳥、青柳、霞、竹、雲雀といった、季節の景物が散りばめられている。その結晶が、春の「景物」と「時」に触発されて詠み上げられた、「春愁」であった。(2)

「家持」はこれより以前、天平十三年（七四一）にもこれと同様の感慨を述べ、歌を詠んでいる。

橙橘初めて咲き、霍公鳥飜り嚶く。この時候に対ひ、詎志を暢べざらめや。因りて三首の短歌を作り、以て欝結の緒を散らさまくのみ。

あしひきの　山辺に居れば　ほととぎす　木の間立ち潜き　鳴かぬ日はなし　（17・三九一一）

ほととぎす　何の心ぞ　橘の　玉貫く月し　来鳴きとよむる　（17・三九一二）
ほととぎす　楝の枝に　行きて居ば　花は散らむな　玉と見るまで　（17・三九一三）
　右、四月三日に、内舎人大伴宿禰家持、久邇京より弟書持に報へ送る。

題詞に「この時候に対ひ」とあり、「家持」がはっきりと「時」を観ていることが分かる。夏四月になれば、時を忘れずにやって来て鳴くほととぎす、そのほととぎすが楝を散らせて、結果的には季節を移していくのである。先掲天平勝宝五年の「悽惆の意、締緒」「ひとり」、そしてこの天平十三年の「欝結の緒」は、移りゆく「時」と深くきり結ばれていると見てよいだろう。

移りゆく時と、春と、悲しみ（孤独）とが結びついている歌といえば、天平勝宝二年（七五〇）に詠まれた、いわゆる「越中秀歌群」がある。

　天平勝宝二年三月一日の暮に、春苑の桃李の花を眺矚して作る歌二首
春の苑　紅にほふ　桃の花　下照る道に　出で立つ娘子　（19・四一三九）
我が苑の　李の花か　庭に散る　はだれのいまだ　残りたるかも　（19・四一四〇）
　飜び翔る鴫を見て作る歌一首
春まけて　もの悲しきに　さ夜更けて　羽振き鳴く鴫　誰が田にか住む　（19・四一四一）
　二日に、柳黛を攀ぢて京師を思ふ歌一首
春の日に　張れる柳を　取り持ちて　見れば都の　大道し思ほゆ　（19・四一四二）
　堅香子草の花を攀ぢ折る歌一首
もののふの　八十娘子らが　汲みまがふ　寺井の上の　堅香子の花　（19・四一四三）
　帰雁を見る歌二首

燕来る　時になりぬと　雁がねは　国偲ひつつ　雲隠り鳴く　（19・四一四四）
春まけて　かく帰るとも　秋風に　もみたむ山を　越え来ざらめや　一に云ふ、春されば帰るこの雁　（19・四一四五）

夜の裏に千鳥の喧くを聞く歌二首

夜ぐたちに　寝覚めて居れば　川瀬尋め　心もしのに　鳴く千鳥かも　（19・四一四六）
夜くたちて　鳴く川千鳥　うべしこそ　昔の人も　しのひ来にけれ　（19・四一四七）

暁に鳴く雉を聞く歌二首

杉の野に　さ躍る雉　いちしろく　音にしも泣かむ　隠り妻かも　（19・四一四八）
あしひきの　八つ峰の雉　鳴きとよむ　朝明の霞　見れば悲しも　（19・四一四九）

江を泝る船人の唱を遥かに聞く歌一首

朝床に　聞けば遥けし　射水川　朝漕ぎしつつ　唱ふ舟人　（19・四一五〇）

春三月一日から三日早朝まで、刻々と移りゆく「時」に身を置いて、春の景物を散りばめながら、都の風雅への傾倒、悲しみ、寂寥、望京、静謐、倦怠といった纏綿たる情緒を詠みこんでいる。

そのなかでも四一四一番歌は「春まけてもの悲しきに」と歌っている。この悲しみは、春という明るくのどかな、そしてその一方でなにとはなしにけだるい季節に接して、心にそこはかとなく湧く悲しみであり、愁いである。さらにこの歌からは、遠くの鴫の羽ばたきの音さえも聞こえてくるような静寂の中、夜更けにひとり目覚めて、その「羽振き鳴く」声に、じっと耳を傾けている、「家持」の孤独感がずしりと感じられる。同様に四一四六番歌も、夜半を過ぎてなお眠られず、千鳥の声に心もしみじみと耳を傾けている姿に、「家持」の孤独感が表出されている。

また四一四九番歌は、峰々に雉の鳴く声の響くなか、朝明けの霞を眺めていて悲しい思いに浸っている。山本

健吉著『大伴家持』[3]は、

「かなしも」とは、彼の感動である。感動がすぐ、憂鬱につながるのが、どうしようもない彼の性だ。感受性が鋭く、美しいものに触れると、たちまち自分の孤独な存在の小ささの意識が、切にきざしてくるのだ。

と評している。

さらに四一五〇番歌では、朝まだき国守の館に臥せったままで、遙かに聞こえてくる舟人の歌声に耳を傾けているその姿からは、春暁ののどけさと共に、その一方であるけだるさも読み取ることができ、そのけだるさの奥に、「家持」の愁いの心が色濃く漂っている。この十二首は、春の「景物」と、移りゆく「時」に触発されて詠み上げられており、悲しみ、愁いといった心情を中心とした情緒の揺曳する歌群である。この情緒の延長に、あるいはその、より洗練された結実として、「春愁三首」があると言えよう。

さて、春愁歌を核に持つ巻十九巻末部の歌々が、文字通り「巻末」を占めるのに対して、この「越中秀歌群」は巻十九の「巻頭」を占めている。先に廣岡論文は「結果的には、巻十九の巻頭の春の歌群と呼応することとなった」と述べて、あくまでも「結果」だと考えているが、巻十九における、この巻末と巻頭における呼応は、構想論の視点に立つ時、ゆるがせに出来ない意義を持つ。この呼応はまさに巻十九編纂編集の構想として意図的に成っているのであろうし、少なくとも巻十九の編纂編集の構想が、「時々の景物」と「時」に触発されてわき起こる情緒、とりわけ愁いの心の表出にあったことを物語る。

そして、天平十三年の「橙橘初めて咲き……」の題詞と歌が、巻十九巻末部の春愁の歌と左注とほとんど同じ趣旨の内容を有していることは、先に述べたとおりであるが、この歌が、巻十九にではなく巻十七に配されているということの意味は重い。それは如上の巻十九の構想は、巻十九を越えて、それ以前の巻々にも及んでいることを意味するからである。

一―二　物色の変化

前項で見てきた「移りゆく時」を真正面から捉えた歌が、巻二十にある。天平勝宝九歳（七五七）の「家持」の作である。

勝宝九歳六月二十三日に、大監物三形王の宅にして宴する歌一首

移りゆく　時見るごとに　心痛く　昔の人し　思ほゆるかも　（20・四四八三）

右、兵部大輔大伴宿禰家持作る。

咲く花は　うつろふ時あり　あしひきの　山菅の根し　長くはありけり　（20・四四八四）

右の一首、大伴宿禰家持、物色の変化ふことを悲しび怜びて作る。

時の花　いやめづらしも　かくしこそ　見し明らめめ　秋立つごとに　（20・四四八五）

右、大伴宿禰家持作る。

この歌は、六月二十三日と記された日付から、橘奈良麻呂によるクーデター計画が進行中のさなかに詠まれたものであることが知られ、そのことを踏まえて読むと、「移りゆく時」および「昔の人」の意味するところが、生々しく迫ってきて、誠に印象深く喚起力のある歌であるが、今は歌を取り巻く外的な要因には深入りしない。そういった外的状況を考慮しなくても、この歌は、「移りゆく時」をしっかりと見据え、そこに心（「昔の人」への悲しみの底流する懐かしさ）を歌って印象深い。続く第二首は、「移りゆく時」を「うつろふ時」と表現し、さらにその時とともに移ろいゆく花に対峙して、山菅の根のような命長さを想っている。左注には物色の変化を悲しみ憐れんで、この作を成したと記している。そして第三首は、移りゆく時ごとに咲く花を、「時の花」と表現し、その「時の花」に「うつろひ」のはかなさを思いながらも、時節毎に愛で、心を開放していこうと願っている。以上、この三首の喚起するところをまとめれば、「移りゆく時（うつろひ）の自覚と永遠への願い」ということに

なろう。

これより三年ほど前の天平勝宝六年（七五四）の三月にも同様の感慨を詠んだ歌が見える。

同じ月の二十五日に、左大臣橘卿、山田御母の宅に宴する歌一首

山吹の　花の盛りに　かくのごと　君を見まくは　千年にもがも　（20・四三〇四）

右の一首、少納言大伴宿禰家持、時の花を矚て作る。ただし、未だ出ださぬ間に、大臣宴を罷めたれば、挙げ誦まぬのみ。

この歌では、左注に「時の花を矚て作る」とあり、その時の花に触発されて、千年の命、すなわち永遠への願いが歌われているのである。先の四四八五番歌「時の花……」と同じ感慨である。

また天平宝字二年（七五八）には次のようにも詠まれている。

二月に、式部大輔中臣清麻呂朝臣の宅にして宴する歌十五首（うちの一首）

八千種の　花はうつろふ　常磐なる　松のさ枝を　我は結ばな　（20・四五〇一）

右の一首は右中弁大伴宿禰家持

「家持」が移りゆく時（うつろひ）に強く惹かれ、自らの多くの作に、直接、あるいは間接的に詠んでいることは、すでに指摘されている。(4) 移りゆく時（うつろひ）は、「家持」の作品のキーワードのひとつであった。そしていま見てきたように、移りゆく時（うつろひ）を自覚するとともに、その自覚ゆえに一層高まる永遠への願いをも抱いていたことが確認できる。

こうして見てくると、「移りゆく時（うつろひ）の自覚と永遠への願い」という構想は、さきに見た巻十七から巻十九までにとどまることなく、巻二十をも含み込んで、末四巻全体を覆っているということが出来る。そして、この構想を最も強く主張している歌が、巻二十の四四八三～五番歌（前掲）であることからすれば、この構想の

基点は、むしろ末四巻の最後を飾る巻二十にあるとも言えよう。

そして前第二章「末四巻編纂の構想（二）——都びと「家持」が夷に身を置いて歌った都視線の世界——」との関わりで注目すべきは、「家持」が越中国守を離任し、都へ向かっての帰京途上の歌に次のような歌が詠まれていることである。

京に向ふ路の上にして、興に依りて預め作る侍宴応詔の歌一首　并せて短歌

……やすみしし　我が大君　秋の花　しが色々に　見したまひ　明らめたまひ　酒みづき　栄ゆる今日のあやに貴さ　（19・四二五四）

反歌一首

秋時花《あきのはな》　種々あれど　色ごとに　見し明らむる　今日の貴さ　（19・四二五五）

侍宴応詔を想定して作った歌であるので、「永遠への願い」が前面に出ることは当然ながら、ここで注意されるのは、「秋の花」をことさらに「秋時花」と「時」を特記していることである。ここに歌われた「秋の花」は、移りゆく時時に咲く、すなわち経巡り来たっては、また過ぎ去ってゆく秋に咲く花である。「時」が強く意識され、その移りゆく時（うつろひ）の自覚に裏打ちされて、永遠への願いが前面に歌われていると見てよい。

「家持」の越中在任中の歌々の編集の構想が、「都びと「家持」が夷に身を置いて歌った都視線の世界」を基軸においていることは前第二章で述べた通りであるが、象徴的に言えば、越中を離れて都へ向かう途上で詠まれたこの歌は、それ以前の構想を受けて次へと発展的に引き継ぎ展開するがごとく、「移りゆく時（うつろひ）の自覚と永遠への願い」を歌っているのである。「家持」にとって越中での五年は、都とは大きく異なる体験の日々であり、それはまさに移りゆく時を実感する日々でもあったのである。旅は、日常生活との相異を際だたせ、それゆえに、移りゆく時を一層強く自覚させるのである。

ここに末四巻は、「都びと「家持」が夷に身を置いて歌った都視線の世界」の構想をも大きく含み込んで、「移りゆく時（うつろひ）の自覚と永遠への願い」という構想に収斂されていくのである。

そして『万葉集』全二十巻の掉尾を飾るのが、次の歌であることの意味は重い。

三年春正月一日に、因幡国の庁にして、饗を国郡の司等に賜ふ宴の歌一首

新しき　年の初めの　初春の　今日降る雪の　いやしけ吉事　（20・四五一六）

右の一首、守大伴宿禰家持作る。

この歌の志向するところは「永遠への願い」である。とすると、「移りゆく時（うつろひ）の自覚と永遠への願い」の構想は、ひとり末四巻にとどまることなく、『万葉集』二十巻全体を覆いつくす「万葉集の構想」であったと言えよう。その意味で、『万葉集』は、万代に伝われかしとの願いをこめて、「万葉集」と命名されたのである。

二　構造論、歌人論から

二―一　構造論から

前項において、巻十七から巻二十まで、末四巻全体にわたって、「移りゆく時（うつろひ）の自覚と永遠への願い」という構想（編集内容の主題）が貫流していることを、いくつかの喚起力のある事例を見ることを通して、その大枠を確かめた。

さて、ここで構造論に立脚した編纂研究、およびいわゆる歌人論に立脚した家持論も視野に入れてみよう。なお、本章で扱うのは、ほぼ家持に限られるので、以下、表題以外は家持論と記述する。

構造論および家持論によるこれまでの深く豊かな研究成果を参照する時、如上の構想の妥当性を後押しする貴重な成果をいくつもあげることが出来る。以下、順次見てみよう。

まず代表的な構造論からの指摘がある。それは天平勝宝九歳（七五七）に詠じられた

移りゆく　時見るごとに　心痛く　昔の人し　思ほゆるかも　（20・四四八三）

に始まる三首（20・四四八三〜五、前掲）に関わっての指摘である。この三首については、前項で述べたように、「移りゆく時（うつろひ）の自覚と永遠への願い」という構想の存在を最も強く鮮明明解に主張している歌群である。

一瞥して気づく不思議な現象がある。天平勝宝九歳（七五七）六月二十三日の単独宴歌を基点とする家持独詠歌三首（四四八三〜五）以前の一九三首と天平宝字元年（七五七）十一月十八日の肆宴歌二首（四四八六〜七）以下の三一首とのあいだに明確な断層の存することである。

すなわち、家持独詠歌以前は、特別高貴であったり家持がとくに尊敬する人であったりするごく少数の人の署名に「氏＋名＋姓」（敬称法）の形を用いているほかは、家持より官位が上か下かに関係なく「氏＋姓＋名」（通称法、一般に卑称法という）の形を用い、これが通常の形態をなしている（巻十七〜十九も同じ）。しかるに、それに対して、肆宴歌以降三一首は、家持自身の署名だけに「氏＋姓＋名」の形を用い、他人の署名については、家持より官位の高い人にも低い人にもおしなべて「氏＋名＋姓」の形を用いていて、例外がない。この断層は、肆宴歌以降の三一首が家持の手によってのちのちにすこぶる丹念に補われたもので、巻二十に、もともと、家持独詠歌三首をもって終焉を遂げる段階があったことを語り告げる。

（伊藤博「万葉集の成り立ち(5)」）

当該三首が巻二十の掉尾を飾る段階があったという指摘である。掉尾を飾る歌群の主張は、それ以前の歌々、

巻々を束ねる役割を担っていると考えてよく、そうだとすれば、如上の構想は、少なくとも巻二十の構想であり、さらには末四巻全体を束ねる構想だったと考えてよい。事実、前項において見たように、この構想は巻十七から巻十九までの歌々にも指摘することができるものであった。

また山﨑健司著『大伴家持の歌群と編纂』[6]は、『萬葉集』の末尾四巻について、大伴家持の歌群に対する認識を分析しながら、それぞれの作品（歌ないし歌群）がどのように編纂されて歌巻が成立しているかを考究して、巻二十について、次のような結論を提示している。

> 巻第二十を大きく四つの部分に分け、それぞれの内容を編纂の観点から検討した結果、〈防人歌群以前〉から〈防人歌群以後〉の天平勝宝九歳（七五七）までは一貫した方針のもと、「時の花」と「移りゆく時」を鍵語として聖武朝の盛時を回想する姿勢を顕著にしながら形成され、そこに家持がかかわって橘家に贈られた〈防人歌群〉を後から補入、さらに藤原仲麻呂の一時の栄華を記録する〈天平宝字歌群〉を加えて成立したことを明らかにした。
> （山﨑健司「歌群のありようから見た巻第二十」[7]）

この構造論に立脚した編纂研究からの発言は、末四巻の如上の構想が、少なくとも巻二十には当てはまることを示唆している。

次に前項「一－一　鬱結の緒（締緒）と移りゆく時の自覚」で見た、天平勝宝五年正月四日から二月二十五日にかけての、いわゆる春愁三首に連なる歌群（19・四二八二～四二九二、「春愁三首関連歌群」と呼ぶこととする）に関わっても、構造論的研究による成果を参照しておこう。

この「春愁三首関連歌群」中の「家持」の一首

> 大宮の　内にも外にも　めづらしく　降れる大雪　な踏みそね惜し　（19・四二八五）

は、天平十八年正月のいわゆる「白雪応詔歌群」（17・三九二二～六）の中の「家持」の一首

大宮の　内にも外にも　光るまで　降らす白雪　見れど飽かぬかも　（17・三九二六）

ときわめて類似した歌である。この二首の類似を捉えて、山﨑健司「歌群から歌巻へ――大伴家持の編纂手法――」(8)は、次のように指摘している。

これは同じフレーズを用いていることから、天平十八年正月の出来事を思い起こしながら勝宝五年時点の思いを展開していると考えられ、家持にとって、天平十八年正月の雪掃きは生涯の記念すべき出来事として記憶され、その年月が記録されていると申せましょう。

この指摘からは、この「春愁三首関連歌群」が、天平十八年正月の出来事への強く感動的な記憶に惹かれて成っているという、両者の関連性を知ることが出来、そこから、この「春愁三首関連歌群」が、『万葉集』において占めている位置の重さを確認することが出来るのである。その意味で、この重要な歌群から読み取れる、如上の「構想」もまた重い。

また山﨑健司「巻第十九の題詞なき歌」(9)（本書第四部第二章で引用紹介した）は、天平十八年の白雪応詔歌に触発されて、天平勝宝二年以降、正月を迎える毎に雪の中での賀宴に関心を寄せていたと指摘したが、このことは家持に時の移りを一層自覚させたものと理解できよう。

以上、構造論的視点に立ってみても、「春愁三首関連歌群」はきわめて重要な位置を占めていた歌群であり、したがってそこに見える構想は重要視すべきであることを述べた。

なお加えて、すでに第四部第一章で述べた巻六の構想に関わっても触れておこう。もちろん、そこでは構想論に立脚して、巻六の現態を虚心担懐に観ることを通して、巻六巻末部、ひいては巻六全体の構想を読んだのであるが、同時に構造論に立脚した目配りもしている。もって次のような結論に達した。

『万葉集』巻六の巻末部（6・一〇四四～一〇六七）は、「うつろひと無常の自覚」とそれゆえに一層慕る「をちかへりと永遠への願い」というテーマのもとに収録配列されていることが指摘できる。

この結論は、末四巻編纂の構想について、本第三章の考察によって達した結論と一致する。末四巻編纂の構想は、それ以前の巻々の編纂構想をも覆っていると考えてよさそうである。

それは、巻六巻末部の直前にある歌（6・一〇四三）（この歌が巻末部へのつなぎの役割を果たす重要な歌であることは、第四部第一章で述べたところである）と、「移りゆく時（うつろひ）の自覚と永遠への願い」の構想を典型的に象徴する巻二十の歌（20・四四八三〜五、前掲）とは、その根底にある趣意が同一であることからも首肯できよう。その二首を次に並べて掲げておこう。

たまきはる　命は知らず　松が枝を　結ぶ心は　長くとぞ思ふ　（6・一〇四三）

咲く花は　うつろふ時あり　あしひきの　山菅の根し　長くはありけり　（20・四四八四）

二─二　歌人論から

では次に、家持論の成果に目を向けてみよう。これまでの深く豊かな研究成果を参照する時、如上の構想（「移りゆく時（うつろひ）の自覚と永遠への願い」）の妥当性は一層確かなものとして確認することができる。

まずこの構想の一番中心的な核をなす、天平勝宝九歳（七五七）に作られた「家持」の三首（20・四四八三〜五、前掲）について、家持論からの次のような発言がある。

後半生、家持は、あい継起する権力抗争のさなかに、身を処した。その予兆にでもなったかと思われるほどに、「咲く花はうつろふ時あり」と「時花《ときのはな》」の歌は、韜晦し隠忍するほかないかれの姿を、花に托しつつ集約したかたちで彷彿とさせているように見える。（芳賀紀雄「時の花」(10)）

また「作歌者家持」と「編纂者家持」との狭間を追って、家持の「歌日誌」を考究した、誠に明晰にして説得力に富む論文がある。

それにしても、日付順の配列を持つ歌集とは、まことに異色である。無論、万葉集の多くの巻が制作順の配列である。中でも巻五は、大半の歌が、日付を持ち、その順に並べられている点で、末四巻のあり方に近い。また巻十五でも、日付は無いものの、遣新羅使人や宅守《やかもり》・弟上娘子《おとがみをとめ》の歌が、時間を追った物語的展開を形づくっている。家持が、あるいはこれらの編集に携わりながら、示唆を受けていたことは想像に難くない。しかし巻五にしても、日付そのものは、宴の日や書簡の日付から得られている場合が多く、家持の歌の日付のように、作品の不可分の一部をなすものは稀である。

（中略）

要するに、家持が自身の様々な経験を蓄積し、自己の生への認識を深めるのに連動して、家持歌の日付は、その意義を重くしていったように見えるのである。天平一〇年頃と目される内舎人《うちどねり》への任官は、宮廷社会への初めての本格的な参加であった。久邇京を初めとする相次ぐ遷都は、家持に浮雲の思いをさせたに違いない。妾、安積皇子、弟といった若者たちの死、そして越中での大病もまた、生を見つめる契機となったはずである。自らの経験を歌として作品化することが、「時」を生きる者としての自覚を芽生えさせ、やがて自己の生きた時間をたどる編纂の意志を育てたと考えられる。

（中略）

家持は、作歌を通して、時間の中に生き、その流れにあらがい得ない自己を発見して行ったことも確かであろうと思う。「編纂者家持」は、その自己認識とともに育ってゆく。その歌を記して行くことで自己の生を造形し、時間を超越することを家持は願ったのだろうと思う。

（鉄野昌弘「大伴家持論（前期）――「歌日誌」の編纂を中心に――」(11)）

この二論文によって、「『万葉集』の中に編集された家持」（神野志隆光「『万葉集』の中に編集された家持——「歌日記」の意味」(12)）、あるいは「主題化された「家持」」（本書第二部第四章第三節）は、「移りゆく時（うつろひ）の自覚と永遠への願い」持った、ある時は血湧き肉躍る、ある時は孤愁に沈潜する、血の通った家持となる。

三　その構想は、巻一から巻十六をどう引き継いでいるのか？

さて本章は、末四巻（巻十七から巻二十まで）に配された構想を、「移りゆく時（うつろひ）の自覚と永遠への願い」と読み取ったのであるが、では、この構想は、それより前に置かれた巻々（巻一から巻十六まで）とどのような関係を持つのか、言い換えれば、巻一から巻十六をどう引き継いでいると言えるのか。

まずごく概略的に言って、「移りゆく時」、「うつろひ」(13)といった語、あるいはそうした発想、またそれに触発されてわき起こる「永遠への願い」といった表現は、とりわけ「家持」を中心とするが、巻一から十六までの巻々にも、広く見られる語であり発想である。これに「常なし」などの語と発想も加味すれば、これらは、末四巻に特化された語と発想ではなく、なめらかに末四巻に引き継がれており、末四巻と、それ以前の巻々との間に断絶はない。

また「家持」歌に限定すれば、「移りゆく時（うつろひ）」と「永遠への願い」は、亡妾挽歌（3・四六二〜四七四）、安積皇子挽歌（3・四七五〜四八〇）をはじめとして、巻十六以前の巻々にも、広く強く歌われており、末四巻はその色合いを一層濃くしつつ、継承している。

さらに編纂構想という面では、本書第四部第一章で述べたように、巻六の編纂にも見られた構想であり、末四巻に直接的に継承されている。

あるいは、末四巻以前の巻々の中に、季節歌巻が収録されていることも注目される。巻八と巻十である。季節歌巻は当然のことながら、春、夏、秋、冬という季節の進みにしたがって歌が配列されている。「時の花」が咲き、そして色あせ、移ろい、また次の「時の花」が咲き、そして移ろっていくさまを、巻全体で語って見せている。その季節の移ろいは、まさに「移りゆく時（うつろひ）」を自覚させる。末四巻は、この自覚とそこから醸成される情緒を、真っ直ぐに引き継いでいるといえる。

また巻一から巻十六までの巻々には、羈旅の歌が多く収められている。巻七の「羈旅作」、巻十二の「羈旅発思」のように、旅の歌が一括して収められている場合もあれば、個々独立して収められている場合もある。旅は、それまでの日常生活と対比されて、また空間の隔たりが意識されて、移りゆく時に気づかせる。巻十七から巻十九（越中離任）までの歌々は、「家持」にとって広い意味での旅にあっての歌々である。「家持」は越中にあって、都の日常と対比して、一層「移りゆく時」を実感していたはずである。この意味で末四巻はそれ以前の巻々をしっかりと引き継いでいると言える。

そして何よりも、巻一から巻十六は、基本的には時間軸にしたがって、つまり移りゆく時にしたがって、歌を配列している。これはまさに「移りゆく時（うつろひ）の自覚と永遠への願い」の構想下にある。その意味で、末四巻の構想は、それ以前の巻々をなめらかに、そして確実に、継承しているといえる。

おわりに

以上、本章では『万葉集』の現態が語るところに耳を傾けて、末四巻（巻十七から巻二十まで）の構想を読み取り、そのうえで、この構想は、巻一から巻十六までの巻々を、①「移りゆく時（うつろひ）」の語と発想、②巻六の編纂構想、③移りゆく時と移ろいをもっとも意識させやすい季節分類、④移りゆく時を実感させやすい旅、そして⑤時間軸配列、という諸要素・諸側面にわたって、引き受け引き継いでいることを確認した。

またその構想は、従来の構造論あるいは家持論による成果とも矛盾しないばかりか、これらの成果が如上の構想を積極的に支持していることを述べた。

【注】

（1）廣岡義隆「巻十九の巻末歌群―「春愁三首」に非ず―」（美夫君志会三月例会、二〇〇一年三月一一日）。後に「『萬葉集』巻第十九巻末歌群考―「春愁三首」に非ず―」（『三重大学日本語学文学』第二四号、二〇一三年六月）として活字論文化された。

（2）青木生子「「うつろひ」の美学―'UTSUROI' の彫刻と家持文芸―」（『上代文学』第五五号、一九八五年一一月。『青木生子著作集』〈第五巻〉（おうふう）所収）は、この三首を評して「それは、家持の胸底にいだかれている「うつろひ」の思念的情感の琴線に触れて、はじめて奏でられた名吟に他ならない」と述べている。

（3）山本健吉著『大伴家持』〈日本詩人選5〉（筑摩書房、一九七一年）

（4）例えば青木生子「「うつろひ」の美学―'UTSUROI' の彫刻と家持文芸―」（注2参照）、長内遥香「「うつろひ」の移ろい―家持の「うつろひ」と「無常」―」（『近畿大学日本語・日本文学』第一四号、二〇一二年三月）など。

（5）伊藤博「万葉集の成り立ち」（『萬葉集釋注』〈十一　別巻〉集英社、一九九九年）

（6）山﨑健司著『大伴家持の歌群と編纂』（塙書房、二〇一〇年）

（7）山﨑健司「歌群のありようから見た巻第二十」（『大伴家持の歌群と編纂』、初出「萬葉集巻第二十の編纂をめぐって」は二〇〇五年六月）

（8）山﨑健司「歌群から歌巻へ―大伴家持の編纂手法―」（『大伴家持研究の最前線』〈高岡市萬葉歴史館叢書23〉二〇一一年三月）

（9）山﨑健司「巻第十九の題詞なき歌」（『大伴家持の歌群と編纂』、初出「大伴家持の歌群意識―巻十九における題詞な

き歌をめぐって―」は一九九六年七月）

（10）芳賀紀雄「時の花―勝宝九歳秋の家持―」（『萬葉集における中國文學の受容』塙書房、二〇〇三年、初出は一九七八年三月）

（11）鉄野昌弘「大伴家持論（前期）―「歌日誌」の編纂を中心に―」（『大伴家持「歌日誌」論考』塙書房、二〇〇七年、初出は二〇〇二年五月）

（12）神野志隆光「『万葉集』の中に編集された家持―「歌日記」の意味」（『大伴家持研究の最前線』〈高岡市萬葉歴史館叢書23〉二〇一一年三月）

（13）青木生子「うつろい」（『万葉集の美と心』〈講談社学術文庫〉一九七九年。『青木生子著作集』〈第六巻〉（おうふう）所収）、同「万葉集における『うつろひ』―家持への道程」（『日本抒情詩論―記紀・万葉の世界』弘文堂、一九五七年、初出は一九四七年九月および一九四九年一〇月。『青木生子著作集』〈第一巻〉所収）など。

結びにかえて

村瀬憲夫

第一部「万葉集編纂研究の現在と展望」では、これまでの編纂研究の到達点とも言うべき、伊藤博著『萬葉集の構造と成立』を顕彰し、そのうえで、その後の研究動向を見、その動向のなかでもひときわ強く光彩を放っているのが、「編纂構想論」であることを述べた。そしてこの編纂構想論を、本書では具体的にどのように展開したのか、その概要を記した。

以下、第二部から第四部にわたって、各部においてそれぞれの対象範囲を持ちつつ、またそれぞれ独自の姿勢を持しつつ、「編纂構想論」というテーマを共有して具体論を展開した。

ごく大包みのまとめかたをするなら、『万葉集』は「天皇を中心とする古代律令社会のもっとも理想的な姿を、宮廷社会で詠まれた歌を用いて巻に編もうとする」という構想のもと、巻一から巻二十までが、構造上、形成上、大小多くの断層と見えるものを顕現させつつも、それをも大きく包み込んで、一貫した構想と志向性を持って、ひとつの歌集としてまとまっている、ということである。断層に分け入ろうとするよりも、断層と見えるものをも大きく含み込んで、一歌集としての総体（現態）が語るところ、表すところを、聞こう観ようとしたのである。

一口に構想と言っても、大小、そして巻毎の、さまざまな構想が交錯するのは当然のことであり、それを大きく束ねると、前記の構想ということになる。本書の各部、各章、各節で掲出した、種々の構想、種々の編集方針は、決して相矛盾し、相容れないものでないことは、本書の共同執筆者である三者が確認しあって執筆したところである。たとえば、『万葉集』編纂の総テーマとも言える、前記の構想と、第四部で掲出した構想「移りゆく時（うつろひ）の自覚と永遠への願い」とが、相容れないものでないことは言をまたない。

とはいえ、共同執筆者である三人は「編纂構想論」という視点を共有しつつも、三者三様の視点と過去の研究歴を有している。その基盤のもとに三人が独自性を発揮しつつ論を展開しているゆえ、第二部から第四部にわたって、必ずしも一辺倒ではない、さまざまな可能性を提示し、柔軟な論述を展開している。この可能性の提示と柔軟な論述が、今後に残された未開の要素を多くもつ「編纂構想論」の展開のためにも有効であると考えている。

編纂研究の長い歴史の中にあって、「編纂構想論」は、まだ十分な成熟を遂げているとは言いがたく、今後に残された課題も山積している。このような現況の中で、本書は、編纂構想論による、具体に即した研究のモデルを提示した。もって同様の志向を有する研究が陸続と出現し、今後、編纂構想論が飛躍的に発展し充実の一途をたどること、そのための礎と本書がなることを願っている。

所収論文一覧

本書に収めた論文は、すでに学会誌等に発表したものも多いが、発表後の諸氏による研究成果を取り入れて、再考し書き改めた部分もある。また本書にまとめるに当たって、一書としての構成と体系を考慮して、各論文を配列し、論題にも手を加えた。さらに全体の体裁を整えるために、表記・表現の統一を図った。初出は次のとおりである。

第一部　万葉集編纂研究の現在と展望（村瀬憲夫）

第一章「大伴家持と万葉集の編纂——伊藤博著『萬葉集の構造と成立』の顕彰と検証——」

『萬葉』第二〇九号、二〇一一年一一月

第二章（本書のための書き下ろし）

第二部　構造論から構想論へ（市瀬雅之）

第一章

第一節「『万葉集』巻一の構想——構造論から構想論へ——」

『古代文学の創造と継承』新典社　二〇一一年一月

第二節「『万葉集』巻七の位相——構想論の一環として——」

『梅花女子大学文化表現学部紀要』八、二〇一二年三月

第二章

第一節　「巻六の構想――活道の岡に集う歌を一例としながら――」『美夫君志』第七九号、二〇〇九年一二月

第二節　「関東行幸歌群の構想――巻六の編纂を視野に入れつつ――」『美夫君志』第八二号、二〇一一年三月

第三章

第一節　「巻七の構想――つなぐという視点の存在――」美夫君志会　平成二四年度「万葉ゼミナール」にて口頭発表

第二節　「編纂に求められる構想力――巻十一と巻十二の場合――」『万葉集の今を考える』新典社、二〇〇九年七月

第三節　（本書のための書き下ろし）

第四章

第一節　「巻十七の構想――冒頭三十二首の役割について――」『美夫君志』第八〇号、二〇一〇年三月

第二節　「白雪応詔歌群の構想」『美夫君志』第八四号、二〇一二年一〇月

第三節　「二十巻本万葉集の構想」萬葉集の編纂と成立を考える会　二〇一二年四月例会にて口頭発表。その一部は、「『中臣の里』茨木――古代史と文学の研究から観光の提案まで――」（『梅花女子大学文化表現学部紀要』七、二〇一一年三月）と重複している。防人関係歌部分については、「巻二十の構想――防人歌と家持関係歌を話題にして――」と題して、平成二十五年度上代文学会大会研究発表会にて口頭発表（二〇一三年五月一九日、於：大阪府立大学）。

第三部　部類歌巻の編纂と構想（城﨑陽子）

第一章「部類歌巻の編纂――『譬喩』という部類の位相――」『万葉集の今を考える』新典社、二〇〇九年七月
第二章
第一節「部類歌巻の編纂――『旅の歌』を部類すること――」『美夫君志』第八三号、二〇一一年一月
第二節（本書のための書き下ろし）
第三章
第一節「部類歌巻の編纂――巻十一・十二における『問答』――」『青木周平先生追悼　古代文芸論叢』おうふう、二〇〇九年
第二節「『詠う』ことと『編む』こと――万葉集巻十三『問答』部類編纂――」『國學院雜誌』第一一〇巻一一号、二〇〇九年一一月
第四章「万葉集における季節歌の成立」『万葉集と東アジア4』國學院大學文学部日本文学一〇〇八　辰巳研究室、二〇〇九年三月
第五章「部類歌巻の編纂――『譬喩』という部類の位相――」『万葉集の今を考える』新典社、二〇〇九年七月
第六章「部類歌巻の編纂――巻十四の場合――」
平成二十五年度上代文学会大会研究発表会にて口頭発表（二〇一三年五月一九日、於：大阪府立大学）

第四部　構想論・構造論・歌人論（村瀬憲夫）

第一章「万葉集巻六巻末部の編纂と大伴家持」『論集上代文学』〔第三十冊〕笠間書院、二〇〇八年五月
第二章「万葉集末四巻の編纂――構想論・構造論・家持論――」

平成二十四年度美夫君志会全国大会研究発表会にて口頭発表（二〇一二年七月一日、於：中京大学）

第三章　第二章に同じ

あとがき

本書を誕生させることができることに感謝をしながら、論じたことを少し振り返ってみよう。これまでの編纂論が、万葉集の成り立ちを詳述してきたのに対して、できあがった二十巻に、何が表されているのかを読もうとした。ふたつの議論は、同じ歌を読みながら、時に異なる結論を導き出すことがある。一方の読み方をもって他方のそれを淘汰することを考えたのではなく、長い時間を経て編まれた歌集を読むためには、自らが読む時点を明らかにすることが必要だと考えたためである。読む位相を明らかにしてこそ、段階を追った読みの可能性を検証することができる。

最終的な時点の編纂に立って二十巻を読み通すことは、万葉集をひとつのテキストとして読むことに近い。その方法を徹底すると、歌の作り手や歌の詠まれた歴史や社会との関わりを捨象せざるを得ないところがある。断りながら議論をしたつもりだが、筆者はそれを含め考えることを肯定している。漠然とそれらを持ち込むことを避けるためには、テキストのままに読んでみることが必要だと考えた。

二十巻を読み通してみると、表されている主題が問われたほかに、「大伴家持」の存在が強調されていることに改めて気づかされる。大伴家持がどのように二十巻を編んだのかが論じられてきたのに対して、二十巻の中に表された「家持」に何が表されているのかを尋ねた。論の展開としては、見出されたすべての家持に「　」を施さねばならなかったのかもしれないが、巻の背後に存在する家持を完全に切り離すことがためらわれた。従って、表現されていることを強調すべき家持にだけ「　」を施した。

万葉集は、もっと確かな精度の中に読み通されねばならない。同時に、個々の巻については、分類して表されている歌の在り方を尋ねる必要がある。できあがった二十巻と言ってみたが、そこに享受史への視点が不可欠なことも承知している。

（市瀬雅之）

本書において部類歌巻の編纂を取り上げるために「歌とは何か」「人はなぜ歌を詠うのか」という二つのテーマを立てた。これは、歌に対する人の志向の普遍性と可変性を問うためのテーマであり、部類歌巻の本質は「歌」に対する人の志向を解くことにあると考えたからである。そして、私が現在行っている『万葉集』の享受史的研究における断片的な思考もまた、すべてここに向かっている。

「作者未詳歌巻」の先駆的研究を成した髙野正美先生のご著書や、村瀬憲夫先生のご著書を手がかりに「部類」の構想を探りはじめたのは、十数年ほど前に『類聚古集』の注釈を細々とはじめたころからだった。そして、先に示した二つのテーマによる思考を「万葉文化学」という言葉に集約し、『万葉集』の享受史的研究の概要を一冊として示したのが数年前である。「作者未詳歌巻」を「部類歌巻」と呼び換えたのも「歌とは何か」という先のテーマを志向したためであり、このことで『古今和歌集』以降への見通しが明るくなった。

ところで、村瀬憲夫先生のご退職は、市瀬氏ともども《思いもつかなかった事態》であった。焦る心を抱きながら『万葉集編纂構想論』を練りはじめた。そして、自身があらためて部類歌巻を見直すことになって、『万葉集』における「万葉文化学」の核心は、その時代ごとに示される「歌とは何か」を考える「人の志向」にあると悟った。遅きに失した悟りではあるが、これから先の『万葉集』研究は『万葉集』のみならず、これを核として全時代の和歌へ広がっていくだろう。少なくとも、私が現在取り組んでいる中世・古今伝授における『万葉集』への言説や、近世国学における『万葉集』の位置づけ、近代の折口信夫、武田祐吉といった諸先学の足跡など、

『万葉集』研究が政治的、経済的な影響を多分に受けながら変転していく様態のそれぞれを明らかにすることが『万葉集』という歌集が編纂された意義をより明確化すると考えている。

村瀬先生には私ども二人がどこまで進んでいくかを見守っていただきたいと願っているし、相棒の市瀬氏には私の行きつく先を見届けていただきたいと思う。私自身は、共に研究する仲間と、壮大な野望は持ち続けたいと願っている。

（城﨑陽子）

万葉集の編纂成立研究を領導し、一時代を画した伊藤博氏が逝去された後、世の万葉集編纂研究の熱は冷めはじめた。こうした中にあって、美夫君志会に集う三人は、「編纂研究は絶滅危惧種？」と半ば真剣に思いつつ、それでも気を取り直し、情報を交換し合い、小さな研究会を立ち上げて研究を続けてきた。そして三人の研究成果を、一書として世に問いたいという願いも次第に大きくなっていった。しばらくして、出版に向けてのお二人の姿勢が急進化してきた。「なぜ？」の問いに、「村瀬の定年退職の時期を目標としたい」とのお答えに、お二人の厚いお心遣いを思い、万葉集の編纂研究に関わり続けてきたことの幸せをしみじみと思ったことだった。

周知の通り、昨今は「研究よりも教育！」と公言して憚らない大学も多く、研究に割くことのできる時間は激減し、日々の業務に忙殺されることが日常化してしまった。この厳しい環境の中で、お二人は寝食を忘れたかのごとく論文を書き継いでくださり、次第に一書としての全体像が視野に入ってきた。

二〇一二年夏のある日の午前、東京で検討会をしていた三人のうち、一番、それもはるかに年寄の村瀬が、若気の至りで、「笠間書院に出版をお願いしよう！」と言い出し、まだほとんど面識のなかった重光徹さんにすぐさまお電話をさしあげ、電話の向こうでその不躾さに唖然としておられるであろうことも顧みず、その日の夕方に会っていただくことにした。三人で向かった笠間書院では、池田つや子社長、橋本孝編集長、そして重光さんが待っていてくださった。夏なのにはじめは晩秋の空気が漂っていたが、最後は池田社長が「科研費の公開促進費」が受けられるならと、引き取ってくださった。それを受けて、急遽、梅花女子大学に申請窓口をお願いして応募申請をしたところ、幸いにも認可され、こうして出版にこぎつけることができた。

出版をお引き受けくださった池田社長はじめ笠間書院の皆様、とりわけその後の諸々を一手に担当してくださった重光徹様に、深甚の感謝の意とお礼を申し上げたい。さらに、まだ荒削りのこの「編纂構想論」に、未来を託して、科研費（研究成果公開促進費）の助成を認可してくださった日本学術振興会に心から感謝したい。

また申請窓口となり煩雑な事務処理をお引き受けくださった梅花女子大学に、そして表紙の万葉集写本の掲載に格別のご配慮を賜った國學院大學に、厚く御礼申し上げる。

最後に、この書に収めた数々の論文が成るに際して、実に多くの皆さまから、貴重有益なご意見、ご批判、アドバイスを賜ったことを記して、感謝と、将来への決意の言葉にかえたい。

（村瀬憲夫）

二〇一四年二月二八日

市瀬雅之
城﨑陽子
村瀬憲夫

※本書は日本学術振興会から平成二十五年度科学研究費補助金（研究成果公開促進費）の交付を受けた。

著者略歴

市 瀬 雅 之（いちのせ　まさゆき）

1961年　岐阜県に生まれる
1997年　中京大学大学院博士課程修了 博士（文学）
現　在　梅花女子大学教授
著　書『大伴家持論―文学と氏族伝統―』（おうふう 1997年）
『万葉集編纂論』（おうふう 2007年）
『北大阪に眠る古代天皇と貴族たち―記紀万葉の歴史と文学―』
（梅花学園生涯学習センター刊 2010年）

城 﨑 陽 子（しろさき　ようこ）

1962年　岡山県に生まれる。
1990年　國學院大學大学院文学研究科博士課程後期満期退学
2004年　博士（文学）
現　在　國學院大學兼任講師・東洋大学非常勤講師
著　書『万葉集の編纂と享受の研究』（おうふう 2004年）
『近世国学と万葉集研究』（おうふう 2009年）
『万葉集を訓んだ人々―万葉文化学の試み―』（新典社 2010年）

村 瀬 憲 夫（むらせ　のりお）

1946年　愛知県に生まれる
1972年　名古屋大学大学院修士課程修了
2000年　博士（文学）
現　在　近畿大学名誉教授
著　書『万葉の歌―人と風土―』第9巻〔和歌山〕（保育社 1986年）
『万葉 和歌の浦―若の浦に潮満ちて―』（求龍堂 1992年）
『紀伊万葉の研究』（和泉書院 1995年）
『萬葉集編纂の研究―作者未詳歌巻の論―』（塙書房 2002年）
『万葉びとのまなざし―万葉歌に景観をよむ―』（塙書房 2002年）

万《まん》葉《よう》集《しゅう》編《へん》纂《さん》構《こう》想《そう》論《ろん》

平成26(2014)年2月28日　初版第1刷発行

著　者　市 瀬 雅 之
城 﨑 陽 子
村 瀬 憲 夫

装　幀　笠間書院装幀室
発行者　池 田 つ や 子
発行所　有限会社笠間書院
東京都千代田区猿楽町2-2-3［〒101-0064］
電話　03-3295-1331　fax　03-3294-0996

ISBN978-4-305-70725-3　藤原印刷

出版目録は上記住所までご請求下さい。http://kasamashoin.jp

Ⅰ　事項索引

・本書においてキーワード的な役割を果たしている語句を掲出した。
・当該語句が本文中とりわけ重要な位置を占めている場合に限って採録した。したがって当該語句が含まれる頁を網羅しているわけではない。
・当該語句の掲出にあたって、本文の表記・表現を少し変えて採録した場合もある。索引の簡潔性を志向して、意味を変えない範囲で、柔軟な対応をしたためである。

●さ行

●た行

●な行

●は行

●ま行

『人麻呂歌集非略体歌論上』…*279*
渡部和雄

「東歌と防人歌の間」…*320*

Ⅱ　歌番号索引

・本書で考察の対象としている歌を、巻毎に歌番号によって掲出した。
・歌の序、総題、題詞、左注を対象としている場合は、歌番号の次に「序」「総」「題」「左」と付した。

巻七

巻八

巻十八

巻十九

巻二十